文 化 名 家 暨
"四个一批"人才作品文库

理 论 界

叶青文艺论集

叶 青 著

中华书局

图书在版编目(CIP)数据

叶青文艺论集/叶青著. —北京:中华书局,2014.7
(文化名家暨"四个一批"人才作品文库)
ISBN 978 - 7 - 101 - 09875 - 4

Ⅰ.叶…　Ⅱ.叶…　Ⅲ.文艺评论 – 中国 – 当代 – 文集
Ⅳ.I206.7 – 53

中国版本图书馆 CIP 数据核字(2013)第 291605 号

书　　名	叶青文艺论集
著　　者	叶　青
丛 书 名	文化名家暨"四个一批"人才作品文库
责任编辑	郭　妍
出版发行	中华书局
	(北京市丰台区太平桥西里 38 号　100073)
	http://www.zhbc.com.cn
	E-mail:zhbc@zhbc.com.cn
印　　刷	北京瑞古冠中印刷厂
版　　次	2014 年 7 月北京第 1 版
	2014 年 7 月北京第 1 次印刷
规　　格	开本/700×1000 毫米　1/16
	印张 23　插页 4　字数 395 千字
国际书号	ISBN 978 - 7 - 101 - 09875 - 4
定　　价	69.00 元

出 版 说 明

实施文化名家暨"四个一批"人才工程，是宣传思想文化领域贯彻落实人才强国战略、提高建设社会主义先进文化能力的一项重大举措。这一工程着眼于对宣传思想文化领域的优秀高层次人才的培养和扶持，积极为他们创新创业和健康成长提供良好条件、营造良好环境，着力培养造就一批造诣高深、成就突出、影响广泛的宣传思想文化领军人才和名家大师。为集中展示文化名家暨"四个一批"人才的优秀成果，发挥其示范引导作用，文化名家暨"四个一批"人才工程领导小组决定编辑出版《文化名家暨"四个一批"人才作品文库》。《文库》主要收集出版文化名家暨"四个一批"人才的代表性作品和有关重要成果。《文库》出版将分期分批进行，采用统一标识、统一版式、统一封面设计陆续出版。

文化名家暨"四个一批"人才

工程领导小组办公室

2012年12月

叶 青

　　1965 年 8 月生，河南淮阳人。1987 年毕业于江西大学汉语言文学专业。现任江西省社会科学院副院长、研究员，院学术委员会副主任、首席研究员。主要从事中国美术史论、赣鄱地域文化研究和文艺评论写作。主要著作有《应物传神——中国画写实传统研究》、《宋代画学精神》、《江西文学史》（合著）等，编辑《叙事丛刊》（任副主编）等，在国内外发表学术论文及文艺评论 100 余篇。主持完成国家社科基金（艺术学）项目、省部级重点项目、一般项目等 10 余项。论著获中宣部"五个一工程"奖等 10 余项。享受国务院颁发的政府特殊津贴。

目 录

中国画写实问题研究

中国美术史论研究

文艺评论与随笔

文化散论

中国画写实问题研究

论中国画写实传统的基本特征

一、引论

绘画应该首先是与所描绘的对象相关的视觉艺术。一幅画,应该像所画的那个人、那件物、那片风景,这种对于绘画的认识被西方艺术史家称为"自然的态度"。"对于艺术家成就的评价在某种程度上似乎取决于艺术作品与自然的比较。"①

正是在这种比较中,形成了本文所谓的绘画的写实努力。事实上,在人类艺术发展史中,存在着两种不同的写实观念,并由此形成了两种不同的绘画艺术传统。

一种观念认为:艺术家需要通过忠实地再现特定视角和光源下所获得的对象事物的视觉表象,而逼近自然事物的本来面目;从这种角度衍生出来的艺术理论是:绘画作品由于忠实地摹写了自然而值得称道。这一传统带来西方写实绘画的高度繁荣,并随着幻觉主义和照相技术的出现,达到了它的某种极致。

另一种观念则有着不同的追求。在这里,艺术家不打算仅仅再现从一个固定的视角所看到的景象,而是要尽量表现他所了解的对象的全部特征。这种观念进而认为:画家的任务和本领,就是要通过艺术作品,再现并把握对象的内在规律和本质生命。这一观念指导下的艺术创作往往具有概念性、象征

---

① ［奥］克里斯、库尔茨:《关于艺术家形象的传说、神话和魔力》,邱建华、潘耀珠译,浙江美术学院出版社,1990年版,第53页。

性的特征。

从绘画艺术史发展的进程来看,上述两种观念,在不同的历史时期和不同的文化环境中,表现出不同的艺术风貌;即使在同一文化体系的不同发展阶段,也可能表现出对两种艺术观念的不同偏重。表现在具体的艺术创作中,上述两种艺术观念,出现相互融会的倾向,彼此间产生影响。于是,世界艺术史呈现出丰富的形态。

二、再现的观念与中国画的写实传统

由于以透视技法和光影原理为特征的西方写实主义理论深远影响,特别是在这一理论下艺术家们所取得的卓越的成就,使得那种将人类绘画的发展等同于对自然摹仿技术的进步的观念在很长一个时期成为广泛流行的看法。从文艺复兴的艺术大师们开始,艺术史论家们总是习惯于认为,摹仿与再现是艺术的基础,艺术家们追求对自然描绘技法的完善过程,就是绘画艺术从低级走向高级的进化过程。

因此,在讨论写实艺术观念之前,我们有必要对以摹仿技术为要旨的西方写实绘画传统有一个基本的认识。

其实,从追求视觉逼真的角度来理解,"写实"这个术语本身就是一个相对有效的概念。写实,并不能达到绝对意义上的视觉"真实",绝对的"真实"是并不存在的。

德国插图画家路德维希·里希特在其自传中谈到自己年轻时曾与三位朋友同时面对一片自然景物写生,他们都坚持尽可能精确地复写他们所看到的东西,然而结果是画出了四幅在情调、色彩和轮廓等方面都存在很大差异的画。这一故事被贡布里希在其《艺术与错觉》中作了生动的转述。[①] 即便是为我们所深深信赖的照相技术,也仍然是只在某种文化传统中才被视为逼真无误。一个常被人们列举的例子:地球上尚存的某些未曾见过照相的人们第一次面对相片时,竟然认不出照片上的自己! 因此如下观点已经得到广泛的认同:

"写实主义"这个术语不是指绝对的"真实"概念,它不能说明不同

---

① 参见[英]贡布里希:《艺术与错觉》,林夕等译,浙江摄影出版社,1987年版,第72页。

时期,不同文化背景中的"真实"的历史特征和变化特征。……一个形象的现实主义应当被认为是与社会决定的法则体系有关而不是与一个一成不变的、一般的视觉经验有关。①

从世界范围内的艺术历史来看,西方写实主义绘画艺术,只是人类绘画艺术表现形式的一种。那种以西方写实艺术的成就,遮蔽人类绘画艺术实践的丰富多样性的观念,已经受到普遍的质疑。20 世纪以来,随着新的艺术趣味的出现,艺术史论家们开始对艺术史投以新的审视目光。他们发现,世界各地不同文化和不同环境成长起来的绘画艺术,具有巨大的差异。因此,当代西方艺术史家已经不再简单地以再现技术的进步概括绘画艺术史的进程,转而更为客观地认为:

> 追求写实主义相对地说是一个近期出现的现象,它反映了文艺复兴和后期文艺复兴期间的世俗潮流。直到那个时候以前,大多数艺术家和观众并不要求视象逼真而只要求图式的简单等同——要求创作出能够像代码一样被"解读"为人、物或景色的各种形式。②

否定了以"写实主义"概括整部绘画发展史的传统观念,还世界绘画史以丰富多彩的本来面目。

了解了西方写实艺术在人类丰富的绘画艺术探索实践中的位置以后,我们便可知道,以透视、光影原理为手段、以试图重现瞬间的视觉真实、再现对象事物的视觉表象为目的努力并非世界绘画史的全部——这种努力,只在欧洲某些特定时期成为一种为其社会所公认的、普遍的、系统的追求。

事实上,相对于再现事物视觉表象的理论而言,再现对象内在规律和本质特征的努力由来更为久远,其最初的观念甚至可以在人类最古老的绘画传统中找到。约五千年前尼罗河流域的古埃及绘画传统中,最为显著的特色就是其对事物的描绘方式:

---

① ［英］布赖森:《本质的复制》,《美术译丛》1988 年第 3 期。
② ［美］加德纳:《贡布里希:艺术为什么具有历史》,《美术译丛》1988 年第 3 期。

（古埃及画家）不是立足于艺术家在一个特定的时刻所能看到的东西，而是立足于他所知道的为一个人或一个场面所具有的东西。他以自己学到的和知道的那些形状来构成自己的作品，非常近似于部落艺术家用他所能掌握的形状来构成自己的人物形象。①

当古埃及艺术家准备描绘一个池塘和它的环境时，并没有首先选取一个固定的视角架起画板，而是毫不踌躇地径直把池塘画成俯瞰时的平面图形，而池水两旁树木则倒卧在地上。这种不关心视觉上的真实，放弃描绘对象视觉表象的做法，令习惯了透视技法的观众感到不可理解，但这种传统却在古埃及的绘画历史中稳定地延续了三千多年。

作为再现对象的绘画努力，类似古埃及艺术家的创作观念在世界其他文化中也有着的引人注目的相似表现。在中国战国时期的青铜器上，对驾车马匹的描绘就与前述古埃及人的作画方式有着惊人的一致：侧面描绘的马车前面，驾车的四匹马仿佛倒卧于地，而且，两匹马的蹄子朝下，另两匹马则蹄子朝天！

对于古埃及和古代中国的艺术家来说，采用自己的方式再现事物，是十分自然的，因为他们并不注重画出自己看到的情景，而只是想画出在这里有什么。

艺术表现形式的特点，总是与当时社会所赋予艺术的功能相适应的，古代艺术家之所以采用那样一种类似示意图的绘画方式，是因为当时社会观念中普遍相信：他们的艺术家或工匠所创造的事物不仅仅是一件图绘或工艺品，在这些作品与其所描绘的事物之间，存在着某种神秘的关系。人们认为：要描绘一个事物，就必须将一切重要的东西都包括到画面中去。在这样的要求之下，艺术家们如果画一个人，就需要选择一种方式，使人体的每一部分都能尽可能清楚地描画出来。因此"透视"原理在这里恰恰是不能采用的，因为如果根据透视，画面上人物身体的某些部分就必然出现"遮挡"或"缩短"现象，而对于古埃及人来说，这种现象是不被允许存在的。同样的情况也存在于中国古代绘画中。

———————————

① ［英］贡布里希：《艺术发展史》，范景中译，天津人民美术出版社，1991年版，第31页。

　　这种对事物的描绘方式,甚至被认为对西方绘画传统有着直接的影响。一些学者认为,如果以古希腊绘画艺术作为西方写实绘画传统的直接源头,这一传统也正是从更早的以再现事物整体意念为目的的艺术传统中成长起来的。艺术史家贡布里希在其名著《艺术的故事》中就这样写道:

　　　　我们今天的艺术,不管是哪一所房屋或者是哪一张招贴画,跟大约五千年前尼罗河流域的艺术之间,却有一个直接的传统把它们联系起来。①

　　从现存的绘画遗迹中可知,大约在公元前六世纪开始,西方绘画开始告别上述的所谓"概念性的绘画",表现出对于视觉经验的借鉴,艺术家开始信赖自己的眼睛看到的情景,并以之作为绘画的依据。这种情况,最终导致西方绘画对透视法的依赖。由于注重对固定视角的瞬间景象的再现,对物体表面接受光线照射产生的明暗、反射,及对从固定视角观察、描绘对象时的透视关系的研究,自然地成为从那时到文艺复兴时期艺术创作中的重要课题。在这种以再现瞬间视觉呈现为目的的艺术努力逐渐成熟的同时,以再现对象整体特征和内在规律为目的的艺术传统在世界的其他地方仍继续存在,并以其旺盛的生命力发展繁衍出辉煌的艺术成就。毫无疑问,这同样是一种试图再现的努力,只不过这种再现的目的在于事物的本质,而非表象。

　　中国的绘画艺术,正是在这种以再现事物内在生命和本质规律为根本目的的艺术探索中取得了独特的艺术成就,其影响贯穿了中国绘画艺术的发展历史。

　　概括而言,中国画写实传统的基本特征是:以再现对象的内在规律和本质生命为基本原则和出发点,这一原则贯穿于中国传统绘画艺术发展的整个历史进程中,成为中国画艺术理论的前提;与此同时,中国画的写实传统不排斥对视觉经验的借鉴和再现,在一定时期,这种对视觉经验的忠实,甚至成为艺术家和鉴赏者普遍的要求。

　　从本质的再现这一前提出发,艺术家主体精神对于再现对象的内在生命

---

① ［英］贡布里希:《艺术发展史》,范景中译,天津人民美术出版社,1991 年版,第 28 页。

的把握和表现能力就成为决定其艺术创作成就高低的重要标准,这正是后来中国绘画艺术发展中产生所谓"写意"艺术风格的内在条件。

三、中国早期艺术观念与本质再现理论

唐人张彦远《历代名画记》的开篇处指出:

> 夫画者:成教化,助人伦,穷神变,测幽微,与六籍同功,四时并运,发于天然,非由述作。(卷一《叙画之源流》)

所谓"成教化,助人伦"乃是着眼于艺术在教育上的功能及其在社会生活中的作用;而"穷神变,测幽微",则强调了艺术对于"天道"的揭示。"道"是自然存在,是第一性的,绘画只是一种媒介物,"发于天然,非由述作";但是,自然之"道",终需艺术家来"穷"、来"测",艺术家卓越的禀赋、才华,使其可以作为一种媒介,通过他们的创造性"述作",将这种神秘的"天道"传达到人世间。由此激发了艺术家犹如造物主的观念的产生,赋予艺术家一种特殊的荣誉和自豪感。

在战国甚至更晚的时期,中国文化中"天事恒象"、"物类相感"的观念仍占据着重要地位。在那时的知识体系中,天道以象征的方式把人间的吉凶预示给人们,不同的仪式或纹样也将"同类相动"地带来相应的结果。那时的观念坚定地认为:象征物和其所象征的事物或现象之间,一定存在着某种神秘的关系,因此,那些被今人视为艺术品的考古发现,在当时社会中很可能是具有实用价值的神秘之物。春秋战国时流行以《白泽精怪图》之类识鬼物以辟邪的技术,《左传·宣公三年》中也有"铸鼎像物,……使民知神奸"的记载,这些并非艺术品的象征性图像,正是原始神秘宗教观念的产物。《汉书·郊祀志》中也说:汉武帝曾建甘泉宫,画天地太一诸神,置祭具,以致天神。除了这些正式的记载,更有大量的关于绘画的神秘功能的传说出现在民间著述中。

"画龙点睛"的成语是关于南朝画家张僧繇的传说。《历代名画记》卷七记载,张僧繇曾画四条白龙,但"不点眼睛,每云,点睛即飞去,人以为妄诞,固请点之,须臾,雷电破壁,龙乘云腾去上天。二龙未点眼者见在"。"点睛"的

故事内容荒诞,一向似乎没有引起艺术史家的关注。但如果翻检当时的文献资料,就会发现这类记载并不少见。如关于著名画家顾恺之的记载中就有:

> 顾长康画人,或数年不点睛。人问其故。顾曰:"四体妍蚩本无关于妙处,传神写照,正在阿堵中。"①
> 顾虎头为人画扇,作嵇、阮,而都不点眼睛,主问之,顾答曰:"哪可点睛,点睛便语"。②

在顾恺之看来,人物画目的在于"传神写照",而"传神"的关键在于对人物画像的"点睛";在强调"点睛"对于"传神"的重要意义的同时,顾恺之对画面整体形象的描绘表现出轻视的态度,认为"四体妍蚩本无关于妙处"。后一则记载与张僧繇的故事颇为相似。"点眼睛便欲语",这绝非一般的绘画技艺所能达到,"点睛"之笔中分明蕴涵着某种超乎画技的魔力。

上述传说中,"点睛"已不仅仅是对画面的完成,而且有赋予画面形象以生命的意义。联系顾恺之画人物"数年不点睛"的慎重(虽然未必是惯例,但毕竟表现了一种特别的郑重其事),使我们相信在"点睛"这种对画面的最后处理中应该包含着超乎绘画以外的某种仪式上的神秘意义,是使画面获得生命力的贯注的奇异功夫,蕴涵了来自更早期的传统中关于绘画的信念。

正如西方艺术史家所指出的,"艺术家通过不让他所创作的作品获得生命来对其进行控制的观点来源于对魔力的相信"③。只有在坚信绘画作品与所描绘对象间存在神奇联系、坚信艺术具有给画面形象注入生命的魔力的艺术传统中,才会出现"画龙点睛"一类的传说。因此,对于顾恺之提出的"传神写照",我们不应简单理解为一个绘画技艺的要求,而是具有神奇创造力的艺术家对于画像的一种生命力的赋予,其涵义超出了对人物的精神气质成功再现的范畴,而是要赋予画像以活的生命。这种观念上接远古绘画传统。

下面两则关于艺术家神秘创造力的传说,也许可以更多地增加我们对

---

① 引文据《世说新语·巧艺》,《历代名画记》卷五中有同样的记载,文字上略有出入。
② 见《太平御览》卷七〇二,又见卷七五〇。
③ 〔奥〕克里斯、库尔茨:《关于艺术家形象的传说、神话和魔力》,邱建华、潘耀珠译,浙江美术学院出版社,1990年版,第68页。

"点睛"魔力所赖以产生的时代的普遍艺术观念的了解：

三国时期吴兴人曹不兴"画名冠绝当时"，《历代名画记》卷四记载：

> 吴赤乌中，不兴之青溪，见赤龙出水上，写献孙皓，皓送秘府。至宋朝陆探微见画，叹其妙，因取不兴龙置水上，应时蓄水成雾，累日滂霈。

不仅画中之龙具有真龙的神通，人物画像与其所描绘的对象之间也存在神秘的感应。《历代名画记》卷五中有一则故事也是关于顾恺之的：据说顾曾爱上一个邻家女，"乃画女于壁，当心钉之，女患心痛，告于长康，拔去钉，乃愈"。

类似表现画家神秘创造力的传说在《历代名画记》等文献中频繁出现，表明在当时的艺术观念中对绘画作品与所描绘对象之间同一性的认同。与坚信艺术家的神奇创造力的艺术观念相关，在推崇画家神秘创造力和"画龙点睛"这类传说盛行的时代，画面形象本身自然无须受到更多的关注，艺术家的神秘创造力不必借助对事物形象一丝不苟的描画来体现。正是在这样一些关于艺术家的传说中，我们可以透视出顾恺之所谓"四体妍蚩本无关于妙处，传神写照正在阿堵中"这句名言产生的艺术传统。因为确立绘画作品与所描绘对象之间同一性的关键，不是艺术形象与现实事物外形之间的相似，而在于是否捕捉到对象之"神"。

我们有理由相信，在远古绘画艺术观念已经逐渐淡化的魏晋时期，画家们的"点睛"之笔中蕴涵着对绘画神秘创造力的记忆，留有古老绘画传统的印记。事实上，关于绘画魔力的传说，直到唐宋以后，仍然存在，这也说明了中国古老的传统绘画理念的强大影响力。

在对画家神秘创造力的推崇和"画龙点睛"这类传说盛行的时代，画面形象本身并未受到更大的关注。传神，就是对对象生命的掌握，"点睛"，就是对绘画进行生命力的贯注，其最初的意义并不是一个形象再现的概念。顾恺之生活在中国绘画以掌握对象生命为目的的"概念性描绘"向注重借鉴视觉经验的再现描绘转变的过渡时期，如前所述，在强调"点睛"的重要性的同时，顾恺之绘画创作的着眼点显然不在画面形象与自然形体的视觉上的一致。在强调"点睛"对于"传神"的重要意义的同时，顾恺之对画面整体形象描绘表现出轻视的态度，所谓"四体妍蚩本无关于妙处"，认为画家并不必因"画得像"而受到关注。

　　因此,中国画的传统中,通过图画掌握和控制外界事物的观念是由来久远的。正如美国艺术史家方闻所指出的:

> 在古代中国人的眼里,绘画就好比《易经》中的象,具有造物的魔力。画家的目标在于把握活力与造物的变化,而不仅仅限于模仿自然。绘画应当包孕并且掌握现实。①

　　以这种神秘的造物的观念为发端,中国绘画传统,以再现事物的本质为目的,以是否揭示、传达了外界事物的内在规律为其基本原则,这种规律和本质,是天地万物生成的最本原的存在,它隐藏于世界万物包括人类自身的万千形态之下,决定着万物的纷纭姿相。艺术家的本领,就是要与对象沟通,打破混沌,再现对象的本质。

　　基于这样的观念,中国画家认为,在绘画中成功再现对象的前提是对绘画对象的全面了解和把握,这种了解和把握不是表象的,而是本质的;不是侧面的,而是整体的。因此,要达到这一目的,就不能仅仅通过视觉的观察,而必须调动艺术家各种相关的感官,从各种角度、各种途径去感知对象,所谓"仰观俯察"、"远取近求";并要超越感官,进而达到一种直觉和体悟。只有通过这一过程,才有对再现对象的真正把握,才能在绘画作品中成功地完成艺术形象的创作,才能再现事物的本质,才是成功的再现。

　　初见于南北朝时谢赫《古画品录》的绘画"六法",是对中国画传统的第一次系统的理论概括,在"六法"中,"应物象形"之"法"作为中国画写实传统中的一个重要原则,就是要求画家在创作之前,应该深入体察对象的内在规律和特性,并将这种体察的结果体现在绘画的形态样式中。"应物"重视艺术家的心灵感应的作用,要求艺术家不是靠眼睛去观察,而是要用心去理解、感知。正如南朝宋人宗炳《画山水序》中对艺术家主体与再现对象客体间相互感应关系所作的具体表述:"夫以应目会心为理者,类之成巧,目亦同应,心亦俱会,应会感神,神超理得"。

---

　　① ［美］方闻:《论中国画的传统》,《朵云》1992 年第 2 期。

因此,中国画的写实观念,从一开始就强调用心的感悟,与西方写实主义强调的在固定视角下的照相般描绘对象的努力是不相同的,这种区别决定了同样以再现为目的和出发点的中国绘画,却具有与西方的写实性绘画不同的表现形式,两者之间有着不同的侧重。

四、"以形写神"观念的抬头

在中国古代艺术理论中,从强调对事物的精神气质的把握,到强调艺术家"胸中丘壑"的表现,对物象视觉呈现的描摹,始终只能是第二位的,历代画论者不时对艺术家们发出不可以"形似"论画的警训。

但是,"形似"不是目的,写"形"却是手段,而且是必不可少的手段。绘画之所以为绘画,就在于它是以画面图像为媒介的视觉艺术。《历代名画记》卷一引颜光禄语云:

> 图载之意有三:一曰图理,卦象是也;二曰图识,字学是也;三曰图形,绘画是也。

绘画的意义在于"图形",以区别于"图理"的"卦象"和"图识"的"字学"。陆机也说:"宣物莫大于言,存形莫善于画。"画画,首先就要画得像,这似乎没有什么问题。

因此,通过画面形象描绘客观事物的外形,以此反映外界事物的内在生命,这种"以形写神"的再现原则,在中国古代绘画艺术中也得到了普遍的接受。正如研究者所指出的:

> 我国绘画理论及其相关的美学理论中,一开始就不单纯指表象再现,同时又始终包含着再现的因素……可以说,模仿是绘画最为重要的特征。无论绘画功能认识论如何变化,或实用、或政教、或认知、或审美,而绘画的表现特征皆不可能脱离模仿。……从中国绘画的全部历史观之,模仿的地位始终不可动摇。[1]

---

[1]　董欣宾、郑奇:《六法生态论》,江苏美术出版社,1990年版,第25页。

　　从写实艺术观念的角度来看,"以形写神"体现了艺术家对视觉相似性的关注,这种观念在魏晋时期已经成为一种很有影响力的审美倾向,这种倾向不仅在当时的画迹中得以体现,而且同样在大致产生于这一时期的一些艺术传说中有着间接的反映,正如艺术史家所指出的,"轶事有时能揭示主人翁某些有意义的方面,并常常比其他史料更有助于我们深入了解主人翁的个性"①,对这些轶事、传说的综合分析、比较,可以在一定程度上弥补中国绘画史上这一时期绘画理论资料的匮乏,帮助我们了解当时社会上普遍的艺术观念和艺术兴趣所在,进而对"以形写神"说有更准确的理解。

　　必须指出的是,我们在此引述下面的一些艺术传说中普遍涉及到绘画作品"以假乱真"的例子,但我们的目的并不是为了说明中国画曾有过类似西方"幻觉主义"的努力,而是旨在说明这些传说盛行的时代,人们艺术观念上发生的变化。

　　与前引"画龙点睛"之类以再现绘画对象的精神和生命力为最高目的的传说不同,以下这些关于艺术家和艺术创作的传说故事以真实再现绘画对象为着眼点,从这些故事中可以发现写实绘画传统在悄悄地发生着深层的变化。当时的人们对绘画作品与表现对象在视觉上的相似性产生了兴趣:

　　因画龙"通神"而名重当世的三国画家曹不兴曾为孙权画屏风,《历代名画记》卷四载曹不兴"误落笔点素,因就成蝇状。权疑其真,以手弹之"。蝇为小物,或可因未留神而蒙混视觉,但下面两则均见于《历代名画记》卷八中的传说却显然不同:北齐画家刘杀鬼"画斗雀于壁间,帝见之为生,拂之方觉";另一位北齐画家高孝珩"尝于厅事壁上画苍鹰,睹者疑其真,鸠雀不敢近"。

　　这些创作不仅令人产生误会,连鸟雀都不敢近前,虽然从当时绘画的实际情况来看,这些记载显然有故意夸大之嫌,但这些故事的意义在于,它们来自与前面引用的那些强调"画可通神"的传说不同的新的艺术传统,在这些故事里,绘画作品已不是作为神秘的造物而存在,而是强调由于其艺术手段的完美而被误认为真实的事物本身;在绘画作品与绘画对象之间,不是等同或

----

①　[奥]克里斯、库尔茨:《关于艺术家形象的传说、神话和魔力》,邱建华、潘耀珠译,浙江美术学院出版社,1990年版,第12页。

"感应"、"通神"关系,而是视觉上的相似关系。"当对画像和被画者的同一性的信念减弱时,这两者之间会出现一种新的联结关系——这就是相像性或类似性。"①在同一个历史时期,两类传说错综共存,足见艺术传统转型时期人们艺术理念的复杂。

下面的故事从另一角度体现了这一时期艺术家们对艺术形象描绘刻画的极大兴趣,以及为追求艺术形象与视觉经验相符所作出的具体的努力。例子来自雕塑领域,东晋时期艺术家戴逵,以雕塑、绘画成就闻名于世,尤其善于佛像铸造和雕刻,《历代名画记》卷五记载:

> (戴逵)曾造无量寿像,高六丈,并菩萨。逵以古制朴拙,至于开敬,不足动心。乃潜坐帏中,密听众论,所听褒贬,辄加详研。积思三年,刻像乃成。

由于雕像造型"古制朴拙",戴逵立意修改古制,采取的办法是,广泛听取议论,分析琢磨,并对雕像加以修改。这个过程正是一个典型的艺术图式的修正过程。这则故事说明,当时社会公众已对雕像的形象有了修正的要求,作为一位艺术家,戴逵顺应了观众的要求,因此取得一定的成功。戴逵的儿子颙也精于雕像塑造,在《历代名画记》卷五中对他的事迹也有如下记载:

> 宋太子铸丈六金像于瓦棺寺,像成而恨面瘦,工人不能理。乃迎颙问之,曰:"非面瘦,乃臂胛肥。"既铝减臂胛,像乃相称。

相信在绘画领域一定也存在着与雕塑创作中相同的要求,需要艺术家关心绘画形象的修正,使之符合视觉的习惯。这些创作经验和审美观念,已经大大扩展了"传神论"最初的内涵,"以形写神"已经受到广泛的接受。

"以形写神"说的出现,正说明了当时艺术实践中对画面视觉形象的关注,是时代社会审美观念变化的反映,它使绘画从神秘的创造性使命中渐渐

---

① [奥]克里斯、库尔茨:《关于艺术家形象的传说、神话和魔力》,邱建华、潘耀珠译,浙江美术学院出版社,1990年版,第64页。

脱离出来,走向对视觉效果的追求。但由于远古绘画传统的强大,这种过渡从秦汉之际开始,持续了若干世纪。

于是,在承认艺术家的神秘力量的同时,作为一种普遍的追求,让绘画与视觉经验相吻合的追求,已经成为当时画家共同的努力方向,两种艺术观念在交织中渐渐趋于融合:既肯定艺术家的神秘力量,又注重借鉴视觉经验,致力于完善画面艺术形象,使之在视觉效果上尽量接近真实的事物。

这方面的比较典型的例子是南朝宋画家宗炳关于山水画创作的态度。在《画山水序》中,他首先将山水画视为真山水的象征物:

> 余眷恋庐衡、契阔荆巫,不知老之将至。愧不能凝气怡身。伤跕石门之流,于是画象布色,构兹云岭。……闲居理气,拂觞鸣琴,披图幽对,坐究四荒,不违天励之藂,独应无人之野,峰岫峣嶷,云林森渺,圣贤暎于绝代,万趣融其神思。

宗炳自述作山水画的目的,在于用山水图画来作庐、衡、荆、巫等仙山的替代物,使自己可以“闲居理气,拂觞鸣琴,披图幽对,坐究四荒”,通过山水图画这一灵媒与天地之道相沟通。这无疑是早期绘画艺术神秘传统的延续。因此有论者指出,宗炳的《画山水序》“隐隐展露出艺术在宗教仪式上所具有的神秘意义”[1]。但即便在将山水画赋予这样一种神秘功能的同时,宗炳也强调画面形象对自然山水的模范,探讨“以形写形,以色貌色”的技法。

宗炳的《画山水序》既肯定了艺术的神秘力量,又注重借鉴视觉经验,致力于通过画面的艺术形象再现,正体现了两种艺术观念在交织中渐渐趋于融合的趋势。

五、视觉经验在中国画传统中的位置

从现有的艺术史考古发现中也可以知道,中国古代的绘画实践,并没有停留在古埃及绘画那种延续数千年不变的概念性、图解性绘画阶段,而是很

---

① 石守谦:《赋彩制形——传统美学思想与艺术批评》,见《中国文化新论·艺术篇·美感与造型》,三联书店,1992 年版,第 16 页。

早就有了对视觉经验的借鉴。至晚从汉代开始，中国画家已经有了对视觉经验的借鉴和表达，体现了画家从某个视角对事物的观察结果。

如前所述，中国再现性绘画在战国时期以前，类似于古埃及绘画作品，基本呈现出概念性描绘的特征，尚无法顾及对视觉经验的再现。这一时期作品在人体比例及形象细节处理上尚不完善，以基本抓住对象的整体倾向、概括地表现人物最具典型性的形象与情节为主要表现手法。

但在战国晚期到秦汉之际的绘画作品中，已经开始出现了一种不同于此前的新的艺术追求。这一时期的中国绘画开始了对视觉表象的探索性的描绘，在再现对象整体概念的同时，出现了对视觉经验的借鉴。

在湖北荆门包山大冢出土的漆奁盖圈上，我们就看到了再现视觉真实的早期努力。这件被称为《车马人物出行图》的战国晚期的小型漆画作品，是中国最早的风俗画作品之一，画面人物神态生动、自然，显示出对于现实生活场景的再现兴趣。特别值得我们关注的是这幅作品对于车马的艺术处理：为了传达画面的空间纵深感，艺术家将马匹处理为并行排列，并尽力忠实于视觉透视的遮挡原理，仅将最"外侧"的马匹画出全体，其余的马匹则仅画出马头和脊背。

在秦汉之际，这种手法显然更为成熟了。1972 年，长沙马王堆一号墓出土的西汉《轪侯妻墓帛画》，在整体上延续概念化描绘的同时，更注重对视觉经验和透视感的表现。帛画上，对墓主妻子形象的描绘具有一定的写实性，特别是对其身后三位侍女的描绘，她们依序排成一列，下身的衣服彼此遮挡，连为一体，但上半身却是前一后二，并且以不同颜色的衣服，进行了区分，清晰再现了整个环境的纵深感。

在不止一处的汉代画像石上出现的那些正面描绘的战马，也是非常典型的例子。马的头颈部转向一侧，仍然以侧面像的形式表现，但对其胸腹部及四条腿却从正面视角给予描绘，因此，呈现在画面上，马的宽阔发达的胸部遮住了腹部，马的四条腿也成为直立的静止状态的平行排列。

英国艺术史论家贡布里希曾对古希腊花瓶上的一只正面描绘的脚作过如下评论：

　　大约比公元前500年稍早一些，艺术家破天荒第一次胆敢把一只脚画成从正面看的样子,这真是艺术史上震撼人心的时刻。……对这样一个微末细节大讲特讲也许显得过分,实际上它却意味着古老的艺术已经死亡而被埋葬了。它意味着艺术家的目标已不再是把所有的东西都用最一目了然的形式画入图中,而是着眼于他看物体时的角度。①

从艺术史角度看,中国汉代画像石上正面描绘的马的出现,其意义同样非同寻常。它起码标志着在公元前后,中国画家已比较熟练地掌握了所谓"远景短缩"的方法,而西方文艺复兴时期成熟的焦点透视法正是在"远景短缩"原则的基础上发展而来的。

魏晋时期的绘画作品显然要比前代更加细致生动:人物形象仿佛从拘谨呆板中"苏醒"过来,举止更加自如了,形体和面部表情也柔和生动起来。同时,从南北朝中后期开始,艺术家对于绘画的用笔表现出极大的自觉性,以线条表现对象的形体特征成为当时艺术家的共同追求。正是在这一时期,"远景短缩"的原则,在宗炳的《画山水序》中,有了成熟的理论表述:

> 且夫昆仑山之大,瞳子之小,迫目以寸,则其形莫睹;迥以数里,则可围于寸眸,诚由去之稍阔,则其见弥小。今张绡素以远映,则昆阆之形,可围于方寸之内。竖划三寸,当千仞之高,横墨数尺,体百里之迥。②

这是今日所见的中国绘画史上最早的关于视觉透视的论述,由于其中对透视原理的表述十分精到而富于可操作性,因此经常被人们用来证明中国绘画史上早就有了"透视法"。其实,"透视法"是一种系统的绘画方法论,严格地说,宗炳的论述仍然没有超越"远景短缩"、近大远小的范围;而且,在此后的漫长的中国绘画史上,这一理论并无大的发展,基本未超出宗炳所论范围。诸如北宋沈括所谓:"大都山水之法,盖以大观小,如人观假山耳",还有据传为宋人所作的《画山水赋》中的"凡画山水,意在笔先。丈山尺树,寸马分人……",等等,这些论述中的基本意思已包括在宗炳论述

---

① ［英］贡布里希:《艺术发展史》,范景中译,天津人民美术出版社,1991年版,第43—44页。
② 转引自《历代名画记》卷六。

中了,一句话概括之,就是"近者大,远者小"而已,至于如何将这些最初的艺术审美经验加以升华,形成系统的原理,指导绘画创作,这似乎不是中国画家所最为关心的课题。

六、结论

总的来说:远古时期至战国以前,中国艺术家的艺术活动被视为一种具有魔力的创造,人们坚信,艺术家的绘画作品与其所描绘的事物之间存在着神秘的感应关系,通过绘画,可以构造出平行于现实的另一世界,掌握艺术就意味着掌握了一种权利,这种观念大约与世界各地艺术传统的开端基本相似。随着"天事恒象"、"物类相感"等观念逐渐淡化,通过再现对象事物进而掌握对象生命的观念也逐渐退出绘画艺术领域。南北朝以后,在继续延续着神秘的艺术造物观念的同时,艺术更多地应用于现实人生;艺术家不再因为掌握了神秘的创造力而令人敬畏,艺术的目的不是创造生命、控制生命,而是要再现出人物的气质、精神,艺术家是因为"画得像"而受到尊重。"那不过是一幅画"的艺术理念,逐步被艺术家和社会公众所普遍接受。

这种转变的发生是一个比较漫长的历史过程。人物画是艺术家孜孜不倦的主要努力方向,成功的艺术家不仅要画出对象的外在特征,更要再现出人物的神采、气质和精神面貌。而要使画像人物"栩栩如生",就必须表达出人物生命的本质。在这个方面,艺术家个人的精神、气质开始更多地介入到与对象的沟通中,并在画面上得到越来越多的体现。

唐宋以后,绘画表现的领域更广了,花鸟、山水成为艺术家表现的对象,艺术家被要求能够再现出花鸟的生命活力与山水景物的自然规律,这是与再现人物之"神"同样艰巨的任务。宋代艺术家在这方面倾注了心血,最终在"求理"的艺术努力中,完成了中国画再现传统的理论上的自我完善,并在实践中取得巨大的成功。与此同时,艺术家作为创作主体的重要地位更为突出,通过绘画传达艺术家主观感情、意绪和趣味的艺术倾向逐步得到广泛的接受,中国绘画再现传统的内涵在新的艺术潮流中得到拓展和延伸。

需要指出的是,从战国晚期开始,中国绘画中对于事物的再现,已经开始注意了对视觉经验的借鉴。中国绘画中对于对象的再现,已经在尝试着借鉴和表达视觉的经验,努力将"所知"与"所见"结合起来。但与此同时,注重对所描绘对象的全面了解,通过对事物的整体特征的把握达到再现事物的目的的努力,在中国绘画史的进程中不曾中断。也许,正是这一传统的强大和根深蒂固,抑制了艺术家对视觉经验再现的系统理性探求和总结。

（原载《东亚人文学》第五辑）

《历代名画记》与中国画写实观念

唐、五代时期,随着艺术实践的发展,对绘画写实手段的探求成为艺术理论与实践的焦点。在这一时期,许多艺术家、理论家提出了在中国绘画史上影响深远的理论观点。这些观点有的存在于流传甚广的画论专著中;也有的只传下只言片语却依然极其精彩而影响巨大。以唐人张彦远的《历代名画记》为代表的一批艺术理论著作,从不同角度、针对不同题材中的艺术表现规律进行了有价值的探讨。中国绘画写实理论的内涵得以充分展开。

张彦远的《历代名画记》无疑是唐代最具影响力的画论专著,在中国画写实理论建设上也具有独特地位。张彦远对中国画写实理论的贡献主要体现在以下三个方面:一、第一次系统阐释了谢赫"六法";二、比较成熟地解决了"气韵生动"与"形似"之间的关系,提高了"骨法用笔"的地位;三、提出"意"的概念,充分肯定艺术家在再现对象事物本质生命时的主观创造作用。

一、"六法"最初的阐释者

唐代是中国画高度发展和繁荣的时期。艺术创作的繁荣,是与理论探讨的深入相伴而至的。张彦远是站在隋唐新的绘画风气中撰写其《历代名画记》的,作为中国绘画史上一部里程碑式的理论著作,其在对写实传统的论述中,表现出对前代写实绘画理论的继承和发展,并在新的背景下,对写实理论进行了重新的总结和归纳。

谢赫"六法"作为中国绘画艺术观念的第一次系统的理论归纳和对中国写实传统的第一个框架性表述,对后世绘画理论的发展影响巨大。后世重要的绘画理论著作,在展开自己的理论建构前,一般都要对"六法"进行重新的引述和阐释,这几乎成为了一个惯例。通过对"六法"的承继,中国绘画理论实现了一种上下衔接、彼此沟通的庞大的理论建构;但这种衔接只是新的理论建设的起点,在此基础上,各时代乃至各个具体的画论者在自身理论表述中各有不同的侧重。可以说,对于"六法"的接受过程,就是一个不断对其内涵进行重新阐释的过程。因此,虽然"六法"被奉为"中国绘画学津梁"①,但各时代对"六法"的理解却并不相同。至于对"六法"加以调整、增补形成的"六要"、"六长"、"六病"、"新七法"等,更是围绕着"六法"形成了丰富的衍生系列。

张彦远是"六法"的最初、也是最具有影响力的阐释者,其《历代名画记》站在唐代艺术发展的角度,对"六法"进行了富于建设性的新阐释。因此,考察《历代名画记》中的写实理论,应该首先考察其对"六法"的阐释,从中可以发现其在理论上的继承和创新。

由于谢赫在"六法"表述上的语焉不详,张彦远对"六法"的引用和解释就成为后世论者把握"六法"的桥梁。可以说,自唐代以来,绝大多数的关于"六法"的理解和应用,实际上都是延续着张彦远对"六法"的理解。因此,从某种意义上说,在后世影响深远的谢赫"六法"实际上乃是"张氏六法"。

《历代名画记》卷一《论画六法》中,张彦远首先逐句引述了谢赫"六法"的内容:

> 昔谢赫云:画有"六法",一曰气韵生动,二曰骨法用笔,三曰应物象形,四曰随类赋彩,五曰经营位置,六曰传模移写②。

值得注意的是,这是一种以张氏自己的语言对谢赫原文的转述,而不是原文照录。这个引述中的一个主要变动是:张彦远在谢赫原文中省略了六个"是也"而增加了六个"曰"。如原文的"一、气韵生动是也"变成了"一曰气韵生动","二、骨法用笔是也"变成了"二曰骨法用笔"……(下略)。这个改动,

---

① 董欣宾、郑奇:《六法生态论》,江苏美术出版社,1990年版,第1页。

② 谢赫原文的"传移模写"在张氏的转述中改成了"传模移写"。这个改动,虽然在同书中出现了两次,但由于作者对此法未作直接阐释,因此尚不能断定这种变动是一种意义上的修改还是笔误。倒是在同书卷五"晋"之"顾恺之"条下有"著《魏晋名臣画赞》,评量甚多;又有《论画》一篇,皆模写要法"的句子。其中明确以"模写"连用。

使经过张氏变动的"六法"的句读只能为四字一读,即"气韵生动"、"骨法用笔"、"应物象形"……(下略)。

张彦远对于"六法"的转述方式,影响和规范了后世画论家对"六法"的句读。如中国古代最重要的画学著作之一——宋代郭若虚的《图画见闻志》对"六法"的引述就沿用了张彦远的文字。

张彦远对"六法"的阐释,着重在"气韵生动"和"骨法用笔"两法。尤其强调"气韵生动"的地位。

《历代名画记》卷一《论画六法》中,张彦远在对谢赫"六法"进行转述之后,随即提出了自己对"气韵生动"和"骨法用笔"二法的认识。他说:

> 彦远试论之曰:古之画或能移其形似,而尚其骨气,以形似之外求其画,此难可与俗人道也。今之画,纵得形似,而气韵不生,以气韵求其画,则形似在其间矣。……
>
> 夫象物必在于形似,形似须全其骨气,骨气、形似,皆本于立意而归乎用笔,故工画者多善书。……若气韵不周,空陈形似,笔力未遒,空善赋彩,谓非妙也。

从上述引文中可以发现,为论述"气韵生动"、"骨法用笔"两法,张彦远引入了"形似"和"立意"等概念,用以突出"气韵"和"用笔"二法的重要作用和在艺术表现中的地位。

关于张彦远对"气韵"、"用笔"的理解以及它们与"形似"、"立意"之间关系的认识,本文下一节中将会有比较具体的讨论,故此处不作展开。这里仅指出两点:一、张彦远注重"气韵生动"在艺术创作中的至上价值,认为是艺术成功的关键要素;二、在张彦远的理论中,特别提高了"骨法用笔"的地位。使"骨法用笔"成为"六法"中的一个重要的环节,是达到"气韵生动"的最为重要的途径。

同时,需要指出的是,张彦远《历代名画记》一书中对"气韵"概念的使用①,仍主要局限在人物、动物或鬼神题材的绘画中,比如他认为:

---

① 张彦远常以"气"、"骨气"或"神韵"等来代替"气韵"的概念。

　　至于台阁、树石、车舆、器物，无生动之可拟，无气韵之可伴。直要位置向背而已。顾恺之曰：画人最难，次山水，次狗马；其台阁，一定器耳，差易为也。斯言得之。至于鬼神人物，有生动之可状，须神韵而后全。（卷一《论画六法》）

　　正因为唐代道释、人物画创作的极其繁荣，使张彦远论画存在轻视其他题材绘画的倾向，因此，他认为对台阁、树石、车舆、器物等的描绘谈不上"气韵生动"，"直要位置向背而已"，而他对"六法"的阐释的着眼点也主要都是从人物画出发的。

　　张彦远对"六法"中"骨法用笔"以下四法的理解如下：

　　"应物象形"之法。张彦远没有正面论述"应物象形"一法，但关于"物象"问题作过这样一段表述：

　　　　然则古之嫔擘纤而胸束，古之马喙尖而腹细，古之台阁竦峙，古之服饰容曳，故古画非独变态有奇意也，抑亦物象殊也。（卷一《论画六法》）

　　如果把这段文字视为张彦远对"应物象形"的解释，那么，张氏的这种理解不免有些局限，特别是在对"应物"一语的理解上，比较表面。不过是要求画家在再现对象时，注意对不同时代的人物、建筑等的形制的了解，以正确加以表现。唐人绘画注重生命力的张扬和艺术感染力的渲染，特别是宗教壁画和人物故事画，要求塑造和再现出富于鲜明个性特征的形象，在这样一种普遍的创作要求下，"应物"的追求自然受到了忽视。

　　张彦远《历代名画记》中对"随类赋彩"之法，也未作为重要艺术手段提出，虽然多次提到"赋彩"对于绘画形似的意义，但始终带有轻视的态度。下面的一段话中对"赋彩"的看法，就比较典型地代表了张彦远的审美趋向：

　　　　……若气韵不周，空陈形似，笔力未遒，空善赋彩，谓非妙也。……具其彩色，则失其笔法，岂曰画也。（卷一《论画六法》）

　　这种对于"赋彩"的态度大约是受到唐代部分画家设色简淡、甚至不设色的新风气的影响。其实,色彩的使用,在唐代是十分成熟而绚烂的,绚烂之极,归于平淡,水墨也已经在新的艺术实践中使用。张彦远对于色彩本是很有研究的,《历代名画记》卷二《论画体工用拓写》中,专以大段文字记述绘画赋彩所用的各种颜色、胶料等项,对其名目、产地、用法、都有精要说明,足见其熟悉程度和郑重态度。但是,在与"用笔"重要性的比较之下,"赋彩"只能是次要的,这又一次表明张彦远已将"气韵"、"用笔"置于统摄"六法"的地位。

张彦远《论画六法》中对"经营位置"之法颇为重视,认为:"至于经营位置,则画之总要"。因为按照张彦远的说法,即使在台阁、树石、车舆、器物等"无生动之可拟,无气韵之可侔"的题材上,也需要注意"位置向背"。这是合于中国画创作特点的。历来争议不大。

张彦远将"六法"最后一法"传模移写"(即谢赫所谓"传移模写")视为"画家末事":

> 至于传模移写,乃画家末事,然今之画人,粗善写貌,得其形似,则无其气韵;具其彩色,则失其笔法,岂曰画也。

这种理解也是从强调"气韵生动"和"骨法用笔"的角度出发的。因为在张彦远看来,"六法"中从"骨法用笔"以下各法,相对而言都是次要追求,各法都必须统一在"气韵生动"的前提下,把握"气韵",不失"笔法"才是真正的艺术创作。

可见,张彦远对"六法"的阐释,是在充分重视"气韵生动"和"骨法用笔"的前提下进行的。这种强烈的倾向性,表明张彦远力图建立以"气韵生动"或"传神"为目的,以"骨法用笔"为手段的理论体系的充分的理论自觉。这种理论建设的目的性,甚至影响了他在具体的理论阐述上的公允和客观。

不过,虽然张氏在对"六法"中部分纲目的阐释上并不能尽合谢赫之本义;甚至从艺术原理和创作实践角度来看,在对少数概念的理解上也有肤浅失当之处。但作为"六法"的最初、也是最重要的阐释,《历代名画记》的价值是无可置疑的,对"六法"的阐释仍旧是张彦远一项重要的理论贡献。而他对于"气韵"、"用笔"两法的强调,更形成了具有特色的理论核心。

可以说,张彦远正是立足于谢赫"六法"、并通过对"六法"的阐释,构建了其具有唐代艺术发展特色的写实理论。同时,张彦远对"六法"的阐释,也成为后世画论家理解"六法"的一个最为重要的参照。

二、形神关系与骨法用笔

张彦远在重新阐释"六法"的基础上,探讨了写实理论的诸多方面。其中一个很重要的方面,是对形神关系的讨论,而"用笔"之法在这里又起到重要的作用。对这些要素之间关系的解释,是中国画写实理论建设中的一个必须解决的环节。

在唐代中期以后,"气韵生动"或传神已经成为艺术美学的核心范畴。这在当时的题咏书画的诗中,也得到体现。如张九龄所说"意得神传,笔精形似"(《宋使君写真图赞并序》),杜甫的"将军画善盖有神,偶遇佳士亦写真"(《丹青引·赠曹将军霸》)、"韩幹画马,笔端有神"(《画马赞》)、"书贵瘦硬方通神"(《李潮八分小篆歌》),李白的"笔精妙入神"(《王右军》)等等。

不仅如此,唐代艺术理论家还非常关注艺术创作中的形神关系。《唐朝名画录》中有一段著名的关于"形神"的讨论:

> 郭令公(即郭子仪——引者注。)婿赵纵侍郎尝令韩幹写真,众称其善。后又请周昉长史写之。二人皆有能名,令公尝列二真置于坐侧,未能定其优劣。因赵夫人归省,令公问云:"此画何人?"对曰:"赵郎也。"又问:"何者最似?"对曰:"两画皆似,后画尤佳。"又问:"何以言之?"云:"前画者空得赵郎状貌,后画者兼移其神气,得赵郎情性笑言之姿。"(《神品中·周昉》)

形似是神似的基础,观众对画面的要求,首先是对形似的要求,要求其"像"某事物,而随着神似的追求成为艺术的目的,以形写神已成为社会普遍的审美追求和艺术理想。

在写实性绘画中,对形神关系的认识是十分重要的,因为在告别远古神秘主义艺术观念之后,概念式、象征式的绘画传统逐渐被注重视觉逼真的绘画追求所取代,如何通过对事物表象的再现进而传达对象的精神,就成为艺术家们所关注的问题。

张彦远在《历代名画记》中关于"形似"与"神似"之间关系以及"用笔"在形神表现中的地位的讨论,是唐代绘画写实理论中最具影响力的观点之一。

中国艺术理论在形神关系讨论中素来以"神似"与"形似"两概念相对使用,前节引《历代名画记》卷一《论画六法》张彦远关于"气韵生动"的论述中,则以"气韵"替代"神似"的概念与"形似"相对而论。如他说"古之画或能移其形似,而尚其骨气";又说"今之画,纵得形似,而气韵不生";还有"以气韵求其画,则形似在其间矣"等等。上引三处皆以"形似"对应"气韵",可知在张彦远的艺术观念中,"气韵"实际即等同于"神似"。张彦远的"气韵生动"就是顾恺之所谓的"传神写照"。张彦远将"气韵生动"视为绘画的终极目标,确立了"气韵生动"在中国绘画理论中的核心地位。

在继承、阐释谢赫"六法"的基础上,张彦远比较成熟地阐述了"气韵生动"与"形似"之间的关系。

谢赫在《古画品录》中,虽然强调"气韵生动"的地位,但对于能在"形似"上取得成绩的画家同样表示了赞赏。只是对两者之间的因果关系没有进行论述,造成后人在理解上的困难。张彦远的写实理论,继承了谢赫"气韵生动"至上的观点,在强调"气韵生动"的同时,对"形似"的重要性给予充分肯定,同时,还将两者加以联系,使"气韵生动"成为一个并不空洞的艺术追求;并将形似需尚骨气、形神必须兼备的观点贯彻到其对历代画家作品的评论之中。

张彦远提出,成功的作品要"能移其形似,而尚其骨气","以气韵求其画,则形似在其间矣"。这是理解"气韵"与"形似"之间关系的关键所在。

从字面上看,这里"气韵"确乎是凌于"形似"之上的更高层次的艺术概念,是艺术的目的和主宰;但"形似"却是"气韵"所以存在的根据。张彦远说要"以形似之外求其画",但并不是要舍"形似"而求"气韵"、求"神似",而是说,优秀的艺术家要能超越"形似"的束缚,要有更高的追求。张彦远又说:"以气韵求其画,则形似在其间矣",认为艺术家只要把握了"气韵",则"形似"的追求就有了结果,否则"纵得形似,而气韵不生",这样的作品是不成功的。

在《历代名画记》卷一《论画六法》中,张彦远对"气韵"与"形似"关系的论述反复而详尽,一而再、再而三地强调"形似"的追求不能离开"气韵"的目标,大约是意在纠正当时画坛中存在的重"形似"而忽视"气韵"的倾向。

在《论画六法》中,张彦远就曾一再表示出对当时绘画状况的不满:"今人之画,错乱而无旨";"今之画人,粗善写貌,得其形似,则无其气韵;具其彩色,则失其笔法,岂曰画也";"今之画人,笔墨混于尘埃,丹青和其泥滓,徒污绢素,岂曰绘画"。正是画坛的这种状况,使张彦远着力要强调"气韵"对于"形似"的重要意义。

张彦远肯定"气韵生动"的主导作用,但仍是很看重绘画的形似。如前引卷一《论画六法》中对"物象"之区别的一番辨析:

> 然则古之嫔擘纤而胸束,古之马喙尖而腹细,古之台阁竦峙,古之服饰容曳,故古画非独变态有奇意也,抑亦物象殊也。

这段文字实际是在强调不可忽略"形似",充分肯定了对不同对象形象特征进行正确再现的意义,强调重视"物象"之"殊",正确看待前人绘画中的形态塑造。与此相应,在同卷《论画山水树石》中,张彦远又对前代绘画中对山水形象的表现上的缺陷提出了批评:

> 魏晋以降,名迹在人间者,皆见之矣。其画山水,则群峰之势,若钿饰犀栉,或水不容泛,或人大于山,率皆附以树石,映带其地,列植之状,则若伸臂布指。

欲求形似,首先需要注意对事物形象的把握,中国绘画传统历来重视视觉经验,张彦远对前朝山水树石画的批评正是从尊重视觉经验的角度出发,认为画面形象不应违背现实世界中人们的视觉习惯。对于魏晋之际山水图绘的批评,正表明了张彦远对绘画形似的关注。前代山水树石比例关系失当,技法十分稚拙,对于群峰与水的表现更显出不合情理、有悖于视觉经验的地方,这些批评无疑都是从"形似"的角度提出的。

从上面的两个例子已足以见出张彦远对"形似"的重要性的关注。

但是,仅仅尊重了视觉经验并事无巨细地加以描绘,显然也不是张彦远

所认可的好作品,因此他着重指出:

> 夫画物特忌形貌采章,历历具足,甚谨甚细,而外露巧密。所以不患不了,而患于了。既知其了,亦何必了?①

张彦远对形似与神似之间关系的思考是深刻而全面的。张彦远注重传神,但并不否定形似;求神似,不是舍弃形似,而是主张在追求"形似"时,以"气韵"的追求为目标,使"气韵"(也即"神似")与"形似"完美结合。

概括张彦远对形神关系的见解,就包含在"夫象物必在于形似,形似须全其骨气"一句中。在这里,张彦远重申了中国画写实传统的基本观念:形似是绘画的前提;但,仅有形似并不成画,而是要以神似统领形似,形似的目的,仍在于传神,必须"全其骨气",才能达到"以形写神"、"形神兼备"的艺术效果。

理清"气韵生动"即"神似"与"形似"的关系后,站在唐代绘画成就的角度,张彦远进一步探讨了"以形写神"的绘画形式语言。在这方面,张彦远特别推重的是线条的运用,将"骨法用笔"视为达到"气韵生动"的重要手段,特别提高了"骨法用笔"的地位。

在谢赫《古画品录》中,"骨法用笔"位列"六法"之第二法,颇受重视,但并未具体阐述"用笔"对于"气韵生动"的意义(虽然在评丁光画时,将其画作乏于"生气"的原因归结为"笔迹轻羸",在其他地方,也暗示了笔力与"气韵"的联系,但始终未能正面说明"气韵生动"与"骨法用笔"之间的关系)。张氏则明确指出,艺术家能够有效地通过一定的手段达到"气韵生动",这个手段就是"用笔",从而提高了"骨法用笔"的地位。在张彦远对"六法"的认识中,"骨法用笔"成为达到"气韵生动"的一个重要的环节,两者密切相关,相伴共生。

不仅如此,张彦远还明确指出"骨气、形似,皆本于立意而归乎用笔"②,已将"骨法用笔"视为写实绘画的根本手段。

---

① 《历代名画记》卷二《论画体工用拓写》。
② 《历代名画记》卷一《论画六法》。

其实,绘画再现的手段和途径不是单一的,既可以通过对视觉经验的细致、生动的描绘,逼真呈现事物的表象;也可以通过线条等造型语言直接勾勒、传达事物的本质特征,进而达到再现事物的目的,使作品"气韵生动"。在上述艺术手段中,张彦远显然更看重后者。他还进一步指出:"若气韵不周,空陈形似,笔力未遒,空善赋彩,谓非妙也",将线条与赋彩两种造型语言进行了比较,确立了线条的统帅地位,同时表现出对"赋彩"的轻视。

在张彦远看来,从某种意义上,"用笔"已经不是一个技法层面的概念,而是属于一个与"气韵"密切相关的范畴。因此,在上引文字中,多次将"气韵"与"笔力"或"笔迹"并称,使两者成为同一层次的概念。

张彦远对于线条语言的推崇,是与唐代绘画实践中线条的高度成熟分不开的。

唐人绘画艺术实践中特重线条的表现力,形成了唐代绘画的特色,出现了一批在"笔法"上成就卓越的艺术大师。正是站在唐代绘画成就的基础上,张彦远对"骨法用笔"在"六法"中的地位大加提升,并根据自己的理解对该法内涵加以阐释。《历代名画记》中论述"用笔"的文字很多,其中大多涉及"用笔"与"气韵"之间的关系,涉及"用笔"对于画家的重要意义,如卷一《论画六法》中评价吴道子之卓越:

> 唯观吴道玄之迹,可谓六法俱全,万象必尽,神人假手,穷极造化也。所以气韵雄壮,几不容于缣素,笔迹磊落,遂恣意于壁墙。其细画又甚稠密,此神异也。

"笔迹磊落,遂恣意于壁墙",在这种"恣意"挥洒中,线条不仅具备造型的能力,更是具有独立表现能力的艺术语言,"气韵"产生于"用笔"中,这样一种认识正为后世"写意"画的兴起提供了理论的支点。

又如同篇中论当时某些画家的弊端:

> 然今之画人,粗善写貌,得其形似,则无其气韵;具其彩色,则失其笔法,岂曰画也。

在肯定"气韵"的重要性的同时,充分肯定了"骨法用笔"对于"气韵生动"的重要意义,是画家表现"气韵"的根本途径。

张彦远充分揭示了"骨法用笔"对"气韵生动"的重要意义,从而从理论上确立了"骨法用笔"在绘画创作中重要地位,将"骨法用笔"由原来的形式、技法的层面提升到与"气韵生动"有关的精神的层面。

张彦远不仅树立了"骨法用笔"在写实绘画中的重要地位,更深入探讨了"用笔"之法的美学意义。

张彦远所处的9世纪的中国,是线条至上的时代,出现了许多驾驭线条的大师。唐人对线条的美感有着充分的认识,从这样一个时代反观前代艺术成就,对历代线条大师的艺术成就更有清晰的认识。张彦远《历代名画记》中有《论顾陆张吴用笔》一篇专论四家笔法,对于各种不同风格的用笔的描述十分生动、准确,不同"用笔"产生不同的线条,不同的线条具备不同的表现力,充分说明了"用笔"在绘画中的重要地位。因此,欲达到"形神兼备",用笔就是一个关键。张彦远对前代著名画家的用笔特点有着前所未有的深入探讨:

> 顾恺之之迹,紧劲联绵,循环超忽,格调逸易,风趋电疾。意存笔先,画尽意在,所以全神气也。[1]

用笔不同,其线条的美感也不同,张彦远又将用笔风格归纳为疏密二体:

> 顾、陆之神,不可见其(目分)际,所谓笔迹周密也。张、吴之妙,笔才一二,象已应焉。离披点画,时见缺落,此虽笔不周而意周也。若知画有疏密二体,方可议乎画。[2]

从对线条本身的探讨,进而论到线条特征与画面形象之间的关系。

张彦远对"骨法用笔"的深入探讨,是中国绘画史上最早的关于绘画形式语言的讨论。在将线条作为最重要的形式语言加以确立的同时,其实也就否

---

[1][2]　均见《历代名画记》卷二《论顾陆张吴用笔》。

定了这种写实绘画是以再现事物的视觉表象真实为目的。虽然张彦远重视对视觉经验的借鉴,反对无视视觉习惯的绘画创作,但事实上,以线条作为具有统帅意义的形式语言,其目的在于"气韵"而非"形似",不限于对视觉的逼真描绘的追求。因此,在张彦远看来,线条成为造型与传神的根本。"以形写神",准确地说,其实是以"线"写神。

三、"意"的提出

在《历代名画记》中,张彦远多处提出了"意"或"立意"的概念。卷一《论画六法》说:

> ……夫象物必在于形似,形似须全其骨气,骨气、形似,皆本于立意而归乎用笔……

又说:

> 顾恺之之迹,紧劲联绵,循环超忽,格调逸易,风趋电疾。意存笔先,画尽意在,所以全神气也。

"意"或"立意"是一个"六法"之外的新的重要理论范畴,是张彦远在艺术理论上的重要贡献之一。其来源可能是源自书法中对"意"与"笔"关系的论述,如传为卫夫人的《笔阵图》中说:"意后笔前者败,……意前笔后者胜。"

按,谢赫"六法"中"气韵"之"气",不仅是对象的本质构成,也是决定艺术家精神气质和作品艺术效果的最本原的存在。而后世对于"气韵"的理解,多集中在对象和作品两个方面,艺术作品由于成功地传达了对象的"气韵"或"神"而成功,是为"气韵生动"。张彦远的《历代名画记》中,对"气韵"的理解也大致在这样一个范围内。这种理解的缺陷是对艺术家主观精神、性格等方面的作用往往得不到正确的认识。

因此,张彦远提出"立意"的概念,实际上是对其"气韵"概念所无法包容的内涵的补充,进一步将艺术家的作用凸现出来。

艺术作品之所以能够成功地传达对象的"气韵",关键在于艺术家透过事物的视觉表象对其本质生命的成功把握,这种把握需要艺术家自身的气质、修养和才情,这是一个主客体间交流的产物。

张彦远在绘画理论中提出"意",是本于把握再现对象"气韵"或"神"的目的,是对艺术创作中艺术家主体创造性活动的表达。

艺术家对对象事物的把握,不是一种表象的把握,而是对其本质生命的把握。这种对生命本质也即"气韵"或"神"的把握自然应该包含艺术家主观的创造。也就是说,艺术家把握对象的本质,不是一种被动的信号接收,而是一种主动的获取,是透过主观创造力对对象的把握。张彦远名之为"立意",这个"意"来自对象事物,却"立"于艺术家胸中,艺术家只有把握了这个"意",才能通过"用笔"加以表现。

值得注意的是,"意"的把握并不仅限于精神的层面,还兼及对象的形质,即形似,因此才说"骨气形似,皆本于立意",当然,"气韵"或神似是把握"意"的关键。

如果说张彦远将"气韵生动"定位在艺术对象的本质生命层面,"骨法用笔"是表现这种生命的手段,那么,"立意"就是艺术家通过对所表现对象的把握而获得的艺术灵感和构思。显然,在"立意"中,张彦远强调了艺术家的主观创造性。张彦远的"意"的概念,不仅限于艺术家对对象事物的能动把握,同时也包含了艺术家的创作动机、精神状态这样一层含义。

"意"的概念,是后世中国画论中一个十分重要的概念。尽管张彦远"意"的概念的提出,是本于把握对象本质生命的需要,但《历代名画记》中对"意"概念的使用,已经具有表现主义的意味,具有脱离具体对象事物的本体表现的倾向。如卷二《论顾陆张吴用笔》中论及吴道子"何以不用界笔直尺,而能弯弧挺刃,植柱构梁"时指出:

> 守其神,专其一,合造化之功,假吴生之笔,向所谓意存笔先,画尽意在也。凡事之臻妙者,皆如是乎,岂止画也。与乎庖丁发硎,郢匠运斤,效颦者徒劳捧心,代斫者必伤其手。意旨乱矣,外物役焉,岂能左手划圆,右手划方乎?夫用界笔直尺,界笔,是死画也;守其神,专其一,是真画也。

很显然,这里所说的"意",就包含了艺术家创作主体的精神状态。是"审美主体之意与阴阳化合之意的高度融合,际乎天人,介于物我"①;艺术家"守其神,专其一",目的仍在"合造化之功"。同时,只有"守其神,专其一",把握"意",才是成功进行艺术创作的关键,"真画"与"死画"之区别正源于此。

张彦远在写实理论建设上的一个重要贡献,是将理论视野扩展到山水画等题材领域,使写实理论的研讨不再仅仅局限于人物画的领域。在这个新的领域中,"意"的概念同样是一个重要的范畴。卷二《论画体工用拓写》:

> 夫阴阳陶蒸,万象错布。玄化亡言,神工独运。草木敷荣,不待丹碌之采;云雪飘扬,不待铅粉而白。山不待空青而翠,凤不待五色而綷,是故运墨而五色具,谓之得意。意在五色,则物象乖矣。

这里的"意",即"笔不周而意周"的"意",是艺术家通过创作所要表达的关键性内容。艺术家要超越万物表象而得其"意",就是要再现出自然万物的生命本态。"夫阴阳陶蒸,万象错布。玄化亡言,神工独运",大自然的生命是一种无言而博大的存在,艺术家只有超越表象直获其本质生命,才能把握其"意"。从这一层意思上看,"意"大略等于"神",但由于当时对"神"(包括"气韵")的使用局限于人物、动物等题材,"意"实际上是将"传神"或"气韵生动"的写实观念扩展到了更广的题材范围。张彦远对中国绘画理论的这一贡献,对于此后宋代绘画理论中"求理"观念的提出和相关理论的形成,是一个重要的过渡。②

（原载《艺文论丛》第五辑,百花洲文艺出版社,2007 年版）

---

① 敏泽:《中国美学思想史》(第二卷),齐鲁书社,1987 年版,第 222 页。
② 作为一个概念,"意"在此后中国绘画史上,具有突出的地位,成为中国画学中使用频率超过"神"的一个关键词。一个简单的统计可供参考:唐代《历代名画记》中,"神"出现 156 次,"意"出现 68 次;北宋郭若虚《图画见闻志》中,"神"出现 91 次,"意"出现 56 次;而南宋邓椿《画继》中"神"出现 49 次,"意"出现 89 次。

《笔法记》对中国画写实理论的贡献

在中国画写实理论的发展历程中,五代荆浩的《笔法记》占有重要地位。荆浩《笔法记》对于写实理论的贡献主要有以下几个方面。

首先,《笔法记》在张彦远之后更为明晰地分析了形似与神似之间的关系,扫清了笼罩在"传神写照"、"气韵生动"等中国绘画写实传统最高标准之上的神秘、朦胧的色彩,使其更具有可把握性和操作性。这一贡献,为宋人绘画写实理论与实践的繁荣奠定了基础。荆浩自称唐人,生活于五代时期,但其在艺术观念上,是直接与宋人相通的。

其次,通过对绘画"六要"的提出,荆浩形成了自己的写实理论体系,特别是其中对于"气"、"韵"的分举和对于墨法的单独提出,以及在"气"与"笔"、"墨"与"韵"之间密切的因果关系的肯定,发展了"六法"的内涵,对新兴的水墨画艺术创作,进行了理论总结和梳理,具有重要的理论创新意义。

在谢赫以后,有许多艺术理论家尝试对"六法"进行重新概括和表述。但,除张彦远等以外,多缺乏必要的理论深度;荆浩《笔法记》中"六要"的提出,却"把创造的精神与技巧,组成了一个紧密的系统……一方面是吸收了时代之流,但又是从自己身上创造出来的。"①

如果说,张彦远的《历代名画记》标志着中国绘画对"用笔"之法的高度重视,确立了线条对于中国画的重要意义;那么,张彦远之后相隔数十年出现的荆浩《笔法记》则以其对墨法的弘扬,开创了中国画艺术语言的全面自觉的时代。

---

① 徐复观:《中国艺术精神》,春风文艺出版社,1987年版,第253页。

一、《笔法记》在写实理论中的特殊地位

荆浩在中国绘画史上以北派山水的开创者著称，虽然流传下来归于荆浩名下的山水画作品大都难以认定是他的真迹，但对于荆浩的山水画成就，历代评价极高。他的山水画开启了宋代山水画的蓬勃发展的局面，标志着中国山水画的成熟，并直接影响了北宋山水三家的山水画创作。

画史上所谓"三家鼎跱，百代标程"（郭若虚语）的"三家山水"，指关同、李成、范宽。关同"学从荆浩，有出蓝之美"（《图画见闻志》卷二《纪艺上》）；范宽、李成也都深受荆浩影响。宋代梅尧臣有诗谓"范宽到老学未足，李成但得平远工"①，认为范宽一生学荆浩而未足，李成学荆浩仅得其平远，不难想见荆浩在北宋影响之大。

相对而言，对于荆浩在绘画理论上的建树，画史研究者给予的关注与重视程度尚嫌不够，事实上，荆浩《笔法记》在中国画写实理论发展中具有承前启后的的特殊意义和重要地位。

《笔法记》以一个富有神秘色彩的故事为框架，记述了作者本人在绘画艺术上的探索过程。故事的核心是作者亲受笔法于山间老者的情节，通过"吾"与"叟"之间的对话，阐述了作者对于绘画艺术的认真思考。

将主人公的某种本领的获得，归于人生的神秘机遇，这在中国古代文献中是一种并不罕见的主题。与《笔法记》中故事十分相似的，即有《史记·留侯世家》中著名的张良受书于黄石公的故事。但将自己独创的绘画艺术理念，借助这种带有几分神秘色彩的故事框架进行表述，在中国绘画史上确是十分独特的。考察艺术家的良苦用心，可以感到艺术家对艺术理念探讨的那种十分严肃而庄重的态度。

唐代，随着宗教艺术的繁荣，绘画受到各个社会阶层的普遍关注，艺术家当众挥毫，观者欢呼喝彩的盛况成为中国绘画史的佳话。关于绘画艺术的功能，张彦远《历代名画记》中曾以极其理性的语言概括为："成教化，助人伦，穷神变，测幽微；与六籍同功、四时并运"。《笔法记》则以一种寓言式的表述，阐明了对艺术价值的充分肯定。

正是在这种大背景下，将绘画艺术经验的传授，视若与张良得获《太公兵

---

① 《宣和画谱》卷十《山水一》。

法》这样的事件具有同等神秘而重大的意义才成为可能。艺术家热爱绘画艺术，珍视自己的艺术经验，当然也希望他人能够接受这种经验的归纳总结，于是采用了特殊的表达方式，在带有神秘色彩的故事之下，《笔法记》中跃动的是一颗伟大的艺术心灵。

这部《笔法记》曾被珍藏于皇家秘阁；在当时的一些画论著作中（如宋代画论家韩拙的《山水纯全集》），对《笔法记》多有或显或隐的引用，从中可见此著的影响；而从今日所见到的《笔法记》的原文来看，多有明显的脱误之处，这也正说明这部著作在民间画家之中曾辗转传抄，影响深远。

关于荆浩《笔法记》在艺术理论上的建树，徐复观《中国艺术精神》中进行了以下概括：

> 《笔法记》的特点有二。第一，不仅不像《林泉高致》以外的许多画论，以辗转抄袭为主；并且这完全是创造性的作品；他完全摆脱了传统的人物画论的影响，创造了纯山水的画论。这从山水画整个的发展历程来看，荆浩是继承中唐以后，以创造的大力，达到完成的阶段。他把自己在创造历程中，精神和技术上所感到的惊异，以神话寓言的方式表现了出来，这不是旁人所得而依托的。第二，他对山水画在唐代的发展所作的扼要而深刻的批评，也不是旁人所得而依托的。所以我们若要从绘画发展的方向去把握中国艺术精神，便不能不重视这一部《笔法记》。①

我们需要补充的一点是，《笔法记》不仅是一部山水画论。荆浩所论虽以山水松石的画法为主要方面，但其理论内涵已经超越了特定题材的限制，涉及并较好地阐明了中国画写实理论的一系列重要基本观念，从这个角度来说，其理论建树主要表现在对中国绘画观念的重新梳理上。因此，《笔法记》在中国画写实理论的发展中具有特殊意义。

相对于张彦远而言，荆浩提出的"六要"，无疑是承继谢赫"六法"的新的理论建构。它概括了谢赫以后近五百年间中国绘画理论与实践的新发展，特别对山水画兴起和水墨画风的出现等新的艺术现象，进行了理论梳理和重新

---

① 徐复观：《中国艺术精神》，春风文艺出版社，1987年版，第250页。

阐释,使之具有鲜活的理论张力和新鲜的时代气息。

荆浩在重新梳理前人艺术理论的基础上,结合当时新兴的艺术实践,提出新的绘画"六要"如下:

> 夫画有六要。一曰气;二曰韵;三曰思;四曰景;五曰笔;六曰墨。

"六要"显然是在重新思考"六法"的基础上提出的新的绘画艺术纲领,虽然最终无法取代"六法"的经典地位,但却构成了"六法"提出后最具活力的理论衍体之一。成为对"六法"体系的重要补充。

在唐末山水画兴起的背景下,荆浩"六要"本于"六法",对山水画实践的经验进行了一次总结。"六要"概括了荆浩的写实理论体系的基本内容。

《笔法记》中对"六要"作了具体的阐释:

> 气者,心随笔运,取象不惑。韵者,隐迹立形,备仪不俗。思者,删拨大要,凝想形物。景者,制度时因,搜妙创真。笔者,虽依法则,运转变通;不质不形,如飞如动。墨者,高低晕淡,品物浅深;文采自然,似非因笔。

所谓"心随笔运,取象不惑",即要求画家心手如一,以充分的自信和饱满的精神状态,把握对象之真;"隐迹立形,备仪不俗",即要求艺术语言为形象塑造服务,无人为斧凿之迹,强调画面形象的仪态"不俗"。如果说,所谓"心随笔运"强调了"气"与"笔"的关系,这种对于"笔"的表现力的理解并未离开唐人"气韵"本于"用笔"观点;那么"隐迹立形"则对"笔"的作用加以了限制,要求"笔"不可过于张扬,不可人为痕迹太重,要有所蕴藉,方能不俗。这里似乎在暗示"韵"与墨法的联系。

在此两句中,论述的重点都在后半句。意谓把握"气"就是要取对象之真,得"韵",就是不俗。按,这里"气"与"韵"的含义合起来与"六法"的"气韵生动"大致相同,荆浩之所以分别提出,乃是要对"韵"之意味特别加以强调。在"六法"之"气韵"概念的本意中,"气"为主体,"韵"是一种附带的效果,指人物画之神采。荆浩以山水画研究为其着眼点,故对"韵"的内涵的理解有不同的侧重。将"气"、"韵"并提，即是要求艺术创作不仅要把握对象之本质生命，而且要气象不俗，得其余韵。"韵"之单独提出，是对谢赫以来重"气"而轻"韵"的艺术观念的纠正，实开宋代以后以"韵"论书画的先河。

"思"，是一个前人较少涉及的概念，荆浩以"删拨大要，凝想形物"来释"思"之内涵，其意在于强调艺术创作中画家需聚精凝神地立意构思，这是对"心随笔运，取象不惑"的"气"的补充和前提。在《笔法记》的另外一处，还有"去其繁章，采其大要"的说法，也是从"思"的角度来说的。

在以往的艺术理论中，顾恺之论画有"迁想妙得"之说（"凡画，人最难，次山水，次狗马；台榭一定器耳，难成而易好，不待迁想妙得也"），与荆浩的"思"的意思近似；而"六法"中的"经营位置"则不及"思"的内涵丰富深刻。

"景"的内涵略相当于"六法"的"应物象形"，但"景"是专门针对自然景物而言，要求通过遵循客观景物的变化，再现大自然的内在规律与生命，所谓"制度时因，搜妙创真"。这里强调对山水生命的再现不是被动的照搬某一孤立的自然状态，而是要在"搜妙"（全面了解和把握自然山水的本体律动）的基础上进行艺术创造。"创真"之"真"，是荆浩提出的一个重要概念，《笔法记》中，多次提到"真"，如"度物象而取其真"和"真者气质俱盛"，这是荆浩写实理论的一个核心命题，要求艺术家形神兼备地再现山水景物的生命本态（对该命题的论述详见下节）。

《笔法记》对笔墨阐释特别是对"墨"的重点提出，是荆浩在绘画理论上的一个突破，关于此点，后面还将专门论述，此处仅简单介绍荆浩"笔"、"墨"的含义。

荆浩对"笔"的要求是："虽依法则，运转变通；不质不形，如飞如动"。意思是用笔虽然有法则，但要加以变化，尤其不能受到形质的拘束，要表现出灵动。这与"气"的要求是相通的。对"墨"的基本要求是："高低晕淡，品物浅深"，即要求运墨能够渲染出物象的高低、深浅，这与绘画中色彩的效果基本一致；但荆浩对于墨法还有更进一层的要求，即"文采自然"，就是要尽去人为斧凿之痕，这与前面对"韵"的要求（"隐迹立形"）是相呼应的。张彦远认为"骨气、形似，皆本于立意而归乎用笔"，荆浩进而将"气"、"韵"与形似的追求，归于"笔"与"墨"的运用的成功。

与"六法"相比，荆浩的"六要"有所补益也有所减省，略去之处如"传移模写"、"随类赋彩"等。他重水墨渲染，故不重赋彩；他重以造化为师，故人物写真和临摹之法不在其理论体系内。因此这种省略是一种自觉的理论取舍。

荆浩"六要"是在总结山水画经验和水墨技法的基础上提出的，在这一"六要"系统中，突出了艺术家在对象表现中的主动性和创造力，强调了绘画技法与表现目的之间的密切联系，既继承了前代艺术理论的精髓，又包含了独立的理论创造和艺术思考，是"六法"以后不可多得的重要的理论建构。对于中国画写实理论的发展，起到了直接的推动作用。

二、"真"和"物象之原"的提出

在张彦远之后，荆浩《笔法记》通过对绘画定义的辨析切入到对形似与神似的关系的讨论，表达了其关于写实观念的思考，提出了"真"的理论命题，使唐代写实理论在总结时代最新艺术成就的基础上达到了一个新的境界。

由于《笔法记》的特殊表达形式，其理论观点并不是直接阐述，而是借助寓言故事中人物之口曲折地表述出来。在正面阐述自己的理论观点之前，《笔法记》开头首先提出了一种对景描绘式的绘画观念："太行山有洪谷，其间数亩之田，吾常耕而食之。"山间奇异的自然景观令人惊叹，"因惊其异，遍而赏之。明日携笔，复就写之。凡数万本，方如其真"。这显然是一种对景写生的方式，出于初学者对自然景物奇异形态的再现兴趣，旨在尽量忠实地记录视觉经验。作者将这种写实观念概括为"画者华也，但贵似得真"，"华"即事物的表象形似之美。这种观念认为，通过对事物表象之美的如实描绘，即可"得真"，即事物的生命本态。

这是一个看似正确却存在根本问题的绘画定义，这种观点大约代表了当时社会上的一些流俗观点，很可能在当时画坛颇为盛行，因此作者才特别提出来作为批驳的靶子。随着故事的展开，借"叟"之口，荆浩批评了这种绘画观念，指出这是片面的、表面的对绘画的理解，这样的"似"，并非对事物本质的再现，而是以"似"为"真"：

> 叟曰，不然。画者，画也，度物象而取其真。物之华，取其华。物之实，取其实。不可执华为实。若不知术，苟似，可也。图真，不可及也。

　　从"画者,华也,但贵似得真"到"画者,画也,度物象而取其真",正体现了中国写实绘画本体论上的自觉。所谓"物之华,取其华。物之实,取其实。不可执华为实","华"与"实"的关系,实际就是对象的外在形态和内在本质的关系。

　　荆浩并不否定"华",但"华"之成立,乃在于物之有"实","华"不能取代"实",因此"执华为实"就仅能得到画面形象与描绘对象的外形上的相似,欲要"图真,不可及也"。就是要求画家透过事物的外表特征,把握事物的本质规律或内在生命,不能仅仅停留在对外形的描绘阶段。这也就是"度物象而取其真"的内涵所在。

　　"真"与"似",是荆浩提出的一组相对立的范畴。"似"即形似,固然是艺术家的重要任务,但仅此则绝非真正成功的艺术。荆浩认为绘画是一种创造,要"度物象而取其真"。

　　那么,"何以为似? 何以为真?"《笔法记》回答:

　　　　似者得其形,遗其气;真者气质俱盛。凡气传于华,遗于象,象之死也。

　　有人认为,荆浩所谓的"真"即是"神"或"气韵",这种理解从一般意义上来看并不错,因为在中国古代艺术理论中,"真"的内涵就是指"对象所具有的独自的生命"[1]。但荆浩对"真"这个概念的使用在"神"或"气韵"之外还赋予了形似的含义,兼具"形"、"神"两个方面的内涵。

　　荆浩认为:真正的艺术,是形神兼备、"气质俱盛"的。"似"是仅得物象之形,"真"则是"气质俱盛",即:不仅要描绘出物象的外形,而且要进一步表现出对象的本质生命。能否通过事物的外在形态,进而把握其"气",决定了艺术的成败,绘画如没有把握对象的生命,仅得形似,作品中就只有无"气"之"象",所画即为死物。

　　所谓"气传于华","气"即"气韵"之"气",是事物的生命凝聚,表现于物之"华",即事物的外在形态。荆浩认为事物的本质生命是通过外在形象得以

---

　　① ［日］笠原仲二:《古代中国人的美意识》,魏常海译,北京大学出版社,1987年版,第116页。

表现的,除此以外并无其他表现方式,但如果画家不善于把握,便无从获得。

因此,我们对于"真"的理解是这样的:画家不仅要把握对象的本质生命,还要兼能表现对象的形象之美,是谓得真。这也正是荆浩"气"、"韵"并举的意图所在。

比较此前艺术理论中对"形"与"神"关系的理解,荆浩的"真"的概念自有其创新意义。

顾恺之提出"传神"论,将"传神写照"视为绘画艺术的终极追求,确立了以再现对象内在精神和生命为目的的绘画艺术的最高标准,但"四体妍蚩本无关于妙处"等语,又有忽视形似之嫌。

谢赫品画,以"气韵生动"为上,其列入上品者,多有"虽不该备形妙"但"颇得壮气"之说,虽在"气韵生动"之下,也注重对"骨法用笔"、"应物象形"等五法的探讨,并在品画中以之为标准,但常将"六法"分开使用,所谓"虽画有'六法',罕能尽该;而自古及今,各善一节",因此,"气韵"之获得,可离开形似,令人仍感觉玄妙不可把握。

张彦远《历代名画记》对形似与气韵之间的关系十分重视,尝试进行分析:"古之画,或能移其形似,而尚其骨气,以形似之外求其画;此难与俗人道也。今之画,纵得形似,而气韵不生,以气韵求其画,则形似在其间矣……若气韵不周,空陈形似,笔力未遒,空善赋彩,谓非妙也。……今之画人,粗善写貌。得其形似,则无其气韵;具其彩色,则失其笔法。岂曰画也?"仍有将形似与气韵分别对待的倾向;虽已将形似的追求与"气韵生动"统一起来,但如何通过形似进而求得气韵,形似对于气韵到底有什么意义,仍是语焉不详。

与上述观念相比,荆浩《笔法记》中提出的"度物象而取其真",则有将形似与神似之间的隔阂彻底打通的可能。因此,荆浩的"真"的概念,是对"以形写神"说的高度浓缩。前人所谓"形"、"神"之分别,在此冥合为一。

与荆浩的观念相似,关于形似与神似之间统一关系的新认识,在唐末五代时期成为比较普遍的观点。如五代时文学家、《花间集》序言的作者欧阳炯的观点就与荆浩观点相近:

六法之内,惟形似、气韵二者为先。有气韵而无形似,则质胜于文;

有形似而无气韵,则华而不实。①

欧阳炯对片面追求"形似"或单纯强调"气韵"的做法都提出了不满。

在某种意义上来说,前代从重视"气韵"的角度,论述不能片面追求"形似"的说法是很多的,占主导地位,而强调"气韵"不能脱离"形似"而独立存在的论述,则并不多见。欧阳炯的上述论述与荆浩"物之华,取其华。物之实,取其实"的写实观念出现于同一时期,大约并非偶然。

当然,荆浩的"度物象而取其真"这一命题主要是针对那种单纯追求形似(即所谓"贵似得真")的流俗艺术观念提出的,其中"真"的概念,承继了前人对于写实艺术的核心观点,是对前人的写实理论的高度概括和浓缩。我们在此之所以重点论述其对于"形似"与"神似"的并重,乃是由于在中国艺术史上,能够全面公允地论述两者关系的言论并不多见。

为了进一步论述自己关于写实观念的认识,荆浩提出"写云林山水,须明物象之原"的命题,这是对"气传于华"和"度物象而取其真"的具体阐释。荆浩举例分析了通过写形而把握其林木之神的形神统一观点:

> 夫木之生,为受其性。松之生也,枉而不曲遇。如密如疏。匪青匪翠,从微自直,萌心不低,势既独高,枝低复偃。倒挂未坠于地下,分层似叠于林间,如君子之德风也。……

松的禀性、神采,正是通过其特有形象表现出来,画出松的特有风姿,即画出了松之精神,这样的创作,就是形神兼备的,就是"得真"的。

荆浩"明物象之原"的"原",是蕴藉于自然万物之中的,规定着自然万物包括人类自身的形态,真正的艺术家应该在深入了解掌握"物象之原"的前提下,在绘画中通过艺术形象的塑造,再现万物的形态。

把握了"物象之原",就能进而把握对象之"真",这正是艺术家的高妙所在。徐复观《中国艺术精神》中认为:

---

① 《益州名画录》卷上《妙格中品》。

　　所谓物象之原,即物所得以生之性。性即是神,即是气韵。但仅言神,言气韵,则可能只令人作一种气氛去把握。他提出"性"的观念,这是神与气韵观念的落实化。画能尽物之性,才可说是能得物之真。但物之性,依然不能离形而空见。①

　　这段评述,点明了所谓"原"的概念提出的理论意义。当然,对"物象之原"的了解,最终目的仍是把握对象之"真",因此,在"原"或"性"的内涵中,是否能将"神"或"气韵"的概念落实,即如徐复观先生所说"性即是神,即是气韵",还值得探讨。

　　事物的生命、精神,不是存在于形象之外,而正是通过其形象的外部特征才得以表现出来。这种观念虽在前人的"以形写神"的观念中已经出现,但直到荆浩才对这一问题进行了比较深入的思考。"明物象之原"的提出,是对"以形写神"论在理论上的阐明和发展。"神"即在"形"中,欲得物之"神",必得先通过对物的形姿的真切观察,深入领会,悟得其"神"。

　　当我们将荆浩《笔法记》中提出的这一命题放在更大的历史层面上考察,会发现,它与宋代画坛盛行的"审物"、"求理"之风有着渊源上的关系。

三、新的绘画语言的确立

　　"笔"与"墨"并重,是荆浩针对写实绘画手段提出的新观点,也是"六要"中最具有创见的环节之一。

　　我们知道,"骨法用笔",是中国画最基本的造型手段。而"随类赋彩",作为中国画色彩实践的基本原则,与"骨法用笔"同样体现了中国画的画面特征。"用笔"和"赋彩"在中国绘画艺术发展中,很早就进入了从实践到理论的自觉阶段。

　　中国画不重于描绘视觉接触到的实物的表象,故其赋彩,并不严格描写特定光线下物体的复杂色相,而是具有较强的主观抽象性。当然,这种主观的"赋彩"仍然按照了物象的固有色,以此为赋予不同色彩的根据。

　　线条,在中国画中具有双重身份,既要用于勾勒艺术形象,又要表现自身

---

① 徐复观:《中国艺术精神》,春风文艺出版社,1987 年版,第 257 页。

的美感。唐代是中国画线条真正获得了独特性格的时期,立于这个笔法高峰之巅的吴道子,以其丰富多变、动感强烈的墨线,使客观事物的内在生命,极大地揭示、再现于画面。他的壁画,被誉为"天衣飞扬,满壁风动"①,他创作的《地狱变相》图:"都人咸观,惧罪修善,两市屠沽,经月不售"②。线条的丰富,使作画必须敷色的成法在唐代受到了怀疑。传说吴道子作画,便往往仅以线条勾勒,不为之着色。也就是从唐代开始,中国画对赋彩的必要性和重要性提出质疑。

谢赫"六法"中,已经将"骨法用笔"提到高于"随类赋彩"的重要地位。张彦远《历代名画记》则进一步将"骨法用笔"的重要性强调到与"气韵"相提并论的高度。但对于"墨法",唐代虽然已经出现了艺术实践的探索,在理论层面上还不能被人们所接纳。

张彦远虽有"运墨而五色具"之说,但他对于墨法本身的探讨却并不深入。正如已有学者所指出的,张彦远这里所谓的"运墨",实际就包括在"用笔"之中,③并不是一个关于"墨法"的概念。

在古代山水画家中,荆浩是第一个将笔墨并重并获得巨大成功的人。在《笔法记》中,荆浩则从理论上对笔墨给予了同样的关注:

> 夫随类赋彩,自古有能。如水晕墨章,兴吾唐代。故张璪员外树石,气韵俱盛。笔墨积微,真思卓然,不贵五彩,旷古绝今,未之有也。麹庭与白云尊师,气象幽妙,俱得其元。动用逸常,深不可测。王右丞笔墨宛丽,气韵高清。巧写象成,亦动真思。李将军理深思远,笔迹甚精。虽巧而华,大亏墨彩。项容山人,树石顽涩,棱角无椎。用墨独得玄门,用笔全无其骨。然于放逸,不失真元气象。……吴道子笔胜于象,骨气自高,树不言图,亦恨无墨。……

荆浩笔墨并重,不仅对于"用墨独得玄门,用笔全无其骨"的画法提出批

---

① 段成式:《酉阳杂俎》续集卷五《寺塔记上》。

② 黄休复:《益州名画录》卷上"左全"条。

③ 阮璞《对张彦远"运墨而五色具"一语之曲解》一文认为,所谓"运墨而五色具"的"运墨"指的是"运笔钩墨",并非特指水墨画法。见阮璞:《画学丛证》,上海书画出版社,1998年版。

评，即使是对吴道子这样的杰出画家，也因其有笔而"无墨"而表示了遗憾。吴道子在画坛的地位，有唐一代无人能及，对于吴道子所表示的微词，正表明五代以后艺术传统确实在发生着重要的变化。

荆浩在对笔墨艺术效果的论述中，反复强调所谓"真思卓然"、"气象幽妙，俱得其元"、"巧写象成，亦动真思"等，可见其对于墨法中包含的艺术家内在意趣、气质的表现力十分看重。同时，荆浩对于水墨在写实上的作用也十分关注。他将"水晕墨章"与"随类赋彩"相对，足见他对水墨这种新的形式语言的期待。张璪所画树石"笔墨积微"，甚至能够超过施加颜色的效果，因而"不贵五彩"，荆浩认为，张璪的成功是空前的。因为正是张璪真正做到了"气韵俱盛"。

从上述分析可知，在荆浩将"墨"作为新的艺术语言提出的时候，对于水墨的文化内蕴、艺术性格以及丰富的表现力，已经有着深刻的体认和成熟的思考。

在郭若虚《图画见闻志》中还记载了荆浩的这样一段话：

> 吴道子画山水，有笔而无墨，项容有墨而无笔，吾当采二子之所长，成一家之体。（卷二《纪艺上》）

说明荆浩在自身的艺术实践中对笔墨并重的自觉追求，是与他对笔墨表现力的深入认识和理性思考分不开的。

正如气、韵兼备，才能完整传达对象的神采，笔、墨也相伴而生，是中国画创作密不可分的艺术语言。因此，荆浩在具体论述中往往气韵合用，笔墨并提。如其论画之无形之病时就说："气韵俱泯，物象全乖。笔墨虽行，类同死物。"在论用笔之"四势"中，也同样涉及了墨法的要点：

> 凡笔有四势，谓筋、肉、骨、气。笔绝而不断谓之筋；起伏成实谓之肉；生死刚正谓之骨；迹画不败谓之气。故知墨大质者失其体；色微者败正气；筋死者无肉，迹断者无筋，苟媚者无骨。

较之张彦远关于"骨法用笔"的论述，荆浩的总结无疑"包含着丰富的艺术实践经验"①。

　　中国书法论中早以骨、肉、筋等论用笔之法,但在绘画中则向来仅提"骨法"而不及其余。这也说明前代绘画实践中在以线为基本造型手段的同时,对墨法的相对忽视。荆浩以骨、肉、筋等论绘画笔墨之法,固然受到前人书法美学论的启发,但其对绘画笔墨特征及其美感呈现方面的准确把握,只有在水墨画艺术创作已经取得巨大成就的前提下才可能获得。自荆浩提出笔墨之法后,得到历代绘画实践和理论探求的不断丰富,中国画笔精墨妙的技法体系日臻完备。

　　（原载《应物传神》,江西人民出版社,2004 年版,题目有改动）

---

① 敏泽:《中国美学思想史》第二卷,齐鲁书社,1987 年版,第 231 页。

"逸格"：对中国画写实传统的超越

中国画的写实艺术实践发展经过唐代的辉煌，在宋代达到十分成熟的时期。在写实观念的统领下，宋代各个画科都得到充分发展，特别是在花鸟和山水画领域，达到了一个前所未有的高度。也正是在这一时期，中国绘画传统中固有的表现主义倾向也得到比较充分的孕育；而宋代以后士大夫文化在社会上的巨大影响力，更使这种表现主义倾向，成为一种影响日益巨大的新的审美潮流，并在宋元以后形成为规定着此后中国画基本走向的新的艺术传统。

新的艺术传统的出现，是以"逸品"首次超越"神品"受到推重为标志的。

一、"逸品"的提出

作为一组绘画鉴赏品评的专用术语，神品、逸品等概念产生于唐代。虽然这组术语并不属于创作理论的范畴，但其中体现出来的艺术理念的变异，却报告了中国画写实传统正在发生着的某种转变。

作为后世文人阶层普遍趋同的鉴赏标准，"逸品"的提出本是对一种已有的艺术风格的确认，但由此引出的对"逸品"的艺术价值的争论、对"逸"的精神内涵的完善，又对绘画艺术创作本身产生了巨大的影响。中国宋元以后绘画历史的发展，正是在这个基础上展开的。

将画家及绘画作品予以品第的传统，始自南朝谢赫的《古画品录》，该书以"六法"为标准，以第一到第六品为次第，把二十七位画家分为六品，以"备该"六法为最高评价。值得注意的是，在品评著名佛像和人物画家陆探微的绘画时，谢赫说：

> 穷理尽性,事绝言象。包前孕后,古今独立。非复激扬所能称赞,但价重之极,于上上品之外,无他寄言,故屈标第一等。

所谓于"上上品之外,无他寄言"之语,已经隐含在六品之上别有一品的意思,但尚未提出神、逸等区分;唐人李嗣真著《画后品》把画家分为上、中、下品,每品又分为上、中、下的等次,共为九品;李嗣真另著有《书后品》,在九品之上,增加了一个"逸品","逸品"最初出现在书论之中。

直到张怀瓘的《画断》中,首次将画分成"神"、"妙"、"能"三品,使每一品都有了具体的含义,与他在《书断》中把书法家分成"神"、"妙"、"能"三品是一致的。由于该书已不存,具体分品情况及各品之标准不得而知。此后,朱景玄《唐朝名画录》中,以"神"、"妙"、"能"三品对当时的绘画作品和艺术家进行品第划分,并于三品之外,另增加"逸品"一档,这是"逸品"在绘画理论中的首次出现。

朱景玄《唐朝名画录》论画以再现万物之本态为绘画艺术的目的所在:

> 画者,圣也。盖以穷天地之不至,显日月之不照。挥纤毫之笔,则万类由心;展方寸之能,而千里在掌。至于移神定质,轻墨落素,有象因之以立,无形因之以生。其丽也,西子不能掩其妍;其正也,嫫母不能易其丑。故台阁标功臣之烈,宫殿彰贞节之名,妙将入神,灵则通圣。岂止开厨而或失、挂壁则飞去而已哉!

从这些表述中,可知他对写实能力的重视。在实际品第中,被列入最高品的是吴道子。

"逸品"是朱景玄借用的一个概念。随着唐代绘画创作的极大繁荣,当时出现了许多与传统绘画不同的新奇的艺术实践,作为一位绘画史论家,朱景玄当然不能无视这些创作探索的存在,但又无法将它们列入传统的绘画体系,因而增加了"逸品"。

这个概念很可能是从李嗣真的《后书品》中借用过来的,但在李嗣真那里,"逸品"是对书法最高品位的标识,列入"逸品"的都是第一流的书家;而朱景玄将"逸品"用于评画时,其涵义显然并不同。关于绘画中的"逸品"的特点,朱景玄只说是"不拘常法",尤其令其犹豫的是对"逸品"的地位的确定,最后,他采取了标明"另类"的办法,不将"逸品"与其余诸品进行比较,因此其位置既不在诸品之上,也不在诸品之下,而放在诸品之外。

被朱景玄列为"逸品"的三位画家分别是王墨、张志和和李灵省。这些被列入逸品的画家,绘画风格并不一致,但共同之处是,三人均为身居江湖,作画需意气所至,不计工拙。其中对王墨的艺术风格记载虽然十分生动,但作者的着眼点也不过是在记载一种新的艺术现象,显然没有以"逸品"颠覆传统绘画理论体系的目的,朱景玄所维护的仍然是以传神为最高要求的绘画批评标准。

二、从神到逸:中国画写实传统的变异

最先对绘画中的"逸"大加推重的是北宋时蜀人黄休复。黄氏所著《益州名画录》以"逸"、"神"、"妙"、"能"四格品评画家,明确将"逸格"置于其他三格之上。黄休复对于"逸品"的推重,引起了宋代画坛的巨大反响,并在不短的时期内成为一个持续争论的理论焦点。

在黄休复之前,张彦远《历代名画记》中曾将画分成五等,即:自然、神、妙、精、谨细。在"神、妙、精、谨细"五等之上,增加了"自然"一等。

《历代名画记》将"自然"视为绘画的最高境界:

> 夫失于自然而后神,失于神而后妙,失于妙而后精,精之为病也,而成谨细。自然者,为上品之上,神者,为上品之中,妙者,为上品之下,精者,为中品之上,谨而细者,为中品之中。(卷二《论画体工用拓写》)

何为"自然"之品? 张彦远认为"自然"的绘画作品应具有如下特征:

> 夫阴阳陶蒸,万象错布。玄化亡言,神工独运。草木敷荣,不待丹碌之采;云雪飘扬,不待铅粉而白。山不待空青而翠,凤不待五色而绰,是故运墨而五色具,谓之得意。(同上)

由此可知,"自然"之品的首要特征是要求画家超越万物之视觉表象而得

其"意",即再现出自然万物的生命本态,大而言之,谓之"道"("玄");小而言之,即是"意"。从这种解释上看,"自然"与"传神"实有相近之处;与此同时,"自然"之品在艺术表现上要求"神工独运",没有人工斧凿之痕。其反面即是"形貌采章,历历具足,甚谨甚细,而外露巧密"(同上)。

欲正确理解张彦远的"自然"之品的内涵,宋人董逌《广川画跋》卷三《书徐熙牡丹图》中的一段话可作参照:

> 世之评画者曰:"妙于生意,能不失真,如此矣,是能尽其技。"尝问如何是当处生意? 曰:"殆谓自然。"问其自然,则曰:"不能异真者,斯得之矣。"且观天地生物,特一气运化尔,其功用妙移与物有宜,莫知为之者,故能成于自然。今画者信妙矣,方且晕形布色,求物比之,似而效之,□序以成者,皆人力之后先也。岂能以合于自然者哉?

朱自清先生解释这段话说:"'生意'是真,是自然,是'一气运化'。'晕形布色',比物求似,只是人工,不合自然。"这种理解是很贴切的。"自然",就是事物的本态,就是把握事物的本质生命。董逌所谓"自然",与张彦远对"自然"的理解是一致的。

由于"自然"与"逸格"都被列在神品(神格)等诸品之上,故论者多以为黄休复"四格"之别与张彦远的"五等"之分是相通的,并认为黄休复的"逸格"即张彦远之"自然"。其实不然。

请看黄休复《益州名画录》中对"逸格"的说明:

> 画之逸格,最难其俦。拙规矩于方圆,鄙精研于彩绘,笔简形具,得之自然,莫可楷模,出于意表,故目之曰逸格尔。

对照《历代名画记》对"自然"的表述。《历代名画记》是从艺术创作的整体过程来进行作品与艺术家的评价的,"自然"之品首先是重在得天地万物之本态,然后才是表现手段上的浑然天成、无人工斧凿之痕;而《益州名画录》对"逸格"的界定则主要根据画面艺术表现手法的特征,侧重于从绘画作品本身的鉴赏和评价角度对画面艺术风格的分析。

"自然"之作首先是旨在传达万物之"意"，即万物的生命本态或规律；其次，表现在艺术手段上，是"运墨而五色具"，力避"形貌采章，历历具足"，画法简约，"得意"即可。而"逸格"的主要特点是不受画法约束，超越色彩描绘，以规矩之于方圆为拙，以精研彩绘为鄙。因而"笔简形具，得之自然"，无可模仿。

当然，仅从艺术表现手段上看，"自然"似乎与"逸格"的区别并不明显，因为两者都主张一种简约的画法；但从深层艺术理念上看，"自然"与"逸格"两种概念则分属于两个不同的观念系统。

"自然"的概念与中国绘画的写实传统是相一致的，并未对写实的传统造成冲击。因为，"自然"之作虽不重视对事物"形"与"色"的一一描摹，但同样以再现事物的内在生命为目的，这一点不言自明。因此，可以认为张彦远的《历代名画记》对中国画的写实传统作了新的拓展，但仍未能突破"传神"论的思想观念体系；"张彦远毕竟还是一位唐代艺术思想的中庸的、公允的、全面的总结者，而非一位激进的新思想的提出者"[①]。

至于"逸格"却已超越了写实艺术传统的范畴。"逸"不以再现事物的真实生命为终极追求，而强调对艺术家生命激情的张扬。

由于《益州名画录》对"逸格"的表述侧重于对艺术表现手法的说明，对其深层艺术理念，特别是对画家、作品与绘画对象之间的关系，未作具体阐明，故难以显示其实质内涵。但从同书中所载的相关资料中，我们却不难发现作者的真实态度。

《益州名画录》对被其列为"逸格一人"的著名画家孙位的绘画创作情况作了比较详细生动的记述，兹略加引述：

> （其画宗教故事）天王、部众，人鬼相杂，矛戟鼓吹，纵横驰突，交加戛击，欲有声响。鹰犬之类，皆三五笔而成；弓弦斧柄之属，并掇笔而描，如从绳而正矣。其有龙拏水汹，千状万态，势欲飞动，松石墨竹，笔精墨妙，雄壮气象，莫可记述。（卷上）

---

① 高建平：《中国古代绘画中的隐逸精神》，《学人》第五辑，江苏文艺出版社，1994年版。

由此可知孙位绘画特点不仅在于用笔简略("三五笔而成"),更在于以气势夺人。其意已不在再现对象的仪态、形貌及精神,而是专意于画面的动感、变化与"雄壮气象"。

这样的创作,与传神的要求之间自然存在差距,黄休复以"逸"为尚,故推重孙位,但如果从传神论的角度来看,则会有不同评价。比如,宋代董逌《广川画跋》评价孙位的艺术风格时就有不同的见解:

> 唐人孙位画水,必杂山石,为惊涛怒浪。盖失水之本性,而求假于物,以发其湍瀑,是不足于水也。(卷二《书孙白画水图》)

为了达到预期的艺术效果,画水"必杂山石,为惊涛怒浪",这无疑不是出于传达水的自然本态和属性的目的。"惊涛怒浪",只是水的一种特殊状态,偶一为之是可以的,但以此为惯例,当然是"失水之本性"的。显然,董逌认为从中国画写实传统的角度来看,孙位的作品不足为范例。董逌推重的是"不假山石为激跃,而自成迅流;不借滩濑为湍溅,而自为冲波"的"真水"(同上)。

苏东坡在《书蒲永升画后》中,对孙位的艺术特征也有过一段与董逌相似的描述,但在对孙位的评价上,两人态度却迥然不同:

> 处士孙位,始出新意,画奔湍巨浪,与山石曲折,随物赋形,尽水之变,号称"神逸"。

苏东坡对孙位的评价并未明确指出其艺术传统上的新突破,但他对孙位的艺术特征是肯定的。联系前引《广川画跋》"孙位画水,必杂山石,为惊涛怒浪。盖失水之本性"的评论可知,所谓"画奔湍巨浪,与山石曲折,随物赋形,尽水之变",就是通过对于水在山石之间急速奔流的情景的描绘,表现出水的特殊形态。

水之为物,形态万千,山石之间的激流,未必是水之本态,因而董逌反对这样一种"失水之本性"的表现方式,但在苏轼看来,这正是孙位的成功之处。苏轼重视在动态中表现对象的生命本质,认为艺术家的杰出之处,并不在于画出水的本态,而在于画出水的变态,这样的水,才是"活水"。

值得注意的是,苏轼在此用了"随物赋形"的说法,既是对山间水流的形态特征的形容,同时也是对画家艺术特征的概括。画者不仅要选择适合表达自己主观意趣的题材,更要表现这一题材的特殊生命形态(比如,同为画水,就有动静之别),目的是为了尽事物之变化,同时也是为了表达艺术家自己的特殊思想情感。

为了说明这一层意思,我们需要再引用一段苏轼在《墨君堂记》中对画家文与可画竹的记述:

> 然与可独能得君(指竹——引者注)之深,而知君之所以贤。雍容谈笑,挥洒奋迅,而尽君之德。稚壮枯老之容,披折偃仰之势,风雪凌厉以观其操。崖石荦确以致其节,得志遂茂而不骄,不得志瘁瘁而不辱。群居不倚,独立不惧。与可之于君,可谓得其情而尽其性矣。①

同孙位一样,与可画竹不是于静态中得其理,而是在各种环境条件下,得竹之动态美,由此而可得其情而尽其性,也即可得竹之常理。这一段论述,与苏轼论孙位之画水,观点是一致的,就是要在动态中把握事物的活的生命,同时特别强调要把握事物的性与情。从《墨君堂记》中可知,对事物性与情的把握,自然不是仅凭纯客观的观察而可获得,必须调动艺术家自我的情感,在物我之间达成同情或共鸣。在这种情况下,艺术家在表现事物时,不必拘泥于事物的所谓本态,而应重在从事物的变态中,获得与主观情感的共鸣;换句话说,事物本身,不必一定是画者所关注的重点,"物"对于画者来说,可以只是一种作画的题材或借口,画者选择某一事物作为绘画对象,乃是意在通过表现"物"的形态特征,表达自己的主观意趣。所谓"谁比此君,与可姓文。惟其有之,是以好之"②。对象只有与艺术家的内在情感上引起共鸣,才能引起艺术家表现的欲望。

从中国画在宋元以后的发展实际来看,上述的观念已经成为大批画家的

① 郎晔:《经进东坡文集事略》卷五十二,四部丛刊初编本。
② 苏轼:《戒坛院文与可画墨竹赞》,《东坡集》卷二十。

共识。当创作主体的自我表现性充分发展时,对事物生命本态的再现要求已经不再成为艺术家的束缚。明代画家徐渭曾自谓:"牡丹为富贵花主,光彩夺目。故昔人多以钩染烘托见长。今以泼墨为之。虽有生意,终不是此花真面目。"①虽然承认泼墨牡丹"终不是此花真面目",但这种艺术趋向却是一种充分自觉的创作行为,代表着新的艺术潮流的发展方向。当这种传统进一步发展到它的高级形态时,艺术家以主观的精神气质强加于对象事物之上,不惜在画面上改变对象的真实形貌,甚至以主观需要再创意象,所谓"山川草木,造化自然,此实境也。因心造境,以手运心,此虚境也。虚而为实,是在笔墨有无间……"②

三、"逸格"对中国画写实传统的超越

中国画写实传统以对自然万物生命本质的再现为基础,不排斥对事物表象的再现。其理论核心借用"六法"中的语言表述就是"应物象形"。

"应物象形"通过表现对象生命的本态,达到逼真地再现事物的目的,其最高境界,为"气韵生动"。"应物",是创作主体对再现对象的观察、了解和感悟过程,这个过程,需通过创作主体去完成,自然有创作主体自身精神气质的介入。与表现主义不同,在写实传统中,强调创作主体在"应物"时以虚静之心客观地体察、把握对象,以便能够得到对象的本态;而如果艺术家透过主观情感去体察对象,则无法得到对象事物的本态,只能得到一个符合主观需求的形态。这便离开了写实艺术的追求。"象形",是艺术家的创作过程,要求艺术家有能力表达出"应物"的结果,但在表达时,又会因艺术表现风格的不同而呈现多种形态,以是否追求"形似"为标准可以分成两大类,即通过"形似"而传达,或略"形似"而传达,前者可称为"神品",后者即成为"逸品"。黄休复在《益州名画录》中提出的"逸格",超出了中国画的写实传统,从理论上提出一种新的艺术探索,故称之为"逸",是恰当的。

"逸格"虽然走出了写实观念的范围,其艺术理念却并非凭空产生,仍是

---

① 徐渭:《墨牡丹》,《徐渭集》,中华书局,1983年版,第1310页。
② 方士庶:《天慵庵笔记》,转引自林木:《明清文人画新潮》,上海人民美术出版社,1991年版,第39页。

萌生于写实传统的内部，是从中国画写实艺术自身的某些特点中生长、发展而来的。也正因此，神与逸之间往往界限模糊。徐复观说："神与逸，本来是'其间相去不能以寸'，难于分辨的。"①难以分辨的原因正在于此。但是，两者在表面上的近似，却掩盖不了两者间内涵上的不同，因此，需要我们加以区分。

有趣的是，翻检画史对吴道子的记载，这位被大多数画史评为"六法"兼备，"神格"极品的唐代画家，却与孙位有极为相似之处："吴生画此寺地狱变相时，京都屠沽渔罟之辈，见之而惧罪改业者，往往有之"②。足见其宗教故事画以气势夺人，感染力极强；而"弯弧挺刃，植柱构梁，不假界笔直尺。虬须云鬓，数尺飞动，毛根出肉，力健有余"③，与前述孙位的"弓弦斧柄之属，并掇笔而描，如从绳而正"何其相似。其画神龙"鳞甲飞动"，其画水石"纵以怪石崩滩，若可扪酌"，更与孙位如出一辙。

但在同样的风格之下，孙、吴之间，仍有显著的差异。苏子由《汝州龙兴寺修吴画殿记》记述道：

> 范、赵（即范琼、赵公祐，皆五代著名画家，被黄休复列为神格，下同——引者注）之工，方圆不以规矩；雄杰伟丽，见者皆知爱之。而孙氏（即孙位——引者注，下文"孙遇"同此）纵横放肆，出于法度之外，循法者不逮其精，有从心不逾矩之妙。……其后东游至岐下，始见吴道子画，乃惊曰：信矣，画必以此为极也。盖道子之迹，比范、赵为奇，而比孙遇为正，其称画圣，抑以此耶！④

这段文字对于我们理解"神品"与"逸品"之间的差异十分重要。

出于巴蜀的苏子由，尝亲见孙位与吴道子的画迹，他对于两者异同的感受自然十分可信。虽然孙位与吴道子的风格有相近之处，但在苏子由看来，当吴道子与孙位进行直接比较时，两者之间还是存在奇、正之别的。这也许

---

① 徐复观：《中国艺术精神》，春风文艺出版社，1987年版，第275页。
② 《唐朝名画录》神品上《吴道玄》。
③ 《历代名画记》卷二《论顾陆张吴用笔》。
④ 《栾城集》后集卷二十一，四部丛刊初编本。

正是"神"、"逸"之间的差别,神品之作具有趋向"逸品"的内在动力,从"神"的境界再向前跨进,就到了"逸",即从以最大限度地再现对象生命为最高标准到以表现画家胸中情绪和精神状态为终极目的。

因此,可以认为"逸格"的出现,是中国绘画写实传统发展的必然结果。这种以表现为特征的绘画观念来自写实传统的理论体系内部,是对写实传统中某些艺术倾向的发展和强调。

在五代、北宋之交,"逸格"观念的提出尚不具备充分的理论自觉,即便是"逸格"的最初推重者黄休复,也未能明确地概括其内涵,其所谓"拙规矩于方圆,鄙精研于彩绘,笔简形具,得之自然,莫可楷模,出于意表",多是从艺术表现的角度进行的描述,而对于"逸格"中所包孕的精神实质,并未能作出恰当的表述。

同样,宋人对"逸格"的评价,在很大程度上也出于人们对于一种与传统创作手法不同的新异画风的看法,并未上升到对一种新的艺术传统的认识。

如《图画见闻志》卷二《纪艺上》说:"孙遇(即孙位——引者注)……笔力狂怪,不以傅彩为功。……实奇迹也。"

又如邓椿《画继》卷九《杂说·论远》论"逸格":"画之逸格,至孙位极矣。后人往往益为狂肆,石恪、孙太古犹之可也,然未免乎粗鄙;至贯休、云子辈,则又无所忌惮者也。"

前引苏东坡与苏子由兄弟对于孙位的看法,也多围绕着他的画法的特征,此不赘述。

画院在宋代画坛占有举足轻重的地位。宋徽宗主持画院,改变了黄休复对逸、神、妙、能的排第,改为神、逸、妙、能。此事邓椿《画继》中有记载。[1] 实际上这种顺序的调整也是以艺术的风格特征为标准来进行的。宋徽宗艺术天分极高,论画注重审物、求理,专尚法度,追求在形似的基础上传神,以传神为首要标准,以完美的艺术再现为追求目标。因此"拙规矩于方圆,鄙精研于彩绘,笔简形具"的逸格,自然不太符合他的要求。故将"逸"置于"神"之下,而又在"妙"、"能"之上。

由此可知,"逸"作为一种美学概念,在宋代并未得到真正的认识。被列

---

[1]　见邓椿:《画继》卷九《杂说·论远》。

为"逸品"的画家在当时也没有受到特别的重视。宋代是中国写实绘画传统兴盛时期,写实的兴趣是社会审美的焦点,对于"逸"的艺术理念的隔膜,是并不奇怪的。

在"传神"论一统天下的艺术传统中,产生出表现主义的艺术观念,虽是理论发展的逻辑必然,但"逸格"的出现,仍是一种特例。这种特例对艺术家的胆识要求极高,必须具有一定的叛逆色彩(狂怪),否则无法逾越传神论的畛域。因此,当时具有"逸"的追求的画家大都被目为狂怪,其中的许多人并不能得到承认,因而有幸列为"逸格"的艺术家十分稀少。

一般认为,"逸"的基本性格,系由隐逸而来。中国文化中最早的"逸",乃是"逸民"。虽然从"逸格"作为一个艺术概念的具体内涵上来说,这种观点,未必合于事实。但从艺术家的个人气质角度来看,人格之逸,有助于其在艺术上的超越常规,达到一种"莫可楷模,出于意表"的艺术效果。在人格气质与艺术风格上,确实存在某种内在的联系。

《益州名画录》一书,对于画家们的人生际遇、性格气质,绝少记述,但对于孙位却不吝笔墨,加以勾勒:

> 孙位者,东越人也。僖宗皇帝车驾在蜀,自京入蜀,号"会稽山人"。性情疏野,襟抱超然,虽好饮酒,未尝沉酪。禅僧道士,常与往还,豪贵相请,礼有少慢,纵赠千金,难留一笔。

黄休复似乎在暗示孙位人格之"逸"与其艺术风格之间的内在联系。人格之"逸",强调人的精神从尘俗羁绊中的解脱,在黄休复"逸格"的概念中,"逸"正是一种对于"六法"常规的超越。

中国画发展到唐、五代,写实风格发展到一个高峰。特别是笔法的发达,可谓空前。宗教艺术的繁荣,更助长了艺术家的笔力。在这样一个艺术发展的大背景下,超越"六法"的画家,其追求自然趋于奔放、雄奇。由此形成了"逸格"最初的艺术特征——狂放。但是,如果从"逸"的文化内涵来看,狂放只是"逸"的一种表现。

从"逸格"最初产生的条件来看,是与文人的参与无关的。"逸格"的出现是中国绘画自身发展的必然结果。而文人对"逸格"最初的态度是审慎的,因为"逸格"作品的艺术风格是旺盛的生命力的张扬,与文人所崇尚的意趣并不完全契合。

正如徐复观先生指出:"黄休复苏子瞻子由们所说的逸,多是放逸的性格。但自元季四大家出,逸格完全成熟,而一归于高逸清逸的一路,实为更迫近于由庄子而来的逸的本性。"①

随着文人对"逸格"的接纳,"逸格"的未来走向,必然是由狂放趋于高远。

"逸格"真正成为中国绘画传统中一个重要范畴,乃是由于元代倪瓒的"逸笔"、"逸气"说的提出。"逸格"是一个绘画品第的标准,而"逸"同样是一种鲜明的美学追求。

从主张艺术不局限于再现而重主观表现的角度来看,"逸"的艺术追求无疑合于文人士大夫的审美观念。因此,对于"逸格"的真正接受者,是那些在人生态度上具有超逸趋向的文人士大夫。只是,当文人在接受"逸"的概念的同时,对"逸"的内涵进行了微妙的改变。

前面多次提到,所谓"逸格"的特征,除了艺术表现上的风格特征以外,还包含着表现艺术家主体精神的追求。艺术家的主体精神表现,可以是以孙位的艺术为代表的所谓"放逸"性格;但,相对于文人来说,"高逸"和"清逸"才更符合他们的人生状态。宋代文人强调的"意"的表现,实际与"逸"的追求,在内在取向上是一致的。但宋人很少以"逸"来表达他们对于自我表现的重视。在宋代,"逸格"的内涵,始终被定位在黄休复所界定的范围内。

"逸格"所欲超越、并在一定程度上形成对立的是"神格"的法度。从"逸格"产生的最初意义上来看,传神仍是其艺术创作的重要目的,只是在"逸"的创作中,在不放弃传神的目的的同时,还重视对艺术家意趣的表达,而这种艺术家主体精神表达的重要意义甚至超过了传神的追求。

元代以后,"逸"的概念受到重视。倪瓒等元四家的"逸",显然与黄休复等提出的"逸",在内在含义上已相距甚远了。元人接受了"逸"的形式,但将内涵改为"士夫气"。

所谓士夫气,即以超然、虚静之胸怀,观照自然万物,"无求于世,不以赞毁挠怀";同时,在艺术手法上,不求形似,将内在意趣与对象之生命相融会,

---

① 徐复观:《中国艺术精神》,春风文艺出版社,1987年版,第280页。

加以淋漓表现。

倪瓒自述："仆之所谓画者，不过逸笔草草，不求形似，聊以自娱耳。"（《答张藻仲书》）又说："余之竹聊以写胸中逸气耳，岂复较其似与非？"（《跋画竹》）①这里，倪瓒提出了"逸笔"和"逸气"两个概念，实际正是所谓"士夫气"的体现。"逸笔"指艺术形式上的"逸"，不拘常法，讲究简笔；"逸气"则是指内涵上的"逸"，超然的人生境界。倪瓒的上述自白，实际上概括了宋元以后文人画的本质特征。

值得注意的是，在"逸笔"和"逸气"两者之间，倪瓒始终关注着一个中间的环节，那就是对事物之神的把握和传达。《答张藻仲书》中还说："图写景物，曲折能尽状其妙趣，盖我则不能之。若草草点染，遗其骊黄牝牡之形色，则又非所以为图之意"。这段文字与苏轼所谓"论画以形似，见与儿童邻"一样，容易引起人们的误解。其实，这里仍然没有离开"神"的追求。倪瓒以九方皋相马为喻，向友人倾诉自己的苦恼：如果略其牝牡骊黄，重神而略形色，则不符合"所以为图之意"。事实上，这里已经表明了画家的审美取舍。"神"的追求是作画的前提。

追寻"逸品"中所蕴涵的画学精神，可以发现它实际上来源于"六法"的"气韵生动"。见于谢赫《古画品录》中的"六法"之一的"气韵生动"中的"气"，可以理解为对象的生命力，但同时"气"也是宇宙的本原；从这个意义上说，艺术家在文艺创作中体现出的精神、生命力和创造力，也正是"气"的运化的反映。

因此，对象的"气"的把握需要画家以自身的生命律动与对象产生共鸣方可获得。而画家表现事物的"气"的过程，就是一个以自身生命与对象生命相互沟通的过程，在这个过程中，突出了画家的主观创造力在创作中的作用。

荆浩《笔法记》将"气"、"韵"分开提出，并将"气"之含义表述为"心随笔运，取象不惑"，正是对绘画创作过程中画家的主体能动性进一步加以强调。

中国绘画的写实传统中，始终将再现对象的内在生命作为终极目的和最高标准。而要达到这种要求，就需要艺术家主体能动性的积极参与。关于"气韵"的把握历来就有唯心论倾向，张彦远认为"气韵"之事"难可与俗人道

----

① 分别见《清閟阁全集》卷十、卷九，文渊阁四库全书本。

也";郭若虚《图画见闻志》也提出"气韵非师":"如其气韵,必在生知,固不可以巧密得,复不可以岁月到,默契神会,不知然而然也。"这种对"气韵"的观点,正表明艺术家主体能动性在艺术创作中的至上地位。因此,从写实绘画传统中产生出以表现画家主体精神气质为目的的绘画理念,是写实观念的理论之树自然生长的必然结果。

（原载《艺文论丛》第八辑,江西美术出版社,2012 年版）

写实:山水画勃兴的契机

中国文化中对于大自然的关注,由来久远。而将自然当作一个整体、视为一个独立的部分,并有意识地去探求、把握其丰富内蕴(即所谓自觉的自然意识),也至晚在六朝时代即已出现。作为一个频繁出现于中国古代诗文、画学中的特定语汇,"山水"一词虽仅指大自然的一部分,却足以表达中国人对自然的整体感觉和把握。可以说,中国传统文化中的许多精义,就浸淫在这真气弥漫的山水精神之中。

中华民族山水精神的萌芽,可以追溯到远古时代。一个以农业为主、兼有少量畜牧业的社会,其生存方式,首先依赖的是天气、时令、土地之类,因此,人们把自然想象成由某些神灵主宰的世界,并向它奉献祭品。尽管随着生产力的提高,人类在自然面前的地位一再改变,后人的山水精神与远古的山神崇拜初看已了无所涉,但作为一种投射和积淀,自然界的神秘莫测,原始宗教的反理性迷狂,却深深地影响着后世人们自然观的形成。

对山川的膜拜,在后世也许往往只是一种仪式,但神秘主义自然观对于人们内心深层的思维与情感模式的影响,却难以抹去。作为中华民族山水精神的另一侧面,纷纭繁杂的仙道世界,与包罗万象的大自然,相伴而生;对自然的热爱,与飞升成仙的渴求,难以分辨。自然山川自身的博大精微、生化天机,与灵迹纷杂的神仙世界叠映一处,慰藉着中华民族饱经沧桑的心灵。

尽管产生于孔子时代的儒家的"比德"自然观早已体现了中国山水精神中人文意识的觉醒,"智者乐水,仁者乐山"的理性确认,更在自然现象与伦理特征之间达成了一一对应的同形同构,"暮春者,春服既成,冠者五六人、童子六七人,浴乎沂,风乎舞雩,咏而归"(《论语·先进第十一》),这深契孔子之心的人生理想,曾慰藉着一代代羁旅行役、挣扎于现实中的人们。但是,友对自然,超然物外的山水精神,在相当长的时期里,仍只是少数文化精英的"超前"意识。在这"比德"的自然观的友善的氛围之外,大众的、世俗的自然,仍然是混迹于仙境的自然,对神仙的依赖,对羽化的企慕,刺激着人们麻木的灵魂。

在这种神秘文化的氛围中,大量的文化产品,也自觉不自觉地受到了影响,从《山海经》、《楚辞》中庞杂的神仙世界,到汉赋中疏远、陌生的山川自然,神秘的自然界,始终是与人间相对而立的另一世界,今天的读者,仍可从中清晰地发现纷杂的仙迹。《山海经》、《楚辞》中真实可感的仙人形象,令人无法简单地以"艺术想象"一词去解释。是世俗的自然观影响了作者们的创作,还是作者本身就浸泡在浓郁的神秘文化之中,这并不重要,重要的是这已足以证明神秘自然观在中国文化中无所不在的状况。

汉魏以降,神话氛围浓郁的楚文化背景渐已消失,但对于自由的神仙世界的倾慕与对荣华富贵的企求,仍坚定地护持着一代又一代人的想象空间,即便是并不真正相信神仙的士大夫们,也令人瞩目地留下了大量的"游仙诗",山林隐匿之所与神仙世界似乎也彼此叠加,合二为一了。

如果说诗文创作更多的是士人阶层中的交流与彼此认同,那么,这一时期的绘画创作,由于其在当时的功能,就更多地受到直接来自大众文化中神秘自然观的操纵。

唐代以前,绘画活动的最有力的支持者是宫廷和庙宇,服务于政治与宗教的目的,是绘画创作的主要功能。山水绘画在当时正是从属于这种功能之下的。

从古代文献的钩沉和对古文化遗存的考察中可以发现,汉魏时期的山水图绘,几乎都是地形图和符箓之类,服务于政治、军事或祭祀、宗教。

晋宋之际的山水画,在敦煌壁画中尚可见到部分遗迹,不过是宗教故事的象征性背景,几乎不具有描绘性质。通读现存最早的山水画专论——顾恺之的《画云台山记》,可以发现它实际是一篇以山水为背景的道教故事画的设计构思。顾恺之是一位对自然之美有着深刻体味的杰出艺术家,曾将会稽山水之美概括为:"千岩竞秀,万壑争流,草木蒙笼其上,若云兴霞蔚"(《世说新语·言语》),但在实际的绘画实践中,他所画出的山水,仍然是不以描绘为目的的、富于装饰味的图案,是画幅中道教人物、故事的背景,更多地从属于宗教的目的,是为画中道教人物的活动服务的。

在六朝时期,还有一类专以山水为主要画面内容的山水画,如宗炳在其《画山水序》中所表述的可供"卧游"的山水画。但是,这一类山水画,同样不以描绘山水自身为目的,他所称的山水还是那些崆峒、藐姑射类的神仙山水,他自己因年老体衰,无法亲历庐、衡、荆巫那些具有灵气的地方,只好"画象布色,构兹云岭",在自己的居所用山水图画来作那些灵山的象征物,企图透过山水艺术的灵媒来与天地之神灵沟通。艺术创作中透出的是宗教仪式上的神秘意义,与《五岳真形图》之类相似。宗炳的《画山水序》在山水画理论中地位至重,但其创作的动机仍与远古以来神秘的自然观密切相关。他无法超越时代,我们虽然不能亲见他的山水作品,但已可以断定其不会超出象征、图案化的阶段。

正如美术史论家石守谦所指出的:"山水树石等形体的描绘,在六朝乃至更早的时代中都是以图案式的形式在画面上排列,它们的特征是平面而概念化。"①这种平面、概念化的绘画形式,是与当时社会文化风尚中对山水图画的要求相适应的。由于艺术家的目的不在于对真实山水的再现,而在于对神仙世界的象征,概念性的绘画方法已足以达到预期的目的。这种不以再现为目的的绘画,正是服务于宗教目的的艺术家们为传达宗教理念所需要的,它传达的不是对真实事物的模写,而是宗教人物的非凡和宗教世界的神秘莫测。

了解了汉魏六朝山水图画存在的文化背景,我们当不会轻易地指责那时绘画的稚拙、单调,而应该明白那些我们今天看来所难以欣赏的绘画,乃是另一种文化传统下的艺术创作,它的存在,有着充分的理由,不应遭到否定。

对六朝以前的山水画的指责,其实早在唐人那里就已经开始,这从一个侧面说明唐代的艺术传统已经发生了某种变化,这种变化足以让处于新的艺术传统中的人们无法正确看待前代的创作。

唐人张彦远在其著名的《历代名画记》中曾这样评价魏晋以来的山水画

---

①　石守谦:《赋彩制形——传统美学思想与艺术批评》,载《中国文化新论·艺术篇·美感与造型》,三联书店,1992年版,第27页。

创作：

> 魏晋以降,名迹在人间者,皆见之矣。其画山水,则群峰之势,若钿饰犀栉,或水不容泛,或人大于山,率皆附以树石,映带其地,列殖之状,则若伸臂布指。(《历代名画记》卷一)

张彦远的观察是准确的,但他所犯的正是以自己的艺术标准为参照对另一传统下出现的创作成绩妄加指责的毛病。

从唐人画论中表现出来的对于前代创作的隔膜,说明唐代的艺术传统已经发生了变化,人们对山水画给予了新的写实的要求,这种变化足以让处于新的传统中的人们无法正确看待前代的艺术创作。

唐代中晚期开始,以描绘为目的的写实画风渐渐兴起。明显的表现,是绘画题材的变化。盛唐前后,绘画中表现世俗生活的作品骤然大增,以写真、描绘为目的的人物画与牛马类的动物题材绘画大为流行。题材的转变,蕴含了超乎题材本身之上的意义。

世俗画与写实画风的兴起,相伴而生,准确地说,前者是因,后者是果。

写实画风的兴起,最终也波及了山水画领域,带来了山水画面的变化。

山水画向描绘性转变是一个比较缓慢的过程,在这种转变中李思训父子是关键性的人物。二李的山水画虽然仍未能完全摆脱仙道自然的背景——富丽的楼阁,往往令人产生琼楼仙境的联想;但他们终于让飞阁的存在仅仅成为山水画的借口。唐代狂热的宗教氛围和二李自身的经历,双重决定了他们无法摆脱对于富贵仙乡的企慕,但他们终于画出了来自真实自然的喧响。

写实的艺术风气改变着人们的创作观,"道子一日之迹,思训半月之功"之类的传说,正在这样的背景下产生出来。张彦远敏感地看到山水画的这种质的飞跃,骄傲地宣称:"山水之变,始于吴,成于二李"(《历代名画记》卷一)。

山水画摆脱神仙世界的背景地位,由附庸而蔚为大国的契机已经到来。

这个契机被五代时期隐于深山的隐者所把握。这些隐者中一个突出代表是隐居太行山中的荆浩。

　　由于史料的不足,我们无法了解荆浩的师承,但唐代兴起的写实热情,已深深地植根于荆浩的艺术理想之中。这位成就卓然的山水画大师,在其总结自己创作经验的《笔法记》中,借一个充满传奇色彩的艺术故事,明确提出了以写山水之神为核心的写实主义的艺术理论。

　　在这部《笔法记》中,我们丝毫也看不到附于自然山水之中的神灵之迹,那是一个绝对真实的、自足的自然。"荆浩……偶五季多故,遂退藏不仕,乃隐于太行之洪谷,……"(《五代名画补遗》《山水门第二·神品》)。荆浩的退隐,是一种真正的社会性的退隐,其意在以退求避,而非以退求进。他从现实的纷乱中带着一颗平静的心走向自然,在他的眼中,自然是清晰的,以本态呈于目前。于是,他惊异于自然景物的丰富变化,潜心观察,就景写生;并进而以情感移入山石林木,以体味其特有的风姿、物性:"夫木之生,为受其性。松之生也,枉而不曲遇。如密如疏。匪青匪翠,从微自直,萌心不低。势既独高,枝低复偃。倒挂未堕于地下,分层似叠于林间,如君子之德风也。"(《笔法记》)以伦理的而非神秘的眼光看待自然,自然之本态纷呈眼底,而透过林木山石的特有风采,才能画出"物象之原",得到物的"真"。

　　将写实精神落实到山水画上,不仅仅是一种技法上的问题,而更重要的是对自然的态度,因为中国艺术家对于写实的要求是形、神兼备,而自然山川之神绝非利欲熏心或宗教迷狂之徒所能轻易获取。荆浩《笔法记》的价值正在于他以现身说法,写出了一个山水大师坦然面对山川之奉,"度物象而取其真"的真实经验,为后代山水画理论的体系化奠定了基础。

　　正因为出于写实山水的需要,荆浩在其《笔法记》中进一步提出艺术语言上的独特探索。以墨色取代五彩,是唐人的一大创举,荆浩敏感地抓住这一尝试,彻底推翻"巧而华"的五彩山水在山水画坛上的主导地位。这一举措,是荆浩对山水精神深入领会之后大胆而又艰巨的革命。中国画中的五彩,在此以前占据着画坛的主导地位,虽然它们从来也没有真正地表现外界事物的色彩;"随类赋彩",在很大程度上是出于装饰的需要,故而"巧而华",色彩斑斓,却徒以炫耀世人。荆浩由自己对山川之神的深入体悟和把握,在总结前人绘画形式语言的基础上,大胆将前人的尝试性创作予以高度评价,奠定了以水墨写山水这一独特的艺术门类,水墨山水从此正式进入山水画的领域,并渐成大宗,影响巨大而又深远。

　　荆浩是中国山水画史上的一个重要人物，他以一位隐者对山水的热爱，坦然与山水相对，"度物象而取其真"，彻底终结了魏晋以来受仙道神秘自然观控制的山水创作活动，从观念上为写实山水做了铺垫和准备。同时，荆浩大力标举的水墨手法，在五彩青绿山水系统之外另立门户，实际上为写实山水提供了极富潜力的艺术语言。在他以后，影响了一批山水画家的山水画创作，特别对于宋初几家的山水艺术，提供了直接的经验和理论启迪。

　　唐末、五代到北宋，儒释道走向融合，新兴的士大夫文人阶层渐渐摆脱了贵族与大众两方面的思想左右，形成了自己独特的文化氛围和趣味。在自然观上，摆脱了神秘、哀伤的色调，在对理想与现实分离这一事实的接受中，找到了一种友对自然的欢快和宁静。而正是在这一时期，士大夫在社会各阶层中的地位明显得到提高，对于社会其他阶层的思想、行为的影响日显巨大。进入北宋，士大夫以自然为遣兴之所的自然观迅速得到了市民阶层的接受，笼罩于自然之上的神秘色彩日渐淡薄，山水之乐已成为整个社会的自然观的主流。

　　荆浩和他的后继者范宽、李成们在山水画创作上的革命性实践，正与社会上普遍接受的友对自然的山水精神相合拍，在整个社会中，对山水的爱好日渐升温，山水画在社会各阶层均受到热忱的欢迎。山水画家在这样一种气氛下也就大量地涌现出来。

　　但是，隐者的精神终究无法真正沟通于市民阶层的理想。一般士大夫的追求也难以企及隐者的深度：

　　　　君子之所以爱夫山水者，其旨安在？丘园养素，所常处也；泉石啸傲，所常乐也；渔樵隐逸，所常适也；猿鹤飞鸣，所常亲也；尘嚣缰锁，此人情所常厌也；烟霞仙圣，此人情所常愿而不得见也。直以太平盛日，君亲之心两隆，苟洁一身，出处节义斯系，岂仁人高蹈远引，为离世绝俗之行，而必与箕颖埒素黄绮同芳哉？《白驹》之诗，《紫芝》之咏，皆不得已而长往者也。然则林泉之志，烟霞之侣，梦寐在焉，耳目断绝，今得妙手，郁然出之。不下堂筵，坐穷泉壑，猿声鸟啼，依约在耳，山光水色，滉漾夺目；此岂不快人意，实获我心哉？此世之所以贵夫画山水之本意也。（《林泉高致集·山水训》）

这一段话,正是一位士大夫对山水画价值的最真切的表述。对于山水的丰富涵容及其对人的精神安顿的意义,作者深明于心。但抛弃舒适的生活全身心投入山水怀抱,又缺乏足够的勇气,于是,以山水画为联系庙堂与山水之间的桥梁、中介。这真是聪明至极。

作者生于"太平盛世",山水画正可以满足其对林泉的渴慕,但这种实用主义的对待山水的态度,如何能直承真正隐士的精神世界呢?无疑,通过这一番"通融",山水精神在更大的范围内得以传播,但这种传播却正是以境界的降低和内涵的浅薄为代价的。①

山水画在北宋初期的兴盛,乃是抓住了写实画风大盛的契机。而在深层的意义上,写实山水的成功,却必须要以真正的隐逸精神为基础,方可见山林真精神,体悟自然的精意;方能坦然面对山水,画出山水的真态。"太平盛世"中的画家,一方面继续沿用着隐者创造的绘画语言和山水形质,另一方面却无法真正领略隐者山水蕴涵的山水真意。于是北宋山水画达到一个高峰之后,后学者争相临摹,却仅限于此,终难有更新的发展了。

当山水精神泛化为一个社会的喜好时,其精神内涵上的退步是难以避免的。以写实主义为基础的北宋山水画,在陈陈相因的模拟习气中,终于未能有更大的创造也是可以料到的。

具有反思与自省性格的文人士大夫,终于不能满足于这种精神上的衰萎,他们再创自己阶层的艺术样式。越来越多的文人放弃了鉴评家的身份,涉足创作,以抒情写意为特征的文人山水画渐渐形成,并成为影响深远的山水画流派。

山水画研究中一个值得注意的事实是:千百年间生生不息的山水画艺术,并不是某一流派的一统天下,在文人写意山水画形成之前,即曾经历了由概念的、象征的山水画向具象的、描绘的山水画的转变,而文人写意山水,是对以描绘、写实为目的的水墨山水画派的继承发展,在山水画史上的这数次转变中,五代至北宋初北方写实山水画派的形成起着一个桥梁作用,不仅为文人写意山水的形成提供了水墨这样一种特殊的形式语言,为文人写意画始终带有具象的意味提供了大量的程式化技法;更为文人写意画中注入了隐逸

---

① 参见徐复观:《中国艺术精神》,春风文艺出版社,1987年版,第287页。

这一精神基础。

因此,对于山水画在中国文化中重要地位的奠定,五代至北宋初山水大家的贡献是巨大的。这正是我们将北宋初期山水画作为一个独立的单元进行考察的意义所在。

(原载《江西社会科学》1994 年第 1 期,发表时有改动)

从画家传奇看中国画写实观念的演变

画家传奇,也称"艺术家之谜",是以画家艺术创作活动及其作品艺术效果为主要内容的叙事文本。其重心在于表现杰出艺术家所具有的非凡的创造力,这种令人惊叹的创造力与艺术家特殊的性格、气质等个性元素构成了一道环绕于艺术家身边的神秘光环。正是这种奇异而神秘的艺术创造力,使画家传奇故事具有与一般人物故事不同的叙事主线。

在各类古代文献中(包括官方史书、公私画史、文人诗文、笔记小说等),包含有许多关于画家及其艺术活动的逸闻、传说。在以往的艺术史研究中,研究者对于这些逸闻、传说一般采取的态度是:将其中无法以常识进行解释的带有神秘色彩的部分,认定为"荒诞不经"并加以剔除;将另外一些故事用来作为证明论者某些的观点的并不重要的旁证材料。但"被写下来"和"供人阅读"(海登·怀特语)这两大特点决定了画家传奇与其他文学文本具有根本的一致性,即都是用文字建构起来且具有"情节设置"的叙事文本。本文试从叙事主题入手,将注意力集中在这些以往被忽略的材料上,通过对各类文献资料中关于艺术家及其创作行为的种种传奇叙事文本的重新解读和分析,提炼出画家传奇的若干主题类型,通过这些主题类型,可以帮助我们了解不同时代社会公众对绘画艺术的普遍观念和审美心理。

本文研究的着眼点,将集中于那些叙述画家通过艺术创作生动再现对象事物的非凡才能的故事。理由是:首先,关于主人公不平凡成长经历、个性特征以及卓越才华等方面的记述,在各类人物传奇故事中可以普遍见到,并非艺术家独有,真正属于画家特有的传奇故事,应主要集中于突出画家超凡的艺术表现能力;其次,尽管对于艺术家绘画风格及形式美的赞誉,也是艺术鉴赏的一个重要方面,但绘画对其所描绘对象的成功再现,却是艺术家获得人们尊崇的至关重要的原因,绘画首先是与所描绘的对象相关的视觉艺术,艺术家的创作与其所描绘对象之间的关系,始终是艺术史所关心的问题,中国绘画史也不例外。

对这一类叙事文本的研究,能够在一定程度上弥补中国古代绘画理论中关于写实问题相关史论资料的不足,使我们对中国画的写实观念的变迁脉络获得比较清晰的了解。

一

在中国绘画史上,关于画家通过艺术创作生动再现对象事物的非凡才能的故事,依照其叙事主题大致可以分为两大类:

第一类是关于绘画作品与所描绘对象之间所具有的种种神秘联系的描述。在这些故事中,艺术作品往往可以成为所描绘对象的替代物,具有与所描绘事物同等的特征、能力和神通,两者之间有着神秘的生命关联,即所谓画可"通神"。

第二类传说故事虽然所阐述的也是一个关于画家非凡艺术造诣的主题,但在故事模式上则明显不同。在这类传说中,由于画家技法高明,描绘对象十分逼真,观众往往将画面图像"误识"为被画的真实事物本身。在这类故事中,画上的图像描绘往往不仅能够蒙蔽观众的眼睛,甚至能够令动物产生错觉。

试各举一例。中国绘画史上,三国时东吴画家曹不兴可能是最早有比较丰富的事迹记载的著名画家(此前的艺术家大都无此幸运)。曹不兴,吴兴人,在黄武(222—229)年间享有很高声誉,与善书的皇象、善弈的严武、善星象的刘敦等被并称为吴之"八绝"(见张彦远《历代名画记》卷四《吴》)。他的"画名冠绝当时",作巨幅画像,须臾即成。《历代名画记》中关于曹不兴有如下两则记载引起我们的注意。

其一为:"吴赤乌中,不兴之青溪,见赤龙出水上,写献孙皓,皓送秘府。至宋朝陆探微见画,叹其妙,因取不兴龙置水上,应时蓄水成雾,累日滂霈。"(卷四《吴》)

　　虽是画中之龙，却拥有传说中的龙的神通，能够"应时蓄水成雾，累日滂霈"。此故事通过画像与其所描绘的对象之间的神秘关系，表现出画家的神奇的创造力，即所谓"画可通神"，属于画家传奇中的第一类。不难看出，这类故事与远古社会的"天事恒象"、"物类相感"等观念有着内在的联系。在宋代以前的中国绘画史中，这一主题的艺术家传奇屡见不鲜。

　　关于曹不兴的另一个故事是：曹不兴曾为吴主孙权画屏风，但这次他的画笔似乎出了一点小小的错误："误落笔点素，因就成蝇状。权疑其真，以手弹之"（同上）。这个故事中包含了一个在后来的艺术史上不断被人们所重复的主题：画面形象被观画者"误识"为真，属于画家传奇的第二类。

　　根据常识来看，上述两个故事本身的可信程度显然是很低的。特别是第一类"画可通神"的传说向为当代艺术史家所不取，但人们却显然是意在通过这类故事说明画家写实技艺的高明。

　　两则故事主题的区别在于："通神"故事强调的是艺术的魔力，突出的是画像与被画对象之间的"同一性"，至于两者之间是否在视觉上很相似，并不是叙述者的着眼点，也不是读者所关心的问题；而"误识"的故事显然与此不同，观画者将画面形象"误识"为真，是因为画家写实技法的高明，使画面图像与被画的事物之间产生了视觉上的相似性，因而引发了视觉的幻觉。

　　上述两类画家传奇在当时及后世并不孤立，但画可"通神"的故事与画像被"误识"的故事，出现在同一位画家身上，这在后世的画家却是难得的殊荣。在中国绘画史料中，关于艺术家超凡绘画本领的故事，大体延续了上述关于曹不兴的艺术传奇的两种类型。

二

　　在"通神"的故事中，艺术家的神秘之力集中地表现在绘画作品与对象事物的生命的感应，强调了画像与被画者之间的"同一性"（即承认绘画作品等同于绘画对象），绘画以掌握对象活的生命为最高目的，带有很强的神秘色彩。在这类故事中，也时常会提到画面形象的生动与精美，但故事的核心显然在于绘画的"通神"的魔力，这种魔力才被视为画家成功的标志。

　　同样是"通神"的主题，下面这则关于东晋大画家顾恺之（字长康，小字虎头,约346—约407年)的逸事显然比曹不兴的故事更具有典型性。

据说顾恺之曾爱上一位邻家女,大约是由于未能得到对方的积极回应,顾恺之便以自己神奇的画笔搞了一出恶作剧:"乃画女于壁,当心钉之,女患心痛,告于长康,拔去钉,乃愈。"(《历代名画记》卷五)

这个故事中,艺术家被赋予了一种神秘的力量:在其创作的画作中,画像与被画者之间有着神奇的关联,对画像的伤害都将在被画者身上感受到或体现出来。

将"通神"的故事题材稍微加以展开,艺术家的神秘之力集中地表现在对于对象事物生命的控制。在"通神"类故事中,"点睛"是一个十分典型而具有深刻寓意的情节。

下面这则见于《世说新语·巧艺》中的记载也是关于东晋大画家顾恺之的故事:"顾长康画人,或数年不点睛。人问其故。顾曰:'四体妍蚩本无关于妙处,传神写照,正在阿堵中。'"(这一故事在《历代名画记》卷五中有同样的记载,仅在文字上略有出入。)在顾恺之看来,人物画目的在于"传神写照",而"传神"的关键在于对人物画像的"点睛",所谓"传神写照,正在阿堵中",因此对于"点睛"一事自应十分慎重,但是"数年不点睛"的举动毕竟有些古怪,令人颇为费解。

但如将这则故事与下面的记载联系起来,就可知道顾恺之画人物不点眼睛乃是一种惯例:"顾虎头为人画扇,作嵇、阮,而都不点眼睛,主问之,顾答曰:'哪可点睛,点眼便语。'"(《太平御览》卷七〇二引《俗语》)。"点睛即活"的传奇在当时颇为普遍,许多传说中都将神秘的艺术创造力归结于"点睛"之笔。如晋代名画家卫协的传记中就有类似的记载:"上林苑图,协之迹最妙;又《七佛图》,人物不敢点眼睛"(《历代名画记》卷五)。一个更为著名的"点睛即活"传说的主人公是比顾恺之稍后的南朝画家张僧繇。《历代名画记》中说,张僧繇曾画四条白龙,但"不点眼睛,每云:'点睛即飞去。'人以为妄诞,固请点之,须臾,雷电破壁,龙乘云腾去上天。二龙未点眼者见在"(卷七《梁》)。

顾恺之笔下人物"点眼睛便欲语",张僧繇画中龙"点睛即飞去",可见,"点睛"已不仅仅是对画面的完成,而且具有赋予画面形象以生命和力量的非常意义。这样一个寓意深刻的故事情节已经浓缩为成语"画龙点睛"并为人们耳熟能详,但其中蕴含的艺术史意义往往不为人们注意。众多杰出画家都有着画人物"数年不点睛"的故事,使我们相信在当时的艺术传统中,"点睛"应该包含着超乎艺术以外的某种仪式上的神秘意义,是使艺术造物获得生命力贯注的奇异功夫。这又自然使我们联系到顾恺之的论画名言"四体妍蚩本无关于妙处,传神写照正在阿堵中",在这"传神写照正在阿睹"的命题里,应包含着对于"点睛"之笔的魔力的期待。在对画家神秘创造力的推崇和"画龙点睛"这类传说盛行的时代,画面形象本身并未受到更大的关注,在这一类叙事文本中,画家并不因"画得像"而受到称赞。"在古代中国人眼里,绘画就好比《易经》中的象,具有造物的魔力。画家的目标在于把握活力与造物的变化,而不仅仅限于模仿自然。绘画应当包孕并且掌握现实。"①

石守谦先生认为,由于画家高超的艺术成就,使作品产生"通神"(石守谦先生称之为"感神通灵")之能力,"是继承了早期'感类'说以来的一种理论,在六朝至盛唐这一段时间里,大致为画家与评家所熟知,纵使有人在理性考虑下并不能完全无疑,但在评家工作之进行上,则成为某种通用之模式,用来称赞画家之特殊成就。"②作为中国古代画家传奇叙事的重要主题,表现画家神秘创造力的"通神"故事在《历代名画记》等文献中频繁出现,绝不仅仅是文本上的相互影响和借鉴,而是表明在当时的艺术观念中对绘画作品与所描绘对象之间同一性的认同。正是在这样一种艺术传统之下,同类故事广为流传,当时的许多艺术家都被赋予了这种神秘的力量,所谓"点睛"已经不单纯是艺术上的需要,"传神"也并非个别画家的专擅。

唐代以前的第一流的画家,几乎都有留下了"通神"的传奇。《历代名画记》卷八载,北齐画家杨子华"尝画马于壁,夜听蹄啮长鸣,如索水草;图龙于素,舒卷辄云气萦集。……号为画圣"。《唐朝名画录》载:唐代"画圣"吴道子画长安内殿五龙,"其鳞甲飞动,每天欲雨,即生烟雾";与吴道子齐名的山水画家李思训也曾奉诏于大同殿绘嘉陵江山水掩障,得到的赞誉是:"卿所画掩障,夜闻水声,通神之佳手也。"

龙在中国文化中地位重要,龙水题材在中国古代绘画中是具有独立地位的一个绘画题材,宋代郭若虚《图画见闻志》中,就专有《论画龙体法》一节。

---

① 方闻:《论中国画的传统》,《朵云》1992 年第 2 期。
② 石守谦:《"幹惟画肉不画骨"别解》,载《风格与世变》,北京大学出版社,2008 年版,第 67 页。

世人心中,龙之为物,见首不见尾,神秘莫测,神通广大。大约正由于此,关于画龙的故事在"通神"类故事中数量最多,从三国时曹不兴的故事开始,代不绝书,直到宋元时的记载中还不时见到。

下面一则是《明皇杂录·卷下》关于唐代画家冯绍正的记载:"唐开元中,关辅大旱,京师阙雨尤甚。……上于龙池新创一殿,因召少府监冯绍正,令于四壁各画一龙。绍正乃先于四壁画素龙,奇状蜿蜒,如欲振跃。绘事未半,若风云随笔而生。上及从官于壁下观之,鳞甲皆湿。设色未终,有白气若帘庑间出,入于池中,波涛汹涌,雷电随起。侍御数百人皆见白龙自波际乘云气而上,俄顷阴雨四布,风雨暴作。不终日,而甘露遍于畿内。"

冯绍正曾官至户部侍郎,是唐朝中期的著名画家,擅长画鹰、鹘、鸡、雉及龙水,《历代名画记》记其"曾于禁中画五龙堂,……有降云蓄雨之感"(卷九《唐朝上》)。在上引故事中,由于天气大旱而建殿画龙于壁,这中间本身就具有一种祈雨的期待,画龙于壁已成为全社会祈雨仪式中的一个环节,具有超乎艺术创作之上的寓意。

五代画家传古以画龙著名,《图画见闻志》卷一《论画龙体法》中说:"画龙唯五代四明僧传古大师,其名最著。观其体则笔墨遒爽,善为蜿蜒之状。"传古曾画有坐龙一幅,在元人的记载中颇见神通,王恽《秋涧先生大全集》卷九十五《玉堂嘉话三》:"僧传古坐龙。至元元年宣慰张顺斋为春旱,于范大师观迎此龙于严东平北宅。每旱张是图辄雨,此日亦然。龙苍驼蹲坐火云中,顶与鳞甲间皆有绿发。"

画可"通神"的故事在叙述艺术家神秘的创造力的时候,也开始关注画面形象,并将画面图像的特征引入"通神"故事中。

唐代名画家韩幹以擅长画马称誉一代,段成式《酉阳杂俎》续集卷二中说,曾有人牵马求医,这马的"毛色骨相"奇特,医生从未见过。后遇见韩幹,韩幹吃惊地发现,原来这不是一匹普通的马,而是自己笔下所画之马。这个故事的主题,仍可归为"通神"一类,表述的是艺术家的神秘的造物能力,艺术家能够以自己的艺术创造力给他的作品以生命。但故事中没有对"点睛"之类为艺术品注入生命的仪式作渲染,而是暗示成功的形体描绘是令其获得生命的力量:这个故事中有一个细节,就是此马的前足有伤,韩幹归视原画,则是因为画上之马的前足有"一点墨缺"的缘故。画面上的"一点墨缺",竟会产生如此效应,说明此时人们已经开始对画面形象给予更多的关注。

总之,作为关于艺术家魔力的传说,"通神"主题是一个重要主题。人们熟知的"画龙点睛"故事是此类故事中的典型代表。"点睛"之笔具有为绘画形象注入生命力的神奇力量。从"画龙点睛"故事中引申出来的同类故事中,艺术家被赋予了一种神秘的力量:集中地表现在对于对象事物的生命的控制方面,在这类故事中,也时常会提到画面形象的生动与精美,但故事的核心显然在于绘画的"通神"的魔力,这种魔力才被视为是画家成功的标志。

三

几乎在上引画可"通神"的传说盛行的同时,对画面形象产生"误识"的故事也逐渐丰满,在这一主题之下产生了丰富的叙事文本。

《历代名画记》中有一则关于三国时期画家徐邈的故事:"魏明帝游洛水,见白獭,爱之,不可得。邈曰:獭嗜鲻鱼,乃不避死。遂画板作鲻鱼悬岸,群獭竞来,一时执得。"(卷四《魏》)与曹不兴所谓"拂蝇得名"(张彦远语)的故事不同,徐邈所画的鲻鱼令群獭上当,骗过了觅食者的眼睛,较之吴主的手拂墨蝇,更具有传奇色彩,因为曹不兴画蝇所引起的只是观画人不经意间的错觉,而徐邈所画的鲻鱼却使动物的眼睛受到欺骗。

虽然从绘画的实际情况来看,这些文本的记载显然有夸大之嫌,但这些故事的意义在于,它们属于与前引那一类强调"画可通神"传奇所不同的艺术传统。在"误识"故事中,没有浓重的神秘色彩,也没有强调对事物的内在灵性和生命的掌握,绘画作品已不是作为神秘的造物而存在,而是强调由于其再现艺术手法的高超而使画面图像被"误认"为真实的事物本身。在绘画作品图像与真实的对象之间,不是等同或"通神"关系,而是视觉上的相似关系。正如艺术史家所说:"当对画像和被画者的同一性的信念减弱时,这两者之间会出现一种新的联结关系——这就是相像性或类似性。"①

同类故事也见于两位北齐画家的传奇中。《历代名画记》卷八载:画家刘

---

① ［奥］克里斯、库尔茨:《关于艺术家形象的传说、神话和魔力》,邱建华、潘耀珠译,浙江美术学院出版社,1990年版,第64页。

杀鬼"画斗雀于壁间,帝见之为生,拂之方觉",这与曹不兴"拂蝇得名"的故事如出一辙;另一位北齐画家高孝珩"尝于厅事壁上画苍鹰,睹者疑其真,鸠雀不敢近"。不仅人以为是真,连鸟雀都不敢近前,与徐邈画鲻鱼令群獭上当的故事相映成趣。

画史上最受重视的"误识"故事也许是《益州名画录》中所载黄筌画雉的故事,因为当时后蜀的翰林学士欧阳炯曾奉旨专为此事撰有《奇异记》一篇。《益州名画录》中说:"广政癸丑岁,新构八卦殿,又命筌于四壁画四时花竹、兔雉鸟雀。其年冬,五坊使于此殿前呈雄武军进者白鹰,误认殿上画雉为生,掣臂数四。蜀主叹异久之,遂命翰林学士欧阳炯撰《壁画奇异记》以旌之。"(卷上《黄筌》)

《益州名画录》同卷中还记载:黄筌又曾画鹤于偏殿之壁,鹤的形态生动,"惊露者,啄苔者,理毛者,整羽者,唳天者,翘足者,精彩态体,更愈于生,往往生鹤立于画侧。蜀主叹赏,遂目为六鹤殿焉"。

画作的逼真,成为上述故事记述和渲染的要点。这类故事不仅见于知名画家的传记,也见于一些关于无名氏画家作品的记述。如曾敏行在《独醒杂志》卷九中所记述的这则故事就很有代表性:"东安一士人善画,作鼠一轴献于邑令,令初不知爱,谩悬于壁。旦而过之,轴必坠地,屡悬屡坠,令怪之。黎明物色,轴在地而猫蹲其旁;逮举轴,则踉跄逐之。以试群猫,莫不然者,于是始知其画为逼真。"

"误识",是一个关于艺术家的精湛技艺的故事。在上面引述的"误识"的故事里,绘画作品并不是作为神秘的造物而存在,故事没有走入画可"通神"的模式,而是强调绘画与被画对象之间在视觉上的相似。在这些故事里,绘画作品与绘画对象之间,不具有"同一性"的关系,艺术家由于作品的逼真如生而受到赞誉。艺术家技艺高超,其作品的逼真不仅骗过了观赏者,甚至能够欺骗动物觅食者的眼睛。显然,画作的逼真——作品形象与被画对象之间在视觉上的相似,成为这类故事记述和渲染的要点。

四

上述两类故事,不仅在中国绘画史上大量出现,在西方艺术史上也屡见不鲜①。但无论在东方还是西方，从绘画发展的实际情况来看，上述两类故事我们只能将它们视为画家的传奇。"通神"之说固然神秘而无稽，"误识"的记载也显然含有夸张成分，因为从绘画史的实物遗存来看，我们没有证据能够显示曾经有这样一些作品的存在。

在早期的艺术传统中，绘画与其对应的事物之间的关系，主要的并不是依靠"相似性"来确认，人们普遍相信的是绘画与现实中相关事物的"同一性"。艺术史上的画可"通神"的故事，关注的是画家作品与被画事物之间的生命关联。在当时的艺术观念中，显然承认这样一个假说：不必借助对事物形象的一丝不苟的再现就可以确立绘画作品与所描绘对象之间的同一性，在画面中再现对象之神。当代艺术心理学研究的成果，可以帮助我们理解上述传说中蕴涵的一般性意义。这些研究成果认为：人们越是相信绘画作品与被画事物之间的"同一性"（即承认绘画作品等同于绘画对象），则绘画与被画对象之间的相像程度就越不重要。艺术心理学所举的简单例子可以说明这个结论：当孩子们在十分投入地游戏时，一根木棍可以变成一杆枪，一只盒子可以成为一艘船，一把扫帚就是一匹马。

而当对于绘画的魔力的信念逐渐减弱时，对于形似性或相像性的关注，就成为艺术家的追求和观赏者的期待。在追求视觉逼真的艺术情境中，人们需要赞美艺术家的杰出才能时，就自然会选择"误识"这类故事的模式，故事的讲述者在接受这类艺术传奇并加以发挥的同时，其自身的叙事文本又成为新的传奇产生的灵感来源。

需要强调指出的是："通神"与"误识"的故事尽管都是对艺术家非凡艺术创造力的叙述，都是赞誉画家笔下图像与现实事物之间的不同寻常的关系，但二者在艺术观念上却有着本质的区别，"通神"强调的是艺术的神秘魔力，而绘画图像与现实事物之间并不一定存在视觉上的相似性，"误识"则着眼于艺术的生动再现能力，表明人们对画面视觉相似性的关注。"误识"故事在中国绘画史上大量出现，标志着中国绘画史已经从早期绘画传统转向新的

---

① 在西方绘画史上，关于艺术家非凡创造力的故事同样十分丰富，这些故事中既有所谓"通神"类的，也有"误识"类的，而以后者更多且更为著名。由此也可说明中西艺术在很长时期里有着共同的艺术追求和努力。可参见[英]贡布里希《艺术与错觉》第三章《皮格马利翁的能力》及[奥]克里斯、库尔茨《关于艺术家形象的传说神话和魔力》第三章《作为魔法师的艺术家》等。

写实传统——不是通过某种魔力创造并掌握对象的生命,而是通过形象的描绘再现对象的精神,即为对象"传神"。

强调"同一性"的"通神"故事与强调"相像性"的"误识"故事往往是相伴出现并广泛传播的。如果说画可"通神"的信念由来久远,那么,从魏晋时期开始的很长一段时期内,"通神"的传说与"误识"的故事错综共存,足以反映艺术传统转型时期人们艺术观念的复杂。在中国画的写实传统中,传神的艺术追求很长时期里与艺术造物的观念难以泾渭分明地加以区分。当人们夸赞某画画得很逼真的时候,往往在潜意识中具有将这幅绘画视为与对象等同的倾向。

宋代以后,"通神"和"误识"两类故事主题呈现出相互融合的倾向。

一则引自宋代郭若虚《图画见闻志》卷二中关于五代道士画家厉归真的逸闻:"道士厉归真,……尝游南昌信果观,有三官殿夹塑像,乃唐明皇时所作,体制妙绝。常患雀鸽粪秽其上,归真乃画一鹞于壁间,自是雀鸽无复栖止。"故事中的情节与前引北齐画家高孝珩"尝于厅事壁上画苍鹰,睹者疑其真,鸠雀不敢近"的故事如出一辙,使我们很自然将其归入"误识"类主题。

但是,同样的故事在《宣和画谱》卷十四也有记载,原文是:"南昌信果观中有圣像甚工,每苦雀鸽粪秽,而归真为画一鹞于壁间,自此遂绝,亦颇奇怪,要其至非术,则几于神矣。"两相对照,讲述故事的文字大致相同,但《宣和画谱》的编著者在完整讲述故事之后,又增加了"亦颇奇怪,要其至非术,则几神矣"的评论,而正是这几句评论向我们透漏出一个新的信息:宋人不仅有将"误识"与"通神"两个主题合而为一的趋向,而且,对"通神"现象已经无法认同,《宣和画谱》的编著者在"术"与"神"之间难以区分,实际上体现出宋人对于绘画的神奇力量的疑惑。

下面引自《图画见闻志》中的两则传说,则明确表现出宋人对此类传说的态度已经从怀疑转向否定。

其一:"昔者孟蜀有一术士,称善画。蜀主遂令于庭之东隅画野鹊一只,俄有众禽集而噪之。次令黄筌于庭之西隅画野鹊一只,则无有集禽之噪。蜀主以故问筌,对曰:'臣所画者艺画也,彼所画者术画也,是乃有噪禽之异。'蜀主然之。"(卷六《近事·术画》)

其二:"国初有道士陆希真(或作"直"——引者注)者,每画花一枝,张于壁间,则游蜂立至。向使边、黄、徐、赵辈措笔,定无来蜂之验。此抑非眩惑取功、沽名乱艺者乎。至于野人腾壁、美人下墙、禁五彩于水中、起双龙于雾外,皆出方术怪诞。推之画法阙如也。故不录。"(同上)

在上面两则引文中,可以清楚地发现,宋人对于画可"通神"乃至"误识"的故事已经感到反感并持否定、批评的态度。这种态度的出现,既体现出对画像和被画者的同一性的信念的减弱或消逝,也体现出对于绘画能够欺骗人或动物的眼睛表示怀疑。其中前一则关于黄筌画野鹊而无集禽之噪的记载,似乎正是对《益州名画录》中黄筌画鹤、而"生鹤"立于画侧的记载的否定;而后一则记载,则将一系列曾被前人津津乐道的"通神"故事一概斥为"方术怪诞"而"画法阙如"。这种坚定的批判态度充分表明,宋代以后,画家对绘画的关注已集中到写实艺术本身而不是其他的方面①。"通神"的传奇和幻觉逼真的追求,逐渐离开了艺术家们普遍关注的核心,通过"求理"再现对象的本质生命,成为人们普遍的追求。② 人们仍会从画中图像与所描绘对象之间关系的角度对画家进行赞誉,只是这种赞誉已渐成缺乏新意的套话。不过,宋人却以一种颇具新意的方式,将"误识"、"通神"之类的艺术传奇推广到山水画领域,开辟了一片新的天地。

兹举黄庭坚《题郑防画夹》(其一)为例。诗云:"惠崇烟雨归雁,坐我潇湘洞庭;欲唤扁舟归去,故人言是丹青。"在这首题山水画诗中,山水画成为真实的自然山水的替代,两者之间真伪莫辨,在诗人的眼中产生"误识",以至于"欲唤扁舟归去",经人提醒才醒悟面对的并非真实的"潇湘洞庭",而仅仅是

---

① 在宋代的文献中,对画家传奇的记载转向关注画家对现实事物的潜心观察、用心揣摩以及精彩的再现描绘。具有典型意义的事例之一是南宋邓椿《画继》中的记载:"徽宗建龙德宫成,命待诏图画宫中屏壁,皆极一时之选。上来幸,一无所称,独顾壶中殿前柱廊栱眼斜枝月季花,问画者为谁。实少年新进。上喜,赐绯,褒锡甚宠,皆莫测其故。近侍尝请于上,上曰:'月季鲜有能画者,盖四时、朝暮,花、蕊、叶皆不同,此作春时日中者,无毫发差,故厚赏之。'"(卷十《杂说·论近》)宋徽宗所赞赏的是画家对月季花四时、朝暮不同特征的入微观察和准确再现,而非其画是否能够令人产生"误识",体现着宋人在写实追求上的新态度。

② 中国画的写实艺术实践发展经过唐代的辉煌,在宋代达到十分成熟的时期。在写实观念的统领下,宋代各个画科都得到充分发展,特别是在花鸟和山水画领域,达到了一个前所未有的高度。也正是在这一时期,中国绘画传统中固有的表现主义倾向也得到比较充分的孕育;而宋代以后士大夫文化在社会上的巨大影响力,更使这种表现主义倾向,成为一种影响日益巨大的新的审美潮流,并在宋元以后形成规定着此后中国画基本走向的写意传统。但即便在写意艺术中,中国画家也从未放弃对绘画中图像与对应的事物之间的相似性的追求。

一幅画而已。强调画面图像与真实山水之间具有一致性的赞誉方式在宋代得到广泛的应用。《林泉高致》中所载山水画家郭熙的一段话就山水画对真实山水的替代的意义作了充分的表述："林泉之志,烟霞之侣,梦寐在焉,耳目断绝。今得妙手,郁然出之。不下堂筵,坐穷泉壑,猿声鸟啼,依约在耳,山光水色,滉漾夺目;斯岂不快人意,实获我心哉?此世之所以贵夫画山水之本意也"(《山水训》)。正如《宣和画谱》卷十一"董源"条下说:"(董源山水画)使览者得之,真若寓目于其处也。"成功的山水画作品,能使观者产生"真若寓目于其处"的审美体验,而且这种人文意象可以更直接地引发诗人的山水情愫,得自自然而高于自然,所谓"助骚客词人之吟思"者是也。因此大批诗人热衷于山水画鉴赏,题画诗也因而兴盛起来。

宋人杨万里《诚斋诗话》:"杜《蜀山水图》云:'沱水流中座,岷山赴北堂。''白波吹粉壁,青嶂插雕梁。'此以画为真也。"①在进行山水诗画的鉴赏时,人们将诗画作品中的人文意象与真实的自然意象产生比附联想,画中山水被视为真实自然的替代物,这就是所谓"以画为真"。我们可以把这种"以画为真"视为诗人对画家表达赞美的另一种姿态,但其表达赞誉的叙述模式却与前引那些"误识"的故事是一致的。我们可以视之为从"通神"到"误识"一脉相承的"画家传奇"在新艺术背景下的延续。

在以上分析的各类"艺术家传奇"故事中,我们可以发现它们彼此之间的传承影响,在故事的叙事结构上也存在着一定的模式化倾向,尽管在具体的情节上,这些传说故事有很丰富的变化,但在故事的主线上却有着很大的一致性。从"通神"到"误识"以及推进到山水画领域的"以画为真",画家传奇叙事主线的变化体现了中国画在再现自然万物的艺术追求中观念的变迁,从一个侧面反映了中国画写实观念的演进过程。

（原载《江西社会科学》2010 年第 12 期,发表时有改动）

---

① 丁福保:《历代诗话续编》,中华书局,1983 年版,第 148 页。

求理:中国画写实精神的理论归宿

一

看过宋人花鸟画的人,大概都不会怀疑中国古代绘画中,也曾有过逼真地再现客观事物的努力。这些被称为"院体"的花鸟画,不但模拟外物的形象相当准确。而且表现物象的神态尤为生动逼真。宗白华先生曾盛赞宋代花鸟作品乃"世界艺坛的空前杰创"(《中国艺术的写实精神》);其"写生的精妙,为世界第一"(《论中西画法的渊源与基础》)。①

其实,写实的努力并不仅仅局限于花鸟绘画中。作为不同于西方"幻觉主义"的中国画的写实,也曾经为其他画科的成熟(包括山水画),起到过巨大的推动作用。只不过由于中国画写实手法的特殊性,又由于我们今天的观众生活在一个照相机早已不是什么新鲜玩意儿的时代,对于在中国画史上曾弥漫于各个画科的以再现为目的的写实画风,我们已经失去了正确的辨别和读解能力了。

什么是中国画写实手法的特殊性呢?

其实,我们在此使用"特殊性"一词,也许并不恰当,因为写实主义这个术语本身就是一个相对有效的概念。写实,不是绝对的"真实",绝对的"真实"是不存在的,即便是为我们所深深信赖的照相,也仍然是只在某种文化传统中才被视为逼真。一个经常被人们列举的例子:地球上尚存的某些未曾见过照相的人们第一次面对相片时,他们竟然认不出这是他们自己的照片!"一

———————————

① 宗白华:《美学与意境》,人民出版社,1987 年版,第 206 页、150 页。

个形象的现实主义应当被认为是与社会决定的法则体系有关而不是与一个一成不变的、一般的视觉经验有关。"①因此,我们应当指出,这里所论述的中国绘画在写实上的"特殊性",原是一种不够准确的表述,是为了使之与为我们所普遍接受的以透视、光影原理为手段、以试图重视瞬间的视觉真实为目的的写实努力相区别——这种努力,只在古希腊和欧洲文艺复兴这两个时期成为一种系统的、不懈的追求。

在中国古代艺术理论中,艺术自身似并未受到应有的重视。唐代张彦远在《历代名画记》开头就说:"夫画者:成教化,助人伦,穷神变,测幽微,与六籍同功,四时并运,发于天然,非由述作。"所谓"成教化,助人伦"乃是着眼于艺术在教育上的功用和艺术在群体生活中的效能;而"穷神变,测幽微",即艺术对于"天道"的演示、感发。"道"是自然存在,是第一性的,绘画只是一种媒介物,"发于天然,非由述作",人为的述作、艺术的创造,原不是什么伟大的事业。但是,自然之"道",终需艺术家来"穷",来"测",艺术家卓越的禀赋、才华,使其可以作为一种媒介,通过他们的创造"述作",将这种神秘的"天道"传达到俗世人间。

中国画的写实艺术,从其源流上来看,从一开始,就以是否揭示、传达了外界事物内在的秘密为其基本原则,这种秘密,正是张彦远《历代名画记》中叙述画之源流时所谓"造化不能藏其秘"的"造化之秘"。这是生成天地万物的最本原的存在,它隐藏于世界万物包括人类的万千形态之下,决定着万物的纷纭姿相。因此,在中国古代艺术理论中,对物象的描摹,只能是第二位的,历代论者不时对艺术家们发出不可以"形似"论画的警训。但是,"形似"不是目的,写"形"却是手段,而且是必不可少的手段。绘画之所以为绘画,就在于它是以画面图像为媒介的视觉艺术,画面上的图像,是不可缺少的。于是,通过画面形象描绘客观事物的外形,以此反映外界事物的内在生命,这种"以形写神"的写实主义原则,不仅在西方艺术中,而且在中国古代绘画艺术中也是贯穿始终的。

中国古代绘画中的写实精神,其根本特征,在于它是以描绘物体的结构特征为切入点,通过长期的观察与揣摩,将外物的内涵经过归纳、概括,通过

---

① [英]布赖森:《本质的复制》,见《美术译丛》1988 年第 3 期。

形体特征的描绘，再现出来。这种方法诞生的画面形象，并不强求与外物在视觉上的必然联系，不是描绘"所看到的"，而是"所了解的"外界事物。

中国画家不站在固定视点上观察事物，而是多侧面多角度地、全面深入地了解事物的真实面目。"山形步步移"，"山形面面看"，"远望之以取其势，近看之以取其质"（宋·郭熙《林泉高致》），不仅对山水这样的大物如此，即便是对鸟、兽、草、虫之类，也不可不作多方观察："鸟兽草木之赋状也，其在五方，自各不同。而观画者独以其方所见，论难形似之不同，……非善观者也。"（宋·邓椿《画继》）观察事物，不仅在不同角度、不同距离上会有不同结果，在不同时候观察，也会获得不同的印象。"月季鲜有能画者，盖四时朝暮，花蕊叶皆不同……"（《画继》）"真山水之烟岚，四时不同。春山澹冶而如笑，夏山苍翠而如滴；秋山明净而如妆，冬山惨淡而如睡。……山朝看如此，暮看又如此，阴晴看又如此，所谓朝暮之变态不同也。"（宋·郭熙《林泉高致》）对人的观察也莫不如此："传神与相一道，欲得其人之天，法当于众中阴察之。今乃使人具衣冠坐，注视一物，彼方敛容自持，岂复见其天乎？"（苏轼《传神记》）正面的静态观察，难以得到对象的真实气质，只有在平时的言谈举止中处处留心，才能真正为对象作好肖像。昔时顾恺之画裴楷像，久不得满意，忽一日于其"颊上加三毛"，则神采逼真，这"颊上三毛"，不正是悉心观察、反复揣摩的神来之笔吗？

中国画家作画前对事物的全面观察、悉心提炼、深入体悟、大胆捕捉，表现在画面上，其所呈现的画面图像便不是一种对外物形体的在固定光源和固定视角下的表象的描绘。

"骨法用笔"，是中国画最基本的造型手段，富于表现性的中国画线条，在晚周时期的帛画之上即成为勾勒形象的主要技法，顾恺之《女史箴图》笔法细密、圆润，线条连绵、挺秀，标志着线条在此期已相当成熟。"随类赋彩"，是中国画色彩的基本原则，与"骨法用笔"同样构成了中国画的画面特征。"随类赋彩"，即按照不同类别的物象，分别赋予色彩。中国画不重于描绘视觉接触到的实物的表象，故其赋彩，并不严格描写特定光线下物体的复杂色相，而是具有较强的主观抽象性。当然，这种主观的"赋彩"仍然按照了物象的固有色，以此为赋予不同色彩的根据。"骨法用笔"与"随类赋彩"，作为中国画造型的基本原则，至少在南北朝时已经确立，随着后世艺术实践的不断探索、创新,这两条原则的内涵也在不断扩充。唐代是中国画线条真正获得了独特性格的时期,立于这个笔法高峰之巅的吴道子,以其丰富多变、动感强烈的墨线,使客观事物的内在生命,极大地揭示、再现于画面。他的壁画,被誉为"天衣飞扬,满壁飞动"(《京洛寺塔记》),他创作的《地狱变相》记载:"都人咸观,惧罪修善,两市屠沽,经月不售"。线条的丰富,使作画必须敷色的成法在唐代受到了怀疑。传说吴道子作画,便往往仅以线条勾勒,不为之着色,后来,更出现了纯以笔墨表现的水墨画,但"随类赋彩"作为一种重要造型技法,仍在中国绘画的历史发展中绵延不绝,保持着自己的领域,完善着自己的风格。同时这一原则中体现出来的中国画色彩上的概括性、抽象性,也为唐代以后水墨画的兴起,提供了色彩学原理上的铺垫。

唐以后,线条已不仅仅是勾勒物体形象及内部结构的手段,而有了更为自主的表现力,并得到水墨的润泽,使中国画对物象生命的再现能力,达到了极高境界,并打通了物、我之分,画家以笔墨抒写的,是客观事物的内在生机,也是画者胸中所蓄积的情感,观画者通过画面形象,体悟到的是事物的精韵,也是艺术家的情怀,对绘画中所描绘事物的内在生命、精神的把握、再现,是中国画家写实努力的出发点和目的所在。

艺术家通过大量观察的积累,对物象的真态有着深刻的认识,中国绘画史籍中大量画诀、画谱的存在,正是这种认识的程式化概括,而任何一件成功的艺术品,也是一件珍贵的艺术样本,对于后代艺术家来说,都必须将这些前人观察的成果,作为自己把握事物的起点。但这种对前人程式的接受,对于任何一位真正的艺术家来说都还仅仅是一个基础,他还必须通过自己的体悟力去面对自然界那真实的生命,而这才是其取得成功的真正关键。北宋山水大师范宽曾师法李成,在这种对前代绘画成就虚心接受、师法的基础上,他又进一步直面自然本身,"人之法,未尝不近取诸物。吾与其师于人者,未若师诸物也"(《宣和画谱》卷十一)。这种对外物的师法、描绘,如前所述,不是简单的表象的临摹,而是要深入观察,用心体悟,因此,范宽的"师物"之法的关键,在于"师诸心",他"卜居于终南太华岩隈林麓之间,而览其云烟惨淡风月阴霁难状之景,默与神遇,一寄于笔端之间"(同前引)。汲取前人艺术成就并结合个人观察的体会,中国艺术家不仅能将自然万物深藏的奥秘揭示笔端,同时也获得了将自己在人生中的体验自觉与某种事物相契合的本领,此时艺术家早已不是自然造化的代言者,相反,客观事物倒成为艺术家情绪驾驭的符号,这种对自然界事物的驱使,当然得益于艺术家们曾经有过的大量、深刻、被动的对外物精神的体悟、接受,这里所谓"大量"的含义,是不仅局限于某一位艺术家个体的努力,更包括了前代的艺术遗传和同代人的艺术发现。

二

中国画的写实,是以真实再现绘画对象的活的生命为最高目的的。

在古老的艺术传说中,这种对外界事物生命的重视,甚至具有很强的神秘色彩。

"传神写照"理论的明确提出者、晋代著名画家顾恺之,便被赋予了这种神秘的力量。据说,他曾爱上一个邻家女,"乃画女于壁,当心钉之,女患心痛,告于长康(顾恺之字),拔去钉,乃愈。"(《历代名画记》卷五)不过顾恺之自己似乎并未意识到自己画笔的神秘力量,在其议论绘画的言谈中,他只是表现出对于"传神"的极大关注:"顾长康画人,或数年不点睛。人问其故。顾曰:'四体妍蚩本无关于妙处,传神写照正在阿堵中。'"(《世说新语·巧艺》)联系到下面一则传说,则我们又需对顾氏"传神"之"神",有更深的领悟:比顾恺之稍后的南朝画家张僧繇曾画四条白龙,但"不点眼睛,每云,点睛即飞去,人以为妄诞,固请点之,须臾,雷电破壁,龙乘云腾去上天。二龙未点眼者见在"(《历代名画记》卷七)。画龙点睛即活,可见,点睛之笔已不仅仅是画面的完成,而且有赋予画面形象以生命的意义。在"画龙点睛"这类传说盛行的时代,画面形象本身并未受到更大的关注:"四体妍蚩本无关于妙处",使画面获得生命力的贯注的,乃在于一种奇异的"点睛"之功。

随着点睛即活这类故事被另一些故事所取代,画面形象开始受到人们的重视。

唐韩幹画马称誉一代,传说曾有人牵马访医,这马的"毛色骨相"奇特,原来这是一匹韩幹所画的马,在这里,画家那神秘的创造力依然存在,但已从"点睛"之力转为通过成功形体描绘而令其获得生命的力量。这个故事中还有一个细节,就是此马的前足有伤,归视原画,则是因为画上马的前足有"一点墨缺"的缘故。(事见《酉阳杂俎》续集卷二)画面上的"一点墨缺",竟会产生如此效应,则此时人们对于画面形象的关注可见一斑。

此时,画家对画面形象的成功创作,代替了昔日的"点睛"之笔,画可"通神";不限于有生命之物,山水依然。《唐朝名画录》载:"天宝中,明皇召(李)思训画大同殿壁,兼掩障。异日因对,语思训曰:'卿所画掩障,夜闻水声。'通神之佳手也。"

李思训青绿山水在以画面形象描绘山水景物上,为一代名家,成绩非凡,与前代山水画已不可同日而语。张彦远《历代名画记》中说:"魏晋以降,名迹在人间者,皆见之矣。其画山水,则群峰之势,若钿饰犀栉,或水不容泛,或人大于山。率皆附以树石,映带其地。列植之状,则若伸臂布指。"可知唐人对于画面的图像已有了新的要求,"形似"不再是无关紧要的东西,而成为画家水准的一个标志:(吴道子)"往往于佛寺画壁,纵以怪石崩滩,若可扪酌。"(《历代名画记》)从顾恺之的"传神写照"理论出发,唐代写实绘画仍然重视对外物之"神"的再现,同时,唐代画家已经被责以画面形象上的要求。

中唐人物画家周昉曾为修整后的长安章敬寺作壁画,据《历代名画记》记载,当其起笔草稿之际,"都人士庶,观者以万数。其间鉴别之士,有称其善者,或指其瑕者。昉随日改定,月余,是非语绝。无不叹其神妙"。观众对画的要求,促使画家对画面的完美倾注了更大的精力。唐人绘画在中国绘画史上的崇高地位和突出成就,是与当时社会对于绘画的关注分不开的。据说周昉又曾为郭子仪婿赵纵画像,引出一段有名的关于"形似"与"神似"的议论。故事是这样的:"赵纵侍郎尝令韩幹写真,众称其善。后又请周昉长史写之。二人皆有能名,令公(郭子仪)尝列二真置于坐侧,未能定其优劣。因赵夫人归省,令公问云:'此画何人?'对曰:'赵郎也'。又云:'何者最似?'对曰:'两画皆似,后画尤佳'。又云:'何以言之',云:'前画者空得赵郎状貌,后画者兼移其神气,得赵郎情性笑言之姿。'"(《唐朝名画录》)被称为得"情性笑言之姿"者,即是周昉所作。形似是神似的基础,观众对画面的要求,首先是对形似的要求,要求其"像"什么,而随着对画面的精益求精,神似的追求便成了修改画面形象的目的,以形写神,正在此时,成为社会普遍的审美追求和艺术理想。

在中国画写实主义理论的发展历程中,五代荆浩的《笔法记》占有重要地位。

"形似",画面形象的追求,固然是艺术家的第一任务,但仅此则绝非真正的艺术。荆浩《笔法记》的开头便首先对绘画的定义作了意义重大的阐明。"画者华也,但贵似得真",这是片面的、表面的对绘画的理解,这样的"似",并非对事物本质的再现,这样做的结果:"苟似可也,图真不可及也。"荆浩认为绘画是一种创造:"画者画也,度物象而取其真。物之华,取其华;物之实,取其实。"(引文均见《笔法记》,下同)"度物象而取其真"这一命题是针对那种单纯追求画面效果的倾向提出的,同时"真"的概念,更是对"以形写神"的高度浓缩,"形"、"神"之分别,在此冥合为一。荆浩以为,真正艺术,就是形神兼备、"气质俱盛"的,事物的精神,不是存在于形象之外,而正是通过其形象的外部特征才得以表现出来。他提出:"写云林山水,须明物象之原",并举例说:"夫木之生,为受其性。松之生也,枉而不曲遇。如密如疏。匪青匪翠,从微自直,萌心不低,势既独高,枝低复偃。倒挂未堕于地下,分层似叠于林间,如君子之德风也。……"松的禀性、神采,正通过其特有形象表现出来,画出松的特有风姿,即画出了松之精神,这样的创作,就是形神兼备的,就是"得真"的。

"明物象之原"的提出,是对"以形写神"论在理论上的阐明和发展。"神"即在"形"中,欲得物之"神",必得先通过对物的形姿的真切观察,深入领会,悟得其"神"。当我们将荆浩《笔法记》中提出的这一命题放在更大的历史层面上考察,会发现,它与宋代画坛盛行的审物求理之风有着渊源上的关系。

三

宋代绘画是中国画写实精神的突出体现,那种体现在各个绘画门类的强烈的对事物本体生命的再现热情,与精细不苟的审物态度、潜心体悟的求"理"精神相融合,构成了宋一代绘画的特殊风采。

审物,是宋代画家和绘画鉴赏家十分重视的一种功夫。

唐人也有审物之说,张彦远《历代名画记》提出过"观画之宜,在乎详审"之说。但他的"详审"较之宋人诚为小巫。宋人郭若虚在其旨在续承《历代名画记》的《图画见闻志》中例举的飞禽形体各部分的名称("名件"),详尽繁细，令人眼花缭乱，为唐人所不可比拟。这种严格精细的审物态度，绝非画史论家的造作之举，宋人那种超常的观察本领，已非一、二论家所独有，而是一种普遍的存在。画院主人徽宗赵佶对正午月季的赞赏和"孔雀登高，必先举左"（《画继》）的论断已为人们熟知，即如欧阳修这样非画家的文人，也曾关心于此（事见《梦溪笔谈》"正午牡丹"的故事）。苏东坡于绘画非专家，挥毫、赏画在他不过是余事之余事，但他却有过这样令人惊佩的跋语："黄荃画飞鸟，颈足皆展。或曰：'飞鸟缩颈则展足，缩足则展颈，无两展者。'验之信然，乃知观物不审者，虽画师且不能……"

　　宋人极重审物，也极精于审物，这是由于他们为此付出了巨大的精力。善画猿的易元吉，常去深山观察猿猴的生活，一去就是几个月，画草虫的曾云巢曾悉心观察草虫以至"昼夜不厌"（《鹤林玉露》）。

　　审物是为了获得自然万物的真实的生命，"审物"之风的盛行，是与宋人对自然万物之"理"的追求分不开的。宋人论画最重一"理"字："画，造乎理者，能画物之妙；昧乎理者，则失物之真。"（《山水纯全集》张怀邦《后序》）这个"理"，即是顾之恺之所谓"传神"之"神"，也即是荆浩"明物象之原"的"原"，这种"理"、"神"、"原"，是蕴藉于自然之中的，真正的艺术家应该在绘画中通过艺术形象的塑造，将其再现出来，这才是艺术家的高超所在，也正是宋人深入审物的终极目的。

　　宋人以"理"求画的议论颇多，但最著名的，仍是苏东坡的"常理"之说："人禽、宫室、器用，皆有常形；至于山石、竹木、水波、烟云，虽无常形，而有常理。常形之失，人皆知之；常理之不当，虽晓画者有不知。……常形之失，止于所失，而不能病其全；若常理之不当，则举废之矣。"（《苏东坡集》）"常理"，是自然万物所共有的，这是东坡论"理"的出发点和前提，这一点，由于东坡在论述时并未强调指出，而往往为人们所忽略。有"常形"者亦有"常理"，故东坡有戴嵩画牛、黄荃画雀有失"常理"之论，审物不可不精；对无"常形"而有"常理"的事物，更需留意，因为"常理"不当难以察觉，一旦发生难以修正。有"形"之物，可以通过"审物"而得其理，那么，无"形"之物又当如何把握呢？东坡以为非"高人才士不能辨"，这并非故作神秘，因为即便是对有"常形"之物的把握，也并非单凭眼睛的观察、理智的分析所能获得，那是一种心的领悟、神的沟通。东坡认为文与可之画竹石枯木"真可谓得其理者"，那么文与可是如何画竹的呢？东坡在《书晁补之所藏与可画竹》三首之一中说："与可画竹时，见竹不见人。岂独不见人，嗒然遗其身。其身与竹化，无穷出清新。庄周世无有，谁知此疑神。""身与竹化"、"见竹不见人"，正是这种精神上的与物俱化，使画家能于无"常形"之物中悟得"常理"而成功地再现于画的。宋人张放礼也曾说过："惟画造其理者，能因（物）性之自然，究物之微妙，心会神融，默契动静，察于一毫，投乎万象。则形质动荡，气韵飘然矣。"（见《中国画学全史》）与东坡所论对"常理"的相通情形是一致的。

　　理，宋代艺术家对自然中蕴含的规律、万物的生命构造的感悟和表述，虽或不同论画者所采用的概念并不一致，但是，理，作为一种最高目的和标准，却普遍为宋代艺术家、艺术理论家乃至一般的艺术爱好者所接受，在不同的绘画门类中，为人们所追求。

　　从顾恺之"传神"论的提出和"迁想妙得"的经验的表述，到宋人对理的追求，中国画写实主义的理论建设达到了它所欲的极端。如果说"神"在顾恺之那里仍是一种对画面外在的赋予，则"理"之于宋人已是与"形"俱契的内在生命，东坡所谓"如是而生，如是而死，如是而挛拳瘠蹙，如是而条达遂茂。……合于天造，厌于人意……"此之谓也。

　　"理"的探究，通过画面最后打通了人与自然万物的隔阂，再往前一步，即到了写意的领域，故此我们认为，求理，是中国画写实精神的最后的理论归宿。

（原载《文艺理论家》1992 年第 1 期）

中国近代绘画变革中的写实追求

　　20 世纪初叶,明清以来的中国画发展方向,受到当时文化界的普遍的质疑。许多论者以为,欲挽回中国画的颓势,必须恢复中国画写实传统的主导地位。虽然在当时对于写实精神的呼唤中,论者的内在美学取向并不一致。但毕竟引起了人们对写实传统的重新思考。

　　对中国画写实传统的呼唤,是与对元明以来中国画成就的重新估价相联系的。

　　从先秦两汉延续下来的中国画写实传统,经过魏晋时期的转型,到隋唐五代达到了一个高峰。随后的北宋画家,在对山水和花鸟的观察和探究当中,将中国画的写实传统推向了一个新的高度,中国写实绘画实现了从实践到理论的全面繁荣。

　　南宋以后至元代的新的艺术观念的出现,在山水画的转变中得到最敏感的体现。如果说,从魏晋至北宋,艺术家的情感意趣和笔墨技法都必须为"应物"、"传神"服务;那么,南宋以后,从元代而至明清,传神的追求和笔墨技法的运用则注重表达画家的情感意趣。五代、北宋的模范山水,变为后世画家胸中丘壑的营造和笔墨技法的追求。明清以来的绘画,虽仍有出入于唐宋写实风格的探索,但中国画写实传统影响的日渐式微却是不争的事实。以"四王"为代表的"正统派",最终完成了中国画从对象再现到程式表现的根本性改造。从先秦延续下来的以传神为最高追求的中国艺术传统,为追求意境的写意的努力所替代。

一

　　"五四"时期,对整个中国文化的重估,成为当时思想界的一大特色。在这场空前规模的以批评传统道德和传统文化为主要内容的新文化运动中,中国绘画传统也受到了前所未有的批判。一批学者和艺术家,对于中国画的历史进行了否定大于肯定的新的审视。这种新的审视的出发点,乃是对于中国画当时发展状况的不满。

这种批判性审视的意义,今天尽可以讨论,但有一个事实是:随着文人画所赖以存在的时代背景和发展环境发生了巨大的变化,元明以来的中国画主流,在20世纪初已经失去了生长的土壤,中国画面临新的转型。这个转型期,恰逢中国近代历史上一个巨大的变革年代。内因与外缘的凑合,自然使这种艺术的探索和思考带有浓郁的时代激进色彩。

中国近代史上绘画艺术的变革大约是与政治的改良同步开始的。戊戌变法前后,特别是在废科举、兴学堂以后,美术教育作为一种"实学"的科目也堂而皇之地进入了学堂,在官方法定的范围内争得了一席之地。

这在中国绘画史上无疑是一种根本性的变革。正如学者刘师培指出的:"秦汉以降,士有学而工无学,卿大夫高谈性命,视工艺为无足轻重",士大夫阶层绘画趣味和绘画技巧的训练,往往被视为超乎世俗功利目的的自我精神满足。因此,从某种意义上说,美术教育的变革,也是维新运动最重要的成果之一,它从另一角度冲击了中国文化中根深蒂固的"重道轻艺"观念。

很明显,处于时代变革的大风潮中,人们无暇进行深入的画理思考。绘画领域的某些变革,其社会文化意义有时要大于对绘画艺术自身的创新价值。

一般认为,近现代史上最先对传统绘画重新加以论评、批判的是"戊戌维新"的领袖人物康有为。早在1904年,康有为游历欧洲期间,在其游记里就多次进行中西绘画的比较。如在参观加尔尼西宫后写道:"彼则求真,我求不真,以此相反,而我遂退化。"康有为此论的出发点自然是:近代中国绘画在不断复古的过程中抽离了现实,陈陈相因的笔墨程式和以师法古人代替师法造化的艺术取向,已经使传统中国的绘画艺术走入了衰落之途。这就是康有为所说的"吾国所短"。

1917年,康有为在《万木草堂藏画目》的序文中,对宋元以来的中国绘画史进行了全面的评估,推崇五代、两宋画,贬斥元、明、清画,并以权威口吻提出"矫正"方案:"以形神为主而不取写意,以着色界画为正而以墨笔粗简者为别派。士气固可贵,而以院体为画正法"。

作为一部个人著作,《万木草堂藏画目》在当时仅出版了为数不多的石印本,不易产生影响,但就在此后的第二年,《新青年》第六卷第一号上发表了由吕徵致函、陈独秀作答的《美术革命》檄文。在这封公开信中,陈独秀发表了与康氏基本一致却更为极端的观点:"自从学士派鄙薄院画,专重写意,不尚肖物;这种风气一倡于元末的倪、黄,再倡于明代的文、沈,到了清朝的三王更是变本加厉。人家说王石谷的画是中国画的集大成,我说王石谷的画是倪、黄、文、沈一派中国恶画的总结束。""像这样的画学正宗,像这样社会上盲目崇拜的偶像,若不打倒,实是输入写实主义,改良中国画的最大障碍。"因此,"若想把中国画改良,首先要革王画的命"。

康、陈等人,并非绘画方面专家,他们批评中国画现状与历史的初衷,也是作为实现他们各自政治主张的一个次要环节。但来自思想界的扫荡风暴也迅速刮进美术界。一时间,诸说并起,虽然美术家们的主张各有不同,但"中国画学之颓败,今日已极矣"(徐悲鸿语)已似成定论,除了陈师曾等少数文人画精神的维护者之外,对写实精神的推崇成为大多数人的共识。但是,对于中国画写实传统的实质的认识却并不相同,因而对于如何引入写实主义,也不可能有共同的取向,这一切,似乎在当时尚无暇顾及。

二

进入 20 世纪,几乎每一位中国画家都不能无视西洋绘画的成就和影响。即使是致力于大的传统观念下的中国画创新的画家们,在"古为今用"的同时,也不同程度上做到了"洋为中用"。当时的有识之士,大多对这一探索抱有希望,这正是时代的机遇使然。因为,对于西方艺术的重视,其实并非是一个单纯的绘画观念变革问题,其中也蕴涵着深层的社会文化原因。

反观中国绘画史的进程,与异域绘画艺术间的交流开始很早。

从南北朝开始,就有关于中国绘画借鉴其他国家艺术手法的记载。梁时人张僧繇,学习天竺(印度)画法,曾在南京一乘寺用天竺画法画"凹凸花"。许嵩《建康实录》云:

　　一乘寺,梁邵陵王纶造,寺门遍画凹凸花,称张僧繇手迹。其花乃天竺遗法。朱及青绿所造,远望眼晕如凹凸,就视即平。世咸异之,乃名凹凸寺云。

唐代西域画家尉迟乙僧,也是将异域画风引入中原的著名画家。《唐朝名画录》载:

> 尉迟乙僧者,吐火罗国人。贞观初,其国王以丹青奇妙,荐之阙下。……今慈恩寺塔前功德,又凹凸花面中间千手千眼大悲,精妙之状,不可名焉。……凡画功德人物花鸟,皆是外国之物像,非中华之威仪。(《神品下》)

关于这种异域画风的特点,从其名称中已经可以知道,视觉上当具有立体的效果。在当时,这种新颖的画法,引起了轰动,但很快,就被同化于中国传统艺术的总体风格之下。宋代徐崇嗣创立"没骨花",有论者以为即是源自"凹凸花"的影响,但"没骨"画格已经是地道的中国花鸟画了。

明代万历、崇祯年间,西方绘画进入中国,应该是唐宋以来异域绘画又一次对中国绘画的冲击。

明代万历七年(公元1579年),意大利传教士罗明坚携带圣像来到广州,随后,万历二十八年(公元1600年),传教士利玛窦将圣母像带入北京,从此,近代西方写实绘画不断通过各种途径进入中国。一些译述西画学理的著作,从雍正年间开始也偶有刊行;康乾之际,以郎世宁为代表的一些西洋画家还在皇家画院中获得了一席之位,成为掺合中西画法的第一批画家;某些中国画家也在相当谨慎的程度上,借鉴了西方写实绘画的明暗透视法。

但是,正如向达先生在其《明清之际中国美术所受西洋之影响》一文所指出:

> 明、清之际,所谓参合中西之新画,其本身实呈一极怪特之形势:中国人既鄙为伧俗,西洋人复訾为妄诞,而画家本人亦不胜其强勉悔恨之忱;则其不能于画坛中成新风气,而卒致殇亡,盖不待著龟而后知矣。①

---

① 向达:《明清之际中国美术所受西洋之影响》,《新美术》1987年第4期。原载《东方杂志》第二十七卷第一号,1930年10月1日出版。

可以说,近代以前的中外绘画交流,并未对中国绘画产生实质的影响。这里面既有中西艺术观念差异导致的隔膜和误解,更有保守排外的社会文化心态的作用。交织着民族文化的自豪感和固步自封的中庸心态,形成了文化交流中一道顽固的防线。

但是,清末以后,学习西方绘画已经被认为是解决中国画发展出路的有效途径。

西方写实主义绘画经过几个世纪的发展,产生了辉煌的成就,对于初开国门的中国画坛,无疑是一片全新的天地,其成就足资借鉴。而近代中国在极度的民族自强要求下出现的学习西方的文化失衡现象,也推进了学习西画运动的进程。

1840 年以后,中国封建皇权政治的腐败和国势的衰落,使清醒的知识分子开始痛苦的历史反思。随之产生了巨大的学习西方科学与文明的渴望,这并不是一种平和心态下的文化交流,而是一种弱势文化对强势文化的无奈接受。"在这个时候,人们开始抱怨自己的'传统'其实并不中用,于是,处在这种心理失衡状态的知识阶层就很容易采取全盘摒弃的做法"①,那时,西方的物理学、生物学、工程学、军事学、医学乃至哲学、艺术学几乎全方位地成为国人学习的对象。

正是此时,西方绘画艺术的成就,也吸引了中国美术家的目光。面对写实艺术的强大的视觉冲击力,人们甚至来不及更多地思考。当康有为提出"取欧画写形之精"的倡导,陈独秀发出"改良中国画,断不能不采用洋画的写实精神"的断言的时候,虽然是植根于的他们的变法维新、社会革命的思想;却也正合于此时美术界人士重振国画的要求。因此,康、陈提出的发展中国绘画的方案,就成为当时一批关心中国绘画发展的人们所共同的取向。让中国画回归现实世界,恢复鼎盛于宋代、中断了几百年的中国画写实传统,谋求中国画的现代形态,西方写实主义绘画成为中国人首先学习的目标。

这种对于西方绘画的主动学习,在当时中国的美术教育中已经落实为具体的教学计划。在新教育倡办者看来,为适应时代的巨变,国人必须破除唯我独尊的文化心态,在对传统文化的内涵价值进行重新阐释的同时,主动吸

---

① 葛兆光:《中国思想史》(第二卷),复旦大学出版社,2000 年版,第 691—692 页。

纳包括写实绘画在内的那些有用的西学知识。

即便是如黄宾虹这样的国画大师，在当时也卷入了学习西方绘画的潮流中。

尽管黄宾虹在重振国画的方案上与康、陈及其追随者不同，但对于中西艺术的交流，黄宾虹仍是积极支持和赞同的。当时上海的《真相画报》奉"监督共和政治，调查民生状态，奖进社会主义，输入世界知识"为宗旨，是一份综合性的大型旬刊。黄宾虹在为其所写的《真相画报叙》中指出：

> 而欧云墨雨，西化东渐，缋采之丽，妍丽夺眸，窈怪山光水色，层折显晦之妙，其与北宗诸画，尤相印合。尝拟偕诸同志，遍历海岳奇险之区，携摄影器具，收其真相，远法古人，近师造化，图于楮素，足迹所经，渐有属毫，而人事卒卒，未能毕愿，深以为憾。今者粤中诸友，方有《真相画报》之刊，将搜全球各种画艺，分别区类，萃为一编，笼天地于形内，融古今为一炉。余喜其沟通欧亚学术之大，发扬中华国粹之微，陶养人民志行之洁，潜移默化，未尝不于是乎。①

既然在政治上可以效法欧洲，那么，"画学复兴"当然也可以、并且应该向西方学习，包括西画和摄影。这种学习将有助于修正南宗末流辗转案头临仿的偏差，黄宾虹希望通过这样一些工作，能够使中国画从南宗末流的歧途，返回到唐宋传统"道法自然"的正路上去，从而收到"远法古人，近师造化"的功效。

在 20 世纪初，中国美术界对于通过引进西方写实绘画以改良中国画现状，普遍抱有较高的期望值。

三

回顾近现代中国画的变革之路，探索是多方面的。正如美术史家童书业在《谈画》一书中所归纳列举的：

> 清末以来，国画的发展，约有五条途径：第一条便是……"上海派"的

---

① 《黄宾虹文集》，上海书画出版社，1999 年版，第 48 页。

途径,他们打破清初以来传统的规律,放纵笔墨,另辟一种局面。第二条途径是谨守正统派的规范,追模四王、吴、恽,力挽清代中期以后正统派的颓风。第三条途径是既不遵守四王、吴、恽的矩矱,也不走"上海派"的老路,直窥宋、元、明人之室,希望改变近世绘画的风气,这可称为"后古派"的途径。第四条的途径是博学古人的画法,企图自己杀出一条血路,别创一种画格。第五条的途径是采取西洋的画法,来改革国画,希望造成一种融化中西的新画品。①

这一段文字,大略概括了近代以来力图振兴中国画艺术所进行的各种探索。其中第二条途径乃是对清代中期以后正统派的延续,姑且不论;其余四种途径以今天的眼光重作归纳,可以大致归结为两大走向:

1. 突破清代中期以后正统画派的约束,立足观念更新,在大的中国传统艺术观的主导下,从上下数千年丰富的中国画艺术宝库中汲取营养,同时借鉴民族姊妹艺术的精华。上引童书业所归纳的"上海派"(或称"海上派")、"后古派"都应归入这一派系中;而这一派系中成就最为突出的,应该是那些"博学古人的画法,企图自己杀出一条血路,别创一种画格"的探索者,现代画家黄宾虹、齐白石、潘天寿、傅抱石等都是这一探索中的杰出代表。

2. 采取西洋画法,包括西洋画的透视法、光影明暗、色彩观念、布局构图等要素,通过与中国画固有观念的融合,达到改良中国画的目的。林风眠、蒋兆和、徐悲鸿等,都是这一方向的探路者。他们所致力的角度不同,成就也不一样,但其融会中西的努力精神,则是一致的。

站在今日的视角,在上述两个方向的探索中,都既有成功者,也有失败者。事实表明,无论从哪个角度入手,也不管其艺术取向如何,凡是能够深入把握中国画的传统精髓,以此为根基融会古今、中外艺术,其成功的可能就更大;否则,就可能失败。

近现代中国画的改革进程中,西洋画法的借鉴一直是一个焦点问题。虽然近代以来中国画改革呈现出多种探索,但力图改革明清以来陈陈相因的画风,重新确立写实精神的取向,却占据了主流的地位。问题是,主张以写实主

---

① 《童书业美术论集》,上海古籍出版社,1989 年版,第 457 页。

义振兴国画的人们自身对于中国画写实传统的理解上往往存在偏差。

康有为、陈独秀等力倡写实精神，但他们以西洋写实绘画的标准反观中国传统绘画，以宋画为符合这一标准者；影响所及，一批画家也以西方写实比附中国传统绘画。如著名画家高剑父在其《我的现代绘画观》一文中就十分牵强地认为宋代院画是受了"舶来品的滋养"；事实上，这种以西方写实绘画观念为标准衡量中国绘画艺术成就的做法，必定无法把握中国艺术的精华，误解了宋画的本质，也误会了中国传统绘画中写实精神的内涵。在这种观念下的艺术实践，注定要出现问题。

那种将西方光影透视法与中国传统笔墨工具的结合，就并未产生出令人满意的结果。这方面最突出的例子就是20世纪初到中期盛行的"彩墨画"也称"新国画"。这种画法基本上是以中国的毛笔和墨彩来画西方的"光影素描"，随着艺术探索的成熟，这种不中不西的绘画实践已经受到质疑。其教训是，中国写实绘画传统特有的美学体系，并不能那么简单地被另一套艺术法则所取代。由于无视中国画的根本性质，寻求表面的中西融合，20世纪80年代以后，"新国画"迅速衰落。

而致力于民族绘画大传统深入挖掘者，虽或并没有以"写实"相标榜，实际上正是继承了中国写实绘画传统的本质精神。

在此方面，兼有学者身份的画家黄宾虹所作的探索显得独具特色。他总体上也推崇宋元，批评明清，但其衡量标准却在笔墨，取向与众人不同。黄宾虹在《古画微》自序中说：

> 五季之衰，至于北宋，文治转隆，艺事甚盛。及其南渡，残山剩水。马远、夏圭，稍稍替矣。惟赵鸥波、高房山及元季四家黄、吴、倪、王，集唐宋之大成，追董巨之遗蘗，画学昌明，进于高逸。有明枯硬，而启、祯特超。前清荼靡，而道、咸复起；盖由金石学盛，穷极根柢，书法词章，闻见博洽，有以致之，非偶然也。①

黄宾虹否定南宗末流，但对于明清画坛并不全面否定，而是有褒有抑。

---

① 《黄宾虹文集》，上海书画出版社，1999年版，第196页。

他对中国画日趋衰微原因的认识,归之于文人画末流不仅在学理上切断了与古代优秀绘画传统的联系,而且在事实上窒息了中国画发展的生命活力。黄宾虹的画学变革观念植根于对古典传统的深刻理解,更倾向于从其他的古典艺术门类特别是金石学中寻求启发。即便是黄宾虹这样从笔墨角度入手进行变革的画家,"师法造化"仍是其取得成就的重要条件。他一生饱览无数名山大川,曾九上黄山,五游九华山,四登泰山,看三峡奇观、揽太湖美景……足迹遍布中华大地。他说:"山水乃图自然之性,非剽窃其形,画不写万物之貌,乃传其内涵之神。"潘天寿《黄宾虹先生简介》中说:"(黄宾虹)年近九十,定居西子湖上,仍不时登栖霞,上葛岭。以勾画稿,……"

又如齐白石,他从未以写实主义者自居,但他的画精于审物,注重视觉经验。他曾说"写意画,非写照不可",这与其说是他个人的心得,毋宁说是中国画近代以来求变的经验。他远离西方写实主义形式技巧,却不离中国画中的写实传统,从中汲取营养,并始终遵循着传统写意的形式语言。他对于笔墨的深入把握,并非趣味的玩味,而是将传神、意趣和笔墨之美完美的融合,达到中国绘画传统的极高境界。

近代以来中国画创新的正反经验表明,对于写实传统的回归,并不是简单的对于透视、光影等写实手段的接受,中国写实传统不以再现视觉表现的逼真为目的,而重在把握对象的本质生命。中国画的写实精神,必须由对象的神韵入手,落实于笔墨之上。笔墨,正是中国画写实传统的根本性语言。放弃了中国画的笔墨,就放弃了中国画的生命力,那样的探索,已经不在中国画的创新的范畴之内。只要还在中国画的传统内变革,就不能不把握住笔墨这一关键性的元素。

中国写意画的产生,实出自写实的传统之中。因此,虽然画家的关注点已从形神转向意趣,但对于对象的本质生命的再现的追求却始终没有放弃。清人方熏《山静居论画》中就明确说:"世……以为意(写意)乃随意为之,生(写生)乃象生、肖物,不知古人写生即写物之生意……"

正如潘天寿先生所指出的:"原吾国绘画,自隋唐以来,依据写实之要求,日趋向于笔墨功能之发展,形成东方绘画特殊风格之因素。"①在中国绘画史

---

① 《潘天寿美术文集》,人民美术出版社,1983 年版,第 205 页。

上,笔法与墨法的审美意义很早就受到人们的注意。

从谢赫对"骨法用笔"的重视,到张彦远将形神的表现归于用笔,表现了中国绘画传统对笔法的独立审美价值的充分认识和肯定;荆浩对墨法的正式提出,宣告了笔墨意识的充分觉醒。笔墨从其成为独立的艺术语言开始,就与中国画的最高追求——"传神"、"气韵"、"意"等概念范畴密切相关。笔墨的最后成熟,乃是中国画进入成熟期的重要标志。

概括中国绘画的发展,五代北宋以前,画家的意趣和笔墨运用都必须服务于对象之"形神"的再现,这是中国画写实传统的形成和成熟期;南宋、元以后,意境成为画家的最高追求,笔墨技法成为画家感情表达的形式语言。在此阶段,笔墨的独立意味逐渐凸现。随着画家对笔墨技法的兴趣超过了对作品意境、意趣乃至形神的追求,作品的内容渐成为笔墨的附庸。而中国画笔墨技法表现力的发达,从某种意义上实际也造成了中国画美学活力的凝固。这正是中国画近代由盛转衰的内在原因所在。因此,中国画的复兴,必须从源头上焕发中国画的活力。

黄宾虹以笔墨为改良中国画之根本,从表面上看,于当时的美术界主流观念有较大差距,其实,从中国传统绘画中笔墨与绘画神韵的密切关系上看,对笔墨的认真研究是唤醒中国画写实精神的一个重要方面。

一个多世纪的探索表明,中国画有着自身的体系和特征。简单地以西方写实艺术的法则解释中国绘画的规律,并不能得出令人满意的答案,我们只有通过对中国绘画的深入理解和把握,找到中国画写实传统的精髓和实质,才能在当代的绘画艺术实践中进行有价值的构建。

这也是我们今天重新审视中国近代绘画艺术变革的现实意义所在。

(原载《艺文论丛》第二辑,百花洲文艺出版社,2004年版,

发表时题目有改动)

写实主义与当代中国画改革

　　考察新中国美术的发展历程,写实主义对中国画改革实践的影响是一个极其重要的话题。尽管人们对于"写实主义"(或称"现实主义")内涵的理解既约定俗成又不断变化,带有强烈的时代色彩,甚至夹杂着一些人为曲解;但无论如何,新中国成立后美术领域写实主义主导地位的确立,把长期以来沉溺于文人画传统的中国画家推向自然和社会,激发了中国画内在的创新活力,进行了影响深远的艺术探索。

　　概括而言,写实主义对当代中国画的影响主要体现在三个方面:一是确立了写实主义(现实主义)创作原则,其核心是要求画家面向生活、反映现实,这一原则至今深入人心;二是一批优秀的中国画家认真研究西方写实技法,特别是努力借鉴、消化西方造型方法(如光影透视等),在中西合璧的探索上有所创造和收获;三是由于写实观念深入人心,一些画家认真思考中国画美学原理,努力在中国画的体系内完成具有创新性的写实探索,其经验对后来的中国画改革具有重要借鉴价值。

一、确立了以写实主义改革中国画的探索方向

　　写实主义主导地位的确立,是新中国成立后美术界的重要事件。在此背景下,中国画的改革也暂时结束了多元探索的格局。

　　当然,以写实主义改造中国画的探索并非始于1949年,乃是延续了20世纪上半叶开始的中国美术界对中国画改革的思路①。但是,在新中国成立前,

──────────

① 20世纪初,几乎每一位中国画家都不能无视西方写实绘画的成就和写实精神的旺盛活力。"师

中国画的写实主义改革只是众多改革方案中的一个选项,虽然这一选项有着比较的强势,但仍无法统一众家的取向。就当时中国画坛来看,除了坚持写实主义探索的画家之外,在中国画改革者的队列中,一些人把中国画写意品格与19世纪后期以来西方现代美学思潮相对接,以对生活的超越性感悟创造新的绘画形式(如林风眠等);一些人自觉与西画拉开距离,从传统中求变创新,他们突破清代中期以后正统画派的约束,立足观念更新,在中国上下数千年的艺术宝库中汲取营养,并从民间美术中获得鲜活的生命力(如陈师曾、黄宾虹、齐白石、潘天寿等);还有人主张直取西方现代派艺术的观念和形式,以对艺术个性的张扬,走西方近代艺术形式革命的超越之途(如决澜社等)。

新中国的诞生,使写实主义在多元探索中获得了独尊地位。

新的政权当然要求有与新的意识形态相称的艺术观念和艺术创作。徐悲鸿代表的写实流派显然更符合社会变革的要求,写实主义与新的时代相遇,特定的历史阶段对写实水墨画的发展起了推波助澜的作用,艺术服务于现实、服务于大众的标准使写实主义成为艺术的唯一风格样式。此时,是否坚持写实主义已经不是一个艺术方法问题,而是一个十分严肃的文艺原则和意识形态问题。在这一背景下,曾经有过的各种改革中国画的思路都不再有价值。大批对新生国家充满憧憬的画家自愿服从国家意识形态的要求,以写实笔墨表现现实生活,塑造具有时代气息的新形象。

"写实主义"被另一种翻译——"现实主义"替代[1],并在概念上进行了转换。人们普遍接受了恩格斯对"现实主义"概念的定义,即再现典型环境中的典型性格;后来又接受了来自苏联的"社会主义现实主义";接受了"革命的现实主义与革命的浪漫主义相结合"。值得注意的是,此时徐悲鸿式的"写实主义"已经受到新的主流话语的覆盖并发生变化。

此后很长一个时期,任何方向的中国画改革探索都必然受到现实主义的

法造化",借鉴西方的透视法、光影明暗、色彩观念、布局构图等要素,通过与中国画固有观念的融合,达到改革中国画的目的。徐悲鸿、蒋兆和等,都是这一方向的探路者。当时,中国美术界对于通过引进西方写实绘画以改良中国画现状,普遍抱有较高的期望值。这就使我们不难理解为什么中国文化全面大变革的时代,以徐悲鸿为首的写实派受到普遍欢迎。可以这样说,20世纪中国美术新变革的契机,是引进西方写实艺术观念和教育体系。

[1]　学术界对"写实主义"和"现实主义"之间的复杂关系已多有辨析,近期关于这方面的讨论,可参见杨小彦:《写实主义在中国的实践——兼论王肇民"形是一切"》,《文艺研究》2008年第1期。

限定,多元探索不被支持。现实主义被界定为一种创作原则,而这种"原则"又鲜明地对应于一定意识形态,并与"革命"、"先进"联系在一起,这就难免会在艺术实践中令艺术家不堪重负。新中国美术的新探索就是在这样一种艺术生态环境中展开的。多年以后,人们在反思这一阶段美术史时不免疑问:何以在一种并不宽松的创作环境下能够出现一批杰出的画家和作品?

除去各种偶然因素之外,其深层原因正是现实主义原则和"写实主义"创作手法的强大影响:写实主义创作手法,为中国画的改革提供了艺术层面的引导;现实主义原则,又为中国画施加了变革的压力。双重合力,推动了艺术的变革和创新。尽管这一时期的探索呈现出单一取向,但写实主义的主导地位,强力地推动了中国画家走向生活、走向现实的选择,催生了一批影响至今的中国画杰作。

遗憾的是,在现实主义原则的覆盖下,写实主义最终变成一种公式化、概念化的"样板",呈现出高度单一的模式化。一些绘画只有现实主义原则而没有艺术的探索;深入生活、表现现实,也成为粉饰生活的代名词,画家从生活中带回的仍是概念性的图式。抽干了艺术手法的探索,只剩下一个空洞的原则,背离了引进写实主义的初衷,这却是人们始料未及的。

二、探索将西方造型技法引入中国画的可能

从 20 世纪上半叶开始,徐悲鸿尝试将素描引入中国水墨人物画,提出"素描为一切造型的基础"的主张,究其初衷,乃是为了弥补中国画造型能力的先天"不足"。鉴于他在中国绘画界的地位,这种主张赢得许多追随者,但反对的声音也随之而起。傅抱石在其《中国绘画变迁史纲》中指出,以素描为基础的西方式教学,从根本上否定了中国画的造型观。

新中国成立后,徐悲鸿出任中央美术学院首任院长、中华全国美术工作者协会主席。现实主义原则的确立,加上徐悲鸿个人艺术成就和社会影响,使美术学院国画教学基本上沿用徐悲鸿模式,尤其是引入苏联的写实主义油画后,以素描为基础的水墨人物画风格更是广被接受。将全部的才华用于中国画写实探索,在现实主义观念和写实主义方法中表达自己的艺术个性,成为当时优秀画家的唯一选择。也正因如此,我们今天才能看到写实水墨人物画在语言、视觉样式上的光辉成就。方增先、王子武、杨之光、周思聪等一批

画家在徐悲鸿、蒋兆和最初探索的基础上,将笔墨韵味提升了一大步,中国水墨人物画展现了崭新的时代风貌,出现了一批杰出的现代人物画作品。这些作品大多具有融合中西的特点,体现出在风格、写实功力、笔墨、造型、人物组合、画面结构上的空前突破。

但是,以写实主义改造中国水墨画,并非易事。在将西方光影透视法与中国传统笔墨工具相结合的过程中,有一些难以克服的困难,这种困难主要来自中国画独立的艺术体系与西方素描造型之间的冲突,因而并未产生出令人完全满意的结果。以至于到后来这种画法被指责为是以中国的毛笔和墨彩来画西方的"光影素描",发展前途受到质疑。20 世纪 80 年代以后,随着艺术环境的变化,"新国画"迅速衰落。

到底是中西绘画之间难以融合的美学冲突造成水墨人物画的后继乏力,还是长期艺术风格的限制,使画家们丧失了进一步取得突破的可能? 抑或是文革美术中"高大全"、"红光亮"的创作模式终于使写实人物画成了政治美学的牺牲品? 这其中的问题,还需要我们认真梳理和深入研究,但出现上述质疑至少说明,中国画传统特有的美学原则,并不能那么简单地被另一套艺术法则所取代。

三、对中国画写实传统的重新激活

关于中国画是否有自己的写实传统,理论界尚存争议。笔者以为,存在这种争议的原因,主要因为各方对于"写实手法"、"写实传统"以及"写实主义"等概念之间的差异存在理解上的模糊①。当代艺术理论认为,"写实"是一个与"社会决定的法则体系"相关的概念,受到所处社会文化环境的制约,不能简单等同于"真实"地描绘视觉经验。与西方写实艺术强调固定视角下照相般描绘不同,中国画强调对对象的体察和感悟,这种区别决定了同样以写实为目的的中国画有着与西方绘画不同的追求。笔者完全同意关于油画能够创造出"其他媒介无法取代的真实动人的艺术效果"的观点,但同样认为,在其他种类的绘画艺术中,同样存在着与其独特的社会文化环境相适应

---

① 关于"写实传统"与"写实主义"等概念之间的差异,曹意强先生在其《写实主义的概念》中有深入辨析,载《新美术》2006 年第 5 期。

的写实努力,并形成了自己的写实传统。

中国画有着自己的"写实"传统,其基本特点是:以再现事物的整体特征和本质生命为目的,以揭示、传达天地万物生成最本原的存在为终极追求。因此,艺术家对对象内在生命的把握和表现力就成为评价其艺术成就高低的重要标准。与此同时,中国画从未忽视图像与所描绘对象之间的相似性和逼真性,对事物的成功再现能力始终是画家获得尊崇的重要原因。

概括中国画的发展,五代北宋以前,画家的意趣和笔墨都必须服务于对象之"形"的再现和"神"的传达,这是中国画写实传统的形成和成熟期;南宋、元以后,意境成为画家的最高追求,而笔墨的独立意味也逐渐凸现。随着画家对笔墨技法的兴趣超过了对作品意境、意趣乃至形神的追求,作品的内容渐成为笔墨的附庸。这正是中国画近代由盛转衰的内在原因所在。因此,中国画的改革,必须从源头上焕发中国画的活力。

20世纪初康有为、陈独秀等力倡写实精神,但他们以西洋写实绘画的标准评价中国传统绘画,提出借鉴西方写实手法改革中国画。问题是,主张以写实主义振兴中国画的人们自身对于中国画审美特征的理解往往存在偏差,并未能深入到中国画写实传统的内部。

怎样使中国画的"写实"观念与西方"写实"理论相对接,或者说怎样使"写实主义"内在地成为中国画美学思想的一部分,不同于直接引进西方造型手法,这需要画家对中国画传统的深刻理解、认真研究和长期不懈的实践努力。

反思写实主义引进对中国画的最大贡献,是把近代以来的中国画从强调"师法古人"推向"师法造化"。这一点似乎是致力于当代中国画创新者的共识。徐悲鸿在其《新国画建立之步骤》中明确指出:"建立新中国画,既非改良,亦非中西合璧,仅直接师法造化而已"。即便是黄宾虹这样从笔墨入手进行变革的画家,"师法造化"仍贯穿了其毕生的艺术实践。他一生九上黄山,五游九华山,四登泰山,看三峡奇观、览太湖美景……足迹遍布中华大地。又如齐白石,他从未以写实主义者自居,但他的画精于审物,他曾说"写意画,非写照不可",这与其说是他个人的心得,毋宁说是中国画近代以来求变的经验。

问题的关键在于,同样强调"师法造化",其落实在创作上却有着重大的区别:是对景"写生",还是"默识于胸"? 是学习西方画家将对象逐笔描绘记录于纸,还是坚持中国画的传统,将精力集中于对自然的整体把握和图式、笔墨转换?

这种区别事实上代表着两种完全不同的美学取向。

近代以来中国画创新的正反经验表明,对于写实传统的回归,并不是简单的对于透视、光影等写实手段的接受,中国写实传统不以再现视觉表现的逼真为目的,而重在把握对象的本质生命。中国画的写实精神,必须由对象的神入手,落实于笔墨之上。笔墨,正是中国画写实传统的根本性语言。放弃了中国画的笔墨,就放弃了中国画的生命力,那样的探索,已经不在中国画的创新范畴之内。只要还在中国画的传统内变革,就不能不把握住笔墨这一关键性的元素。

黄宾虹以笔墨为改良中国画之根本,从表面上看,与当时美术界的主流观念有较大差距,其实,从中国传统绘画中笔墨与绘画神韵的密切关系上看,对笔墨的认真研究是唤醒中国画写实精神的一个重要方面。

在这方面,新中国成立后最具有创造力和研究价值的艺术家是李可染。同样是以西方写实主义为参照系的探索,李可染有着不同的实践和思考。这就是对笔墨的重视。他首先否定了传统笔墨的陈陈相因,放弃了传统的程式法则,如描法、皴法、各种图形符号等,然后从自然中依据中国画的写实原则、笔墨造型原理,自铸一套造型语言,"做了最艰苦的一砖一石的造型语汇的重新建构工作",从而既不背离中国画写实传统的精义,又不落前人窠臼,为高度程式化的山水画增添了新的形式、新的情调,将丰富多变的真山真水与传统图式结合,个性化的视觉感受和传统文人画结合,做到了"坚守传统又融合中西"①,从而成功激活了中国画传统中固有的写实因子,取得了高度的艺术成就。

新中国成立后的美术实践再次表明,写实主义是中国画改革最强大的推动力。由于中国画有着自身的美学体系和特征,简单地以西方写实艺术的法则用于中国画,并不能取得令人满意的结果。我们只有在对中国画的美学原

---

① 参见陈卫和:《李可染:山水画的问题意识与解决之道》,《文艺研究》2008 年第 2 期。

则进行深入理解和把握的基础上,认真总结新中国成立后在中国画改革创新中收获的经验和教训,找到中国画写实传统的精髓和实质,才能在当代的绘画艺术实践中进行有价值的构建。这也是我们今天重新审视写实主义与当代中国画改革这一命题的现实意义所在。

（原载《成就与开拓——新中国美术60年学术研讨会文集》,

文化艺术出版社,2009年版。）

对写实与图像叙事关系的再思考

——兼论"分科而习"传统对中国画的影响

通行的观点认为,对于绘画艺术来说,写实与叙事是一组关系密切的概念。有论者指出:"模仿的技巧必定要考虑到叙述的需要,亦是达到叙述目的的一种手段"①。贡布里希把写实的追求概括为一个"图式加矫正"的公式,进而认为"(文艺复兴时期)那种导致人们发现错觉手段的艺术,其目的并不是一心想去模仿自然,而是为了满足似真地叙述圣经事件这一特定要求"。②但是,从对中西绘画史的考察中可知,写实追求与叙事的要求并不总是相伴前行。写实传统有着自己独立的演进历程,叙事性艺术也有自己广阔的空间,两者之间相互关联而又时常分离。

一、西方艺术史上的"概念性"图绘、写实传统与图像叙事

贡布里希在强调叙述的需要使绘画的写实技巧得以提高的同时,也指出存在着"不同形式的图画叙述",除了那种"似真地叙述圣经事件"的图画之外,还有一种采用"概念性方法"的图画形式:"在这种方法中,圣经事件由简单明了的象形文字式图画讲述着,这些图画是为了使我们了解圣经事件,而

---

① 　[美]斯维特兰娜·阿尔珀斯:《描绘与叙事:一个关于写实再现的问题》,王晓丹译,《新美术》2009 年第 3 期。
② 　[英]贡布里希:《通过艺术的视觉发现》,见《图像与眼睛》,范景中等译,浙江摄影出版社,1989年版,第 15 页。

不是为了让我们将它视觉化。"①贡布里希还曾列举一位美洲印第安部落首领给美国总统的一封图画信(属于一种"原始图画文字"),说明"概念性"图绘在叙事上的价值。

事实上,概念性图绘是进行较复杂叙事的有效形式。在艺术史上的许多时期,都是"概念性"图绘占据了重要地位。如,在古埃及艺术传统中,"概念性"刻绘和雕塑风格稳定地延续了数千年之久。而正是这种并不关注视觉逼真的"概念性"图绘,被认为对西方绘画传统有着直接的影响。一些学者认为,作为西方写实艺术传统直接源头的古希腊绘画艺术,是从更早的古埃及"概念性"图绘传统中成长起来的。贡布里希这样写道:"我们今天的艺术,不管是哪一所房屋或者是哪一张招贴画,跟大约五千年前尼罗河流域的艺术之间,却有一个直接的传统把它们联系起来。"②

从现存的绘画遗迹中可知,大约从公元前六世纪开始,西方绘画表现出对于视觉经验的借鉴,艺术家开始信赖自己眼睛看到的情景,并以之作为绘画的依据。这种情况,最终导致西方绘画对透视法的依赖。出现这种情况的原因,贡布里希认为是社会对艺术家提出了新的要求:

> 只有当艺术家的目的主要不是告诉我们发生了"什么",而是"怎样"发生的,这时候概念性的方法才变得易受攻击。换句话说,自然主义的兴起要以观赏者的预期和要求的改变为先决条件。公众要求艺术家在一块想象的舞台上把圣经事件再现得栩栩如生,好让它们如同亲眼所见的事件一样。③

不过,这个写实传统也并非一成不变,其中也穿插了许多为叙事需要而放弃写实的阶段。比如,在基督教会确立其在国家中的权力之初,由于历史的原因,他们反对以美术形式进行教义宣传。直到六世纪末,格雷戈里大教

---

① [英]贡布里希:《通过艺术的视觉发现》,见《图像与眼睛》,范景中等译,浙江摄影出版社,1989年版,第15页。

② [英]贡布里希:《艺术发展史》,范景中译,天津人民美术出版社,1992年版,第28页。

③ [英]贡布里希:《通过艺术的视觉发现》,见《图像与眼睛》,范景中等译,浙江摄影出版社,1989年版,第15页。

皇明确提出了美术有利于传播教义的主张,他提醒那些反对一切绘画的人们注意,"许多基督教徒并不识字,为了教导他们,那些图像就跟给孩子们看的连环画册中的图画那样有用处。他说:'文章对识字的人能起什么作用,绘画对文盲就能起什么作用。'"在他的倡导下,基督教才开始以图绘进行教义的宣传。但是,教会艺术家们发现,"如果要为格雷戈里的目的服务,就必须把故事讲得尽可能地简明,凡是有可能分散对这一神圣主旨的注意力的,就应该省略"①。于是,这一时期的教义画,大都是图解式的"概念性"图绘,写实的传统中断了。

这也许是写实与叙事背道而驰的一个特例,但我们在中西绘画史上,都可以找到大量叙事功能强大的非写实性作品。在这样一种视野下,写实的叙事绘画创作反倒似乎是特例了。

《拉奥孔》在总结前人关于诗与画功能差异的论述的基础上,提出绘画要表现"包孕的片刻"的著名结论,而大量优秀的艺术作品,也证明了这一结论的有效性。但当我们赞叹那些技法高超、栩栩如生的写实性作品的时候,往往忽略了一个事实,那就是:这些为我们所激赏的作品,绝大多数是对文字叙事内容的再现。也就是说,这些作品之所以能够为我们所确切理解,是因为观众对其描绘场景的上下文有着或多或少的了解,正是这些知识,构成了这些作品存在的知识背景,反过来,如果没有这些知识背景,一个观众尽管仍然能够欣赏作品的精湛技巧和精彩的视觉效果,但对于画面的内容很可能无法准确理解,甚至出现偏差。

由于叙事性作品一般为宗教教义画或历史画,写实技法固然能够满足对于宗教故事或历史故事片断的叙述,并具有很好的观赏性,但这种受制于固定故事的创作模式也受到写实艺术家的反感,"写实主义"作为一种艺术主张的提出,从某种意义上说,正是对于写实性历史故事画的背弃。

"写实"首先指的是一种艺术手法,写实手法体现了人类制像的本能,努力使图像"匹配"其所表现的事物。"人类自古以来就有摹拟现实形相的强烈愿望。正是在这种愿望的驱动之下,欧洲视觉艺术家们不懈地进行着艺术和科学实验,发明了各种再现自然的手段,如透视学、解剖学和摄影术。也正是

---

① ［英］贡布里希:《艺术发展史》,范景中译,天津人民美术出版社,1992 年版,第 73 页。

这种愿望,促使他们不断设法摆脱自己为满足模仿自然的欲望而发展起来的艺术惯例的限制,以更新的眼光窥探纯真的奇妙世界。"①正由于写实传统首先是从摹写自然的追求中延伸出来的传统,其与叙事之间的关系,值得再一次进行思考。

这一点,从写实主义与历史画之间的关系中进一步得以体现。正如曹意强在其《写实主义的概念》一文指出:西方艺术史上的"历史画"指一种由多个人物组成的叙事性绘画。"历史画取材于文献资料,描绘值得纪念的人物与重大事件,这给视觉艺术家提供了机会,使之能像人文主义者运用修辞学语法结构那样,组构画面,以叙事的手法,通过简练、得体的方式表现人物的联系与各部分的统一性。"但是,作为一种流派和理论,"写实主义"却是在对历史画的反拨中提出。"我们中不少人总将写实主义与历史画联系起来。然而,从历史的角度考察,两者经常通过对立的形式关联在一起……写实主义抨击的主要对象即历史画。"②"写实主义"画家与其他历史画家的根本区别在于,它坚持认为唯有当代世界才是艺术家的合适题材,写实主义只能表现当代性,一个时代的艺术家无法复现另一个时代的面貌。

叙述性描绘要求艺术家能够尽量表现或暗示一个故事进程,这个故事的进程能够被浓缩在一个画面上,由此而稳定下来。但这种要求其实与写实程度并无必然关系,写实技法固然善于表现动态,但艺术家最擅长的却是再现一系列动态中的片段。而描绘则更是写实手法的特长,《最后的晚餐》固然由于叙事的容量得到人们的赞叹,但如果离开了精彩的描绘,就不成其为名画。

即使是那些创作于"写实主义"流派诞生之前的艺术家,也有许多杰出的大师在写实与叙事之间产生了困惑,他们很早就放弃了对于叙事的追求,而专心于写实探索。17世纪下半叶罗马艺术评论家 G. P. 贝洛里在其著作中对著名艺术家卡拉瓦乔的绘画作品提出质疑,因为在他看来卡拉瓦乔无疑有着出色的写实能力,但其作品中却明显缺少叙述性行动,"完全没有行动";而这种"将创作重心放在模仿或者描绘上,将叙述性行为搁置一旁的做法,并不是卡拉瓦乔某些作品中所独有的特征。17世纪一些杰出的写实主义画家——

---

①② 均见曹意强:《写实主义的概念》,《新美术》2006年第5期。

委拉斯开兹,伦勃朗,以及维米尔的最伟大画作中也显示了相同的特征”①。

由此我们得出的结论是,写实的追求有着自身的内在动力,尽管叙事的要求给故事画家提供了追求逼真的推动力,但艺术家们的画笔在讲述故事的过程中时常被描绘的兴趣所左右。在西方艺术史上,写实传统有着自己独立的演进历程,写实手法与图像叙事之间有着十分复杂的关系,对此我们应该有更为细致的认识和分析。

二、中国传统绘画的写实追求与人物画的概念化倾向

关于中国绘画史上是否存在着写实传统,理论界存在不同意见。但一个不争的事实是,中国绘画史上同样存在着致力于写实的不懈追求。

看过宋代花鸟画的人,大概都不会怀疑中国古代绘画中有着逼真再现客观事物的努力。这些花鸟画的创作者们,不但对所描绘对象的观察十分仔细,而且在再现花鸟等生命个体的形体特征上也十分认真,神态生动逼真,形象一丝不苟,可谓形神兼备;就连生物个体上的自然瑕疵也不放过,对枝叶上的蛀斑和枯萎处都一一画出。无怪宗白华先生一再盛赞宋代花鸟作品乃“世界艺坛的空前杰创”;其“写生的精妙,为世界第一”。因此,以下关于“写实”概念的论述,对于我们客观认识中国传统绘画中的写实追求具有更多的启示:

> （写实）不是指绝对的“真实”概念,它不能说明不同时期,不同文化背景中的“真实”的历史特征和变化特征。……一个形象的现实主义应当被认为是与社会决定的法则体系有关而不是与一个一成不变的、一般的视觉经验有关。②

如果我们把那种追求绘画作品与对象事物不断匹配为目的的创作,视为写实的核心追求,那么我们就得承认,中国画有自己的写实观念、技巧乃至形成了一个连贯不断的传统。

---

① ［美］斯维特兰娜·阿尔珀斯:《描绘与叙事:一个关于写实再现的问题》,《新美术》2009 年第 3 期。
② ［英］布赖森:《本质的复制》,《美术译丛》1988 年第 3 期。

中国画写实传统以再现对象内在规律和本质生命为出发点,但不排斥对视觉经验的借鉴和再现,在一定的"画科"中及在某一发展时期内,这种对视觉经验的忠实,甚至成为艺术家和鉴赏者普遍的要求。

这里要重新阐述的观点是:对视觉经验的重视,对视觉相似性的追求,应该成为区别"概念性绘画"与"写实性绘画"的标准,尽管这个标准有时会界限不分明,但在典型的"概念性绘画"与写实绘画之间,其不同之处是显而易见的。

在我们的先民留下的具有叙事功能的刻绘中,我们就可以发现写实性刻绘与概念性刻绘已经是并存的。

1978年河南临汝阎村仰韶文化遗址出土彩陶缸的腹部,有一组图绘被命名为《鹳鱼石斧图》,画面内容包括:鹳、鱼和石斧,对此三者的描绘均具有写实性。特别是对白鹳的描绘:短尾长腿,圆眼,长喙粗颈,衔一鱼,鱼头向上;白鹳因衔鱼而身体向后微倾,表现出鱼有一定重量。毫无疑问,这是一幅写实性的绘画。关于这幅画的内容和意义,学术界有不同的意见,但无论如何,将白鹳、鱼和斧并列一起,必然有其特殊的含义,包含着丰富的叙事。

与《鹳鱼石斧图》的写实画风不同,内蒙古阴山地区乌斯太沟附近发现的岩画战争场面显然属于概念化的描绘。绘画者将作战的胜败双方表现得界限分明:胜方形体高大并且将士众多,败方形体矮小且寡不敌众;胜方前后夹击所向披靡,败方只有招架之功无还手之力;胜方首领带着长长的羽毛头饰,败方则首身异处,落荒而逃;胜方的兵器有刀和箭,败方则只有腰刀。[①] 画面形象都是以概括人物基本特征的抽象线条绘制,但这一宏大的画面中无疑包含着丰富的故事。相对于《鹳鱼石斧图》,这种岩画侧重对事件的整体把握,具体描绘的成分不高,介乎于象征符号与形象描绘之间。但其传达的信息却因此更为清晰了。

随着文字的产生,刻绘叙事的大部分功能被文字所替代,抽象的符号不再在图像叙事中承担重要作用,刻绘的描绘性受到人们的重视。《历代名画记·叙画之源流》:"宣物莫大于言,存形莫善于画。"(陆机语)在中国文化史上,图绘的叙事功能长期与文字叙事并存,图文互补,实现着更为完备的叙事

---

①　参见盖山林:《内蒙阴山山脉狼山地区岩画》,《文物》1980年第6期。

功能,形成了自己的图像叙事传统。

　　考察汉代以前的艺术史,承担叙事功能的图绘主要有如下两种形式:其一,作为一种配文之图绘,是文字叙事系统的重要辅助,即所谓图文并茂、左图右史。唐人张彦远在《历代名画记·叙画之源流》中说:"见善足以戒恶,见恶足以思贤。留乎形容,式昭盛德之事;具其成败,以传既往之踪。记传所以叙其事,不能载其容;赞颂有以咏其美,不能备其象;图画之制,所以兼之也。"在指出文字在"叙其事"时无法"载其容"的缺陷时,张彦远肯定了绘画的"叙事"作用,所谓"昭盛德之事"、"传既往之踪",而且兼有记传叙事、赋颂咏赞、载容备象等多重功能。《历代名画记》是张彦远对汉魏六朝以来绘画史迹及画论思想的总结,所以他对图画叙事功能的论述不能仅仅算作是唐人的意见。比如,早张彦远前八百年的刘向在编辑《列女传》时就在实践着图文并列的方式:"臣与黄门侍郎歆以《列女传》种类相从为七篇,以著祸福荣辱之效,是非得失之分,画之于屏风四堵。"把列女故事"画之于屏风四堵",无疑是看到了文字在"叙其事"时无法"载其容"、"备其象"的缺陷。其二,作为一种"主题性绘画"。据文献记载,至晚在商周时期,把历史上的著名人物或重要故事图画于庙堂,供人瞻仰或引以为警戒,就已是一个惯例。当代研究者认为,《诗经·大雅》中的《大明》、《绵》、《皇矣》、《生民》、《公刘》等篇就是西周宗庙祭典中述赞壁画的诗篇。①《淮南子·主术》载:"文王周观得失,遍览是非,尧舜所以昌,桀纣所以亡,皆著于明堂。"高诱注:"著,犹图也。"这说明文王时已经有"尧舜所以昌,桀纣所以亡"的故事画②。

　　在上述文献记载中,绘画的主要功能和表现重心也许不是对故事的深度叙述,而只是使那些早已熟悉这些故事的人们在目睹这些绘画时,重温自己熟悉的故事,并因图绘的形象,唤起情绪上的反应,以起到警示、借鉴等作用。这些刻绘具有一定的描绘性,但从总体来看,概念性仍是这类绘画最突出的特征。

　　在唐代以前,忠臣、列女及佛道人物故事是绘画的主要题材,名臣故事、伦理宣传、宗教故事和教义的传达是绘画的主要任务。初唐裴孝源《贞观公

---

　　①　参见李山:《〈诗·大雅〉若干诗篇图赞说及由此发现的〈雅〉〈颂〉间部分对应》,《文学遗产》2000年第4期。

　　②　参见伏俊琏:《上古时期的看图讲诵与变文的起源》,《新世纪敦煌学论集》,巴蜀书社,2003年版,第145页。

私画史》序中论绘画功能时说：

> 其于忠臣孝子，贤愚美恶，莫不图之屋壁，以训将来。或想功烈于千年，聆英威于百代，乃心存懿迹默匠，仪形其余风，化幽微感而遂至飞游腾窘，验之目前，皆可图画。

张彦远《历代名画记》论绘画功用时也说：

> 鼎钟刻则识魑魅而知神奸，旗章明则昭轨度而备国制。清庙肃而樽彝陈，广轮度而疆理辨。以忠以孝，尽在于云台；有烈有勋，皆登于麟阁。见善足以戒恶，见恶足以思贤。留乎形容，式昭盛德之事；具其成败，以传既往之踪。……观画者，见三皇五帝，莫不仰戴；见三季异主，莫不悲惋。见篡臣贼嗣，莫不切齿；见高节妙士，莫不忘食。见忠臣死难，莫不抗节；见放臣逐子，莫不叹息。见淫夫妒妇，莫不侧目；见令妃顺后，莫不嘉贵。（卷一《叙画之源流》）

在这类以叙述人物故事为目的的绘画中，故事中的意义表达是画家构思和创作的重点，人物的描绘则居于次要地位。画家的目的是努力告诉观众这里发生了什么，而对"怎样发生"的描绘并不是艺术家所要花费心力的努力方向。

这种图绘方式在汉画像石上得到最典型的表现。大量出土的汉代画像砖石，多有故事图画，如"二桃杀三士"、"鸿门宴"、"荆轲刺秦"、"聂政自屠"等。由于画像石的礼仪功能要求，几乎所有形象和情节的展开，都形成了相对稳定的表现程式，创作者一般只是在程式化表现中根据当地文化价值观以及赞助人的特殊要求，对原有"粉本"略作调整，少有标新。因此，尽管画像石在人物和车马、器物形象上，往往表现出高超的描绘技巧，许多画像石有着比较自觉而成熟的视觉透视，形象富于立体感。但，在人物动作上，却一般采取程式化、概念性的风格，其目的在于强化人物动作和事件的清晰性和易辨认性。对于以往"粉本"所没有涵盖的人物故事，画像石创作者则往往会根据故事类型巧妙地将其纳入既有的表达"公式"中，采用礼仪艺术的通行语言来进行表达。为了进一步拓展绘画叙事空间,有效地解决绘画的叙事深度和清晰度问题,引入文字叙事,在汉画像石上十分突出,有大量故事人物旁刻有题榜,有的还刻上赞文。

唐宋之际,人物画的描绘性明显增强。《簪花仕女图》、《韩熙载夜宴图》中已表现出高超的技巧。大量的宗教绘画,也体现出写实性与叙事性较好的结合。但是,中国传统故事画,人物描绘在突出形象、个性、身份等特征的同时,在人物关系、整体结构和环境描绘等方面,却呈现出概念化的倾向,如主要人物在画面中总是比次要人物画得大,周边景物也往往与人物形象的大小不合比例,不遵循透视原则,这一切,都使中国传统人物故事画呈现出复杂的审美取向,既具有局部的描绘性,又令人瞩目地具有整体的概念化倾向。随着中国画美学观念的成熟,元明以后的人物故事画表现出对于写实手法的主动放弃。

三、"分科而习"传统及其对中国人物画叙事特征的影响

与西方美术史不同的是,中国传统绘画对于绘画题材颇为敏感。从《历代名画记》开始,就执著于题材品种的划分。西方绘画中对于人物画、静物画、风景画的划分,一般仅具有题材意义,而在中国画人物、花鸟、山水三大画科的区分中,却饱含着不同的艺术追求、不同的评价标准和不同的技法规律。

中国画向来有分科学习的传统。潘天寿先生曾指出:"(人物、山水、花鸟)三科的学习基础,在技术方法上,各有它不同的特点与要求,各有它不同的组织与布置等等。"[1]现代美术史论家童书业先生在其《中国美术史札记》中也提出了"人物画重笔,山水画重墨,花卉画重色"[2]的观点。但这里需要着重强调的是,各画科之间的不同,并不仅限于技法上的区别,或者说,技法上的区别中实际也反映了艺术功能上的不同。正如明人唐志契在《绘事微言·山水写趣》中说:"画人物是传神,画花鸟是写生,画山水是留影。"

中国画各种题材的兴盛和成熟时期不同(从8世纪前后人物画的成熟到

---

[1]　潘天寿:《中国画系人物、山水、花鸟三科应该分科学习的意见》,见《潘天寿美术文集》,人民美术出版社,1983年版,第178页。

[2]　童书业:《童书业美术论集》,上海古籍出版社,1989年版,第24页。

11、12 世纪花鸟画的兴盛,时间跨度数百年)。当人物画肩负着"成教化、助人伦"的重要叙事任务的时候,山水、花鸟在很长一个时期里,只成为人物的陪衬、环境的装饰。艺术功能的区别,带来了不同绘画题材的创作手法的不同。在唐代以前,名臣故事、伦理宣传、宗教故事和教义的传达是绘画的主要任务。在这类以叙述故事为主要目的的绘画中,故事中的意义表达是画家构思和创作的重点,因而尽管绘画的主题围绕人物而展开,但对人物的描绘却居于次要地位。

受传统的绘画观念的影响,人物故事画一直延续着重意义表达而忽视写实的传统。谢赫的绘画"六法"中,"应物象形"虽然排在第三位,但在"骨法用笔"这类艺术语言的前提下,显然无法使图绘达到视觉上的逼真;出于传神的目的,唐代以前的艺术家经过了十分认真的探索,逐渐确立了线条在人物画上的主导地位。

在唐人的观念中,已经将对象神韵的表现手段明确归于用笔。张彦远《历代名画记》:"夫象物必在于形似,形似须全其骨气,骨气形似,皆本于立意而归乎用笔。"(卷一《论画六法》)艺术家继承了前人的艺术传统,线条成为人物画的形式语言,被强调到前所未有的高度,与"气韵生动"同时成为绘画"六法"中其余诸法的统帅。在强调笔法、线条的表现力量的同时,将其他艺术手段都归于次要的地位。

于是,艺术家的技艺,就集中地表现在以线条"转译"对象的神采、特征方面。将传神的追求,归于用笔;而光影、色彩的重要性,在人物画中受到忽视。这一中国人物画的描绘原则在唐人已经确立,如画圣吴道子就创作有大量色彩简淡的人物画,放弃色彩上的描绘,而以线条"转译"的精确、生动和线条自身的美感呈现为追求。尽管面临外来美术的影响,但本土美术强大的传统具有坚实的基础,这种传统的稳定性正体现在人物画方面。吴道子代表了中国传统人物画的最高成就,一个突出的方面就在于他能够"集大成而为格式"(米芾语),摒除外来的影响,将传统人物画推向一个新的高度。

中国画的线条具有两种主要功能:一是对于事物形态的"转译",即将立体的、多彩的、光影变幻的对象,以富于表现力的线条,在二维平面上再现出来;二是线条在形象勾勒功能之外,自身必须具有美感,中国画家对于线条之美,很早就有理论自觉,因此后世对笔墨的兴趣和钻研是有其美学依据的,笔墨抒情性的发达,笔墨趣味的玩味,都来源于此。但线条的美感既具有相对的独立性,又不能脱离勾勒描绘的任务而孤立存在,线条直接与神、韵相关,成为艺术家的自觉追求。吴道子的线条,在上述两个方面都达到了极其高妙的境界。

唐代宗教美术的空前繁荣,使"道释"题材从人物类中单独分列出来,继承唐人宗教壁画风格,形成了特定的格法传统,宋代以后,风俗画、故事画成为宋人人物画的主流。

五代及宋,人们对人物画的基本要求并未发生变化,仍以富于表现力的线条为造型手段。但由于绘画主题从政教类转向更为宽广的领域,艺术家在叙事方面的追求受到更多的关注。

宋代著名画家李公麟的人物故事画注重人物内在精神的刻画,特别是人物内心活动的外部呈现,在叙事上别具匠心。这是他的绘画的优势所在。如,他以杜甫《缚鸡行》诗意作画,"不在鸡虫之得失,乃在于'注目寒江倚山阁'之时";画《陶潜归去来兮图》,"不在于田园松菊,乃在于临清流处";画《阳关图》,"以离别惨恨为人之常情,而设钓者于水滨,忘形块坐,哀乐不关其意"。(引文均见《宣和画谱》卷七《人物三》)以上种种,足见李公麟的艺术追求,乃在于人物内在思想感情的把握和细腻刻画,讲究人物画的立意,叙事构思上十分巧妙,出人意表又合于情理。

黄庭坚在《题摹燕郭尚父图》中高度评价了李公麟的绘画立意:

> 凡书画当观韵。往时李伯时为余作李广夺胡儿马,挟儿南驰,取胡儿弓,引满以拟追骑。观箭锋所直,发之,人马皆应弦也。伯时笑曰:"使俗子为之,当作中箭追骑矣。"余因此深悟画格……

可见,李公麟所作故事画对于立意和构思的重视。宋人对于人物画的要求基本未脱唐人就已经确立的标准,宋代以后,在山水、花鸟技法不断丰富提高的时候,人物画不免显得衰落了。倒是宗教壁画中仍有不少杰出的道释人物精品,如元代永乐宫壁画、青龙寺壁画、明代的法海禅寺壁画等,但毕竟时代艺术的重心已经转移,罕有高手介入,技法上也多为承袭唐人风格,无法与前人的辉煌相提并论。

　　明清时期,许多文人画家力图在人物画上有所创造,为衰落的人物画带来了一些亮色。最具有代表性的画家如明末陈洪绶、清代任颐等。陈洪绶与任颐的成功之处在于能将雄强的气势与严谨的法度相结合。陈洪绶人物画的用线、设色装饰性强,因而能将奔放的情绪纳入装饰性的处理中;任颐早年从唐宋绘画、民间艺术以及元明以来文人画传统中广泛汲取营养,而他所处的时代,又使他得以接触到西方艺术,因而,他的绘画具有很强的造型能力,这使他的变形也具有扎实的法度基础。

　　雄肆奔放的时代艺术潮流,给陈洪绶、任伯年的人物画带来生机,他们将这种生命力灌注于个性化的线条,因此,他们的线条虽刚劲而清晰、明确,能准确地传达人物神韵。他们的艺术成就,推动了近代中国人物画的创作,使人物画传统在一个新的层次上得到振兴和回归。但是,从写实追求角度而言,陈洪绶、任伯年人物画对于视觉经验的关心却越来越少了。他们的选择事实上代表了中国传统人物画的总体走势。与此相对照,中国画对于视觉经验的重视却在花鸟画领域得以提升,并形成了独特的写实传统。

　　中国画传统向来不排斥在再现事物真实生命的前提下对视觉的相似性的再现,借鉴视觉经验是中国写实绘画的特点之一。这种对视觉经验的借鉴是在"应物象形"这样一种原则下进行的,充分表现了中国绘画对于视觉经验的尊重。

　　中国传统绘画对于达到视觉相似的手法没有进行过系统科学的探究,因此,在中国绘画史上缺少如同西方幻觉主义作品一样以严格的透视和光影手段产生的艺术效果,没有"阴阳远近,不差锱黍,所画人物、屋树,皆有日影。……令人几欲走进"(邹一桂语)的绘画作品。但由于花鸟之为物,"无常形",对透视等没有严格要求,因此画家虽然没有遵循严格的光影透视规律,但在细致描绘花鸟的结构规律和形体、毛羽、枝叶、花色特征的努力下,同样可以给人以视觉上的逼真感。这种特点在宋代花鸟绘画领域表现得十分突出。

　　依据自然来制像是人类的本能。中国画家将这种写实的兴趣和热情集中地倾注到花鸟画领域。几乎所有的花鸟画名家都经历了向自然学习的过程,艺术家的目的是表现动植物的自然本态。在这种自然状态中,蕴涵着生命的规律和本质,蕴藏着事物的"理",艺术家的使命是把握它,表现它。因此在花鸟画中,审物的要求十分严格。宋人提出的"物各有神明"(董逌)之说,正是对花鸟画家师法万物、把握生机的艺术追求的理论支持。

其实,花鸟题材绘画虽然在绘画史上长期处于次要地位,但对于栩栩如生的追求却早已成为一种潜在的努力。

笔者曾在多年前进行过关于中国绘画史上存在的"误识"现象的研究,一个发现是,在绘画史上那些令人"误识"为生的故事,几乎全部集中在花鸟画领域。尽管这些故事的可信度很低,但"误识"故事的存在至少表明,在对花鸟、鱼虫等较小体积生物的再现上,观者对画家有着不同于其他绘画科目的要求,在这些题材上,人们对逼真的兴趣显然远高于其他题材,实际上体现出社会公众对这一题材绘画的普遍期待。

因此,宋人在花鸟画上取得的栩栩如生的效果,并非是一种意外。宋人意在求理,注重审物,其于花鸟个体的生理形态必然深谙于胸,这种了解不仅包括内在的生命本质规律,自然也包括对于毛羽、花色的了解。因此,即便艺术家并不直接以视觉之真实为目的,而以对物体的理解、领悟为旨归,但在分析其形体特征,观察其形态的细微变化,理解、感悟其生命的同时,也必然对对象的视觉表象十分熟悉。实际上,在山水画领域,鉴赏者也提出了景物如画,或者画如景物的期待和要求。这一方面限于篇幅不做展开。

于是我们惊讶地发现,唯独在人物画领域,没有这种对于视觉真实的期待和艺术需求①。这种现象的深层原因乃是:清晰而巧妙的叙事,是人们对人物故事画的首要要求。中国艺术观念中,并不认为写实有助于讲述故事,艺术家在人物画上的卓越表现取决于能否给观众以准确的暗示,所谓"画当观韵",而不一定是逼真。

四、结论

写实的目的是为了真实地再现某一场景,而叙事的目的则是讲述一个故事。叙事的成功与否,往往并不取决于其写实技法是否高超,而在于其所进行的构思是否巧妙,其所表达的内涵能否为人们所接受,包孕是否丰富。也

---

① 其实,中国传统人物画也能够在写实上有很高的成就,比如中国画在"写真"(肖像画)方面,可以达到很高的写实水平,宋代以后,人物写真受到重视,成为人物画中一个相对独立的分支。

就是说,完整的叙事不是写实绘画的根本目的,而只是其获得喝彩的原因之一。写实技法的高超与否,与画面的叙事功能强弱没有必然关联,许多叙事功能强大、叙述准确无歧义的图绘,往往是概念性绘画。在中国古代绘画史上,有着丰富的图像叙事,但最生动、逼真的写实努力并不在人物故事画领域而在花鸟画中,这一现象从另一个侧面表明,图像叙事与写实程度的高低之间没有必然联系。

（原载《江西社会科学》2009 年第 12 期,发表时有改动）

中国美术史论研究

中国绘画叙事传统的形成

　　研究中国叙事传统,绘画是不应忽视的一个重要方面。理由如下:一、从传播媒介角度来看,刻绘记事早于文字记事而出现;二、对于广大社会受众而言,绘画是各类故事传播的更为有效的途径;三、从叙事传统上来看,绘画叙事的复杂程度有时超过文字,反过来对叙事文学产生影响;四、有些绘画本身就是文字(或口头)叙事的伴生物,共为一个"跨媒体"的叙事载体;五、在历史上绘画叙事与文字叙事之间呈现明显的互动、互补关系。

一、作为前文字时代重要叙事载体的原始绘画

　　叙事开始于口舌言事传事(人类最初的言事传事还包括肢体语言、面部表情的参与),而对叙事的记录,则应开始于"结绳而治"、"刻木为契",也许就在这同时,作为人类最初叙事、记事需求的产物,以绘画记事已经同步出现。

　　(一)绘画的叙事功能在原始制像行为中萌芽并得到强化

　　正如傅修延先生《先秦叙事研究》所指出的:"结绳记事不是一种独立自足的叙事方式,它在相当程度上依赖当事人的记忆","与结绳记事相比,刻契记事表达的信息要丰富细致一些"。"但是,刻契记事并未解决结绳记事留下的难题,它还是不能独立地传达信息。""结绳和刻契的失败具有代表性……它们中没有一个不需要记事者的帮助。在传播环节上遇到的障碍,使它们未发展成为可持续使用的叙事手段,……"在这一需求下,图绘记事成为在文字出现之前最为有效的叙事手段。"根据逻辑推演,图画记事源于实物记事。实物记事的优势在于自我说明,缺点在于若对象太多、太大或过于复杂便无法以实物表达。面对这样的困境,古人自然地会想到用线条画出有代表性的

特征来表示事物,这就产生了基本上能够自我说明的图画。"①

　　需要指出的是,对于先民来说,图绘的记事功能,乃是从属于一种更为重要的仪式目的之下的:"(原始人制像)是为了保护他们免遭其他超自然力量的危害,他们把那些超自然力量看得跟大自然的力量一样地实有其物。换句话说,绘画和雕塑是用来行施巫术的。"②"在他们看来,形象不止是模仿。形象具有实物的同样的活生生的技能,那是实物的雏型、化身。因而那是巫术的作品,人类以此维护对世界的征服。……原始艺术家是一个术士,他的图画具有巫咒的全部功效,是一种妖术。"③英国艺术史家迈克尔·列维认为:从远古人类在洞穴中的绘画创作开始,"神话传说和一种神秘的意义,一直隐伏在由其而来的许多艺术品后面。无论艺术表现的是生命活力,还是明确无误地旨在表现个人的永垂不朽,它都具有着一定的仪式作用"④。带有巫术神秘目的和重大仪式功能的刻绘活动是人类绘画艺术的起源,先民们进行刻绘的目的是为了实现或纪念自身对外部世界的征服,刻绘创作是一种具有强大魔力并具有仪式性的行为,正是在这种动机和观念的驱使下,为了使自己的刻绘收到最大的效果,先民在创作时总是试图将自己的愿望表达得更为清楚而不一定是更优美,刻绘含义的清晰表达成为先民对刻绘效果的首要追求,其直接的效果是图绘的叙事功能得到强化。

　　1978 年河南临汝阎村仰韶文化遗址出土彩陶缸的腹部,有一组图绘被命名为《鹳鱼石斧图》,画面绘制内容包括:鹳、鱼和石斧。左面的白鹳短尾长腿,圆眼,长喙粗颈,衔一鱼,鱼头向上。白鹳因衔鱼而体向后微倾,表现出鱼有一定重量。右面为一石斧,圆弧刃,中间有一孔,系有柄。关于这幅画的内容和意义,学术界有不同的意见,有人认为鹳和鱼是两个部落的图腾。白鹳是死者所属部落的图腾,雄壮有力而气势高昂;鱼则是敌对氏族的图腾,被画得奄奄一息。死者是一位酋长,生前英武善战,石斧是他权力和身份的标志。也有人认为鹳衔鱼是氏族本身的象征,石斧是氏族权利的象征。不管如何,

　　① 上述引文见傅修延:《先秦叙事研究——关于中国叙事传统的形成》,东方出版社,1999 年版,第 17—21 页。
　　② [英]贡布里希:《艺术发展史》,范景中译,天津人民美术出版社,1992 年版,第 18 页。
　　③ [法]热尔曼·巴赞:《艺术史》,刘明毅译,上海人民美术出版社,1989 年版,第 10 页。
　　④ [英]迈克尔·列维:《西方艺术史》,孙津等译,江苏美术出版社,1987 年版,第 1 页。

将白鹳、鱼和斧并列一起,必然有其特殊的含义,包含着丰富的叙事。

与《鹳鱼石斧图》的写实画风不同,内蒙古磴口县乌斯太沟附近发现的岩画战争场面显然属于更为抽象和概念化的描绘。绘画者将作战的胜败双方表现得界限分明:胜方形体高大并且将士众多,败方形体矮小且寡不敌众;胜方前后夹击所向披靡,败方只有招架之功无还手之力;胜方首领带着长长的羽毛头饰,败方则首身异处,落荒而逃;胜方的兵器有刀和箭,败方则只有腰刀。① 对于我们的研究而言,先民创作这一岩画的目的是为胜利者纪功,还是出于渴望胜利而对图绘魔力的借助,这并不重要。重要的是画面上那复杂的叙事追求。虽然画面形象都是以概括人物基本特征的抽象线条绘制,但这一宏大的画面中无疑包含着丰富的故事。相对于《鹳鱼石斧图》,这种岩画侧重对事件的整体把握,具体描绘的成分不高,介乎于象征符号与形象描绘之间。但其传达的信息却因而更为清晰了。

上面两种刻绘创作,体现了两种不同的艺术手法。对于后人来说,前者的描绘技巧令人惊叹,而后者显然在传达信息方面更具优势。正是由于这类绘画的目的不在于描绘,其在叙事的纵深上,有着更为巨大的空间,记事内容也更为丰富。

(二)绘画叙事与口头叙事结合,是人类跨媒体叙事的最初尝试

当绘画成为叙事的重要载体时,其独特的直观效果受到欢迎。甚至对于口头叙事来说,都成为了一个重要的辅助和补充,视觉形象有助于口头叙事的效果最大化。绘画(往往还包括文字标题或简略的解说)描述与口头宣讲的结合,也许是人类跨媒体叙事的最初尝试。

更早的情形我们已经无从知道,下面这一条记载隐约透露出一些信息。《史记·殷本纪》记载,伊尹初见商汤,就"言素王及九主之事"。裴骃《集解》引刘向《别录》说:"九主者,有法君、专君、授君、劳君、等君、寄君、破君、国君、三岁社君,凡九品,图画其形。"这条注很重要,它启发我们:伊尹游说商汤时,是对着画好的素王和九主的图像进行讲述的(马王堆三号汉墓出土的帛书中,就发现有"九主图"残片)。也许这些图像就是为讲述而制作的,在重要场合的口头叙事中,图像成为重要的辅助。

---

① 参见盖山林:《内蒙阴山山脉狼山地区岩画》,《文物》1980 年第 6 期。

如果将对图讲说的传统向前推溯，其源头也许来自远古巫师的解说壁画。远古有在神祠图绘壁画的传统，"古代神祠，首崇画壁"（刘师培语），所绘内容大约主要是《山海经》中的一类内容，这些内容正是巫师讲说的依据。当代学者研究认为："《山海经》尤其是以图画为主的《海经》部分所记的各种神怪异人，大约就是古代巫师招魂之时所述的内容大概。其初或者只是一些图画，图画的解说全靠巫师在作法时根据祖师传授、自己也临时编凑一些歌词。"①袁珂先生曾自述："我小时在四川看见端公（巫师）打保符，法堂的周围总要重重叠叠悬挂很多奇形怪状的鬼神的图画，端公手拿师刀令牌，站在堂中，一壁舞蹈，一壁便把这些图画的内容唱了出来"。这也许就是先秦巫师对图画讲唱形式的余绪。

汉魏以降，对图宣讲的传统在佛教传播中，结合佛教传播需要，发挥了重要作用，其自身也得以继承和光大。作为一种叙事性图绘，变文画卷将佛教主题与中土的手卷画形式有机结合；正如先秦许多绘画是为讲述而存在的，这些画卷也是为变文演讲者而创作。佛教艺术家的任务是在纸、绢上描绘佛教人物的神变，佛教变文的讲解者在演唱时即以此作为一种图解方式（在这些画卷上一般还有简要的文字提纲），按图讲说。图绘再次成为口头叙事的一个重要辅助手段。

二、文字成为叙事主要载体之后的绘画叙事

文字的出现，作为一种能够对应于人类语言的记事工具，具有突破时空限制、表达信息准确、直接的特点，能够顺畅地表达事物的连续运动变化，因而承担了人类的大部分叙事需求。但是，正如《历代名画记·叙画之源流》中引陆机所言："宣物莫大于言，存形莫善于画。"绘画并未如结绳及刻契一般早早结束了自己作为叙事载体的使命，恰恰相反，随着绘画自身叙事潜力的挖掘，在文字成为叙事主要载体后，图绘的叙事功能不仅没有萎缩反而得到大大拓展，并长期与文字并行，图文互补，实现着更为完备的叙事功能。

（一）文字叙事系统的重要辅助载体

在中国叙事传统中，图文并茂、左图右史，是一种常见的叙事形式。唐人

---

① 《袁珂神话论集》，巴蜀书社，1988 年版，第 15 页。

张彦远在《历代名画记·叙画之源流》中说："见善足以戒恶,见恶足以思贤。留乎形容,式昭盛德之事;具其成败,以传既往之踪。记传所以叙其事,不能载其容;赞颂有以咏其美,不能备其象;图画之制,所以兼之也。"在指出文字在"叙其事"时无法"载其容"的缺陷时,张彦远肯定了绘画的"叙事"作用,所谓"昭盛德之事"、"传既往之踪",而且兼有记传叙事、赋颂咏赞、载容备象等多重功能。这就将绘画与叙事密切联系起来,二者互为补充;而对于绘画的叙事优势,张彦远似乎更为看重,"所以兼之也",表达了他的观点。《历代名画记》是张彦远对汉魏六朝以来绘画史迹及画论思想的总结,所以他对图画叙事功能的论述不能仅仅算作是唐人的意见。

早张彦远前八百年的刘向在编辑《列女传》时就在实践着图文并列的方式:"臣与黄门侍郎歆以《列女传》种类相从为七篇,以著祸福荣辱之效,是非得失之分,画之于屏风四堵。"刘向编辑《列女传》,并把列女故事"画之于屏风四堵",无疑是看到了文字在"叙其事"时无法"载其容"、"备其象"的缺陷。这是先有文字后有绘画的例子。

在图绘与文字并重方面,《山海经》是一个更为复杂的例子。研究者认为,《山海经》在古时是有图画的,而且图画似乎还占据着主要的地位。"图画的自我说明性大大高于文字,要使读者对《山海经》中的山水神怪的形貌产生深刻印象,仅凭文字之力难以奏效,应该有图画来与文字配合。"①今存《山海经》十八卷,可略分为"山经"与"海经"两大部分,其中"山经"文字条理比较分明,叙述比较完整,而"海经"部分却嫌散乱、疏略。究其原因,根据袁珂先生观点,是因为"山经"和"海经"两部分的图画与文字的关系不同所致。"山经"大约是先有了系统的文字记述,而后加以插图的,"海经"相反,应该是先有图画而后有文字,文字是用来作图画的说明的。②

以上的讨论,侧重于图画对于文字叙事的辅助功能。下面进一步讨论图画在叙事上的独立功能及其对文学叙事的启发和引导。

(二)"主题性绘画"的叙事功能

据文献记载,至晚在商周时期,把历史上的著名人物或重要故事图画于

---

① 傅修延:《先秦叙事研究——关于中国叙事传统的形成》,东方出版社,1999 年版,第 144 页。
② 参见袁珂:《中国古代神话》,中华书局,1960 年版,第 21 页。

庙堂,供人瞻仰或引以为警戒,就已是一个惯例。研究者认为,《诗经·大雅》中的《大明》、《绵》、《皇矣》、《生民》、《公刘》等篇就是西周宗庙祭典中述赞壁画的诗篇。周厉王时器《善夫山鼎铭文》曰:"隹卅又七年正月初吉庚戌,王在周,各(至)图室。"宣王时器《无更鼎铭文》曰:"隹九月既望甲戌,王各于周庙,述于图室。"这里的"图室",曲英杰《西周王庙考》认为即金文中常见的"大室",因其内有先公先王图像,故又称"图室"①。《淮南子·主术》载:"文王周观得失,遍览是非,尧舜所以昌,桀纣所以亡,皆著于明堂。"高诱注:"著,犹图也。"研究者认为,这说明文王时已经有"尧舜所以昌,桀纣所以亡"的故事画。② 这些图画中显然包含着一定的故事性质。对这类庙堂画像的具体画面内容,汉代王延寿在《鲁灵光殿赋》中有这样的描述:"图画天地,品类群生,杂物奇怪,山神海灵","上纪天辟,遂古之初,五龙比翼,人皇九头,伏羲鳞身,女娲蛇躯","下及三后,淫妃乱主,忠臣孝子,烈士贞女,贤愚成败,靡不载叙","写载其状,托之丹青,千变万化,事各缪形,随色象类,曲得其精"。

建安十九年,曹操受封魏公建起邺宫,宫殿四壁照例绘有从伏羲、女娲直到汉文帝、汉武帝、商山四皓等画像故事,曹植《画像赞序》云:"观画者见三皇五帝,莫不仰戴;见三季暴主,莫不悲惋;见篡臣贼嗣,莫不切齿;见高节妙十,莫不忘食;见忠节死难,莫不抗首;见忠臣孝子,莫不叹息;见淫夫妒妇,莫不侧目;见令妃顺后,莫不嘉贵。是知存乎鉴者,何如也。"

正如我们在阐述原始绘画功能时强调原始图绘的叙事作用是从属于神秘意义和仪式功能之下的,上述文献记载中图画的创作,宗教的、政治的、伦理的、教育的功能仍是主要目的,许多绘画的表现重心也许不是对故事的深度叙述,而只是使那些早已熟悉这些故事的人们在目睹这些绘画时,重温自己熟悉的故事,并因图绘的形象,唤起情绪上的反应,以起到警示、借鉴等作用。这类绘画可以称之为"主题性绘画",但也具有一定的"情节性"和"叙事性"。

《天问》是屈原面对"庙堂之画"的说议,通过对《天问》内容的研究可以

---

① 参见李山:《〈诗·大雅〉若干诗篇图赞说及由此发现的〈雅〉〈颂〉间部分对应》,《文学遗产》2000年第4期。
② 参见伏俊琏:《上古时期的看图讲诵与变文的起源》,《新世纪敦煌学论集》,巴蜀书社,2003年版,第145页。

发现这些画中包含着丰富的叙事成分。王逸《楚辞章句·天问序》:屈原放逐,彷徨山泽,"见楚有先王之庙及公卿祠堂,图画天地山川神灵,琦玮谲诡,及古圣贤怪物行事。周流罢倦,休息其下,仰见图画,因书其壁,呵而问之,以泄愤懑,舒泻愁思"。屈原所见的图画既有"天地山川神灵",还有大量的"古贤圣怪物行事",从"叙事性"角度而言,后者更是我们所关注的主题。正是因为这类绘画题材的存在,才使得屈原《天问》后半部不同于《山海经》的"静态叙述",包含了曲折的情节和丰富的行动。如《天问》中对大禹故事的议论:"禹之力献功,降省下土四方。焉得彼嵞山女,而通之于台桑?闵妃匹合,厥身是继。胡为嗜不同味,而快朝饱?"包含了禹视察各地,忧虑没有配偶而在路途迎娶嵞山之女,并在新婚后不久就离家治水的故事;又如其中议论商汤为得莘国小臣伊尹,娶莘国君之女而以伊尹为陪嫁的故事:"成汤东巡,有莘爰极。何乞彼小臣,而吉妃是得?水滨之木,得彼小子。夫何恶之,媵有莘之妇?"这类包含着大量叙事的说议,应该首先源于壁画中固有的故事情节。

大量出土的汉代画像砖石,多有故事图画。如洛阳出土的西汉后期壁画墓,有《二桃杀三士》、《鸿门宴》故事;内蒙古和林格尔东汉墓壁画绘有 80 多则圣贤、豪杰、孝子、列女和历史故事;河南唐河县郁平大尹冯君孺人墓,有狗咬赵盾、聂政自屠等画像石等。这些刻绘中,应承继着先秦壁画的某些特征,从中使我们可以大致可以了解上述文献中所记载的庙堂场所壁画的内容和表现形式。

值得一提的是,在重要历史故事、历史人物成为图绘的主要题材的同时,一些日常生活的场景和故事也进入了绘画的题材。这后一类题材绘画不是在描绘一个人们熟知的故事,而是在试图叙述一种新的故事,这一种努力,目的是强化图绘在叙事上的独立性,不依赖于观者先期的知识准备。

1987 年发掘的湖北荆山包山 2 号墓,是一座战国中晚期的大型楚墓,在一件出土的圆奁上有一幅反映墓主生活的绘画,学者称它为《王孙亲迎图》①。这是我们今天所能见到的最早的具有比较复杂情节的绘画,同时,画面内容不是著名的历史故事,而是墓主人生的一个片段。这一难得的艺术遗存告诉我们,当时的叙事性绘画,叙事手法已经比较娴熟,叙事应包括事件的开端、发

---

①　参见彭德:《屈原时代的一幅情节性绘画——荆门楚墓彩画王孙亲迎图》,《文艺研究》1990 年第 4 期。

展、高潮和结尾几个部分,各部分在时间上具有连贯性。《王孙亲迎图》在叙述"亲迎"这一事件时,没有从头至尾的表现全过程,而是截取了其中两个环节——"行进"和"迎接",给观者以对全过程的联想。手法简练而有效。

三、在克服缺陷中形成的中国绘画叙事传统

绘画作为一种叙事载体,从诞生之初就无法回避自身的两大局限:其一,正如《拉奥孔》中所指出的,绘画等造型艺术的长处在于表现"固定的一瞬",而大千世界的实质却是万事万物在时空中不停地运动变化,以固定的图画摹拟在时间上连续不断的行动显然有力不胜任之处;其二,图绘在表达意义上比较容易含糊和产生歧义。"只要没有解释性序列可以告诉我们这一图形是如何开始和将向哪里发展,就会出现极大的多义性……如果没有前后关系或文字说明的提示,任何一幅图都可能会有很多种解释。"①

中国绘画叙事的发展进程,就是一个拓展表现的时空深度和克服表达歧义的过程。先秦以来,中国古代的艺术家们在这两个方面进行着艰辛的探索和尝试,并形成了自身的特点。

(一)拓展叙事深度的多角度探索

图1

故宫博物院藏有一只《宴乐铜壶》。在壶身肩部有这样两个画面(图1):上图,沼泽旁,一群射者正伏身仰射飞雁。天空为雁群所遮蔽,中箭者在扑打挣扎,有的已经回旋下坠,幸免者向高空飞窜。至此,这幅画像对故事的描绘已经十分全面了。但,创作别具匠心之处在于画面的左下方,一群禽鸟正兀立水畔,尽管天空群鸟惊窜,它们却似置身事外、无动于衷。原来,这一组静态形象的描绘,是创作者旨在表现射猎开始之前的片刻的

① [英]贡布里希:《图像与眼睛》,范景中等译,浙江摄影出版社,1989年版,第100—101页。

宁静,用以叙述时间的推移和事件的展开。下图中描绘的是舟船水战短兵相接的关键时刻。两船船头对接,甲板上已经兵戈交错,杀成一片。当此瞬间,舱中桨手本应停止划桨,有如运船靠岸,仰身反划,配合战斗;但画面上的情形却相反,双方桨手都在俯身弓步,犹如龙舟竞渡的姿态,其势如两船对撞。这一看似欠妥的描绘,实际上却是画家的匠心独运,所要表现的是接战之前,双方全力前进寻敌决战的勇气和决心。将舟战从冲锋到接战的过程"浓缩"在同一画面,拓展了叙述战事的连续性。[①]上述画面,通过创作者的努力,突破了所谓"瞬间"再现,体现了时间在"深度上的延展"。

这种努力,在汉代画像石上也有许多体现。基于画像石本身的礼仪功能,每一画面都包含着特殊的主题和象征意义,因此,画像石中一般一个类型故事只用单幅画面来表现。为了扩大单幅画面的故事容量、强化效果,画像石的制作者往往试图将发生在不同时间的动作集中表现。如山东嘉祥宋山出土的一个分为四层的画像石,其中第三层讲述的是《晋献公杀太子申生》故事。春秋时晋献公宠爱骊妃,有废长立幼之意。骊妃阴谋陷害嫡长子申生,找借口支派申生出外祭祀,然后将祭品带回来。骊妃趁献公外出,将毒药放入带回的祭品酒肉之中,等献公回来时召申生亲自进献。骊妃诡称食物从外面来,不可不谨慎,将酒倒在地上,地上反应异常,申生一见不妙,连忙退出;骊妃又以酒肉试狗,狗被毒死,试小臣,小臣也丧命。献公大怒,杀了申生的老师,申生无法自明,只好出逃并自杀。在这一画面上,描绘的正是狗被毒死的场景。画面上,一只狗仰毙于地,晋献公正在指斥面前之人,根据情节,此人应是太子申生,申生身后躬身之人则应是申生的老师。但根据文献记载,在狗被毒死之前,申生就已预感到情况不妙而仓皇告退,且当时申生的老师并不在场。画面为了加强戏剧效果,将不同时间、不同地点的事件集中在一个一个画面内。这里创作者所选择的是献公已经被激怒的场景,发生在申生等人身上的悲剧即将发生,因此这一场景也正是一个"包孕的片刻"。另据有的学者研究,此画像石的第四层车骑行列也与第三层故事有关,表现的是晋献公田猎归来的情景,这一分析颇有可能,因为在这一画面上,有一条狗在迎

---

① 参见刘敦愿:《中国古代绘画艺术中的时间与运动》,《美术考古与古代文明》,人民美术出版社,2007年版,第51—53页。

图2

候主人,画家意在表示:此时狗还活着。如果这一分析是正确的,这两幅画面就构成了汉画像石中罕见的连环画面。① （图2）

拓展画面容量、表现连贯故事的更为有效的方法无疑是以多幅连续画面展开的形式。这方面的尝试较早而比较成熟的是以图绘曹植《洛神赋》内容的《洛神赋图》。这幅作品采用了魏晋时期流行的把一个故事横向排列描绘的手卷形式。图中洛神和曹植两个主要人物随着情节内容的发展而反复出现,构成一系列既相对独立又相互承接的连续画面,使画面的时间与空间得到有效的延续。

中国绘画叙事传统在佛教美术中发展到一个空前的高度,叙事性手卷绘画的兴盛影响了早期中国佛教壁画。在敦煌西千佛洞12窟的早期"降魔"壁画上,根据变文的叙事顺序,模仿手卷模式,将12个情节依次展开。根据壁画画面的纵横比例和观看要求,创作者将本应从右向左横向依次展开的情节分上下两列结构,上列故事从左向右展开,下列故事从右向左展开,根据情节,以风景将画面划分为若干单元。

容量更为丰富、情节更为曲折的叙事性绘画出现在敦煌佛教故事壁画中。如323窟的初唐壁画,从整体上看,仍采取横卷式构图,情节从左向右发展,并形成各自独立的7组故事,但每组故事不仅自身形成一个局部的立幅构图,而且7组故事相互间隔又互相穿插,形成一个宏大的完整画面,叙述了情节丰富的佛教故事。② 而完成于唐代以后的壁画,则表现出脱离变文束缚的更为独立的图像叙事追求。突破原有经文的故事局限,以图像叙事逻辑为核心的构思画面,形成一种具有独立叙事功能的自足的绘画样式。唐代以后的"降魔"壁画在敦煌至今还保存着18幅,其中最大的一幅"降魔"壁画画幅

---

① 参见刘敦愿:《中国古代绘画艺术中的时间与运动》,《美术考古与古代文明》,人民美术出版社,2007年版,第279页。

② 参见金维诺:《敦煌壁画里的中国佛教故事》,《中国美术史论集》,台北明文书局,1984年版,第361—371页。

宽12.4米,高3.45米,如此巨大的
画面包含着十分丰富的内容。以第
9窟为例(图3),这一壁画绘有近50
个情节,这些情节的排列不遵循变
文的故事顺序,而是根据画面构成
的内在逻辑,采取唐代壁画确立的
对立式构图,先将变文故事解体为
若干个人物和情节,再根据构图的
需要,将这些解体的故事片断重新
组合。当这些人物、事件确定在画

图 3

面的相应位置上后,它们之间的空间关系又要求画家去创造新的叙事关系。
因此,许多在变文中本是十分简单的单一情节的叙述和描写,根据画面的需
要被扩充为十多个戏剧性情节,大大突破了变文的内容。其结果是使原有故
事被大大丰富了。这些壁画故事不再依附于文学性叙事,成为画家们创作的
图画性叙事。① 由于内地佛教壁画至今保留下来的十分有限,敦煌壁画为我
们展示了当时艺术家们在图画叙事上所能达到的高度。

(二)从程式化到题画诗文:解决图画叙事不确定性的独特探索

在唐代以前,忠臣、列女及佛道人物故事是绘画的主要题材,名臣故事、
伦理宣传、宗教故事和教义的传达是绘画的主要任务。初唐裴孝源《贞观公
私画史》序中论绘画功能时说:"其于忠臣孝子,贤愚美恶,莫不图之屋壁,以
训将来。或想功烈于千年,聆英威于百代,乃心存懿迹默匠,仪形其余风,化
幽微感而遂至飞游腾骞,验之目前,皆可图画。"张彦远《历代名画记·叙画之
源流》也说:"……观画者,见三皇五帝,莫不仰戴;见三季异主,莫不悲惋。见
篡臣贼嗣,莫不切齿;见高节妙士,莫不忘食。见忠臣死难,莫不抗节;见放臣
逐子,莫不叹息。见淫夫妒妇,莫不侧目;见令妃顺后,莫不嘉贵。"在这类以
叙述人物故事为目的的绘画中,故事中的意义表达是画家构思和创作的重
点,遵循着贡布里希所谓"意义第一原则",而人物的描绘则居于次要地位。

---

① 参见巫鸿:《礼仪中的美术——巫鸿中国古代美术史文编》,郑岩等译,三联书店,2005年版,第
346—389页。

　　由于题材的大众化,因此这一时期绘画的情节大都是同一文化语境中的成员所习知的。而画家的目的也是努力在告诉观众这里发生了什么,而对"怎样发生"的描绘并不是艺术家所要花费心力的努力方向。

　　这一种题材的描绘在汉画像石上得到最典型的表现。由于画像石的礼仪功能要求,几乎所有形象和情节的展开,都形成了相对稳定的表现程式,创作者一般只是在程式化表现中根据当地文化价值观以及赞助人的特殊要求,对原有"粉本"略作调整,少有标新。因此,尽管画像石在人物和车马、器物形象上,往往表现高超的描绘技巧,许多画像石有着非常成熟的视觉透视,形象富于立体感。但,在人物动作上,却一般采取程式化、概念性的风格,其目的在于强化人物动作和事件的清晰性和易辨认性。对于以往"粉本"所没有涵盖的人物故事,画像石创作者则往往会根据故事类型巧妙地将其纳入既有的表达"公式"中,采用礼仪艺术的通行语言来进行表达。

　　即便是十分"私人化"的内容表现也得纳入通行的模式,以求得无歧义。如对《许阿瞿画像石》的刻画。许阿瞿是一个死于东汉建宁三年(公元170年)的儿童,其父母显然十分痛心于爱子的夭折,专门订做了一幅画像以表达对爱子离世的悲痛。但是,即便是这样一幅极其"私人化"的绘画,在画面上仍采取了十分模式化的造型:这位儿童出现在两栏画面的上栏,坐于榻上,显示出高贵主人的身份,左侧刻其姓名"许阿瞿"。三个男孩或行或奔,来到许阿瞿跟前。三人的穿着和头上的发髻都具有明显的年龄特征。三名儿童在主人面前戏耍。下栏是一乐舞场面。这一画面完全是依据汉画像中通行的男主人接受拜见、欣赏乐舞表演的标准形式来进行表现。① (图4)这样做的原因也许有为求得制作便利的因素,更为可能得原因是:创作者和赞助人一致认为,只有这种约定俗成的创作公式,才符合表达相应情感的需要,否则就会引起歧义和误解。

图.4

---

　　①　巫鸿:《礼仪中的美术——巫鸿中国古代美术史文编》,郑岩等译,三联书店,2005年版,第225页。

为了进一步拓展绘画叙事空间,有效地解决绘画的叙事深度和清晰度问题,引入文字叙事,是一个一直以来就采用的方法,这一方法可以说是最为普遍也最为普通的,往往不被研究者纳入图像叙事的讨论范畴①。但是,笔者以为,中国叙事性绘画中的文字已经超越了单纯的画面辅助解释,成为画面构图的组成部分,成为与形象描绘融为一体的叙事手段。不了解中国画家对画面题字的态度,就无法真正了解中国叙事绘画传统。

在中国叙事传统中,文字叙事与绘画叙事之间从一开始就有着密切的关系。文字叙事与绘画叙事两者之间的配合,从一开始就是人们热衷的方面。不仅是绘画的创作者,十分自然地以文字作为画面叙述功能的补偿,就是文字叙事者们也对绘画有着较多的借助。

图绘与文字的密切结合,显然是出于更好地达到叙事效果的需要。当绘画被迫服从情节需要,强调戏剧性时,程式化的再现手法不再适用,制作者转而求助于文字解释。制作者以文字直接在画面上对人物、事件进行注释,或在旁边注释。在汉画像石上,题刻总是被一个框框限制在有限的范围和位置,许多人物画,题字是在画面之外的。那些文字似乎是一种无奈的存在。但这些文字对于许多叙事绘画来说十分重要,比如马王堆帛书中有一幅带文字题记的图画。此图三层:上层,右边是"雨师",中间是"太一",左边是"雷公"。中层是四个武弟子,右起第一人执戈,第二人执剑,第三人未执兵器,第四人执戟;四人左右各二,中间"太一"胯下是一黄首青龙。下层,右边是"持鑪"的黄龙,左边是"奉瓮"的青龙。图像旁均有题记,题记残泐严重,保存较完整者是全图的总题记:"(前残)将,承弓禹先行,赤包白包,甘敢我乡,百兵莫敢我伤。□□狂,谓不诚,北斗为正。即左右唾,径行毋顾。大一祝曰:某今日且□□。"②据研究,此图当与占卜兵器的吉凶有关系。

汉画像石中,更有大量故事人物旁刻有题榜,有的还刻上赞文。如武梁祠西壁画像二层所绘上古历代圣贤与暴君像上就各有题赞,帝尧像左刻:"帝尧放勋,其仁如天,其智如神,就之如日,望之如云。"第三层"老莱子事亲"图,在坐于木榻上的莱子父母下方题有"莱子父"、"莱子母";老莱子扑跌于地,

---

① 如贡布里希就将此"视为逃避'非语言'交流问题的作法,暂且把它们搁在一边"(《西方艺术中的动作和表现》)。

② 周世荣:《马王堆汉墓的"神祇图"帛画》,《考古》1990 年第 10 期。

其上方题刻："老莱子,楚人也。事亲至孝,衣服斑连,婴儿之态,令亲有欢,君子嘉之,孝莫大焉。"

如果说,上述题榜还是出于对绘画叙事不确定性的无奈之举,那么中国画家很快就开始对图文互渗式叙事方式的主动探求。这一探求中包含着一个美学上的主动抉择:放弃对画面视觉真实的追求,这是中国绘画艺术与西方古典绘画传统的分道扬镳的真正开端。正是因为这样一种主动的选择,使中国画家能够在毫无困难的情况下接受画幅上或多或少的题跋,而这些已经成为构图有机部分的题跋,有效地解决了绘画的叙事深度和清晰。

以题诗文于画面为标志,文字与画面在形式达到了融合。这些诗文参与构图,甚至可以成为沟通画面、连贯情节的要素。事实上,题画诗文在表现画家的情怀、意趣等方面的功能也许更为重要和独特,但客观上,这一抉择无疑大大扩展了绘画的叙事深度,解决了绘画在叙述上的种种局限。对于中国画家来说,这既是对写实的局限性的变通,也是在叙事内涵拓展上作出的主动的探索,在这样一个绘画空间,逼近视觉真实的努力被抒情达意的追求所取代,许多非写实的因素能够得到自然的表现。正是这样一种取向,使得中国画的叙事空间获得了无限的拓展。

宋元以后,随着文人大量介入绘事,题诗文于画已经成为中国绘画的主流和惯例,许多长篇题跋,使人们怀疑,画家是在为画面描绘的内容而配题诗文,还是以画面来图解诗文。这种例子触手可得,如明代画家郭诩的《琵琶行图轴》,在纵1.54米、横0.47米的立轴上,以2/3的画面抄录白居易《琵琶行》原文,画面上两个人物所占面积及1/3,且省略了与人物、故事相关的一切背景的描绘。而这种例子,在中国绘画史上是并不少见的。

以上,十分粗略地勾勒了中国绘画叙事传统的轮廓,并试图从中国叙事传统的角度对中国叙事性绘画的特征作出一些归纳和描述。在这一领域显然还有大量问题没有涉及或探讨缺乏深度,如中国绘画叙事传统形成的深层原因,中国绘画叙事与文学叙事之间的相互影响,佛教美术传入后与本土传统图绘叙事之间的互动影响,文人画兴起对中国绘画叙事传统的影响,中国绘画与题画诗文之间的互动关系等等,都是需要进一步深入研讨的问题。

（原载《江西社会科学》2007年第9期,发表时有改动）

宋代自然审美意识的人文化倾向

——兼论宋代山水诗画的融合

一、引论

宋代，是中国士夫文化高度发达的时代。作为这种盛况的标志之一，是士大夫们将自己的审美趣味广泛推及各个艺术门类，并施加影响，使这些艺术样式发生了不同程度的变化，打上了士大夫的标记。本文对自然审美人文化倾向的阐述正是在这样一个前提下进行的。

正如学者陈寅恪指出："华夏民族之文化，历数千载之演进，造极于赵宋之世。"①浓郁的人文气息，不仅在宋代文艺活动中得到充分的体现，在对自然山水的审美经验中，也呈现出鲜明的人文色彩，人文化的自然成为人们普遍追求的理想境界。

宋代自然审美的人文化倾向主要表现在两个方面：其一，人文意象成为自然审美的中介。人文意象进入人们的自然审美视野后，受到与自然意象等同的待遇，并在一定程度上取代了自然意象，使鉴赏者透过山水文艺产生对真实的自然山水的联想，甚至将山水文艺中对自然的表现，等同于真实的自然，面对山水画如同面对真实的自然景物，产生"误识"。其二，自然山水的人文化已成普遍现象。人们在自然审美中经常引发对人文意象的联想，人文意象进入自然山水，实现了对自然意象的覆盖。最典型的例子是面对一片自然风景时发出风景"如画"的赞叹。

---

① 陈寅恪：《邓广铭宋史职官志考证序》，《金明馆丛稿二编》，上海古籍出版社，1980年版，第245页。

宋人杨万里《诚斋诗话》中已对上述自然意象与人文意象的相互转化的
情形有所揭示：

> 杜《蜀山水图》云："沱水流中座，岷山赴北堂"。"白波吹粉壁，青嶂
> 插雕梁。"此以画为真也。曾吉父云："断崖韦偃树，小雨郭熙山。"此以真
> 为画也。

在进行山水诗画的鉴赏时，人们将诗画作品中的人文意象与真实的自然
意象产生比附联想，文艺中的自然被视为真实自然的替代物，这就是所谓"以
画为真"；在对自然的审美中，人们从自然中"发现"自己所熟悉的人文意象，
产生对自然的"反向辨认"，这就是所谓"以真为画"。《诚斋诗话》中的这段
文字，精要地点明了在自然审美经验中的自然意象与人文意象之间相互转化
的现象，而且表明，自然审美的人文化已经成为宋人的自觉。

人们在绘画作品与其所意欲表现的对象之间产生某种视觉或心理感受
上的联系，本不足奇。但是，当这种审美经验被不断记录下来，并从偶然的审
美发现变成一种普遍的审美"惯例"，则其中便包含了超越一般艺术规律之上
的自觉的文化意义。在自然山水意象与人文意象的相互转化中，无论是"以
画为真"还是"以真为画"，其结果都是使自然意象与人文意象更密切地结合
起来，将人文意象推进到自然审美领域，成为自然审美的重要指向。

需要指出的是，《诚斋诗话》中所谓的"以画为真"和"以真为画"的文艺
现象，在宋代以前均已有出现，但成为普遍出现的审美"惯例"并在文艺创作
中广泛采用，则是宋代自然审美人文化的重要标志。

二、"以画为真"：人文意象成为自然审美的中介

作为有文献记载的最早的题画诗之一，北周庾信组诗《咏画屏风》25 首
中即有对"以画为真"审美经验的记录（"以画为真"的艺术体验，一般来自对
绘画的鉴赏过程，因此，对这种审美体验的文献记载大量出现在咏画、题画诗
中）。试举其中第 25 首：

> 竟日坐春台，芙蓉承酒杯。水流平涧下，山花满谷开。行云数番过，

白鹤一双来。水影摇丛竹,林香动落梅。直上山头路,羊肠能几回?

诗人立足于对画面山水描绘与真实的自然景象的联想,将画面景物等同于真实自然景物进行了生动描绘,并在诗的末两句对画意进行了生发。

但对自然景物图绘的"以画为真"在庾信的时代仅仅是特例,内在原因是在此时期绘画中对自然山水的表现尚处于象征阶段,其表现手法是概念化和抽象的,不以对山水景物的艺术描绘为特征,因而对绘画产生"以画为真"审美联想的条件尚不成熟。

从古代文献的钩沉和对古文化遗存的考察中可以发现,晋之前汉魏时期的山水图绘,几乎都是地形图和符箓之类。在敦煌壁画中尚可见到的晋宋之际山水画遗迹,也不过是宗教故事的象征性背景,几乎不具有描绘性质。[1] 对于自然的这种平面的、概念化的表现,是与当时社会风尚中对山水图画的一般要求相适应的。中华文化中神秘自然观的萌芽,可以追溯到远古时代。尽管随着生产力的提高,人类在自然面前的地位一再改变,后人的山水精神与远古的山神崇拜初看已了无所涉,但作为一种投射和积淀,自然界的神秘莫测,原始宗教的反理性迷狂,却深深地影响着后世人们自然观的形成。从《山海经》、《楚辞》中庞杂的神仙世界,到汉赋中疏远、陌生的山川自然,文艺中的自然,始终是与人间相对而立的另一神秘世界。

唐代以前,绘画活动的最有力的支持者是宫廷和庙宇,服务于宗教与政治的目的,仍是绘画的主要功能。在这样的社会环境中,观众并不将绘画视为对真实自然的描绘,艺术家的目的也不在于对真实山水的再现。关于自然的图绘,记载的是山川的抽象概念,停留在所谓"案城域,辨方州,标镇阜,划浸流"阶段(王微《叙画》),难以引发观者的审美联想。

唐代以后,社会对山水画的要求发生了根本性的变化。这种变化首先体现在唐人对六朝以前的山水画的评价中。唐人张彦远在其著名的《历代名画记》中说:

魏晋以降,名迹在人间者,皆见之矣。其画山水,则群峰之势,若钿

---

[1]　参见陈传席:《中国山水画史》第一、二章,江苏美术出版社,1988 年版。

饰犀栉,或水不容泛,或人大于山,率皆附以树石,映带其地,列殖之状,则若伸臂布指。

张彦远对魏晋山水画的批评说明唐代的艺术要求已经发生了变化,人们对于画面形象的写实性描绘提出了要求。并非出于偶然巧合,正是在这一时期,题画诗大量的出现了。王渔洋《蚕尾集》中说:

> 六朝以来,题画诗绝罕见。盛唐如李白辈,间一为之,拙劣不工……杜子美创始为画松、画马、画鹰、画山水诸大篇,搜奇抉奥,笔补造化……子美创始之功伟矣。

按,题画诗并非创始于杜甫,但在杜甫的时代,题画诗已经开始引起人们的广泛注意。《杜工部集》中共有18首题画诗;而被王渔洋认为在题画诗方面"间一为之,拙劣不工"的李白,也有6首,且并非"拙劣不工";这表明题画诗已经开始形成风气。宋代以后,题画诗大量出现,几乎所有的著名诗人都有相当数量的题画诗。由于当时题画已成一种热门题材,优秀作品大量出现,南宋时已经有孙绍远选自唐代以来的题画诗,编就《声画集》。

题画诗的出现,其实是对绘画的描绘功能和审美价值的肯定。题画诗的内容,多针对画的题材内容(也涉及表现技法及文人交谊等内容,但不是主流)。山水画引发诗人的诗兴,其前提是诗人在山水画中对自然山水有所发现,题山水画诗的大量出现,正是"以画为真"的审美经验受到社会普遍接受的表现。

黄庭坚《次韵子瞻题郭熙画〈秋山〉》诗云:"玉堂卧对郭熙画,发兴已在青林间。"正是山水画的内容引发了诗人的山水幽情,而产生这种审美联想的前提是:诗人承认了画面山水与自然景物的内在联系。山水画能够成为真实自然风物的替代,这是山水画引发诗人诗兴的关键。在下面的例子中,山水画与真实自然的关系似乎要更特殊一些:

> 惠崇烟雨归雁,坐我潇湘洞庭;欲唤扁舟归去,故人言是丹青。(黄庭坚《题郑防画夹》其一)

　　这首题山水画诗中,山水画不仅成为真实的自然山水的替代,而且两者之间真伪莫辨,在诗人的眼中产生"误识"。当然,这种"误识"很可能只是诗人的一种姿态,但将山水画视为山水的等价物,无疑是这种"姿态"的前提。

　　从某些题画诗中,如果不看上下文,或诗题,甚至看不出诗句描写的山水意境源于山水画,试读下面两首诗。

其一

　　竹杖草履步苍苔,山上独亭四牖开。烟雨濛濛溪水急,小篷时转碧湾来。

其二

　　洞庭木落万波秋,说与南人亦自愁。欲指吴松何处是,一行征雁海山头。

　　两首诗分别是晁补之的《题苏轼〈塔山对雨图〉》和张耒的《题周文翰郭熙山水》,但如果不了解诗题,读者很难判断出这些诗是题画诗。在这里,将山水画视为真实山水的替代已经成为无须声明的基本前提。

　　事实上,将山水画视为自然的等价物在宋人那里已经成为极普遍的一种观念。

　　宋代山水画家郭熙下面的一段话,对宋人这种对自然的向往以及山水艺术作品对真实山水意象的替代的意义和价值作了一番明确的表述:

　　　君子之所以爱夫山水者,其旨安在?丘园养素,所常处也;泉石啸傲,所常乐也;渔樵隐逸,所常适也;猿鹤飞鸣,所常亲也;尘嚣缰锁,此人情所常厌也;烟霞仙圣,此人情所常愿而不得见也。直以太平盛日,君亲之心两隆,苟洁一身,出处节义斯系,岂仁人高蹈远引,为离世绝俗之行,而必与箕颖埒素,黄绮同芳哉?《白驹》之诗,《紫芝》之咏,皆不得已而长往者也。然则林泉之志,烟霞之侣,梦寐在焉,耳目断绝。今得妙手,郁然出之。不下堂筵,坐穷泉壑,猿声鸟啼,依约在耳,山光水色,滉漾夺目;此岂不快人意,实获我心哉?此世之所以贵夫画山水之本意也。(《林泉高致集·山水训》)

将山水画作为自然的替代物,"不下堂筵,坐穷泉壑",这使人联想到南北朝时人宗炳的"卧游":"(宗炳)好山水,爱远游,……有疾还江陵,叹曰,老疾俱至,名山恐难遍睹,唯当澄怀观道,卧以游之。"(《宋书》卷九十三)但仔细考察,两者之间却有着重要的不同。宗炳的卧游,是出于"澄怀观道"的需要:

> 圣人含道暎物,贤者澄怀味象。至于山水,质有而趣灵。……夫圣人以神法道,而贤者通;山水以形媚道,而仁者乐。……于是画像布色,构兹云岭。……闲居理气,拂觞鸣琴,披图幽对,坐究四荒,不违天励之藂,独应无人之野,峰岫峣嶷,云林森渺,圣贤暎于绝代,万趣融其神思。(宗炳:《画山水序》)

在宗炳看来,"山水以形媚道",因此他注重的是对"道"的体认,企图透过山水画这一灵媒来与天地之神灵沟通。宋人不是将山水画图作为灵山的象征,而是将山水画作为真实可亲的自然景物的替代,表现出指向自然本身的热情。

作为个案,宋人秦观记下的这则故事从形式上更接近宗炳的"卧游":

> 元祐丁卯,余为汝南郡学官,夏,得肠癖之疾,卧直舍中。所善高符仲携摩诘《辋川图》视余曰:"阅此可以愈疾!"余本江海人,得图喜甚,即使二儿从旁引之,阅于枕上,恍然若与摩诘入辋川,度华子冈,经孟城坳,憩辋口庄,泊文杏馆,上斤竹岭,并木兰柴,绝茱萸沜,蹑槐陌,窥鹿柴,返于南北垞,航敧湖,戏柳浪,濯栾家濑,酌金屑泉,过白石滩,停竹里馆,转辛夷坞,抵漆园……数日,疾良愈。①

同为"卧游",宗炳是将山水画作为自然山水风物的象征物,借山水画以助对"道"的体认。而秦观的"卧游",却不见对自然的形而上的把握,对于秦观而言,山水画作为自然景物的替代,其功能在于对士大夫身心的养护、治疗和安慰;山水画的作用和价值也就是自然山水的作用和价值。笼罩在自然山

---

① 《书〈辋川图〉后》,《淮海集》卷三十四。

水之上的幽深莫测的迷雾散尽,真实的自然是如此的真实、平凡和普通,不再具有它曾经具有的神奇的力量。

值得注意的是:秦观面对的《辋川图》,是一处有着浓厚的人文色彩的山水图,令作者神往的绝不仅仅是自然山水的美好,而更多的是山水的人文内蕴。自然不再神秘,不再是"道"的体现,而是有待于人去赋予其色彩和内涵的审美对象。自然景观因为有了人文内涵而表现出高于普通自然的价值。

因此,我们有理由认为,文人产生"以画为真"的"误识"和移情,往往并不单纯因为画家对自然景观的成功表现,而是表明文人在山水画中发现了一种心灵的默契,在画面中发现了诗情。

诗人在山水画的鉴赏中,带入了自己的自然审美经验,题画诗中对自然意境的揭示,往往是一个再创造的过程。诗人从山水画中,能够体会到超越画面本身的意义。苏东坡《书李世南所画秋景》之一:

> 野水参差落涨痕,疏林欹倒出霜根。扁舟一棹归何处?家在江南黄叶村。

扁舟摇摇,乡思悠悠,这一份远意,自不是画面所能表现的,但诗人的诗思,显然又来自画面的引发。超越画面局限的诗意联想,在题画诗中屡屡可以见到,又如范成大的这首题画诗:

> 船头月午坐忘归,不管风鬟露满衣。横玉三声湖起浪,前山应有鹊惊飞。
>
> (《李次山自画二图,其一泛舟湖山之下,小女奴坐船头吹笛,其一跨驴渡小桥入深谷,各题一绝》之一)

"前山应有鹊惊飞"是诗人极富意境的联想,画面显然没有这样的内容。

而画家在山水中寄予的诗情,并非观者所易领略得到,也需要观者自身的发现。苏东坡《郭熙秋山平远二首》之一:

目尽孤鸿落照边,遥知风雨不同川。此间有句无人见,送与襄阳孟浩然。

通过图像表达的视觉经验,对自然的表现往往具有多义性和类型化特征,对诗人诗兴的引发也是多方面的,正如论者所指出,"同此一幅之画,览者之意各有出入,未必全符画者之意"①。

山水画对自然的表现是否达到了逼真的程度,这并不是题画诗的作者所关心的问题,诗人所需要的是通过山水画对山水情思的唤起,"以画为真"便是引发诗兴的开端。《宣和画谱》卷十一董源条下说:

（董源山水画）使览者得之,真若寓目于其处也。而足以助骚客词人之吟思,则有不可形容者。

成功的山水画作品,能使观者产生"真若寓目于其处"的审美体验,而且这种人文意象可以更直接地引发诗人的山水情愫,得自自然而高于自然,所谓"助骚客词人之吟思"者是也。因此大批诗人热衷于山水画鉴赏,题画诗也因而兴盛起来。

三、"以真为画":人文意象对自然意象的覆盖

题画诗是在"以画为真"的审美体验的基础上出现的;而题山水画诗的兴起,则进一步将人们的视线引向山水画。当诗人纷纷参与到通过山水画对自然山水进行把握的鉴赏活动中,对自然山水的评价,就有了一个潜在的标准:必须"如画",才是上品。诗人的眼睛,被画家所吸引,在山水自然无限丰富的景观中,隐藏着"如画"的景色,有待发现。正是"画"的既成人文意象为诗人提供了产生审美联想的前提。

这种面对自然景物产生对相关山水文艺作品的联想、并获得超越于单纯的自然观赏之上的审美收获,用杨万里的话讲就是"以真为画"。

---

① 参见阮璞:《咏画题画诗中之意未必即是画中之意》,《画学丛证》,上海书画出版社,1998 年版,第223 页。

"以真为画"的自然审美体验在宋代以前的诗文中已有出现。如"八桂暖如画,三桑眇若浮"(沈约);"杂树山如画,林暗涧疑空"(萧绎)。"如画"成为对自然山水的赞扬性评价。李白将这种过于简单的"如画"比喻推向具体,以对山水画的联想表达洞庭秋色之美,避免了单调的形容。其《陪族叔刑部侍郎晔及中书贾舍人至游洞庭》之五:

> 帝子潇湘去不还,空余秋草洞庭间。淡扫明湖开玉镜,丹青画出是君山。

宋代以后,这种"如画"的审美体验在诗文中便时常可以见到。透过山水画,在自然山水中频繁地"发现"山水名家的作品,这种有趣的审美现象,在宋代带来了诗与画的联系的进一步密切。在宋人诗文中,"以真为画"也即"景色如画"的母题变得更为丰富、具体而生动。

这里既有泛泛说景物如画的诗篇如:"浅深山色高低树,一片江南水墨图"(刘敞《微雨登城二首》之一),"阴沉画轴林间寺,零落棋枰葑上田"(林逋《孤山寺端上人房写望》),"沙水渺相合,扁舟在画屏"(曾巩《雪咏》);也有诗人凭着对山水画的熟悉在自然面前的进一步的发现:不仅从自然山水中看到"如画"的景观,而且更以自己所熟悉的画派、技法、家数去对自然景物作更具体形象的形容,使读者产生更生动、深刻的印象。如林逋《乘公桥作》:"忆得江南曾看着,巨然名画在屏风";而一身而兼诗人、画家的文同,在这方面更成为领导风气的人物,他的《长举》:"峰峦李成似,涧谷范宽能";《长举驿楼》:"君如要识营邱画,请看东头第五重"等,对后来诗人类似审美体验的表达产生了较大的影响。① 在这种将诗与画联系起来、并以大家习见的著名画家的作品表达自己对自然的审美感受的诗文中,山水画成为了诗人观看自然景物的"先验图式",具有鲜明形象的表现效果。

将某一处风景比作画时,其首要前提是:山水画是对自然精华的凝聚,"如画"是对山水的表扬和赞美。正是这种既成意象为诗的意象创造提供了暗示与联想的前提。因此,在自然审美人文化倾向中通过绘画对山水景物的

---

① 参见钱锺书:《宋诗选注》,人民文学出版社,1958 年版,第 42 页。

"反向辨认",具有一定的典型性。

值得注意的是,以各种形式表达出来的"风景如画"的感叹,对于文人来说,并不能简单理解为是一种修辞技法,也不是诗人努力要用画家的目光去揭示自然的美好,在更多的情况下,这种发现是一种无意识的共鸣,是一种带有惊喜的真实的审美发现和文化体认。

除了大量的山水诗中的例子,宋人文集中也对"以真为画"这种审美发现作了许多有价值的记载,兹举其一:

> 己卯,发芜湖,循东岸而行。……过板子矶,矶上红黄丝花俯照江面,花繁而石怪,间以翠筱,正如徐熙所画者。乃知艺之工者,皆有本也。诗云:"石上红花低照水,山头翠筱细含烟;天生一本徐熙画,祇欠鹨鸪相对眠。"①

这里,不仅记录了"以真为画"的审美感受的结果,还详细描述了产生这种体验的具体情景。

所谓的"以真为画",从视觉心理学角度来看,是人们通过绘画对自然景物"反向的辨认"。但有些面对自然风景的反向辨认的例子中,人们不仅辨认出画,而且发现了诗意:"山色濛濛横画轴,白鸥飞处带诗来"(俞桂《过湖》);"夜雁半江画,寒蛩四壁诗"(文天祥《夜坐》);"有逢即画元非笔,所见皆诗本不言"(洪炎《四月二十三日晚同太冲表之公实野步》);"村村皆画本,处处有诗材"(陆游《舟中作》)。更进一步,作为一种自然审美体验,诗人不仅在自然中发现了诗意,简直就是看到了前人的诗句:"平生赏叹少陵诗,岂谓残生尽见之"(王铚《别孝先》);"渊明已黄壤,诗语余奇趣;我行田野间,举目辄相遇"(陈默《越州道中杂诗》第八)。

前人诗境"举目辄相遇",这种在宋人诗文里经常可见的文字,体现的实际上正是一种与"以真为画"相类却更奇异的审美体验。诗人在自然景物面前,时常体悟到前人诗句中的意境,这种记载在宋人诗话中经常可见,下面的例子也许更具典型意义,周紫芝《竹坡诗话》:

---

① 张舜民《画墁集》卷七。

　　余倾年游蒋山,夜上宝公塔,时天已昏黑,而月犹未出,前临大江,下视佛屋峥嵘,时闻风铃,铿然有声。忽记杜少陵诗:"夜深殿突兀,风动金银铎。"恍然如己语也。又尝独行山谷间,古木夹道交阴,惟闻子规相应木间,乃知"两边山木合,终日子规啼"之为佳句也。①

　　可见,"以真为画"不仅是关系到视觉艺术的审美体验,自然山水重叠着丰富的人文意象。在上例中,并不单纯地体现了"反向辨认"这样一种审美心理现象,同时,体现了一种文化的影响。当诗人从自然中辨认和发现前人的诗画意境时,他实际是处于一种与文化传统的潜在对话状态中。自然的审美离不开对前人自然审美体验的继承。艺术史家贡布里希在其《木马沉思录》、《艺术与错觉》等著作中提出的"图式—修正"公式认为:绘画不是从视觉的印象入手,而是从概念入手;艺术家需要通过传统的图式来把握对现实的描绘。这一公式无疑具有更为广泛的适用性。不仅关系到视觉艺术的创作过程,而且适用于文化精神的体认和把握。

　　对自然的表现是文艺创作的传统母题之一,传统的艺术表现模式对后代人们对自然的感受有暗示、制约和规范作用。从积极的意义上,自然审美的人文化,体现了人文传统对自然审美的影响,以前的印象,是一种潜移默化的东西,但在个人眼中,自有新的感受。这种新的感受,就是艺术的个性和才情。表现在山水诗画中,则是一种创新。富于创造力的艺术家带着前人的成功的艺术表现模式投入到自然的怀抱时,人文传统与新的感受的结合,就带来山水诗画的创新。正如艺术史家贡布里希所说:"当我们带着被过去经验唤起的兴趣扫描世界时,以前的印象和新进来的感觉会像两滴水一样融和在一起,形成一滴更大的水珠。"②

　　但是,事情也会有负面,自然审美中的人文化倾向也开始对文人对自然的真切发现产生了一种限制。正如钱锺书指出:"他们不写自己直接的印象和切身的情事,倒给古代的名句佳话牢笼住了……只知道把古人的描写来印证和拍合,不是'乐莫乐兮新相知',而是'他乡遇故知'。"③表现在文艺创作中,会发现

---

①　《历代诗话》,中华书局,1981 年版,第 343 页。
②　[英]贡布里希:《通过艺术的视觉发现》,《图像与眼睛》,浙江摄影出版社,1989 年版,第 35 页。
③　钱锺书:《宋诗选注》,人民文学出版社,1958 年版,第 180 页。

创作中的因袭现象。戴了"有色眼镜"看山水,限制了诗人自由感受自然的范围。

宋人已经意识到人文化对自然审美所应具有的天然状态的矛盾,许多艺术家开始努力摆脱这种尴尬。北宋山水画家范宽就已经在自觉避开前人山水画图式的束缚:"前人之法,未尝不近取诸物。吾与其师于人者,未若师诸物也。吾与其师于物者,未若师诸心。"(《宣和画谱》卷十一《山水二》)南宋诗人杨万里也努力抗衡前人预设的自然审美模式的影响,"努力要跟事物——主要是自然界——重新建立嫡亲母子的骨肉关系,要恢复耳目观感的天真状态"[1]。

不管是"以画为真"和"以真为画"的审美实践,还是杨万里、范宽摆脱人文意象的束缚、与自然建立天真的关系的追求,两种看似相反的努力共同表明,自然审美人文化倾向已经成为宋代自然观中一个影响深远的侧面。有抗衡,正说明人文化自然审美模式的影响力度。

山水画大师们的艺术实践,使诗人对自然有了更集中精粹的发现,这种发现往往超越面对真实山川的体验,激发了诗人的诗情。

题画诗的兴盛和"如画"母题在宋代的丰富,使山水文艺成为自然审美的重要中介,加深了人文意象对自然山水的影响,两者共同体现了自然审美人文化的倾向。

四、在自然审美人文化背景下的诗与画的融合

在自然审美人文化的背景下,由于将山水画视为真实自然的等价物的观念的被普遍接受,题画诗的兴起已经成为宋代的突出现象。与题画诗兴起同时,画家也更多地向山水诗学习,以对山水诗意境的表现作为自身的艺术追求。这就带来所谓"诗意画"的兴起。事实上,题画诗与诗意画作为两种文艺样式的繁荣,本身只是诗画结合的外在表现,在题画诗与诗意画的推动下,是诗与画在内在精神层面上的彼此融合。山水画与山水诗之间内在精神的相向展开、渗透和交融,使两者在创作与鉴赏活动中产生了类似的心境,也即山水诗与山水画之间意境的会通。这种融合对于自然审美意识,产生了深刻的影响。艺术家将无限丰富的人文意象投射到自然山水间,使宋人对自然的审美从深度和广度上都得到了拓展。

---

[1]　钱锺书:《宋诗选注》,人民文学出版社,1958 年版,第 180 页。

　　"诗意画"就是画家从诗文中获取绘画的题材,表达诗文内涵的绘画。在山水诗意画中,诗境取代画家对真实的山水的体悟,直接给画家以山水意境的启迪。这与诗人从山水画中获得诗兴的感悟具有相同的自然审美模式。诗人"以画为真",将山水画中的人文意象与自然山水意象等同;画家以对山水诗意的体会,代替直接面对自然的审美体验,两者在文化意义上有着一致的追求,其核心就是:人文的创作可以取代真实的自然山水成为与自然沟通的中介和桥梁。

　　将山水画与真实的自然山水加以联系,作为一种普遍的社会观念,带来了题画诗的兴盛;当"以画为真"引发了诗人超越绘画本身的联想时,有成就的画家就已经不再满足于对山水的一般性描绘,在艺术家与艺术鉴赏群体间的互动下,画家们试图有所超越。于是,山水画在意境上向山水诗靠拢,山水诗的强大传统对宋代以后的山水画产生了巨大的影响,诗意的自然成为人们普遍的精神寄托和理想境界。

　　从绘画史上看,画家从诗歌中获得题材和灵感,开始很早,东汉恒帝时刘褒曾以《诗经》中《云汉》、《北风》诗作画,开后世诗意画之先河;东晋顾恺之曾有"画'手挥五弦'易,'目送归鸿'难"(《世说新语·巧艺》)之说,顾在此处已经意识到诗画艺术因表现媒介不同而形成的差异,说明诗意画创作在当时已经不是偶然。

　　诗意画的大量出现是在宋代。山水画作品中专门有所谓"诗意山水图"一类,《宣和画谱》郭熙条下,即著录有他的"诗意山水图二",画家许道宁条下也著录有"秋山诗意图二"。而大量直接借用诗的意趣而未及标明的"诗意画",更是举不胜举。

　　绘画对诗的借鉴也经历了一些阶段性变化。最初是一种对片段的诗句的选取,以之作为作画的题材或题目。《林泉高致》中就记载了一些被认为可直接用于作画而收集的前人诗句,即郭熙所谓"古人清篇秀句有发于佳思而可画者"。如:"舍南舍北皆春水,但见群鸥日日来"(杜甫);"行到水穷处,坐看云起时"(王维);"犬吠花影地,牛收雨声陂"(李拱);"远水兼天净,孤城隐雾深"(杜甫);"春潮带雨晚来急,野渡无人舟自横"(韦应物),等等。① 而宋

_____

　　① 见《林泉高致》之《画意》篇。

代画院以诗意为画师试题、"如进士科下题取士"更是十分著名。史料记载所试之题如"野水无人渡,孤舟尽日横","乱山藏古寺","蝴蝶梦中家万里","嫩绿枝头红一点,动人春色不须多","竹锁桥边卖酒家","踏花归去马蹄香"等,这说明以诗入画已经为当时画坛普遍接受。①

与前一阶段以诗句题材或画题的断章取义不同,②诗意画很快进入成熟阶段,在社会普遍接受根据诗意来作画的大背景下,许多有成就的画家开始注重对山水诗意境的潜心体会。画家们认识到,山水画能够成为自然景物的替代,这是山水画受到世人欢迎的原因,也是山水画受到诗人青睐的原因。山水画作为一种视觉艺术,在对山水的表现上具有自身优势,但他们同样也看到,山水画应该有更高的追求,因为决定山水画价值的不是题材,而是能否把握自然的真谛。

因此,郭熙的山水诗意画很快进入到注重对诗意的整体把握和领会的阶段。《林泉高致·画意》中记载了郭熙的这样一段言论:

> 前人言"诗是无形画,画是有形诗",哲人多谈此言,吾人所师。余因暇日,阅晋唐古人诗什,其中佳句有道尽人腹中之事,有状出目前之景,然不因静居燕坐,明窗净几,一炷炉香,万虑消沉,则佳句好意亦看不出,幽情美趣亦想不成,即画之主意,亦岂易及乎?

这里明显强调的是画家对诗意的领会,而非对诗句的简单图解。其前提是"画是有形诗"的观念已经成为画家的自觉。较之《林泉高致》中对可直接用于作画的诗句的收集以及宋画院以诗句为试题考试众画工的记载,郭熙这种态度乃是画与诗走向内在的融会的条件。

作为北宋山水画发展中的重要人物,郭熙的例子是带有普遍性的。当时许多大画家的事迹中,都可以发现对诗的意境的深入领会和把握,如《宣和画

---

① 参见邓椿《画继》卷一,俞成《萤雪丛说》,陈善《扪虱新语》。

② 阮璞《关于宋代画学以古人诗句命题试士》认为:"画学以古人诗句命题试士……,却无须本诸原诗之意,但使能就此诗句写成绘画形象,将诗句中难可入画之意理,即句中练意练字处,巧加运思,表而出之,斯为得体矣。即或断章取义,全离原诗本意,亦复何害。"(载《画学丛证》,上海书画出版社,1998年版。)

谱》记载：

> （李公麟）盖深得杜甫作诗体制，而移于画，如甫作《缚鸡行》，不在鸡虫之得失，乃在于"注目寒江倚山阁"之时，公麟画《陶潜归去来兮图》，不在于田园松菊，乃在于临清流处。……①

诗意画的大量出现，与前述题画诗的兴盛，表现了诗与画从各自的角度走向内在融合的趋势。在诗意画的背后，存在着一个前提（这个观念在宋代显然已被普遍接受）：诗意乃是绘画应该追求的境界，这才是所谓"诗画本一律"的关键。

在诗与画的融合过程中，诗与画谁为主导开始并不明确。王维诗画兼长，但自称"夙世谬词客，前身应画师"，更看中自己的画家身份；宋人则常将诗与画合而论之："古画画意不画形，梅诗咏物无隐情。忘形得意知者寡，不若见诗如见画。"（欧阳修）"味摩诘之诗，诗中有画；观摩诘之画，画中有诗。"（苏东坡）而"诗画本一律"以及"少陵翰墨无形画，韩幹丹青不语诗"（苏东坡）等言论的提出，更是"把诗与画的对极性完全打破了，使两者达到了可以互相换位的程度"②，但对诗画相互影响中的主次仍未区分。黄山谷在《次韵子瞻子由题憩寂图》中说："李侯有句不肯吐，淡墨写出无声诗"，似乎也更看重李公麟的绘画艺术。这种均衡很快被打破，李公麟辩白道："吾为画，如骚人赋诗，吟咏情性而已，奈何世人不察，……"（《画继》卷三《轩冕才贤》）苏东坡也说"燕公之笔，浑然天成，粲然日新，已离画工之度数而得诗人之清丽也"（《东坡题跋》卷五），将"诗人之清丽"视为画家应有的追求。晁补之在《捕鱼图序》中更将王维的自我评价反过来说："右丞妙于诗，故画意有余"。

于是，山水诗境成为山水画的追求，诗意的自然成为人们普遍追求的人生境界。题画诗注重诗情对画意的点化和提炼，诗意画侧重绘画对诗意的体悟和表达。在自然审美的诗意追求中，绘画作为视觉艺术的缺陷显露出

---

① 《宣和画谱》卷七《人物三》。
② 徐复观：《中国画与诗的融合》，《中国艺术精神》，春风文艺出版社，1987年版，第413页。

来：在意蕴的深广、表现力的无限等方面，山水画不具有诗的优势。宋人认为，山水画长于表达相对类型化的感受，所谓"春山澹冶而如笑，夏山苍翠而如滴；秋山明净而如妆，冬山惨淡而如睡"（《林泉高致》"山水训"）；而在对精妙的山水意境和对个人独特感受的表现方面则存在着局限，苏轼记参寥语："'楚山巫峡半云雨，清簟疏帘看弈棋。'此句可画，但恐画不就尔！"（《东坡题跋》卷三）作为"见"的艺术，绘画在内在情蕴的传达方面有力所不及之处。诚如陈与义《和大光道中绝句》中所云："转头云日还如锦，一片葱茏画不成"。

诗与画的相互借鉴和彼此影响在宋代已经得到社会的普遍接受。在这个过程中，诗的意境对山水画的创作产生的影响是巨大的，是主要的方面，画家在这个过程中学会了用诗人眼光看自然山水，他们开始不仅仅通过前代画家的山水图式再现山水风物的精要，更学会了通过诗人的发现把握自然中那些也许曾被忽略的部分。绘画所做不到、完不成的事情，由诗来补充。这种融合，深化了山水画作为一种"见"的艺术的内涵，具象了作为"读"的艺术的山水诗的自然因素，使宋人对自然的审美从深度和广度上都得到了拓展，并影响了画家和诗人对自然的审美趋向。

为了在最大的程度上完成对自然的审美把握，在内涵上达到了艺术的丰满之后，北宋开始出现题诗于画的空白处的绘画形式，画与诗在形式上走向最终的结合。元代以后，题诗于画面便成为文人习用的寻常的创作格式。标志着中国画的文学化倾向已经成为公认的艺术追求，最终解决了山水画意趣表达上的最后的障碍，使丰富悱恻的山水情愫得到最充分的表达。

作为两种不同的艺术门类，诗和画有其各自的发生、发展轨迹，最终在面对自然山水的态度中，达成了共识。因此说，"画与诗的融合，即人与自然的融合"①。在这个过程中，人们以人文主体介入自然山水，在全面融入山水世界的过程中，将人文精神灌注到自然山水中。

中国人文精神之根本和精华，正在"天人合一之道"，天人合一，即人与自然的默契和融合。魏晋玄学盛行以来，在自然中安顿生命，是中国艺术精神的基本主题。中国文化中对于大自然的关注，由来久远。而将自然当做一个

---

① 徐复观：《中国艺术精神》，春风文艺出版社，1987 年版，第 419 页。

整体、视为一个独立的部分,并有意识地去探求、把握其丰富内因蕴(即所谓自觉的自然意识),也至晚在六朝时代即已出现。作为一个频繁出现于中国古代诗文、画学中的特定语汇,"山水"一词虽仅指大自然的一部分,却足以表达中国人对自然的整体感觉和把握。可以说,中国传统文化中的许多精义,就浸淫在这真气弥漫的山水精神之中。自《诗经》以来大量的以自然为主题的文学创作,将历代以来人们对自然的大量的审美经验记载、积淀下来,从而对后世人文精神产生影响;在摆脱了宗教、政治的束缚之后,山水画也成立于对自然真实感受的表现上。

山水诗与山水画之间的相互关注以及山水诗与山水画向各自前代艺术家成果的借鉴,这本身就是自然人文化的表现。表明山水诗人和画家不满足于对自然山水的直观的体会,更要以一种人文的眼光发现自然的妙处,这是自然审美进入到一个较高层次的表现。这种联系和借鉴,大大丰富了自然景观的内涵,获得更多的审美收获和审美发现。伴随着题画诗与诗意画的兴起,自然审美人文化的进程完成了诗画融合的内在准备,宋代以后,中国诗画在内在精神气质上充分沟通和趋同。在题画诗和诗意画大量出现的外在表现之下,是诗画在内在意境上的彼此交融,这种交融在面对自然的审美方面,达到了一致。自然人文化的努力在宋代成为了一种自觉和普遍的努力。

五、结论

自然审美意识的人文化是宋代自然观的重要方面。在这一自然审美倾向中,自然山水景物的人文化已得到宋人广泛的接受,人文意象成为自然审美领域的重要内容。在此背景下,自然山水成为诗画艺术的交汇点。题画诗是在"以画为真"的审美体验的基础上成熟的,宋代题山水画诗的大量出现,表明在诗人将山水画视为自然山水替代或等价物的前提下,山水画的内容引发了诗人的山水诗情;而题山水画诗的兴起,进一步将人们的视线引向山水画,这就为人们从自然山水中发现"画"提供了更多的可能,"风景如画"母题的丰富无疑是一个有力的证明。与此同时,山水诗意普遍入画,表明诗对画的影响已得到社会普遍接受,标志着画家向山水诗传统的自觉借鉴,表现了山水诗与山水画的深层的融合。山水诗与山水画相互借鉴、彼此影响、并在内在精神上取得共鸣,直接推动了题画诗与诗意画的兴盛和诗画艺术的融合。自然审美的人文化将诗与画密切地联系在一起,而人与自然的融合是这一进程的主题。

（原载《东亚人文学》创刊号）

"骨法用笔"到"水晕墨章"

——中国画形式语言的确立

中国画独特的艺术风貌,并非在绘画史的开端即已形成,它是在历史的进程中产生,并不断完善,走向成熟的。

而绘画形式语言的确立,则是这种艺术风貌形成的重要标志。

在中国画形式语言的确立过程中,最重要的步骤有两个:一是中国画的线条从单纯用以勾摹物象的轮廓线,向具有独立审美价值的"心之迹"的转变,即"骨法用笔"对传统线条的质变;二是水墨从线条束缚下冲溢而出,以水与墨的微妙渗和与渲染,并和线条相共,显示出更为丰富的表现力,即"水晕墨章"对"随类赋彩"的取代。

这两次变化均出现于唐及五代之间,而且,由于笔墨间天然的联系,二者呈现出一定的因果特征。

一

从某种意义上说,无论东方还是西方,线条都是绘画的最初媒介。达·芬奇说:"太阳照在墙上,映出一个人影,环绕着这个影子的那条线,是世间的第一幅画"。线条最初是人类共同的绘画语言,而在绘画史的进程中,才渐成为中国画的独擅。当然,当我们说线条是中国画独特的形式语言时,这"线条"的含义早已脱离了轮廓线的阶段——尽管它们在获得新的鲜活的生命力的同时仍然没有忘记作为轮廓线的最初使命;它们在更高的层面上完成着艺术形象的塑造。接下来我们先要对线条本身有一个比较深入的认识。

我们知道："在自然本身，原无轮廓和笔触"（法国画家德拉克洛瓦语），线条并不能在事物之上找到，它是人类通过视觉整理外在物象时能动的组织活动的结果，正如阿恩海姆在其《艺术与视知觉》中所说："那界定形状的轮廓线，是眼睛区分几个在亮度和色彩方面都绝然不同的区域时推导出来的"①。人类早期的艺术家通过这种对物象的线条把握和描摹，诞生了原始的绘画艺术，对于绘画史，线条无疑做出了极大的贡献。但与此相伴的是：人们对线条勾勒事物形象的能力的发现和利用，却使线条被束缚于单纯的对物象的描摹中，其更大的功能却因此而受到了相当的压抑。

线条这更大的功能，就是其对宇宙之力、情感之流的象征性的表现力。

从几何意义上来看，线条乃是点的运动的轨迹。点在外力场的作用下发生移动，其轨迹情况全由外力的作用情况而决定，因此，线是一种力的迹化和显现，线在象征意义上，既是对某种外在力量的最直观的摹象，也是对人类情感进行记录的印痕。这是我们对于抽象的线的基本认识。

但是，几何意义上的线是不可见的。我们肉眼所能看到的线条，都是某种操作的产物。对于具体的物质的线条来说，由于操作工具、操作手段等因素的不同，其在内部与外部都会存在着多样的形态，如线条外廓的光滑程度，线条内部的断续情况（如毛笔线条中出现的飞白现象），以及线条的粗细变化等等，任何一根物质的线条，都有着形态的问题，而线的形态肯定与这线的表现有重要关系，这多样的形态与线条的轨迹情况相叠加，共同决定着线条的表现，它会唤起我们的质感与触觉，产生感觉上的微妙呼应。

可惜的是，当线条仅仅作为勾勒物象的轮廓线时，线条自身所具有的这种神秘的象征力受到了无视的冷遇，在西方绘画史中，线条丰富的表现能力在未曾得到人们充分认识之前，便湮没于色彩光影的海洋中。

在中国，线条确乎要幸运得多。

这种幸运也许应归功于中国人所发明的特殊的绘画工具——毛笔。毛笔富于弹性的特点，使线条可以随着操作者的细微的手法变化，而呈现出粗细、枯湿等不同的痕迹；而笔毫较好的蓄水性能，又使得毛笔在饱吸墨水后划出的线条可以长短随意、气息贯通，更好地体现线条的特色。因此，操作成功

---

① ［美］阿恩海姆：《艺术与视知觉》，滕守尧、朱疆源译，中国社会科学出版社，1984年版，第454页。

的毛笔线条,是一种自如往复、富于变化、蕴含活力、姿态万千的线条,其极强的表现力,是其他书写、绘画工具所无法企及的。(当然,毛笔作为一种书画工具也自有它的局限和缺点,但这种缺陷不存在于线条上。)

毛笔线条的特殊功能,使人们有可能借助训练有素的操作,通过线条的形态,将从外界悟得的意趣与胸中所蓄之情感寄之于笔,迹化于外;所谓以手写心,心手相应,意在笔先,画成意足的高妙境界,只有在中国画的创作中才能达到。

对中国画线条这种特殊功能的认识,是我们进入下面探究的起点。

由于人们对于线条功能的认识有一个由浅层到深层的认识过程,人们对于线条的技术操作,也是一个从稚拙到纯熟的过渡,因而,线条在中国绘画史上的不同时期,表现出了不同的形态。

中国绘画中清晰的线条,至迟在仰韶文化期的彩陶上已经出现。而在战国时期的帛画中,我们看到了用于勾勒画面形象的流畅的墨线。湖南长沙陈家大山楚墓中发现的《龙凤人物图》,是我们可见到的中国最古的帛画之一,画上的人物、龙凤都以墨线勾描,这是一种纯以勾勒形象为目的的墨线,从线条形态来看,此期的线条显得有些拘谨、单一。

在汉代遗留的壁画上,我们已经发现了有刚柔区别、粗细变化的墨线。内蒙古和林格尔县发现的汉代壁画中,墨线用笔遒劲而有顿挫,较之战国古墓帛画中的线条,已经更为富于表现力,可见当时画匠们对线条操作能力的提高和对线条刚柔的自觉追求。这是笔法成熟的端倪,也是线条美的萌芽。

成熟的线条,至迟在晋代技艺高超的画师们手中已经诞生。《历代名画记》中对东晋大画家顾恺之的线条写下如此观感:"顾恺之之迹,紧劲联绵,循环超忽。调格逸易,风趋电疾。意存笔先,画尽意在,所以全神气也。"试观流传下来的顾恺之作品的摹本,可以印证顾氏线条的以上特点。在顾恺之随心所欲、神气充沛的线条中,中国画这一重要的造型符号已经相当成熟。但是,这种成熟只是一种运用线条造型的能力上的成熟,作为一名人物画家,顾恺之似乎并未认识到成熟的线条在刻画人物形象之上的更大的意义。他驾驭着令人叹为观止的墨线,准确地勾勒着人物形象,他要通过这种形象的创造,去传达人物的精神。他有"传神写照"的著名命题,而传神之关键,他认为在于眼睛的刻画:"四体妍蚩,本无关于妙处,传神写照,正在阿堵中。"对于笔下富于美感的墨线,似未曾深究它们是否具有什么超于形象勾勒以上的价值,也就是说,顾恺之的时代,人们对于用笔尚停留在技法摸索的初级阶段,还没有进入对其自身表现力的自觉追求的更高层次。顾恺之之后的近百年间,线条的表现力得到极大加强,在南朝谢赫的"六法"中,已将"骨法用笔"列于"气韵生动"之下的第二位,重点加以强调。

经过长期艺术实践和理论总结,至唐代,中国画的线条已进入成熟期,这种成熟是以吴道子的出现为标志的。吴道子和同时代的艺术家,充分显示了中国画线条的形式美和表现力。线条在他们的手中,不再仅仅是形象的轮廓,而直接地成为其传达物象精神并更进一步地抒写作画时情绪状态的手段。

作为唐代绘画艺术的杰出代表,吴道子是中国画史上一位承前启后的重要人物,其重要意义首先在于:他充分自觉地将自己的性情气质融入了用笔之中,将线条形态的变化,与传达外物精神的需要相联系。他的线条,一方面乃是他胸中壮气的表现,《历代名画记》说他"每欲挥毫,必须酣饮",又说:"道玄(即吴道子)观(裴)旻舞剑,⋯⋯挥毫益进。"(卷九《唐朝上》)这种创作前的准备,就是情绪的准备;另一方面,线条中所蕴含的变化,也正是外物精神的折射。"唯观吴道玄之迹,可谓六法俱全,万象必尽,神人假手,穷极造化也。所以气韵雄壮,几不容于缣素;笔迹磊落,遂恣意于墙壁,⋯⋯"(《历代名画记》卷一《论画六法》)。以线条这一媒介,达到了内心情绪与外物神气的贯通,可见在吴道子那里,具有独立审美价值的线条已经取代了为描摹形似而存在的轮廓线,成为中国画中所独有的形式语言。

当我们将线条作为中国画之重要造型语言时,这种具有独立审美价值的线条与轮廓线是不同的,线条作为中国画独特的语言不仅在于它的造型能力,更在于它将创作者气质与物象精神相沟通的特殊功能,只有在这一层面上,中国画线条才具有区别于西洋画线条的特殊意义。

富于表现力的线条在盛唐诞生,是绘画艺术长期发展的必然结果,长期依靠线条进行造型的艺术实践,使中国画家对于线条的控制力已达到出神入化的境界,对线条中力与美的感觉越来越清晰、丰富。顾恺之尽管无视线条对于传神写照的功用,却已经感到了运笔时心手两畅、笔随意转的愉快,"画尽意在",虽未自觉,在观者看来,已神气具备了(所谓"全神气"是也)。可见由于艺术家高度的艺术天才和中国画线条与生俱来的表现力,线条的自觉时代的到来是必然的。

当我们探讨线条终于脱离勾勒形迹的阶段成为富于独立表现力的"有意味的形式"时,不应忽视书法艺术的影响和启发。尤其不可忽视开始于东汉末,成熟于魏晋时的草书的影响。草书线条简约而灵动,这线的运动本身便饱含了书写者的性情气质。较之束缚于物象之上的绘画线条,草书线条具有一种更为清晰、纯粹的表现性,这种表现性更易于为艺术家们所把握。当画家吴道子的线条为同时代树立了某种典范时,他早年"学书于张长史旭、贺监知章"(《历代名画记》卷九《唐朝上》)的经历,已向我们暗示了吴道子线条的灵感来源。甚至于吴道子"好酒使气"观舞剑而悟笔法的传说,也会使我联想到当时草书大家张旭的创作状态。我们不妨认为,正是草书线条的影响,使画家们将线条从画面形象的束缚下最终解放出来。

吴道子是使线条成为中国画重要形式语言的关键人物,但他的探索不是孤立的,当时,线条自觉已成为有成就的艺术家的标志。并且,艺术实践的成功,不久就反映到理论的层面。

张彦远继承了南朝谢赫《古画品录》中"六法"的概念,并以己意作了阐释,将"骨法用笔"提到重要的位置,以此作为评论历代画家的标准。其在《历代名画记》中认为,绘画的传神,并不附属在形似上,而可以从"形似以外"求得:"以气韵(即略同于传神之"神")求其画,则形似在其间矣"。既然写神不在于形似,则如何来达到传神的艺术效果? 张彦远说:"夫象物必在于形似,形似须全其骨气(又略同于气韵,同于"神"),骨气形似,皆本于立意而归乎用笔。"将"骨法用笔"提到十分重要的位置。这样,张彦远便在理论上道出了吴道子们艺术上超于前代的真髓。

二

水墨,是中国画另一重要的形式语言。"墨色"为一些勇于创新的画家所使用,距离线条的自觉时代并不遥远,早期使用水墨效果作画的画家们,甚至就是吴道子的同代人。那么,在以墨代色与线条自觉之间,是否存在着某种内在联系呢? 这个问题,我们要稍后论及,因为更先引发我们探讨兴趣的一个事实是：画家们首先是在山水画创作中以墨代色的。

中国画的广阔领域中，并非只有山水画才是水墨得以施展的天地。在水墨得到普遍承认以后，画家成功地将水墨施入人物画及花鸟画中，同样取得了极大的成功。但是，水墨毕竟是先施于山水画中，并在这一门类中取得了公认的首席地位，这个事实告诉我们，山水画与水墨之间，一定存在着更为亲近的关系。

中国文化的研究者们对这一问题已经有了比较一致的看法，即：中国人在山水画中所欲追求的艺术境界，恰可通过水墨这一形式而得到最充分的实现，也就是说，水墨（或水墨淡彩）成为中国山水画的主要形式语言，原本来自山水画的基本性格。

那么，中国人要在山水中实现什么？对这个问题不可简单言之。单从水墨山水画自身，我们可以感觉到人们在山水前态度的变化。我们在一些作品中，可以感受到一种对"自然之性"（《画山水诀》）的感悟；在另一类作品中，又可发现画家对自然的亲近的渴望。有时我们觉得画家在自然面前似乎过于严肃庄重；有时，我们又分明感到一种朦胧的浪漫情调。不过，水墨山水的总体性格还是可以把握的，那是一种清幽淡远之意，物欲之气在山水间荡然无存，代之以淡泊、虚静的文化态度和超世脱俗乃至自我克制的审美情趣。水墨当然是实现这种境界的最好的形式。色彩对于人们情感及种种欲求有着刺激力，而情感、欲望的升腾是决然有妨于宁静明志的，老子早就说过："五色令人目盲"，于是，唯有水墨才是启发幽思的最佳媒界。

审美情趣的要求，在青绿山水占统治地位的山水画出现之初，就催促着新的形式语言的出现。这时，吴道子在线条上的巨大成就首先使人们发觉色彩不是必需的。这样，我们回到了前面提出的那个猜测：正是线条的自觉启发了水墨的诞生。

画史告诉我们：重墨轻色并不是中国人天生的习惯。勾线填色，是唐以前中国画的普遍形式，在线条上取得成功的吴道子最早对画面的设色赋彩表现了极大的冷淡和忽略。他往往在"立笔挥扫，势若风旋"（《唐朝名画录》）之后，便置笔而去，余下的工作便由助手们代为完成；即便亲自赋彩，也不愿施以重色，似乎唯恐伤损了线条的神气。"吴道子画，今古一人而已……尝观所画墙壁、卷轴，落笔雄劲，而傅彩简淡。或有墙壁间设色重处，多是后人装饰"(郭若虚《图画见闻志》卷一)。吴道子对于笔墨、色彩无疑有了新的理解,这种新的理解就是:既然线条已经完备地表现了物象的神韵,便无需蛇足以色彩的填充。同时也许吴道子已经感到,浓重的赋彩,对线条的表现力实在是一种抵消和损耗。出于对笔力的自信,吴道子在山水画上也作了大胆的创新。《历史名画记》载:"吴道玄(道子)者,天付劲毫,幼抱神奥,往往于佛寺画壁,纵以怪石崩滩,若可扪酌"(卷一《论画山水树石》)。吴道子以雄健的笔力,写山水精神,虽未尝设色,已产生了很好的表现效果。但,较之人物画,山水画对于画家有不同的要求,因为自然界"阴阳陶蒸,万物错布",线条可以传达山石的气势,水流的奔涌,却难以传达山水间的润泽、灵秀之气。荆浩批评吴道子"有笔而无墨"当是合于事实的。以吴道子之"天付劲毫",尚难以线条传达山水的完美形韵,则对笔法以外的新的造型语言的寻找、摸索,便成为了以后山水画家的任务。事实上,水墨山水的始作者们,面对着更多样的选择:在吴道子之前之后,同样具有极高艺术天才的皇室画家李思训、李昭道父子创立的青绿山水正如日中天;水墨山水画家终于走向山水空濛中,乃是经过了思索以后的抉择。

先后于吴道子与李氏父子,在山水画形式语言上有过创造性实践的是:张璪、王维、项容、王墨等人。其中张璪的地位在当时是比较突出的,《唐朝名画录》将他与吴道子、李思训一同列为画中神品。他最善写松,"尝以手握双管,一时齐下,一为生枝,一为枯枝;气傲烟霞,势凌风雨;槎枿之形,麟皴之状;随意纵横,应手间出;生枝则润含春泽,枯枝则惨同秋色"(《唐朝名画录》),风格豪放似吴道子又增奇诡变化。放纵的笔力之中,他又能注重墨的造型写意功能,所谓"毫飞墨喷,捽掌如裂,离合惝恍,忽生怪状"(《唐文粹》卷九十七)。笔与墨在张璪手中已经相当成熟地结合在一起,在山水画领域,他以独特的水墨表现超越了吴道子纯以线条为之的草创阶段,在青绿山水之外另辟蹊径,荆浩《笔法记》称他"树石气韵俱盛,笔墨积微,真思卓然,不贯五彩,旷古绝今,未之有也"。

如果说张璪在山水画创作中对水墨的表现有着极强的自信和大胆创新,王维的探索就显得从容得多,有着更广泛的尝试。王维是一位善于取各家之长"体涉古今"的山水名家。一方面,他的山水松石"踪似吴生"(《唐朝名画录》)、"笔力雄壮"(《历代名画记》);另一方面,他又有"笔法精细"(陈继儒语)的设色山水(《历代名画记》说他的作品中"多是右丞指挥工人布色",可见在设色山水方面的兴趣仍在于笔法)。足见王维在山水画上的多方面的继承。同时,在继承中,他又能自出己意,往往"风致标格特出",有所创新。真正使王维在后世山水画家心目中具有独特地位的是他能作"笔迹劲爽"、平和清疏的水墨山水。这种水墨画与张璪的放纵气势有着显著差别,可见水墨作为一种刚刚出现的造型语言的多样的表现能力。

墨法的探索,是山水画家们在吴道子、二李山水之后不约而同的努力方向,相对于王维甚至张璪,项容与王墨在以水墨作画的探索上要走得更远,表现出一种更为大胆的行为。

对于项容,五代荆浩《笔法记》中有如下评价:"用墨独得玄门,用笔全无其骨",可见项容对于墨的表现能力的深刻认识;至于他的"有墨无笔",我们可以理解为画家倾全力于用墨时对笔法的忽略。王墨曾经学画于项容,《唐朝名画录》中说他"凡欲画图障,先饮醺酣之后,即以墨泼","或挥或扫,或淡或浓,随其形状,为山为石,为云为水,应手随意,倏若造化,图出云雾,染成风雨,宛若神巧,俯视不见其墨污之迹"。出于对水墨性能的充分掌握,王墨干脆弃笔,纯以墨运,这大概应算得是墨法的极致了。

基于张璪、王维及王墨们对水墨的充分认识、大胆使用和多样探索,我们有理由认为此时正是水墨作为中国画又一重要形式语言的确立阶段。荆浩《笔法记》所谓"随类赋彩,自古有能,如水晕墨章,兴吾唐代",正是指明这一事实。"夫阴阳陶蒸,万象错布,玄化亡言,神工独运。草木敷荣,不待丹绿之彩;云雪飘扬,不待铅粉而白。山不待空青而翠,凤不待五色而□。是故运墨而五色具……"这是张彦远在《历代名画记》中对于水墨山水的深刻理解。

以墨代色,何以能产生这种效果?

首先,从文化意义上说,墨色并不能简单视同是黑的颜色。在长期的艺术发展中,中国画的墨色,充当着界定万物的轮廓线,因此,墨色自身便约定俗成地不被视为一种具体色,而更多地充当了超然诸色之上的"母色",具备了涵盖多彩世界的能力。当水墨渲染于画面时,其作为"母色"的特殊性格便将观者引入幻觉中,只要这墨色有了形象的附着或暗示,便立即获得了生命,具有物象应有的色彩。"山不待空青而翠,凤不待五色而□",之所以能如此,便在于具体形象对墨色的暗示。水墨在画面中有目的地相互渗和、晕布,线条在纵横、重叠中传达着丰富的视觉信号,于是水墨活了,幻化出一片比真实世界更为丰富、玄妙的艺术天地。

其次,从画史来看,水墨取代设色以前,从宗教壁画到青绿山水到没骨花卉,中国绘画向来没有致力于以具体色彩描绘物象的实践,"六法"中所谓"随类赋彩"即在阐明中国绘画在使用的色彩上的概括性特点,这也许是由中国人漠视光影变化,不重视、也不热衷于追求表现视觉真实的再现传统决定的。中国画家习惯于以有限的概括性颜色把握缤纷的外界事物。水墨对颜色的取代,不过是以绝对纯一的墨色代替本来有限的色彩,这种变化不过是一种量的变化,而非质的变化,当水墨出现在画面上时,画家们不过是将一种固有的艺术传统推向一个极端。

线条与水墨之间,有着密不可分的天然联系:线条在画面上,首先呈现为一种墨迹。正是因为有了线条自身表现力的确认,才使水墨在作为一种形式语言最初出现在画面上时,就表现了极大的成熟。墨法的确立,是以笔法的成熟为先决条件的。

吴道子们,以传神的线条冲乱了色彩涂染的传统画面;王墨们,又以丰沛的水墨冲破了线条的约束。在从顾恺之到吴道子的数百年的探索中,已基本完成了对中国画线条的塑造,日后笔法的丰富、发达,也不过是对前人线条成就的发展;水墨则以其强大的表现力为中国画开辟了一片幽远、空灵的新天地。五代荆浩《笔法记》中,已对笔、墨相提并论,宋元以后,笔与墨共同成为中国画的主要表现手段,故清人恽南田说:"有笔有墨谓之画。"(《瓯香馆画跋》)

从"骨法用笔"的线条的自觉,到"水晕墨章"的墨法的确立,具有独特艺术风格的中国画,正在这绘画形式语言的发达中揭开了它的帷幕,以其独具的面目展示于世人面前。

(原载《文艺理论家》1990 年第 4 期,发表时有改动)

尚意:士大夫的审美趋向

宋代,是中国士大夫文化高度发达的时代。作为这种盛况的标志之一,是士大夫们将自己的审美趣味广泛推及其所接触到的各个艺术门类,并施加影响,使这些艺术门类发生了不同程度的变化,打上了士大夫的标记。

宋代绘画,就是受士大夫文化渗透、浸染而形成与前代有明显性格变异的艺术标本,此期绘画,不仅在题材上有了与士大夫口味相应的择取(山水、花鸟的比重大大增加);技法上有新的拓展(笔墨成为日渐重要的表现手段);更在意境上,表现出一种与士大夫审美趣味相应的深化、开掘。苏东坡明确提出的"士人画"的概念,所依据的就是画面意境的特征。

一

"士人画"不是与传统绘画相并峙的一个新画种,而是传统绘画中固有某种审美倾向的强化和发达。

描摹物象当是绘画的本来目的。在以描摹为目的的绘画中,相像、逼真,本是唯一的标准,所谓"以形写形,以色貌色"(宗炳《画山水序》),这就是人们对绘画的理解。正是在这种为将物象描画得栩栩如生的追求中,顾恺之的"以形写神"的理论出现了。写神不易,顾恺之又提出须"迁想妙得"——作画时深入体会、揣摩描绘对象的思想情感,只有这样,表现在画面上的物象才能有超越形体以上的"神"。

"写神"论的出现,打通了画家主观与描绘对象之间的通道,画家所"写"之"神",固然是描绘对象所固有,但如果没有画家对物象的深入体验和把握,便无法传"神"。因此，"传神"的同时，实际在画面上也寄寓了画家之情，包含了画家的情趣、气质等主观因素。

离开了物象，便无所谓"神"，但没有画家主观的介入，也无法传神。这一点，乃是后来中国画从注重描摹物象转入艺术家内在情怀的表现的最初萌芽。

给宋代士大夫艺术家以直接启发并为其提供了理论基石的，是唐代画论家张彦远的"意"的理论。

张彦远《历代名画记·论顾、陆、张、吴用笔》中说："顾恺之之迹，紧劲联绵，循环超忽，格调逸易，风趋电疾，意存笔先，画尽意在。所以全神气也。"

又说："张、吴之妙，笔才一、二，象已应焉。离披点画，时见缺落，此虽笔不周而意周也。若知画有疏、密二体，方可议乎画。"

张氏这里所说的"意"，是画家与物象在精神上的高度融合的产物，它存于画家头脑中。它与顾恺之所谓之"神"一样，是画家对物象深刻体验的结果，但"神"乃物之神，偏重于画家对物象中所蕴之"神"的唤起，强调对物象之"神"的传达；而张氏的"意"则偏重于画家与对象之间的高度冥契，"神"在"意"中，由于画家已与外物合而为一，故可直写胸中所蓄，无所顾忌而能够"全神气"。

"意"的提出，是张彦远对当时创作实践的理论概括，他所谓的"意在笔先，笔尽意在"，"笔不周而意周"，在宋代士大夫论画言论中，获得极大共鸣。

欧阳修说："古画画意不画形"；

陈简斋说："意得不求颜色似"；

苏东坡所谓"论画以形似，见与儿童邻"也正是对以意论画的宣言，而"观士人画如阅天下马，取其意气所到"，则是在具体鉴赏中对这种标准的实践。

二

宋代士大夫将"意"之有无，作为取代以形似评画的新标准。说它"新"，是因为在张彦远那里，"意"是一个颇宽泛的概念，而在宋士大夫手中，"意"的含义受到了限制，在某种意义上，也可以说是被深化了。

为说明这一问题，先看下面一段出自苏东坡的言论：

　　何处访吴画，普门与开元。开元有东塔，摩诘留手痕。吾观画品中，莫如二子尊。道子实雄放，浩如海波翻。当其下手风雨快，笔所未到气已吞。亭亭双林间，彩晕扶桑暾。中有至人谈寂灭，悟者悲涕迷者手自扪。蛮君鬼伯千万万，相排竞进头如鼋。摩诘本诗老，佩芷袭芳荪。今观此壁画，亦若其诗清且敦。祇园弟子尽鹤骨，心如死灰不复温。门前两丛竹，雪节贯霜根。交柯乱叶动无数，一一皆可寻其源。吴生虽妙绝，犹以画工论。摩诘得之于象外，有如仙翮谢樊笼。吾观二子皆神俊，又于维也敛衽无间言。（《王维吴道子画》）

　　这段文字，极生动地画出宋代士大夫在审美鉴赏上的矛盾心理。艺术家的眼光终于被士大夫的趣味所战胜。同样是以"意"为标准评画，但东坡分明对不同的"意"，有着不同的反应。

　　东坡对吴道子本有极高的评价。他在别处曾经说过："诗至于杜子美，文至于韩退之，书至于颜鲁公，画至于吴道子，而古今之变，天下之能事毕矣。"又说吴道子"出新意于法度之中，寄妙理于豪放之外；所谓游刃余地，运斤成风，盖古今一人而已"（《书吴道子画后》）。在前引这篇《王维吴道子画》中也无法抑制对吴画的由衷佩服。这种赞叹出于一位艺术鉴赏家对艺术的公允评价。但当东坡将吴道子与王维相对比时，他立即明白了自己的偏爱。吴道子画中之"意"，是"雄放"、"浩如海波翻"，东坡虽以为"妙绝"，却只能评之以"画工"；王摩诘之"意"却无法于画面上直接看出，而是隐约地蕴涵在画面之内，因为那是一种"清且敦"的幽淡、含蓄的意趣，正是这种"意"，使东坡深深为之折服了。

　　类似现象，在东坡对书法的议论中也可见到。他曾评张旭书法云："张长史草书，颓然天放，略有点画处，而意态自足，号称神逸。"（《书唐氏六家书后》）但当他一将其与清闲妙丽的王羲之书风相对照时，对后者的折服使他写出了这样的诗句："颠张、醉素两秃翁，追逐世好称工书。何曾梦见王与钟，妄自粉饰欺盲聋。有如市娼抹青红，妖歌嫚舞眩儿童。谢家夫人澹丰容，萧然自有林下风。天门荡荡惊跳龙，出林飞鸟一扫空。为君草隶续其终，待我他日不匆匆。"（《题王逸少帖》）

　　对于闲淡之"意"的欣赏，是宋时士大夫的普遍倾向。

　　欧阳修说："萧条淡泊，此难画之意。画者得之，览者未必识也。故飞走

迟速，意浅之物易见，而闲和严静，趣远之心难形。若乃高下向背，远近重复，此画工之艺尔，非精鉴者之事也。"(《试笔》)

欧阳修所赏者，不是"飞走迟速"的浅见的意态，而是"闲和严静"这种难于画面见到而要潜心体味的意趣。这与东坡倾慕王维的"得之于象外"，是一致的。较之张彦远所标举的"笔不周而意周"的吴道子的画意，宋代士大夫所爱的"萧条淡泊"之意，显然具有不同的性格，后者较之前者要含蓄得多。

三

不以形似，而以"意"之有无、高下作为品评绘画的标准，与士大夫留心绘事，将其审美趣味带入绘画的鉴赏与创作中，有着直接关系。

在宋代，绘画的功能较之前朝有了很大不同。唐人张彦远在《历代名画记》卷首论及绘画的功用："夫画者，成教化，助人伦，穷神变，测幽微。"那时的绘画，多用于宗教、政治的目的，虽然张彦远也注意到绘画的审美娱悦作用："人之玩赏"(卷一《叙画之兴废》)、"竟日宝玩"、"悦有涯之生"、"怡然以观阅"(卷二《论鉴识收藏购求阅玩》)等等，但毕竟将其置于次要的地位。宋人郭若虚为续《历代名画记》而作的《图画见闻录》的《序》中，却将绘画的悦人功能大书特书："……自公之暇，唯以诗、书、琴、画为适，……每宴坐虚庭，高悬素壁，终日幽对，愉愉然不知天地之大，万物之繁，况乎惊宠辱于势利之场，料得丧于奔驰之域者哉。"——绘画简直成了士大夫自娱自乐的工具，躲避俗世的避难所了。

中唐以来直至两宋，士大夫们的境况有了很大的改善。他们"兼济天下"的雄心似乎得到了施展的机会，但他们很快发现，现实社会并不那么如意。"皇帝并不那么英明，仕途也并不那么顺利，天下也并不那么太平。他们所热心追求的理想和信念，他们所生活和奔走的前途，不过是官场、利禄、宦海浮沉、市朝倾轧。所以，就在他们强调'文以载道'的同时，便自觉不自觉地形成和走向与此恰好相反的另一种倾向，即所谓'独善其身'，退出或躲避这种种争夺倾轧。"①于是，书斋生活，追求自然适意、百无滞碍的生活方式，就成为士

---

① 李泽厚：《美的历程》，文物出版社，1981年版，第152—153页。

大夫的自然选择。士大夫的这种生活情趣不是禁欲的,也不是放纵的,而是以克制、和谐为方法,逍遥于个人的小天地中,达到内心的平衡和精神上的愉悦。对于士大夫的这种生活状态,没有什么比诗、书、琴、画更符合他们的口味了。

士大夫的生活嗜好,与凡俗世人当有所区别,东坡《张君宝墨堂记》云:"世人之所共嗜者,美饮食,华衣服,好声色而已。"士大夫们所好者当然不是这些,他们自有符合他们身份、修养的内容,东坡《王君宝绘堂记》:"凡物之可喜,足以悦人,而不足以移人者,莫若书与画。"

于是,书、画作为一种高雅的把玩之物,出现在宋代士大夫的生活中。

士大夫素以治国平天下为己任,"文章止于润身,政事可以及物"(欧阳修语),而作为一种近乎游戏的生活补充,书、画的地位还要远逊于诗文。文可以载道,诗尚足以言志,书、画只供"悦人",东坡论及好友文与可时说:"与可之文,其德之糟粕;与可之诗,其文之毫末。诗不能尽,溢而为书,变而为画,皆诗之余。其诗与文,好者益寡。有好其德如好其画者乎?悲夫!"(《文与可画墨竹屏风赞》)东坡的这种论调并不是孤立的,所谓"士夫以画行,已可耻也",所谓"士之以艺名者真乃不幸哉"云云,正可为东坡相呼应。

士大夫对绘画的这种不那么庄重的态度,使得士大夫们可以在很大程度上只以一己之趣味去品评绘画作品,政治的标准、伦理道德的标准,都不必理会。

但是,也正由于士大夫只将绘画视为游戏之事,他们往往仅从"萧条淡泊"、"闲和严静"这样相对狭窄的趣味去观画、评画,对绘画作为一门艺术的更广阔的艺术表现力无疑是一种局限;再从理论上看,强调绘画的自娱性、游戏性,强调观意趣、观情致,其必然结果是倾向对绘画技法的轻视,走上忽略形似甚至反艺术、窒息艺术活力的极端。这种倾向,已经在宋代显露出来。

四

与对画中意趣的重视相应,此期间士大夫纷纷对画面形象表现了轻视。

欧阳修《盘车图》:"古画画意不画形,梅诗咏物无隐情。忘形得意知者寡,不如见诗如见画。"

苏轼：《书鄢陵王主簿所画折枝二首》：“论画以形似，见与儿童邻。赋诗必此诗，定非知诗人。……”

晁补之《跋李遵易画鱼图》：“然尝试遗物以观物，物常不能廋其状……大小惟意，而不在形。巧拙系神，而不以手。……”

陈简斋《墨梅诗》：“……意得不求颜色似，前身相马九方皋。……”

事实上，宋代士大夫这种对形似的追求的否定，早在南朝谢赫《古画品录》中已露苗头：“卫协之画，虽不该备形妙，而有气韵，凌跨群杰……”唐张彦远《历代名画记》中更从正面提出这一问题：“古之画，或能移其形似，而尚其骨气，以形似之外求其画，此难与俗人道也。”

北宋黄休复著的《益州名画录》中，把画分成“逸”、“神”、“妙”、“能”四格，把“逸格”列于其他三格之上。而“逸格”的画面特征就是“拙规矩于方圆，鄙精研于彩绘”，不以形似为意，甚至不以传神为意。

提倡写意与轻视写形，乃是一枚钱币的两面，艺术家以抒写意趣为目的时，必然会忽略对形似的斤斤以求；反过来说，如果艺术家刻意追求画面物象的逼真、精美，对于他自由抒发情怀无疑是一种局限。

也许，艺术创作本身就是矛盾。艺术为艺术家提供了表达思想、情感的途径，但又为这种表达设置了重重障碍，艺术家为之终生奋斗的，正是克服这障碍，最大可能地将自己的内心世界，通过艺术品折射出来。

正如有的论者指出，中国画具有“抽象美”和“具象美”相结合的特殊美学性质，这种特殊性质的形成期，正在唐宋之际，尚意理论的大量出现，就是一个明确的标志。

由于宋士大夫以意论画的理论对后世影响很大，后人追溯写意画的源头都会提到宋人的这些议论，于是，对于宋人的画风，人们往往以为便是但求意趣不取形似，但考之宋人画迹，宋人在创作中表现的却似与其在画论中的宣言不符，正如童书业在《唐宋绘画谈丛》中指出的：“宋画虽不主‘忠实的写生’而为物象所拘，但其所写的只是经过人的性情陶溶的自然。”①

即以被苏东坡谓为“真士人画也”的宋汉杰来说，《东坡题跋》对宋汉杰画风的描述是“不古不今，稍出新意”，又说“若为之不已，当作著色山也”。

①　《童书业美术论集》，上海古籍出版社，1989 年版，第 363 页。

可见宋汉杰的山水虽以水墨为主但接近于着色画风,这种创作当然是十分讲究,而非草草勾抹,不讲形似的。

文同,善画墨竹,时人谓之"水墨之戏"(《宣和画谱》卷二十),作画时"淡墨一扫,虽丹青极毫楮之妙者形容所不能及也"(《图绘宝鉴》卷三)。受到苏东坡、黄庭坚等一批文人士大夫的激赏。文同墨竹,可以说是"画意不画形"的典范了。但观其遗留下来的《墨竹图》再结合前人对他的作品的记载,却绝非如我们想象的那样。元人《竹谱详录》说:文同之竹"浓淡相依,枝叶间错,折旋向背,各具姿态,曲尽生意……"这种"墨戏",也可谓极其认真了。

苏东坡也爱画竹石枯木,从传为他所作的《古木竹石图》看,似真有几分不求形似、勾勒粗豪的风格。但事实上,东坡作画,是以文同为榜样的,之所以未能达到文同的效果,乃是因为"内外不一,心手不相应"(苏轼《文与可画〈筼筜谷偃竹记〉一首》),可见他并非是有意如此,而是学而未到,不得已而为之的。他曾对友人说"为近年不画,笔生,往往画不成……"(《与程正辅六十六首》)这不正是东坡努力求好的自供吗?

通过以上考察,我们不免要产生这样的困惑:宋代士大夫倡遗形写意,但在实际创作上却又未能离开对形的追求,理论与实践之间岂不大大脱节了吗?

难怪有人不无讥讽地说:"东坡有诗曰:'论画以形似,见与儿童邻;作诗必此诗,定此非诗人。'余曰,此元画也。晁以道诗云:'画写物外形,要物形不改;诗传画外意,贵有画中态。'余曰,此宋画也。"(《岩栖幽事》)

为什么会出现这种现象呢?

其实,这种困惑首先来自后人对宋人以意观画之论的误解。东坡所谓"论画以形似,见与儿童邻"是说仅以形似与否观画,不免十分幼稚,正如欧阳修"古画画意不画形"一样,是强调对画意的领会,并不是不要形似。强调观"意",不等于否定形似,这一点需要弄清。正如徐复观《中国艺术精神》中指出的,"中国的文化精神,不离现象以言本体。中国的绘画,不离自然以言气韵","但欲把握对象的本质,除由具体地形似下手以外,实亦无他途可寻"①。即以写意之风大盛的元人画来看,也不能完全遗弃物象。

---

① 徐复观:《中国艺术精神》,春风文艺出版社,1987年版,第171页、173—174页。

其次，还应予以注意的是，前引宋士大夫关于轻形似重观意的议论，都是针对绘画鉴赏而言，而不是针对创作。

有着深厚艺术修养的文人士大夫，以鉴赏者的身份悄然进入画坛，他们对于画家高妙的作品，有着精深的理解。但是，他们也发现，世俗浅薄之徒往往以皮相之见观画，所谓"世之观画者，多能指责其间形象位置，彩色瑕疵而已"（沈括《梦溪笔谈》），精于鉴赏的士大夫对此大为遗憾，故此大力鼓吹观画者可以不理会画面形象的"高下向背，远近重复"，这些"非精鉴之事也"（欧阳修语）。而应努力领会画中的深意。这种强调之中，无疑具有某种矫枉过正的味道。再进一步，从这种强调中，又可见出士大夫知识分子以学养自重，以精鉴者自诩的文化优越感，所谓"忘形得意知者寡"（东坡语），所谓"至于奥理冥造者，罕见其人"（沈括语），反映了以科举竞争登上社会上层的文人的某种心态。

从观画角度所作的未免过激的议论，被误用于作画的指导上，令人困惑，令人无所适从，这是自然的事了。

总之，宋士大夫从自己的审美趣味出发，接受了前人超越形似取其意气的绘画理论，并加以发挥，大力标举，在当时社会特别是士大夫阶层影响极大，以形观画，还是以意观画，这几乎成了一种身份的标志和证明。

但是，在绘画实践上，尚意之风并未达到后人所期待和所设想的高度，这与写神理论仍大有市场、士大夫在绘画方法上尚无法脱尽前代画风的影响有直接关系。

有宋一代在绘画实践上对尚意画风有最大贡献的，是"米点山水"的创造者米芾、米友仁父子。米氏父子不仅在理论上，"目无前辈，高自标树"（王世贞《艺苑卮言》），对形似表现了极大的轻视，甚至连被东坡等奉为极位的王维，也被米芾评为"殆于刻画"，不足取法；更重要的是，他们的山水画"多以烟云掩映，树木不取工细，意似便已"（米芾语），作画时"不专用笔，或以纸筋子，或以蔗滓，或以莲房"（宋赵希鹄《洞天清录》），真正做到了不取形似，信手为之。

五

与尚意理论有内在联系的，在北宋，还有黄庭坚的"观韵"说：

> 凡书、画当观韵。……此与文章同一关纽,但难得人入神会耳。
> (《题摹燕郭尚父图》)

从字面上看,"韵"这个美学范畴显然与谢赫《古画品录》中提出的"气韵"有渊源上的承继关系。但黄庭坚以之作为其评论书画中的重要的美学标准,赋予了它独特的含义,使之在很大程度上同人的品德学养相关联,与东坡等以意观画颇有相通之处。

作为黄庭坚的弟子的范温曾对这个黄庭坚本人未作详说的概念进行过阐释。他的概括性结论是:"有余意之谓韵"(《潜溪诗眼》)。范氏的解释应是合于乃师本意的。

"有余意","意"仍是"韵"的内容,但这个"意"显然不仅包括作品的情感、意趣,还包含了作者在进行创作时,通过学养、功力、匠心造成的那种发人联想、余意无穷的表达效果。判断一件作品是否"有韵",不仅在于"意"之有无、高下,还在于作者是如何表现这种"意"的,是否含蓄、巧妙、意到笔不到。

为了说明以韵观书画,黄庭坚曾举过这样的一个例子:

> 往时李伯时为余作李广夺胡儿马,挟儿南驰,取胡儿弓引满以拟追骑;观箭弦所直发之,人马皆应弦也。伯时笑曰,使俗子为之,当作中箭追骑矣。(《题摹燕郭尚父图》)

"作中箭追骑",这是常人作画的思路,但这样一来便是图解故事,太浅,太露,太实,便无"韵"可观,李伯时不愧为第一流的大师,作"引满以拟追骑",这样一来,人人都在李广神武威慑之下,真正画出了"人马皆应弦"的理想效果,这是一幅有"韵"的杰作,但"韵"却在别具匠心的表现之中。

尚意论者,常谓不以形似观画,"意得不求颜色似",正如前文已指出,不以形似,并非不要形似。黄庭坚的"观韵"说,正为此作一补充。画之高下,不在于描绘的刻意求细,而在于是否能抓住"意"之所在,关键之处,点铁成金。画之高下、雅俗,就在这"意"的表现上。

"观韵"说,是对"观意"说的补充、扩展,使士人以意观画这种令人无从把握的玄论,变成了可遵循、可寻味的有效手段。也正因为此,对"韵"的追求似乎已从文人士大夫的小圈子扩大到更大的范围,我们所熟知的宋代画院以诗句命题作画的故事里,就含有对韵的追求。"踏花归去马蹄香",以马蹄后的蝴蝶引发观者对"马蹄香"的联想,这不正是画者以学养、才力、匠心对画外"余意"的巧妙捕捉? 这幅画得以高中,正是宫廷画院观画也能尚"韵"的具体体现。

（原载《文艺理论家》1991 年第 3 期）

文人与"文人画"

中国传统文化中,文学与绘画之间素有姊妹艺术之称,所谓"诗是无形画,画是有形诗","文者无形之画,画者有形之文,二者异迹而同趋"。而文人与画关系密切,这也几乎是众所周知的。

在老百姓的印象里,大凡文人,必多少会几笔水墨丹青,而事实上,宋代以后的传统文人中,也少有不与绘画发生关系的。文人对绘画的超乎"业余爱好"的热衷,使绘画史上有了"文人画"的概念。文人与画结缘,曾开启了中国画走向新的高峰的道路。但,文人介入绘事,发生的却也并不都是喜剧,因为,中国画今日的没落,文人画就确实有着无法推卸的责任。

其实,文人对于绘画也并非一见钟情。文人曾经有很长一段时间以绘事为不屑,甚而为耻。那个时期,不妨称之为前文人画时期。那是中国画的另一个黄金时代。那时,宫廷的、宗教的势力是画家们的经济后盾。

宗教画、宫廷画,说到底是为了宣传教义、烘托气氛,这就要求画作起码要让大家不太费力便看得清楚,于是,那时视觉效果的追求是第一位的。这种争较经过了若干世纪的发展,渐渐陷入了一无法继续超越的极限,北宋时人在反观唐代绘画之时便常为前代巨匠的杰构发出仰止之叹。

曾几何时,政治的、宗教的因素对于绘画艺术的影响日渐萎缩,因为文人开始以自己独特的精神气质影响到绘画。这当然首先是因为文人社会影响的扩大。由于文人社会地位的提高,其好恶、品位开始左右了社会的风尚。在绘画领域同样如此。文人的介入,给绘画史注入了新鲜的血液,使画史的走向远离了宗教的局限,进入了一个新的时代——文人画时代。

深究起来,文人进入绘画领域并形成强大的文人画潮,还有着更为深层的文化原因。

宋代以前，并非没有文人涉足绘事，相反，在较为清晰可考的秦汉以降的画史上，许多地位重要的画家，都是文人，这一点早在唐代就有人指出了。唐人张彦远说："自古善画者，莫非衣冠贵胄、逸士高人，振妙一时，传芳千祀；非闾阎鄙贱之所能为也。"文人参与绘事，从很大程度上提高了画家队伍的素质。但他们在很长的一个时期里仍只是以个人的身份出现，虽然个别画家已表现出对独特审美趣味和文化趋向的自觉，但从整体而言，融合了皇家的、宗教的和民间的世俗审美趣味和文化趋向仍占据着这一时期的主导地位，文人在绘画面前，表现出颇为复杂的心态。

一方面，作为一种文化活动，绘画不仅是对技巧的掌握和精研，更讲究素质与内涵，在这一点上，文人是最理想的画家；另一方面，世俗的、主流的绘画发展，又无法与文人的绘画理念合拍，甚而产生诸多抵触，令文人难以接受。正如美术史家滕固先生指出的："中国绘画上某时期在宗教影响下或在帝王影响下，作者（指画家）身份无论是否士大夫，也必受宗教或帝王的牵制"（《唐宋绘画史》）。

但是，宋元以后的文人画的兴起，却是以带有鲜明自觉性与全新艺术理念的整体介入为标志的，其势力之强大、影响之深远，也许是北宋时随意游戏笔墨的苏东坡们所未曾料到的。

一个突出的现象是：宋元以后，不仅有许许多多的文人大举进入绘画领域，更有大批有成就的画家，开始自觉提高素养，向文人看齐。宋元以后的中国绘画史上，几乎所有的画家都具有相当高的文学修养。他们是"文人画家"还是"画家诗人"，有时还真是难以说得清楚。诗与画的结合在画面上的典型表现就是二者在同一画面时空内的并存，这种诗、画的合一，已不仅是画家兴之所至的偶一为之，而成了宋元以后中国画创作的一种惯例，文学与绘画之间发生了如此密切的关系，这在世界各国文化发展中是少有的现象。人类艺术诸门类之间，互有相通，这是事实，但每一门艺术，又自有其一套规律，艺术家并非可以任意触类旁通。因此，中国绘画与文学之间的过于密切的关系就自有其耐人寻味的地方。此中原委，前人、今人具有结论性的论著也已不少，此不重述。笔者只想强调的是：文人对中国绘画实践的理论性总结，放大了中国画的某些固有特色，如对笔墨的强调，对意趣的玩味等；同时，也更为削弱了中国画在透视、光影上的探索，而这种有意的理论上的规定，乃是出于文人自身对绘画艺术有着超出于一般意义的需求。

总起来说，文人对绘画的介入，乃是出于其建构自己独立文化的需要。宋以后，这种介入就表现出越来越强的主动性和目的性。中国文人对待不理想的社会现实的态度一般有两种表现，即所谓"破"与"立"——对现实的批判和对自己精神栖园的建设。嵇康狂放纵逸、阮籍长醉不醒，都是文人批判现实的极端表现；而在更多的时候，在更多的文人身上，表现出的是"立"的方面，即对文人自己的文化世界的建构，包括建立属于自己的审美规范和生活规范，而确立自己的艺术鉴赏和创作原则，无疑是其中的一个重要方面。

"文人画"，便是文人为自己留下的——或说是开掘出的一方天地。在文人画的艺术创作理念和审美规范上，比较典型地表现出文人对自己独立的文化世界的精心建设和苦心维护。文人画本可以更为多样的姿态进入画史，在宋以前，文人画（或曰士夫画）可以有更为丰富的形态，讲究的是人品的高尚、气质的不俗。却并未定下什么清规，是一种开放式的构成。

苏东坡虽认为："世之工人，或能曲尽其形，而至于其理，非高人逸才不能辩。"但在具体的绘画鉴赏上，却表现出广阔的兴趣，绝不狭隘。东坡在绘事上的自信鼓舞了一批文人从事绘画创作，但，东坡自己却始终无法在绘画上成名，终其一生，不过是一个业余客串者，他也从未动过在绘画中成为大家的野心。这也说明时代还未将画家手中的接力棒交到文人手中。

典型的文人画家实际上是到元代才真正出现。倪瓒说："余之竹聊以写胸中逸气耳，岂复较其似与非，叶之繁与疏，枝之斜与直哉？"这是文人画中"不似"说的典型表述。

只是到了后来，才有人对文人画家队伍来了一次清理，这项清理并非始自明人董其昌，却以他最为著名，以董在当时画坛的重要的地位，这一番规定，几乎将文人画丰富多彩的世界，变成了风格单一的小圈子，自我封闭了。

中国画有南北二宗，这是对中国绘画史略具知识的人都知道的。在绝大多数的美术史论家的心目中，南北二宗是对中国绘画史上两种确实存在的画风的总结——尽管在"两宗"的划分上存在着那么多的争议；尽管许多论者都指出，正是南北二宗论的提出，以及随之而来的"扬南抑北"的倾向，造成了清初画坛的黯然失色；尽管如此，人们仍不免从内心深处佩服董氏的这一发现。

因为中国画发展到宋元以后,文人在绘事中无论在题材上还是在技法上,都获得了表现自己某一方面趣味的自由,已经形成或说是希望形成属于文人自己的绘画语言和风格规范。因此,南北宗说之所以能在中国画史上站稳脚跟,倒也并非仅因倡导者的名头。

事实上,正是觉得文人画的概念流传过于久远,太难一举使其规范,董其昌们只好另辟一途,重新标举出自己的一套理论体系,以此彻底将文人画区分于其他风格的绘画。把一个松散的概念,变成了较为严格的风格的约束。"文人画"受到新的规范和约束之后,许多文人被清理出队伍,更多的文人则被加以曲解,削足适履地装进南宗的筐里。

南北宗的界说,本是对画史的颇具创意的系统性概括,但其问题不在于此种划分本身,而在于其中流露出的抑扬取舍。

经过这一番自律,文人画变得风格鲜明、队形整齐了,但也因此将中国画史上更多的可能性给断送了。于是,当人们抱怨文人画制约了中国画的发展时,他所说的只是"南宗"的文人画。

文人画并非中国绘画发展的自然结果,而是中国文人为建立自己独立的文化范式的努力的结果。它的存在,首先是以文人文化的存在为前提的,在文人文化成为一个时代的显文化时候,有着深刻文人文化烙印的文人画就成为了一个时代的主流绘画,大多数文人画的参与者、欣赏者、弘扬者,都是从业余的角度出发,而非是从专业画家的角度出发,视觉性的艺术,其理论大多来自文学理论的移植、借用。

诗的传统,进入到绘画的领域。这种移植获得了成功,中国绘画摆脱了宗教的、政治的支配,走上了诗意的绘画的道路。而当传统的文人文化不再居于时代的显要位置之时,文人画退出时代舞台,自是无可奇怪的了。

可以说,自明以后,中国画就很少有绘画理论的新建树了,意境上的陈陈相因,技法上的不思进取,缺少创新,终于走到了末路。

任何一种主流文化,所历既久,就难免凝固、陈腐,变成保守的代名词。文化史上的无数事例已有确证。

在本世纪的开端处,整个文化界都在经历着一场前所未有的变革。

延续千年的文化传统,在现代文明的第一抹曙光里,即露出了它们的老态和与岁月俱来的沧桑感。传统文化受到了来自两方面的冲击:一是大众文化对精英文化的冲击,二是外来文明对本土文明的冲击。

如果说,在文学领域,文化运动的先驱者们表现出破坏与重建的双重热情,那么,在绘画领域,却由于种种原因,是破坏大于建设。以文人画为攻击对象的绘画领域的革命,在全盘否定之后,却没有新的成功理论和实践的出现。否定的另一结果,则是中断了历史上形成的中国文人与绘画的天然联系,进入现代,画家与作家分手,文人不再那么热心绘事,画家们也不再以诗词歌赋见长。反观当代文艺实践,文人与画家的分野,造成的还不仅是一种素养上的欠缺,更是一种艺术思维上的单一。这一现象,似乎还没有得到人们应有的重视。

（原载《创作评谭》1997 年第 3 期,发表时有改动）

也说"滕王蛱蝶图"

　　李元婴（？—684）是唐高祖李渊的第二十二个儿子，贞观十三年，封为滕王。从正史史料看，滕王元婴绝对不能算是一位贤能的贵胄，如果与他那被誉为"千古圣君"的兄长李世民相比，李元婴的人生只能以"荒唐"两字概括。但因为中国绘画史留下了对他的艺术才能的片段记载，使人们知道这位"骄纵失度"的皇子并非只会胡闹，还在绘画艺术上花过些工夫。

　　关于滕王元婴在绘画上的才能，唐代"正史"并无记载。但唐代画论家张彦远在其《历代名画记》中明确写道"滕王元婴，亦善画"；而据宋代欧阳修的转述，唐人张怀瓘的《画断》中也有滕王元婴"工于蛱蝶"的记载。可知滕王李元婴应在绘画上有一定的才能。只是张彦远的记载语焉不详，而张怀瓘的《画断》今已散轶，因此，对于滕王元婴的绘画风格我们无法从唐代文献中得到更多的信息。不过，唐代诗人王建所作的一首《宫词》中提到了"滕王蛱蝶图"，许多论者以为从中找到了滕王擅长蛱蝶画的证据。

　　王建曾作《宫词》百首，其中一首描述幽闭的深宫生活场景："避暑昭阳不掷卢，并边含水喷鸦雏。内中数日无呼唤，拓得滕王蛱蝶图。"令艺术史研究者感兴趣的是这最后一句——宫中之人在盛夏季节闲暇无事之时，是以仿拓"滕王蛱蝶图"来打发光阴并获得无穷乐趣的。这说明"滕王蛱蝶图"的花鸟画艺术风格符合宫廷的审美情趣，被珍藏在深宫中供人欣赏、临摹。

　　现在所能见到的唐人关于"滕王蛱蝶图"的记述不过上述几条，没有更多的资料。但是到了宋代，对所谓滕王《蛱蝶图》的记载明显多起来。根据宋人记载，这幅《蛱蝶图》上描绘了多种蛱蝶，其中包括"江夏斑"、"大海眼"、"小海眼"、"村里来"、"菜花子"等品种。能够将这么多品种的蛱蝶的特征——

把握并逼真地再现出来，绝非朝夕之事，足见画家在艺术上是下了工夫的。宋代《宣和画谱》对作为画家的滕王元婴记载如下：

滕王元婴，唐宗室也。善丹青，喜作蜂蝶。朱景玄尝见其粉本，谓能巧之外，曲尽精理，不敢第其品格。唐王建作《宫词》云：传（拓）得滕王蛱蝶图。

这里最可注意的是对唐代朱景玄"能巧之外，曲尽精理，不敢第其品格"一段话的引述。《宣和画谱》中所引的这段话显然是出自朱景玄的《唐朝名画录》，但《唐朝名画录》中这段文字所评述的对象并非是滕王元婴，而是"嗣滕王"湛然，原文如此："嗣滕王善画蜂蝉、燕雀、驴子、水牛，曾见一本，能巧之外，曲尽其理，未敢定其品格"。按，唐代绘画史料文献对嗣滕王湛然在绘画上的才能记载甚为详细。如《历代名画记》中说"嗣滕王湛然……善画花鸟蜂蝶"。

显然，《宣和画谱》是误将唐人朱景玄评论嗣滕王湛然的话移用在滕王元婴身上，并将《宫词》中所谓的"滕王蛱蝶图"，想当然地归于元婴名下。其实，王建《宫词》诗中提到的滕王，很可能也是指嗣滕王湛然，而非滕王元婴。

由以上引证可知，鉴者多以"滕王蛱蝶图"为李元婴所作，可能是从宋人开始的一个误会。

事实上，宋人中的善鉴有识之士已对《蛱蝶图》的归属产生了怀疑。

欧阳修在读到王建的那首《宫词》后就说："滕王元婴……新旧《唐书》皆不著其所能，唯《名画录》略言其善画，亦不云其工蛱蝶也"，对于滕王元婴是否工于蛱蝶，谨慎地未予确认；宋代画论家董逌则明确对《蛱蝶图》的作者提出质疑，《广川画跋》卷三说："欧阳文忠公尝谓非建诗亦不知滕王元婴为善于画，唐史称元婴善画，故云。今考于书，湛然亦尝封滕王，善花鸟蜂蝶"。

尽管著名的"滕王蛱蝶图"很可能不是李元婴的作品，但滕王元婴善画却应是事实。这一点已足以为他的荒唐人生增添一些亮色。

墨梅大家扬无咎与《四梅花图》

　　在北宋与南宋之交，扬无咎是一位具有独特艺术个性的艺术家。他诗、书、画兼长，墨梅艺术在画史上影响尤其深远，在当时也已经声名远播，有"得补之一幅梅，价不下百千匹"（赵希鹄《洞天清禄集》）之说。

　　扬无咎，字补之，号逃禅老人，又号清夷长者。北宋哲宗绍圣四年（1097）生于清江（今江西樟树），后寄居豫章（今江西南昌）。

　　扬无咎清高自守，生性耿介，不慕荣利，不俯仰时好。他并不是个专攻花鸟的画家，据宋人邓椿《画继》记载，他师法北宋大画家李公麟，在水墨人物画上下过一番功夫，但墨梅却成了他绘画艺术的标志性题材，大约正是因为梅花"傲骨凌霜"的品格，激发了艺术家人格上的共鸣吧。

　　宋朝历代帝王多爱好书画艺术，宫廷画院里人才济济，十分兴盛。但皇家的审美趣味往往也会约束画师们的创造力，画院的风格又影响到画院以外，使整个画坛呈现千人一面的不正常状况。因此，在当时能够不受主流画风的影响和局限，自成面目，就显得尤为可贵。扬无咎就是一位能够不受宫廷审美标准所左右、形成自己独特艺术个性的著名在野画家。

　　年轻时，扬无咎居住的地方有一棵"大如数间屋"的老梅树，苍皮藓斑，繁花如簇。他经常对着梅树临画写生，大得梅花真趣。正当年轻，雄心勃勃的他也曾将自己的梅花图进献于宫廷，却不得宫廷的赏识，被当时的徽宗皇帝斥为"村梅"。宫廷的嘲讽并没有影响扬无咎对自己艺术风格的坚持，从此，他干脆在自己的画上题以"奉敕村梅"，既是一种自嘲，也是一种自傲。

　　扬无咎非常善于学习前人的艺术成就。北宋画僧仲仁居住在衡州（今湖南衡阳）华光寺。由于酷爱梅花，仲仁在寺院中种植了许多梅树，每当梅花开放,便"移床其下,吟咏终日"。正当月夜,见窗纸上花影横斜,非常可爱,就取出笔墨勾画其形状,别具风致,这就是华光一派墨梅画法的由来。后来,华光寺的僧人来到清江慧力寺,也将华光的墨梅画法带到了这里,扬无咎经常前往交流,仲仁的画法给了扬无咎极大的启发,"补之所作后益超出,格韵尤高"(曾敏行《独醒杂志》)。将前人的墨梅艺术提升到了一个新的高度,徐沁在《明画录》中说:"……华光一派,流传至南宋扬补之,始极其致"。

除了善于师法前人、师法造化,扬无咎墨梅艺术成就的取得,也是与他全面的艺术修养分不开的。

他是一位诗、书、画兼长的全能艺术家。书法方面,扬无咎宗法唐代书法家欧阳询(率更),曾在自己所藏的《邕禅师塔铭》帖上题字:"予于率更为入室上足",据说,当时江西的碑碣多为扬无咎所书,足见其书法成就之高;他的小字书法尤其清劲可爱;他还长于诗词,格调很高,著有《逃禅词》一卷,《洞天清禄集》中说他"诗笔清新,无一点俗气"。如此全面的艺术修养是难能可贵的。虽然由于画名的彰显,扬无咎在书法和诗词上的成就往往不为人知,但全面的艺术修养,却大大滋养了他的墨梅艺术。

画境与诗词意境相通,扬无咎墨梅以清逸见长,高洁清幽,不沾尘俗,这正是其诗词境界的另一种展现;而书法艺术对于扬无咎墨梅艺术的影响就更显见。《洞天清禄集》中说:"临江扬无咎补之,学欧阳率更楷书殆逼真,以其笔画劲利,故以之作梅,下笔便胜花光仲仁。"可见,扬无咎将书法中的用笔融入墨梅创作中,大大拓展了笔墨的艺术表现力。

他一生生活于民间,不求闻达,但画名却不胫而走。他喜欢饮酒,醉后往往不管什么场合都能挥毫、泼墨。而如果没有兴致,想求得扬无咎一幅画却很难。据说,扬无咎曾乘兴在一家倡馆的壁上画了一幅折枝梅,吸引了不少往来的文人士大夫,倡馆一时生意兴隆,但这块画了折枝梅的屋壁后来居然被人窃走,使这家倡馆顿时车马稀少,门庭冷落。扬无咎艺术的魅力于此也可见一斑。

扬无咎最著名的传世花卉作品是《四梅花图》(又叫《四清图》,现藏故宫博物院),这是他晚年的作品,画分四段,可分可合,每段自成一幅,有独立的内容和章法,从自跋中可知作者创作此图的初衷是要完成一位挚友的命题:"要余画梅四枝,一未开,一欲开,一盛开,一将残,均各赋词一首。"

　　这个独特的命题激发了画家的兴致,使画家在创作中表现出应有的大家手笔——

　　画"未开":疏斜的嫩枝上已著花蕾,预报花期将临;画"欲开":枝干上已有少许花苞初绽,花瓣清晰可数而不露其蕊,尚有许多花蕾含蕴未开;画"盛开":旧枝新条上的簇簇繁花,已经尽情开放,觉有香气袭人;画"将残",表现残萼败蕊,随风飘散,少许留在枝上的残梅,也已蕊托外露,大有美人迟暮之叹。画家对梅花观察十分精微,故能将其生命周期表现得淋漓尽致。

　　《四梅花图》,花用线勾,不设色;枝干不用双勾,以运墨中的枯、湿变化表现老干新枝的差异。四幅图梅花枝干姿态各不相同,自然清新,生动传神。

　　《四梅花图》的可贵之处还在于它展现了艺术家的诗、书、画三绝。扬无咎以他清劲的小楷录下了四首自作寄调《柳梢青》的词,还题上一段作画缘起;四首词表达了画家对梅花的感受,又分别对应一段梅花图的画面内容;尽管题画文字并未进入到画面之中参与构图,但这种在画作上留下大段题跋的做法,在宋代以前的绘画中,已是十分罕见的。

　　　　　　　　　　　　　　　　　(原载《文史知识》2008 年第 11 期)

身影模糊的艺术巨匠

——八大山人生平研究述评

　　作为中国艺术史上最杰出的书画大师之一,八大山人对清代中期以后、尤其是近现代画坛产生了巨大的影响。20世纪初,在批评元明清文人画"复古主义"、"形式主义"的同时,八大与青藤、石涛、扬州八怪等构成了受到褒扬与承习的艺术传统,对这些"非正统"绘画的尊崇风靡大半个中国画坛。在这种背景下,从20世纪20年代中期起,美术界对八大山人及其艺术的研究开始起步。

　　现代学术意义上的八大山人研究开始于20世纪50年代末、60年代初。随着新材料的陆续发现和研究视角的转换,八大研究逐步走向深入并更为系统;①对其艺术成就的研究也从印象式批评转向更为深入的艺术风格、家世生平等方面的研究,并开始从哲学、美学角度探讨八大山人的艺术思想。以1986年在南昌召开的八大山人国际学术研讨会为契机和标志,海内外八大山人研究的学术交流日渐广泛,学术视野更为开阔,研究工作更为深入,结论更为客观、严谨。特别是在生平、家世及交游方面,学者们进行了更接近于事实的考证。②

---

　　①　20世纪50年代后期,江西相继发现《个山小像》及《朱氏八支宗谱》(1929年重印本);新资料的发现引发了对于八大山人较为系统的实质性研究。1958年,上海人民美术社出版谢稚柳《朱耷》,《文物》杂志1960年第7期和第10期先后发表李旦《八大山人丛考及牛石慧考》和《〈个山小像〉的发现》两文,引起海内学术界广泛兴趣,标志着现代学术意义上的八大山人研究的开端。

　　②　上海人民美术出版社于1982年7月和1983年1月先后出版两期《艺苑掇英》"八大山人专集"(第17期、第19期);1984年,王方宇编《八大山人论集》由台湾《中华丛书》编审委员会出版;1986年,八大山人国际学术研讨会在南昌召开,会后八大山人纪念馆将相关论文先后编印两本《八大山人研究》(由江西人民出版社分别于1986年10月和1988年11月出版),这一系列成果的面世和学术会议的召开,极大地促进了海内外八大山人研究的深入。

八大山人生平研究长期以来是八大山人研究的重点。总体上看，多年来的八大山人生平研究在艺术家身世、名号、交游等方面解决了一些问题，但在一些方面仍存争议，有些问题还需要更深入的探讨。兹就视野所及，综述如下：

一、八大山人身世问题研究

关于八大山人身世的争论主要集中在两个问题上：（一）八大山人是朱多炡之孙还是四世孙，由此引出八大山人的谱名是"统□"还是"议沖"或"中桂"的争论；[①]（二）八大山人是否即创立青云谱道院的朱道朗。

1960 年，李旦据《个山小像》上的图印题跋[②]并参考多种清人史料考证八大是明宁藩弋阳王后裔，其祖父朱多炡，父亲朱谋□。并根据《朱氏八支宗谱》提出八大山人族名为统□。[③] 蔡星仪通过对《八大山人致鹿村先生手札》中所提及的"重侄"（即朱容重，谱名议浵）的考证及明皇室"多、谋、统、议、中"的谱序排列，得出与李旦一致的结论。[④] 汪世清《八大山人小考》中根据清人李驎和朱堪注的题八大山人遗像诗，同样得出八大山人为朱多炡之孙、属"统"字辈的结论，但对于谱名的下一字未作确定。[⑤]

也有一种观点认为八大山人是朱多炡之四世孙，族名议沖或中桂。这一认识的形成主要因为《个山小像》上饶宇朴题跋中有被圈掉的"四世"两字，有学者认为此二字是后人妄删的。理由是作为八大山人密友，饶宇朴应知道

---

① 此外还有八大即"朱由桵"之说，曾在 20 世纪初颇有影响。其实此说初无所本，源于清王苍孙为所谓《雪个仿古山水册》所作题跋（王跋有"由桵即世称八大山人"语），此后黄宾虹、张伯驹等跋亦沿袭王说；潘天寿《中国绘画史》中也提到这一说法。对此，汪子豆有《八大山人与由桵》（香港《大公报·艺林》，1966 年 6 月 5 日）一文加以辨析，认为王氏此举可能是故弄玄虚，将由桵之名附会于八大山人之身，抬高山水册身价，并可炫耀博学；80 年代初刘九庵《记八大山人书画中的几个问题》（《艺苑掇英》1983 年第 19 期）持与汪基本一致的观点。八大并非"朱由桵"之说已基本得到学术界的认同。

② 《个山小像》中钤有"西江弋阳王孙"朱文印，并有八大僧友饶宇朴跋："个山綮公，豫章王孙贞吉先生四（"四世"两字被圈去）孙也。"

③ 李旦：《八大山人丛考及牛石慧考》，《文物》1960 年第 7 期。

④ 蔡星仪：《关于八大山人研究的几个问题》，见八大山人纪念馆编《八大山人研究》，江西人民出版社，1988 年版。

⑤ 汪世清：《八大山人小考》，香港《大公报》副刊《艺林》新 176 期，1982 年 11 月 7 日。另，李叶霜《八大山人与石涛的一些关键性问题》（台湾历史博物馆编《八大石涛书画集》，1984 年 2 月）中也持此观点。。

八大山人的确切身世。① 但这只是一种推论。明清之交国破家亡宗室颠覆之际,朋友之间不能详知对方家世不足为怪。谢稚柳根据对《个山小像》原迹的鉴定,认为"四世"两字被圈掉绝非后人所为。② 蔡星仪在研究了八大山人圈改书画题跋中误字的习惯后,也认为《个山小像》上"四世"两字应是八大山人自己圈掉的。③

长期以来,一般书画典籍中均以朱耷为八大本名。其根据当来自清人记载,④但"耷"之义为"大耳",含有戏谑之义,且八大书画作品中从未见此署名,故此说引起学者们的怀疑。比较一致的观点是,八大山人确曾用过"朱耷"一名,是他为诸生准备参加科举时用的庠名;也有学者认为朱耷是乳名。

关于八大生平争论的另一焦点是,八大山人是否是南昌青云谱道院的创立者朱道朗。南昌民间有青云谱道院创立者朱道朗就是八大山人的传说,这种传说也影响了一些地方文献。⑤ 20 世纪 50 年代末开始,许多学者在著述中主张八大山人即是朱道朗,⑥在这方面最具影响的学者是李旦。其 1960 年发表的《八大山人丛考及牛石慧考》认为八大山人就是清初修复青云谱的道士朱道朗,其主要依据有二:其一,青云谱《净明忠孝宗谱》中载:"涵虚玄裔朱道朗,字良月,号破云樵者,亦号八大山人";其二,青云谱功德堂第一块牌位上书"正开山祖道朗,号良月,又号八大山人、朱真人"。但李旦的上述两种主要证据都有问题,青云谱《净明忠孝宗谱》中错误之处甚多,所记不足为凭;功德堂牌位的设置时间当在 19 世纪末期,同样很难作为有力的证据。

---

① 如叶叶认为:"按理说,饶宇朴是八大知交,应知老友为朱多炡孙或为其四世孙。果真不知,下笔之前岂有不问明白之理?"见叶叶:《八大山人原名朱议沖的商榷》,台湾《大陆杂志》第 64 卷第 2 期,1982 年 2 月 15 日。

② 谢稚柳:《八大山人取名的含义和他的世系》,《艺苑掇英》1983 年第 19 期。

③ 蔡星仪:《关于八大山人研究的几个问题》,见八大山人纪念馆编《八大山人研究》,江西人民出版社,1988 年版。

④ 康熙五十九年刊印《西江志》卷一〇七中载:"八大山人名耷"。《国朝画征录》、《石渠宝笈》、《宋屏山书画记》、《绎堂杂识》等均有此著录。

⑤ 如出版于 1936 年的《江西年鉴》中就说:"南昌县青云谱,距城东南卅里,庙宇清幽,林木蓊蔚,为明宗室朱良材隐居之所。朱初雪雪个,晚号八大山人,工书,又善画水墨芭蕉、怪石、花木及洲雁汀凫……"

⑥ 如谢稚柳的《朱耷》(上海人民美术出版社,1958 年版)、邵洛羊编《八大山人画集》(上海人民美术出版社,1958 年版)的前言以及郭味蕖的《明遗民画家八大山人》(《文物》1961 年第 6 期)等。80 年代以后,谢稚柳的观点有所转变,但仍认为朱道朗与八大之间应"多少有点关联","说朱道朗不是八大,还得等待更有力的证实"。参见《八大山人取名的含义和他的世系》(《艺苑掇英》1983 年第 19 期)。

60 年代末、70 年代初,这一观点在海外学者中也得到许多赞同与附和。如徐复观、周士心、日本学者堂谷宪勇以及美国学者方闻等。方闻原怀疑"八大即朱道朗"之说,在 1959 年的《石涛致八大山人的一封信札及石涛年谱问题》中指出:"The personality of the second Chu seems so radically different from that of the first that, without further evidence, an amalgamation of the two appears all but impossible."①("两位朱氏的个性有着根本不同,如果没有更多的证据,将两者等同为一个人看起来是不可能的。"——引者译,下同。)但 1968 年在《对苏珀教授所注石涛致朱耷信札的答复》一文中却转而支持这一说法:"The identification of the Buddhist Chu Ta-Ch' uan-ch' i-Hsüeh-ko-Pa-ta-shen-jen with the Taoist Chu Tao-lang now seems certain."②("现在看来,将作为佛教徒的朱耷、传綮、雪个、八大山人与作为道士的朱道朗视为同一人似乎是可靠的。")不过,80 年代后期,方闻再次对朱耷与朱道朗的关系持谨慎态度。③

70 年代中期以后,八大即朱道朗之说受到有力的质疑。叶叶《论"胡亦堂事变"及其对八大山人的影响》一文最初进行了正面反驳;④后则有汪世清《八大山人不是朱道朗》一文,对照朱道朗与八大山人两人数十年行踪,得出不可能为同一人的结论;⑤叶叶又从朱道朗跋瞿仙《笾吉肘后经》中的线索找出两人不同的封藩世系、年龄的差异以及在宗教信仰活动方面的显著区别,并将两人主要事迹系年进行列表比较,得出的结论令人信服。⑥ 李旦曾于 90 年代初撰文回应上述关于八大不是朱道朗的观点,但并未提出更为有力的证据。⑦ 朱良志指出,八大虽然未曾创立青云谱道观,但晚年却与青云谱有着密切的关系。⑧

① A Letter From Shih-t' ao to Pa-ta-shan-jen. and The Problem of Shih-t' ao' s Chronology, Archives of the Chinese Art Society of America, VOL. XIII, p44.

② Reply to Professor Soper' s Comments on Shih-T' ao' s Letter to Chu Ta. Artibus Asiae, No. 29/4, p351-352.

③ 参见方闻:《八大山人生平与艺术分期之研究》,八大山人纪念馆编《八大山人研究》,江西人民出版社,1988 年版,第 28 页。

④ 叶叶:《论"胡亦堂事变"及其对八大山人的影响》,台北《大陆杂志》第 51 卷第 6 期。

⑤ 汪世清:《八大山人不是朱道朗》,香港《大公报·艺林》1982 年 12 月 5 日。

⑥ 叶叶:《读朱道朗跋瞿仙〈笾吉肘后经〉后》,台北《大陆杂志》第 65 卷第 5 期。

⑦ 李旦:《八大山人即朱道朗考略》,台北《故宫文物》第 8 卷第 12 期。

⑧ 参见朱良志:《八大山人研究》,安徽教育出版社,2008 年版,第 445—451 页。

与家世相关的是八大的生卒年。八大生卒年,清人所撰各传均无明确记载,但由于《个山小像》的发现,使八大的生年基本没有争议。八大山人于康熙十三年甲寅(1674)在《个山小像》上自题:"甲寅蒲节后二日,老友黄安平为余写此,时年四十有九。"据此推算,八大应生于明天启六年丙寅(1626)。对八大卒年的推测,主要根据现存晚年作品的题画年号,由于没有发现作于"乙酉秋"以后的作品,李旦推断八大卒于1705年(清康熙四十四年乙酉年)10月;①20世纪70年代,汪世清在北京图书馆发现了清代李驎《虬峰文集》,卷七康熙四十六年丁亥所写《大涤子四诗》第一首下有注:"前年八大山人死"。由此上推两年,正是康熙四十四年,与推断吻合,由是基本确定了八大山人的卒年。②

二、八大交游以及他与胡亦堂的关系研究

考证八大交游的主要论文有汪世清《八大山人的交游》,此文考证八大侄辈朱容重、师释弘敏、同门友饶宇朴、友裘琏、胡亦堂、林之枚、蔡受、丁弘诲、方士琯、熊颐、喻成龙、方外友澹雪、画友罗牧等25人生平及与八大的关系和交往;③李叶霜《八大山人与石涛的一些关键性问题》详考八大与石涛在朱氏族中的关系,叙述了两人合作绘画、互相赠诗的事迹,并对两人终生不曾谋面的原因进行了深入的分析。④

八大山人与曾任临川知县的胡亦堂的关系是八大交游考中的一个重要内容,因为这一交游与八大人生的重大变故有关。由于八大山人的王孙身份和胡亦堂的清朝官吏身份,20世纪60、70年代许多学者从民族主义立场推断八大与胡亦堂的关系,认为两人之间必相互敌视。如李旦在《八大山人丛考及牛石慧考》中提出:"(胡亦堂)听说八大很有名,便以'延请'为词,邀去作客,诱他为清廷效劳,这使他十分愤怒,遂佯为疯癫,独自走回南昌"⑤;日本学

---

　① 李旦:《八大山人丛考及牛石慧考》,《文物》1960年第7期。

　② 参阅汪世清:《清初四大画僧合考》,香港中文大学《中国文化研究所学报》1984年第15卷。

　③ 汪世清:《八大山人的交游》,王朝闻主编《八大山人全集》第5卷,江西美术出版社,2000年版。

　④ 李叶霜:《八大山人与石涛的一些关键性问题》,王朝闻主编《八大山人全集》第5卷,江西美术出版社,2000年版。

　⑤ 李旦:《八大山人丛考及牛石慧考》,《文物》1960年第7期。

者中山八郎也认为：胡亦堂是忠于新朝的文化官僚，替清朝皇帝防范明宗室的反清活动，八大实是被胡"软禁"在临川，后来才得逃脱。① 叶叶撰文认为此推论与事实不符。他以大量的资料证明胡亦堂是一关心民生、重视文化的好官，与八大是旧相识，八大居留临川期间受到礼遇，花了不少时间吟诗饮酒、访古探胜，结交诗友，并非处于充满敌意的环境里。② 汪世清在《八大山人的交游》中持与叶叶相同的看法，唯对八大居留临川的时间有不同意见。叶叶与汪世清的文章中均以《临川县志》和《国朝诗正》中所收胡亦堂与八大等人在临川期间的数首唱和之作为八大当时生活状况的最直接证据。据《国朝诗正》中线索，八大曾珍藏有胡亦堂的《梦川亭诗集》，但因"散佚不传，致集中有多首与八大山人酬唱诗无从得见，真是憾事"③。2003 年，肖鸿鸣发表《孤本〈梦川亭诗集〉与八大山人临川行踪考》④一文，刊出所获《梦川亭诗集》中与八大山人行踪有关的诗篇，为研究八大山人在临川的生活状况提供了珍贵资料；近期，朱良志在上海图书馆也发现了这本诗集，并据此对八大在临川时期的活动及思想状况等进行了更为深入的研究。⑤

　　与此相关的是八大为什么在临川时发狂以及是否真的癫狂的问题。

　　关于八大是否真的癫狂，有多种猜测。如徐复观认为其为佯狂，"八大还俗而欲不为满清之冠发所污，只有佯狂装哑"⑥。八大同时代人——胡亦堂女婿裘琏当时就说："闻雪个病癫，……予疑有托而云然。"但从八大癫狂的表现方式和持续时间来看，更多的学者认为不应仅视为佯狂。饶宗颐认为八大在胡亦堂座上"忽痛哭、忽大笑竟日"，应是一种在禅林中多见的顿悟后的心理变态。⑦ 叶叶认为，八大的发狂乃是因宗教虔诚与家国之痛二者间的矛盾无法解决所致，并非受到外界的逼迫。八大临川发狂一事，透露了他自己内心

---

①　［日］中山八郎：《八大山人の生涯と别号》，大阪市立大学文学部刊行《人文研究》第 21 卷第 7 分册。

②　叶叶：《论"胡亦堂事变"及其对八大山人的影响》，载台北《大陆杂志》第 51 卷第 6 期。

③　汪世清：《八大山人的交游》注 34，王朝闻主编《八大山人全集》第 5 卷，江西美术出版社，2000 年版，第 1116 页。

④　肖鸿鸣：《孤本〈梦川亭诗集〉与八大山人临川行踪考》，《江西社会科学》2003 年第 2 期。

⑤　参见朱良志：《八大山人研究》，安徽教育出版社 2008 年版，第 348—364 页。

⑥　徐复观：《增补石涛之一研究》，台北学生书局 1973 年版，第 94 页。

⑦　饶宗颐：《禅僧传繁前后期名号之解说》，《朵云》1987 年第 15 期。

长期处于矛盾之中,终于难以自抑,刹那间一触即发,不可收拾。① 方闻也认为:此期八大的内心深处,有着种种委屈情怀与矛盾心境,他的发狂正是这种矛盾心理的表现。② 高居翰《八大山人绘画中的"狂癫"》中提出:"我们必须将八大之狂癫视为一稠密的、剪不断理还乱的意志和非意志的、外在的和内在的各种因素的混合",应将八大的癫狂症状的行为特征"放在中国的正常与异常的社会行为这一矛盾关系中来考虑"。高氏进而提出:应将八大作品的怪异和隐晦与八大本人的狂癫联系在一起,研究究竟是哪些要素构成了八大诗、书、画中的"狂癫"? 特别是在绘画中的表现。他发现,与徐渭等不同,在八大的绘画中,并未使用特别怪异的笔墨,而是选择了在题材和造型上的另辟蹊径,而且,艺术家的创新跟形式与主题中表现出的狂癫表征有时很难分清。③

三、八大山人名号研究

八大山人的名号是研究的热门话题,争议颇多。八大本人在不同时期改用不同名号,在一定程度上反映了其思想、生活的改变。八大为僧时法名传綮,法号刃庵、雪个、个山等,许多名号在还俗后仍在沿用,约56岁前后开始在书画上以驴、驴屋等署名,晚年又自号"八大山人"。争议的焦点主要集中在对于"驴"(以及与之相关联的"驴屋"、"驴屋驴")、"个山"及"八大山人"等别号含义的解释。

一般认为,八大自号为驴、驴屋、驴屋驴等是一种自嘲。清人陈鼎《八大山人传》中就说:"既而自摩其顶曰:'吾为僧矣,何不以驴名?'遂更号曰:'个山驴'。"可见"驴"号包含对自己僧人身份的悲抑感。又有人推断八大在发狂、还俗以后取"驴"字自我挖苦,承认黔驴技穷。陈传席提出,以名号自我嘲弄在明末清初并非个别现象,而是一种当时士人中的通习,④对于理解"驴"

---

① 叶叶:《论"胡亦堂事变"及其对八大山人的影响》,台北《大陆杂志》第51卷第6期。
② 方闻:《八大山人生平与艺术分期之研究》,八大山人纪念馆编《八大山人研究》,江西人民出版社,1988年版,第35页。
③ 高居翰:《八大山人绘画中的"狂癫"》,八大山人纪念馆《八大山人研究》,江西人民出版社,1988年版,第78页。
④ 参见陈传席:《八大山人"驴"号臆释》,八大山人纪念馆《八大山人研究》,江西人民出版社,1986年版。

号之含义,颇有参考意义。但也有学者认为"驴"号本意不是自嘲,而是八大对自我身份的标记。饶宗颐在《禅僧传綮前后期名号之解说》中列举大量言"驴"的禅宗语录,指出八大采用"驴"字命名,"正是他还俗而不愿放弃禅门灯统的一个标记"。① 按,八大皈依弘敏门下之后,有"禅林拔萃之器"之誉,受到禅林推许。因此他的许多名号来自禅学用语,这是很可能的。② 但还俗之后,八大对出自禅学的名号赋予更丰富的含义,应不只限于表明自己的禅门灯统。山人曾在一幅《山水轴》上署一"驴"字,复钤"技止此耳"一印,二者相联系,其中自嘲之义是显见的。

关于"个山"的含义。在八大创作于康熙九、十年间的《花卉册》上初次出现了"个山戏题"的书款,康熙十三年黄安平绘《个山小像》仍沿用"个山"之名号,60 岁以后,八大除"个山"外早年使用的其他名号都不再见用,并将"山"字略去独用一"个"字。关于"个"的含义,谢稚柳根据对《个山小像》中蔡受题跋③的破解,认为"个"标明了八大从宗室到遗民的身份,正是"八大的伤逝念远、故都故国的情怀,孤独一身,立于'圈'中。因而始终不放弃这个'个'字,来保持明朝遗民的身份"④。也有学者根据蔡受的跋认为其含意是说:如果"去掉明室子孙的身世、身份,反而活得更自在,因为明宗室子弟多得很,八大山人则只有这一个"⑤。

从现存资料来看,八大 59 岁开始使用"八大山人"印。关于"八大山人"名号的含义和由来历来有不同看法。"八大山人"四字含义在清人记载中主要有三种说法:(一)张庚《国朝画征录》在记述前一说法的基础上进而提出:"余每见山人书画,款题'八大'二字必联缀其画,'山人'二字亦然,类哭之笑之,字意盖有在也。"(二)陈鼎《八大山人传》:"……个山驴遂慨然蓄发谋妻

① 饶宗颐:《禅僧传綮前后期名号之解说》,《朵云》1987 年第 15 期。
② 蔡星仪《关于八大山人研究的几个问题》中说:"八大山人既以'驴'自号,自然对于有'驴'字的佛门偈语、诗文比较敏感。"并为"驴屋"等名号找到了出处。见八大山人纪念馆编《八大山人研究》,江西人民出版社,1988 年版。
③ 《个山小像》上的蔡受跋中说:"个有个,而立于一二三四五之间也;个无个,而超于五四三二一之外也。个山,个山,形上形下,圈中一点。"
④ 谢稚柳:《八大山人取名的含义和他的世系》,《艺苑掇英》1983 年第 19 期。
⑤ 参见萧燕翼《八大山人之名号》一文中综合各家研究成果所作辨析。见王朝闻主编《八大山人全集》,江西美术出版社,2000 年版,第 1052—1053 页。

子,号'八大山人'。其言曰'八大者,四方四隅,皆我为大,而无大于我也'。"
(三)龙科宝《八大山人画记》:"山人初为高僧,尝持《八大人圆觉经》,遂自号
曰'八大'。"按,上述三种说法中,张庚《国朝画征录》的"哭之笑之"说虽流传
甚广但没有充分依据,因为八大早年与晚年都有不少款题并不联缀而书;陈
鼎《八大山人传》看似引述八大自己的话,但陈鼎此著有许多明显不可靠的地
方,因此这种引述也很可能只是来自转述者的揣测,与八大自己的心理并不
一定符合。倒是"尝持《八大人圆觉经》,遂自号曰'八大'"的说法,因有上海
博物馆藏《八大人觉经》上山人书跋的支持而得到更多学者的接受。也有学
者联系在八大山人名号之前出现的"止八大山"朱文印章做出解释。如朱良
志认为,"八大山"指环绕佛教圣山须弥山的八大山,"止"有止泊、栖息之义,
所谓"止八大山"就是以佛国为自己的性灵居所,在此基础上产生的"八大山
人"之号,意即自指为"八大山"中的人,其表达的正是对佛的信仰和信心。[①]

四、八大山人生平研究的反思

现代意义上的八大山人研究开始于20世纪20年代,国内外研究八大山
人的论文已有数百篇,每年仍以两位数增长,关于八大山人的各类大大小小
的书册也有几十种。因此,张子宁在其《八大山人山水画的研究》中说:"八大
山人已可谓画史上得到最深入研究的画家。"但是,关于八大山人仍有许多的
疑团未能解开,特别是在八大山人生平研究领域仍存在许多值得注意的
问题:

其一,50年代以后,对八大山人的评价蒙上了意识形态的色彩,八大山人
和石涛被视为"革新派"代表。这种意识形态色彩使客观的艺术评价成为一
种困难的事情。这一倾向有两种表现形态:在海外学者的研究中,虽然没有
直接受到阶级分析的影响,但其论述仍大量纠缠在八大的身份、他的亡国王
孙背景,其个体的性格上的特点与在清统治下一般的王孙心态,往往很难分
开,于是一些作品的阐释中,习惯于强调他对清王朝的反抗意识和心理。如:
对八大山人签名的形态分析,"哭之笑之"说已成为流传甚广的一种解释;又
如对"十有三月"花押的解释也存在想当然的偏差。大陆学者在这方面受到

---

① 朱良志:《八大山人研究》,安徽教育出版社,2008年版,第195—197页。

的影响或说制约则更甚,最典型的就是对八大与胡亦堂关系的研究,以及八大晚年的生活状态研究。

其二,在八大研究中,许多曾经得到广泛接受的观点,包含着偏差,以至于人们不得不花很大的力气来辨析、纠正那些在学术界内外深入人心的谬误,为了解开谜团的努力,反而成为了后来者认清八大山人真实面目的障碍或者指向错误的路标。70年代以来的研究,已基本纠正了八大山人即为朱道朗的偏差。但原先错误的研究结论在社会上仍影响较大,特别在专业研究者之外的相关学术领域,仍然沿用着一些明显错误的结论,其危害更大。

其三,近时八大研究中,有更多的历史学家从自己专业的角度介入,对八大的生平、交游提出了许多新鲜的看法,开辟了新的研究空间。但这些考证往往并不能深入,特别是少数学者在考据中不够踏实,在关键史料使用上存在以主观驾驭的情况,使得一些考据结论不够扎实,有牵强之处。一些本来具有建设意义的研究,最终不能成为严肃的成果,十分可惜。

其四,大量八大山人研究,没能摆脱学界痼疾——职称论文的影响,许多成果没有创造性,但这些成果的堆积,却为后来的研究者,造成新的阅读工作量;同时,一些貌似新颖的观点,本无坚实的论据支撑,使后来者须花费大量精力剖析其中的谬误,成为后来研究者的绊脚石,这是十分遗憾的。

关于八大山人的生平研究至少有以下两个方面有待进一步深入:

1. 八大山人生平一些关键性的问题虽有比较一致的意见,但有些说法仍属推测,尚有待更为有力的证据支撑,如八大山人的谱名问题;又如,八大山人的前期经历,尤其是20岁之前的少年及青年时期的生活尚不够清楚,对其艺术风格形成与发展的问题也就难以确定;再如,在入进贤灯社皈依颖学弘敏之前,八大剃度的庙宇和师承,现也无从查考。又如,八大山人是否"狂癫","狂癫"的原因以及还俗后的婚姻状况,等等,仍不够明确;

2. 对八大山人诗文的研究未能深入。由于八大山人思想的表达总是以一种十分曲折晦涩的方式进行,许多诗文、花押的破析简直就是猜谜。因此,长期以来对八大山人诗的研究未有令人信服的成果。但诗文研究对于八大山人生平研究来说无疑是一项非常重要的工作,现在的生平研究,多以山人的绘画创作为依据,同时根据名号、印章、书法等来为山人生平分期;但诗是作者生活际遇、心路历程、生命体验、艺术感悟的特殊记录,对诗的注意不够,就是放弃了了解八大山人的思想情绪发展脉络的有效的途径。

有人说,八大山人本身就是一个谜。但是,身影模糊的八大山人却以他留传于世的近千件风格鲜明的书画作品,凸现着一位艺术巨匠的伟大。生活了八十年的八大山人,其艺术风格早、中、晚期变化较大,而这种变化又和他的生活经历密切相关。因此,为全面了解、把握八大的艺术世界,就应根据其生平事迹以及思想的转变来研究其艺术风格与内涵的演变。只有充分结合八大山人生平研究,才能全面了解八大山人整体的艺术成就及发展轨迹。

（原载《艺文论丛》第六辑,百花洲文艺出版社,
2008 年版,发表时有改动）

"江西派"领袖罗牧新论

——兼评与八大山人的交谊

　　罗牧(1622—1708)①,字饭牛,号云庵、牧行者、竹溪等,宁都县钓峰乡人。清初著名画家,在江淮区域影响很大,被称为"江西派"第一人。

　　由于关于罗牧和"江西派"的相关史料较少,罗牧存世的数十幅画作中能够对其生平、思想及交游等提供有价值信息的资料也不多,因此罗牧以及"江西派"的研究在清初绘画史研究中历来薄弱。20 世纪 80 年代末黄笃曾有《江西派开派画家罗牧的几个问题》和《罗牧年谱》等论著,是新时期以来系统进行罗牧研究的最初成果;近年萧鸿鸣出版的《"江西派"开派画家罗牧》在大量占有史料的基础上致力探讨了罗牧研究中的一系列问题,资料丰富,也颇多新见。

　　但总体来说,罗牧及"江西派"研究仍开展得不够充分,数量既少,一些问题的研究、包括对资料的解读也存在问题。事实上,作为在清初江淮乃至全国画坛上有着广泛影响的著名画家,罗牧有着明确市场意识和突出的"外向

---

　　① 关于罗牧的生卒年,本文采用黄笃 20 世纪 80 年代发现的《龙门豫章罗氏十四修族谱》(以下简称《族谱》)中的记载:"于明天启壬戌年(1622)七月十一日生,至大清康熙戊子年(1708)十一月初二日殁"。此前,郭味蕖《宋元明清书画家年表》以及曾非攽、刘品三的《江西画派罗牧的十二条山水屏》等论著根据罗牧存世作品上的署年,对罗牧的生年做过推断,其结论与《族谱》上的记载一致,因此,关于罗牧的生年学术界已达成共识。而《族谱》中关于罗牧卒年的记载则尚属孤证,还有待新的史料的进一步证实。目前发现的署年最晚的罗牧作品是现藏江西博物馆的"十二条山水屏",上有"丙戌冬八十五叟罗牧画于种云堂"的题款。近时,萧鸿鸣根据其发现的一则史料提出新观点:罗牧在辛卯康熙五十年(1711)——也就是在 90 岁高龄时仍然健在(参见萧鸿鸣:《"江西派"开派画家罗牧》,北京燕山出版社,2006 年版,第4—6页)。但正如萧鸿鸣所言,此说需要"寻求旁证来加以佐证"。

型"精神,他从乡间走出,初以制茶技艺谋生,终成为一位成功的文人职业画家、"江西派"领袖。他从南昌出发,远赴江浙谋求和拓展发展空间,与公卿士大夫、艺术鉴藏者、书画家、商人以及各阶层人士有着广泛的交往,他的经历中负载着丰富的艺术社会史信息。因此,开展深入的罗牧个案研究,对于进一步全方位还原清初书画市场和社会文化生活的历史情境,探讨文人职业画家的创作、交游与作品流通方式,均具有较高的学术价值。

本文拟通过对罗牧史料的重新解读和分析,尝试重新描述罗牧作为"江西派"领袖人物的艺术家形象。

一

随着明代画院在 17 世纪的衰落以及文化消费市场的繁荣,宫廷画院对于画家的吸引力在下降。"1600 年左右,明代画院已成为先前画院黯淡的影子;而宫廷也退缩成众多绘画市场之一,重要性甚至不及扩张中的江南城市,如杭州、苏州、松江、南京和扬州。"①当时,江南的一些城市,已经形成了庞大的文化市场,并造就了晚明时期大量出现的地方画派。职业画家在社会上有着越来越大的谋生空间,并赢得世人的尊重;文人画家也开始进入这一领域,与职业画家形成竞争。经济上的成功是画家向上流社会流动的良策,晚明一批成功的职业画家进入了社会精英的社交圈。

清军入关后的征服行动中断并破坏了文化市场,但随后的经济恢复与重建,也带来文化市场的迅速复苏。清初,江南文化市场较之晚明时期具有了新的特点,那就是由于政治等方面的原因,大批无法进入或主动拒绝进入清朝主流文化的文人进入了职业绘画领域,他们把曾经作为文人身份标志的文化知识和文艺技能用以谋生,成为所谓"职业化文人"。尽管清初刚刚复原的文化市场,还不能够给这样大批进入市场的画家们提供丰厚的收入,但文化市场仍然能够提供这些职业化文人获得社会承认并谋生的机会。

上述状况,影响着罗牧的人生选择。罗牧早年即热爱诗文书画。现存文献记载中都一致地提到罗牧"得笔法于魏石床",故知他早年曾师从宁都梅江

---

① 乔迅:《石涛:清初中国的绘画与现代性》,三联书店,2010 年版,第 25 页。

镇人魏书①学习书画。这种对书画艺术的热爱和向往,是艺术天分在画家生命早期的自然显露,并没有什么功利目的。

家庭及成长环境,决定了罗牧少时可能没有受过系统的教育。因此,罗牧后来在艺术创作中体现出来的学识修养,都是以缺乏系统、非正统的方式自学而成的,其中就包括随时向学识渊博的师友请益,即便其所请教对象的年纪与自己差不多,罗牧也能虚心求教。在"易堂九子"之一魏祥(1620—1677)的文集中收有《与罗饭牛》尺牍一则:

> 古人作画,悬纸高壁之间,闭户旬日,日夕相对,忽有山水烟林,天光地气,发于纸上,经营惨淡,执笔赴之。凡文字书画,精神距一层之,先落笔乃在此一,若守此一,便落第一耳。(《魏伯子文集·尺牍卷二》)

魏祥虽只长罗牧两岁,但从尺牍的内容来看,其口吻却俨然以师长自居,由此可知罗牧当年是以请益的态度与之交往的。正是这种孜孜以求的态度和精神,才使罗牧得以取得后来的成就。

进入青壮年时期开始承担养家糊口责任的罗牧,面临着如何谋生的问题。此时罗牧开始跟从"易堂九子"之一、改名易姓的宁献王朱权后裔林时益学习制茶之法(在《族谱》及《西江志》中均有罗牧"得冠石林确斋芥茶法"的记载)。学习制茶技艺可能并非罗牧自己的自愿选择,而是家人的期待和意愿,是为了日后能够以此谋生。尽管《西江志》中对于罗牧留有一句"又善制茶"的记载,但对于制茶乃至茶艺,罗牧兴趣其实不大,这就是为什么罗牧成为名画家之后,未见对茶发表过任何看法,似乎自己的人生从未与茶叶发生过关系;而在同时代人关于罗牧的文字中也没有留下有关制茶的确切记载。

当30岁左右的罗牧来到南昌谋求发展时,带来两项技艺:制茶和书画。而后者显然是他努力的主攻方向。这时,罗牧对于书画的追求,已不仅出于

---

① 魏书,字石床,世家子弟,生卒不详。根据地方志记载,是明末诸生,诗词书画无一不精,著有《石床诗文集》二十卷、《逸民传》三卷等。入清后弃功名,潜心著述、作画。据说,魏石床性情豪放不羁,嗜酒,清人张庚《国朝画征录》中记载"(罗)牧能诗善饮",不知是否受到魏石床的影响。不过,关于罗牧与魏书两人之间的交往,现并不能找到直接的资料记载,仅在地方志中存有魏书《春晴同罗牧过韦公岩居》诗一首,这可能是对魏书与罗牧关系唯一的也是有力的证明,从诗题上看,魏书直呼罗牧之名,也足见两人之间的关系。该诗的末两句云:"定知岩壑本,诗思步层冈",有对罗牧进行山水画创作的点拨、启发之意。

兴趣和爱好,更在于罗牧从文化市场的繁荣发现了作为书画家独立谋生的可能。许多学者认为,罗牧长期以制茶、卖茶为谋生的重要手段,甚至"潜心于制茶技艺,……制茶至终,晚年尤享有声望"①。对此我持保留意见。我以为,这一判断大约是出于以往我们对清初画家生存状况的误会。事实上,尽管在到南昌谋求发展之初,制茶、卖茶可能成为罗牧谋生的手段,但大约在不到十年后罗牧就能够以书画谋生了。清初南昌名士徐世溥于 1658 年前作有《罗饭牛携画至山中》诗,其中有"云山本是无常主,更写云山卖与谁"之句,可知罗牧在 37 岁之前已经确定了以山水画创作谋生、发展的志向,②并显然已经获得了这种可能。

从当时的文化市场来看,职业画家能够成功,需要的是声望和名气。因此,罗牧在学习书画的同时,开始一点一点地积累自己的文化资本——名望和人气。

作为一名从宁都走出来的青年画家,罗牧走上艺术道路是没有什么资本的。因为他既没有显赫的出身,也没有特别的履历,从宽泛的意义上来说,他仅勉强可以算是一位"文人职业画家"。但他有一个最大的优点,使他能够获得别人所不能得到的认可、赞誉和好感,那就是在关于罗牧的为数不多的文字记载中,无一例外的对他人品的评价:"敦古道,重友谊"。这种品质在艺术家身上,尤其特殊和宝贵。当时的书画家,才华横溢者不少,但大多性格怪异,难以合群,如八大山人留给公众的印象;还有一些人虽曲意迎合,却又显得过于耍小聪明,不够敦厚,不够古道热肠。罗牧的才华、品行、性格,给他带来了巨大的优势。杰出的艺术才华,对传统道德的恪守,喜欢交游的性格,再加上刻意的走访和结交,使他有着广泛的朋友群体,这个群体从高官、商人到文人雅士以及普通百姓,在各个社会阶层中,得到广泛的认可、接受,甚至获

---

① 黄笃:《江西派开派画家罗牧的几个问题》,《美术研究》1989 第 1 期。

② 徐世溥(1608—1658),字巨源。江西新建人,为前朝高官之后。《清史稿·文苑传》有载。世溥少负不羁之才,年十六补邑诸生。但仕途坎坷,屡试不第。以慷慨议论时事、指斥弊端得罪了高官。明亡后隐居山林,从事著述,不复应举。《漫堂年谱》卷四十八:"世溥,字巨源,南州名士,顺治间死于盗",钱谦益《徐巨源哀辞并序》:"戊戌(1658)岁……死于盗……没时年五十一"。可知此诗的写作时间在 1658 年之前(黄笃认为徐世溥《罗饭牛携画至山中》诗写于戊戌年 1653 年前后,不知所据)。也即是说此诗写作之时罗牧至多 37 岁,从诗句可知,十年前两人就有过交往,也就是说,罗牧在 27 岁左右就已到南昌谋求发展,并拜访徐巨源等社会名流。

得深厚的友谊和情感。这大约与他的出身有关:农民出身给他以质朴和厚重;一步步走出乡间的努力,给他以坚韧和踏实;而他曾从事的制茶、卖茶商业活动的经历,又使他学到了经营的智慧和精明。

宋荦(1633—1713,字牧仲,号漫堂。河南商丘人。工诗文,善书画,书画名作收藏极富。曾任江西巡抚等职。著有《西陂类稿》等。)是罗牧人生中一位十分重要的朋友(很多认为罗牧之所以能够在江浙一带拥有大量客户和声望,正是因为有了宋荦的关系。这颇可质疑,因为罗牧在江浙建立声望至迟在 1665年前后,而宋荦却是在 1688 年才调任江西巡抚)。宋荦十分推重罗牧的人品。作为一个炙手可热的朝廷高官,他与罗牧的交往已经远远超越了所谓以仁政手段笼络汉族文人士大夫的政治目的,他们彼此欣赏、相互敬慕,交往频繁。宋荦曾作有"二牧说"表达对罗牧的深深情谊。1692 年,宋荦离职江西远赴江苏就职,途中取道庐山,罗牧也是少数随行同游的好友之一,足见彼此相交之深。在十三年后,罗牧还为朋友之事致函宋荦,足见友谊之持久。

罗牧的人品给他赢得各种性格的朋友。即便如八大山人这样"性孤介"(陈鼎《八大山人传》)的天才艺术家,他们之间也有着非同寻常的交往,超越了同行相轻的窠臼。罗牧有《赠八大山人》七古一首:

> 山人旧是缁袍客,忽到人间弄笔墨。黄茅不可置苍崖,丹灶未能煮白石。近日移居西埠门,长挥玉麈同黄昏。少陵先生惜不在,眼前谁复哀王孙。

写八大由僧还俗而以笔墨为生,一代"王孙"居市井之间过清贫生活。叹息"诗圣"往矣,谁写其人? 此诗写得十分真切,怀着无限同情,显然对八大相知甚深。罗牧与八大山人始终保持着密切的往来。在为清代康熙年间吕熊著历史小说《女仙外史》所写的一则跋语中,罗牧说:"余友八大山人常言永乐之杀忠臣,皆有激而致之。……余笑应之曰:诚如斯言……"此题跋透露信息是:罗牧与八大相交甚深,彼此十分信任,故能常在一起"讨论前朝旧事……考其得失"①,且颇有共同语言。至于人们常引八大山人致方士琯的手札"昨有贵人招

①　朱良志:《八大山人研究》,安徽教育出版社,2008 年版,第 303 页。

饮饭牛老人与八大山人……",其中颇有对罗牧的批评之意,这是事实。但其语气之间也表现出彼此相交甚深,关系非同一般,"若八大山人与罗牧二人情感不深,绝非作此重责"①。

罗牧交友面广,不仅有如宋荦、八大这样相知甚深的朋友,也有大量的事业上、艺术上的伙伴和彼此支持者(关于罗牧在江淮一带广泛的交谊,另文专论,此不赘述)。罗牧十分重视交谊,这在他的朋友们的诗文集中留有不少记录。但遗憾的是,这些诗文大多出现在罗牧成名以后,而对初出茅庐的宁都青年罗牧在最初事业道路上的奋斗的记载却很少。其中颇为宝贵的一则资料是前引名士徐世溥于1658年之前所作的《罗饭牛携画至山中》诗,全诗如下:"又随飞叶下江烟,与雁同来先雁旋。记得扁舟初过我,草堂门外水齐天。彩笔长悬梦里思,十年古道见须眉。云山本是无常主,更写云山卖与谁。"(《榆溪逸稿·榆溪诗钞》卷下)

这首诗很受罗牧自己的看重,其原因当是:徐巨源为当时名士,文名、节操俱高,能够受到他的赞誉,是难得的荣誉。该诗后被张庚引用在《国朝画征录·罗牧》中,也足见徐巨源的影响力和时人对这首诗的认可。罗牧曾将此诗诵给宋荦听,有论者据此以为罗牧有故意张扬之嫌。这倒未必。此时罗牧与宋荦已相识三年,似已无此必要。此事在宋荦《友评》中是这样记载的:"余到南州三载,求徐巨源文翰甚渴,自陈伯玑所刻《榆溪集》外,即片纸不可得,今岁春闻罗饭牛诵巨源诗云:……"可见罗牧诵此诗乃是应求之若渴的宋荦之请。宋荦听了此诗后的反应和感受是:"令人讽咏不已"。

我们更关注的是诗句中透露出的一系列信息:

其一,从诗句可知,两人在十年前就有过交往,而在第一次拜访时,罗牧就以自己的作品给徐留下深刻印象,故有"彩笔长悬梦里思"之句。目前所见罗牧最早有纪年的作品为顺治十八年(1661)罗牧40岁时的《山水图卷》(现藏美国大都会艺术博物馆)。而此诗中的信息告诉我们,罗牧的书画在30岁之前即已成熟,并获得见多识广的徐巨源的赞赏,以至于尽管时隔多年,徐巨源仍对当年罗牧前来拜访时的情景历历在目。

其二,徐巨源对此后多年中罗牧的作为十分关注,从"十年古道见须眉"

---

① 萧鸿鸣:《"江西派"开派画家罗牧》,北京燕山出版社,2006年版,第74页。

句中亦可见徐巨源对罗牧为人行事的赞赏。

其三,对于罗牧决定以书画安身立命,徐巨源颇有保留。"云山本是无常主,更写云山卖与谁"句,既透露出徐巨源对于世事多变的感慨,也表现出他对罗牧决定以书画艺术安身立命的选择的担心,徐认为身居乱世,以书画谋生不易,故提出质疑。

其四,此诗中也透露了早年罗牧的书画风格。从"更写云山卖与谁"句中我们可知,早期罗牧山水的风格很可能近于"米氏云山"一类。这与对罗牧山水画的评价"摹董巨而为之"也是基本契合的。

二

除了"敦古道,重友谊"之外,罗牧的性格中应该还有十分执着的一面。为了在艺术上获得成功,他从宁都来到南昌,寻找机会;又继而从南昌出发,到当时最为繁盛的商业之都也是书画市场最为繁荣的扬州等地。"挟所能而游省会,名动公卿士大夫"(张庚《画论·总论》)。当时,江南的一些城市,如苏州、松江、南京和扬州等,是职业画家最愿意选择的定居点。南昌则属于一个比较次要的市场。罗牧以南昌为起点,开始游走各方,借助建立的人脉扩大自己的艺术市场。罗牧与一般文人不同的人生经历以及人品、性格,使他成为文化商人最容易接近的艺术家之一。在南昌,他的书画获得广泛的认可,其成就和影响甚至超过了在艺术天分上更为卓越的八大山人(在很长一个时期罗牧得以独步江西的原因是:在罗牧成名的时代,八大尚未被世人所识。尽管八大与罗牧年纪相差不大,罗牧长八大5岁,但八大长期身在佛门,其画名仅在少数朋友之间传播,未受到社会的广泛关注,直到晚年还俗后,作品的传播途径才得以拓展,不仅有朋友间互赠和雅集中的创作,也有了以商业性为目的的创作。罗牧"山人旧是缁袍客,忽到人间弄笔墨"之句,说的正是这层意思。而此时罗牧已成名多年)。

扬州是罗牧十分重视的城市。根据现有资料,罗牧最初的出行就将目标定为扬州。此次扬州之行大约在康熙四年(1665)、罗牧44岁前后。据说,这一年罗牧北游扬州与恽寿平(1633—1690,初名格,字寿平,号南田。江苏武进人。清初著名书画家,有"恽派"之称。与王时敏、王鉴、王翚、王原祁、吴历合称"清六家"。)建立了交往。在此前后,罗牧常到扬州,或者在扬州久住。罗牧好友方士琯有《闻罗饭牛先生买妾扬州戏成却寄》诗:

> 望子归装久,秋过冬又残。新从鸳被暖,肯忆蓼洲寒(时先生家住蓼水——引者注)? 江水朝来急,风帆欲到难。深闺好惆怅,日日问长干。(《鹿村先生诗集》)

从诗中"秋过冬又残"句可知罗牧住扬州时日长达数月。据萧鸿鸣考证,此诗作于康熙五年丙午(1666)前后。① 另,《族谱》中也有康熙四年罗牧"继娶蔡氏"的记载,与方士琯诗中言罗牧纳妾时间大致吻合。

数年后,约在 1670 年,罗牧再游江浙一带。期间通过华亭人、画家顾大申(字震雉,号见山)介绍,罗牧先去南京拜访了周亮工(1612—1672),然后转去扬州。此事有周亮工《赖古堂集》卷六《送罗饭牛之邗上》(邗江,县名,在江苏)诗为证:

> 顾见山从江上示余札子云:与饭牛将访余于恕老堂,为一月留。既以事阻,忽返云间(即上海松江——引者注)。独饭牛过我,又匆匆欲往广陵(今扬州——引者注)。因步何省斋韵送之:
> 客从章贡到,因动故园心。画卷烟云过,楼开海岳临。清江虚脱眺,黄菊过幽寻。莫为秋风苦,闲同蟋蟀吟。虎头书早寄,一月约君留。所欢晴江棹,难为日暮求。听涛应有赋,作客莫悲秋。归若云间去,吾将共一舟。

接下来的 1682 年,罗牧先到真州(江苏仪征),然后从真州到金陵,期间要做的一件事情是受真州朋友许松龄(字颐民)请托走访另一朋友、著名画家龚贤(1618—1689,字岂贤,号半千,又号野遗,柴丈人。昆山人,寓居金陵。工诗、善画,墨法从董、巨变出,自成一家,后世称为"金陵八家"之一),其目的是代许颐民请龚贤作画。此事载龚贤所作《江村图卷》的题跋

---

① 萧鸿鸣:《"江西派"开派画家罗牧》,北京燕山出版社,2006 年版,第 154 页。

中,跋文如下:

> 壬戌秋,西江牧行者自真州来,曰:真州有许君颐民,近号苍雪先生者,颇嗜画,因要余画,余谢不能,敬推柴丈,不获已,为作一卷。复以一卷属我渡江索柴丈,柴丈其许我乎? 余曰:饭牛子以画名西江,尚而逊谢,余小巫,能不气缩也。行者极言之,亦为作一卷,去。兹余……得晤颐老,颐老与余谈甚洽……余复为作一卷,乃《江村图》。……惜未与饭牛行者一见也!

许松龄,字颐民,号柏庵、劲庵,出身于徽州望族,有较深文化修养,特别对于收藏同时代书画家的作品有兴趣,是当时十分有影响的大收藏家。前引这一跋语中值得注意的信息是:罗牧与许松龄、龚贤都很早就相识,曾应许松龄之邀为其作画;龚贤长罗牧4岁,在金陵一带成名已久。但龚贤与许松龄却是通过罗牧结识的。以许松龄在清初艺术市场上的重要性,足见罗牧当时在江淮一带的影响力,跋语中龚贤对罗牧十分推崇,且情谊深厚。

1686年罗牧再游扬州。并再次与恽寿平有交往和合作。孙之觉编《毗陵六逸诗钞·香草堂诗钞》卷二:"西江罗饭牛、吾邑恽南田为作《香草堂图》,桐城江磊斋跋其尾曰:画里云山供大隐,意中丘壑属长贫,盖纪实也。"恽寿平也有《送西江罗饭牛》诗:"长天孤鹤又西飞,八月新凉到客衣,歌吹竹西留不住,满江秋月一帆归。"

罗牧频繁的江淮交游,其中一个十分重要的内容,是与当地著名书画家和艺术收藏人的交往,这种交游的直接结果是扩大了罗牧及其所代表的江西画家群体在江淮的影响力,作为著名画家,罗牧在江淮拥有了众多的追随者、学习者(清张庚《国朝画征录》:"江淮间亦有祖之者"。),与此同时,罗牧和"江西派"在市场上也取得了越来越大的影响力。尽管罗牧在这些江浙名城的居住时间有时很长,一说罗牧曾在康熙三年(1665)前后举家迁居扬州,但他终于没能在扬州定居,其中的原因颇值得研究。

在罗牧的身后,他的后代延续着罗牧对江浙地区的重视,他的孙子山水画家罗烜(生卒年不详,字梅仙),就侨居金陵(今南京),画史上有"年八十余犹操笔作画"的记载。

三

罗牧在南昌曾先后居于赣江旁之蓼洲和东湖。在罗牧、八大所处的年代,南昌东湖是文人聚集的地方。文人之间往来、雅集颇多,也形成若干松散的组织。从史料上看,当时有三个组织比较著名:"东湖社"、"东湖诗画会"、"东湖书画会"。这三个组织,在乾隆十六年刊刻的《南昌县志》中均有记载。
《南昌县志》卷四十六:

> 僧心壁,云南人,能诗,工书法,游江西,结茅庵,住东湖,与熊一潇、彭廷谟、饶宇朴、帅我、万承苍结社曰"东湖社"。宋中丞荦抚江西,闻其名造庐访之,为更筑憩云庵于湖畔……

据《南昌县志》卷三十六"憩云庵在苏圃旁,康熙二十七年(1688)滇南僧超渊(即心壁——引者注)结茅于此"可知,"东湖社"是由心壁和尚发起组织的,宋荦来江西后,对诗社十分支持,不仅登门拜访,而且为筑"憩云庵",给予实际上的支持。
关于东湖社,时人诗文中多有反映。在白潢、查慎行撰修的《西江志》卷一百三十一中载有熊一潇《次韵八大山人》诗:

> 高士南州邈,东湖烟雨寒。伊人千载后,秋水一编看。把卷吟诗好,闻名见面难。相期拾瑶草,长啸碧云端。

诗中所言"东湖烟雨寒"、"把卷吟诗好"等内容,应与"东湖社"有关。
在宋荦《西陂类稿补遗》所载《屈指》七言中写道:

> 屈指将成八十翁,扶持犹未藉双童,说禅结社烟波上,谒帝心悬霄汉中,游履拟追刘秘监(刘儿游嵩山,凡七十四次),学书恒愧杜祁公,偶携坐具空亭畔,领略荷香月正东。

宋荦所言"说禅结社烟波上"之"结社",当指"东湖社"。

关于"东湖诗画会"的记载在《南昌县志》卷四十之中:

> 涂岫,字平山,南昌人,工绘事,其画人物能使神采刻露,须发可数,生气拂拂出纸上,间设色作花卉。时蔡秉质工写翎毛,尤善画鹅。而临江黎坤亦工山水,尝与闵应铨、彭廷谟、李仍辈十二人结"东湖诗画会"。廷谟独擅题咏。故时有"涂菊"、"蔡鹅"、"闵蟹"、"彭诗"之称。会中又有按察司经历某,逸其名,画千叶桃独绝,人呼"千叶桃经历"。秉质,字彬士;坤,字载臣。

这里明确记载了"东湖诗画会"的主要成员的情况,包括每个人的艺术特色和特长。

在"东湖诗画会"之外,《南昌县志》卷四十一还记载了一个名为"东湖书画会"的书画家团体的情况:

> 徐煌,字芾斯,博学,工书法。早孤,好施予,每岁施棺至百余,且纳钱棺中,以为赙。……又尝置二舟于乐社塘,以利济。夏秋间,设茶邮亭,饮途人。而拯病者以药。岁暮复出谷,周其邻里,乡人德之。煌与同邑熊秉哲、八大山人、彭廷谟及宁都罗牧结"东湖书画会"。手临《黄庭》、《道德》二帖,刻石行世。

喻成龙(? —1714)于康熙二十六年任江西临江知府。此间,喻成龙与八大山人结下了深厚的友谊,在其《西江草》诗集中,留有五首叙述自己与八大山人交谊的诗,其中《予赴东鲁,已挂席章门,八大山人、澹雪和尚复买小艇送至樵舍,因留舟中握手论心,不忍离去。顷之酒酣兴狂,援笔率成八绝句,用志别绪》第四绝道:"年鬓相侵已二毛,兴酣吟咏尚牢骚,一从结社同君好,今日风流讶盛陶。"其中"一从结社同君好"显指八大与同好结社之事,这个"社"很可能就是指"东湖书画会"。

上述三个文人社团组织从名称和人员构成上看,"东湖社"是一个以诗文会友的组织,"东湖书画会"侧重于书画交流,而"东湖诗画会"则两者兼顾。

三个组织彼此在人员上有交叉,结社性质也十分相近,三者之间当有着密切的关系。特别是"东湖书画会"与"东湖诗画会",一些研究者认为两者实际上同属于一个大的文人雅集圈子(如黄笃在其《江西派开派画家罗牧的几个问题》一文中将两则资料合并起来研究,统称为"东湖书画会")。事实上,在当时南昌城的德胜门外,还有一处经常举行文人雅集的场所,那就是澹雪和尚为主持的北兰寺。《西江志》卷一〇三:"澹雪,临济派也。康熙丁巳(1677)自浙西来,见北兰寺岳让禅师道场鞠为茂草,乃结茅于此。经营数载,殿宇斋堂,方丈禅室及秋屏阁、列岫亭皆次第重建,遂为江西名胜之冠。"北兰寺建成后,多有文人雅士和地方官员聚会于此,宋荦来江西为官后,更以北兰寺为其结交南昌地区文人雅士的场所,在其自撰的《漫堂年谱》中说:"余放衙后常偕名流……访老僧澹雪,茶话清吟或至竟日,其地遂为豫章名胜。"在其诗文集《西陂类稿》中有众多诗文涉及北兰寺的文人雅集。北兰寺雅集的成员中,多有上述东湖文人雅集中的成员,如罗牧、八大山人、心壁和尚等。由于这类文人雅集本身就是一种十分松散的组织形式,时聚时散是其常态,因此我们不必拘泥于名称上的差异和人员上的不同。我们只需知道,在清初南昌,有一个由文人士大夫、书画名家、高僧等组成的文艺交往圈子。

罗牧是"东湖书画会"的核心成员,尽管尚没有证据表明罗牧也是"东湖社"的成员,但罗牧与诗社核心人物心壁的关系密切。罗牧有《赠心壁和尚》诗,从"清晨来自社,看汝坐观空"诗句来看,彼此之间交往密切频繁;心壁所著《超渊和尚诗》中收《雁荡山中怀友》四首,其三云:"揖别湖边柳絮飞,秋风又见菊花肥。山中处处悬君画,恨杀难得一幅归(自注:谓罗饭牛)。"从两人诗词中可见彼此的友情。

但对于黄笃提出、并得到学术界普遍接受的由罗牧发起组织"东湖书画会"的说法①,笔者以为缺乏可靠的证据。从上引几条材料来看,尽管罗牧参与了诗书画会的活动,但显然并不是其中的发起人。

罗牧作为清初在江西内外获得广泛声誉的画家,以其声望和广泛的交谊当然完全可以发起组织这类文人雅集,但目前没有证据表明罗牧曾经有组织书画社的意图和行为。组织诗社、画社这类文人雅集,需要一定经济实力和

---

① 黄笃:《江西派开派画家罗牧的几个问题》,《美术研究》1989 年第 1 期。

场地环境的保证,心壁和尚的憩云庵和澹雪和尚的北兰寺显然是最具有条件的地方。但这些并非主要原因。最为可能的原因有两个:

其一,罗牧始终有通过南昌走向更广阔天地的计划,他多次前往江淮区域的城市,特别对在扬州发展有着浓厚的兴趣。作为一位文人职业画家,向往扬州这一当时最发达的文化市场是可以理解的。在这一人生设计之下,南昌对于罗牧来说,只是一个中转地。笔者发现,罗牧书画署款中涉及在南昌的作画地址,往往写作"章江客舍"或"南州客舍",既云"客舍",说明在罗牧内心里,南昌仍只是暂住地,这一心态直到老年依然。从现存画作署款来看,最早题"章江客舍"是在"甲辰(1664)秋九月"罗牧43岁时,最后一幅以"章江客舍"落款的是76岁(丁丑年)时所作的《枯木竹石图》。可知,在南昌居住三十三年之后,罗牧仍未改变客居心态。另,在罗牧现存画作中,"竹溪"是一个经常使用的别号(现有资料显示至少从1678年57岁时一直使用到1701年80岁之后),"竹溪"是罗牧宁都家乡的地名,寄托着他对故园的眷恋。一头是故乡的"竹溪",一头是遥远的扬州,南昌在罗牧心中只是一个客居之地。罗牧无意在南昌长期居住,也就不会主动在这里发起组织社团。

其二,"东湖诗画会"一类文人结社,属于传统、松散的文人雅集。罗牧是一个具有鲜明的文化市场理念的画家。明末清初江浙一带经济繁荣,工商业发达,成为四方文人、画家聚集地。一时间,或以地域师承、或以风格技法等分宗立派的风气盛行。罗牧明白,江西画家要在时代画坛整体得到更广泛的认可,需要的不仅是自娱自乐的文人雅集,而是更需要形成与外界形成竞争的画家团体,需要树立一种外向型的地域画派观念,以期与江南一带文化市场相抗衡。这也许是罗牧无心组织文人雅集聚会的深层原因。

从宁都来到南昌,在此后四十多年的书画生涯中,罗牧以自己的创作和奔走宣传,在全国画坛上传播着一个概念——"江西派"(亦称"西江派")。

清人张庚在其《画论·总论》中说:"罗饭牛崛起宁都,挟所能而游省会,名动公卿士大夫,学者于是多宗之,近谓之江西派……"这段文字常常为人们引用,以证明"江西派"的历史存在。其中传递着一个重要的信息:罗牧的成名和"江西派"的崛起,来自于他长期不懈地在江南各大城市间的游走、推广和广泛交谊,特别是在"公卿士大夫"阶层的有效活动,有效地奠定了罗牧作为一代书画大师的地位和声望,也形成了"江西派"的整体影响。

　　时人李廷钰在跋罗牧1701年所作《秋林高士图》中写道："书画门庭各有行，画须生外熟方臻；至今源委西江派，犹说饭牛第一人"。李廷钰跋中除了赞扬罗牧为"西江派"第一人外，再一次肯定西江地区的画界是有其"派"的。但是，我们在当时江西画家的作品及有关资料中，始终无法寻找到比较一致的艺术风格和绘画主张，一个传统意义上的"画派"所应具有的特征并不明显。这启示我们应以另一种思路来理解"画派"的概念。

　　中国美术史上曾出现了不少声名显赫的艺术流派。这些流派，有的自觉地提出了自己的艺术主张，打出了旗帜，亮出了品牌，拥有自己的代表人物和大体相类的画风，成为画史研究者公认为"画派"；也有许多流派，其实只是一个大致的归属，其中往往拥有一批成就卓然的艺术家，由于成员之间缺少师承关系并未形成严格意义上的"画派"，却由于艺术观念和审美追求上的相近，而作为一个群体得到世人的认同，画史研究者一般审慎地称他们为"家"、"友"，如著名的"金陵八家"、"吴门四家"等。"江西派"作为一个画家群体，其特征更为模糊或者说其内涵和外延更为宽泛。由于彼此间艺术观念的包容，在罗牧的周围存在一个成员庞杂的书画家群体，地域性的集聚，是这个群体形成的重要纽带。由于人数众多，无法以"家"、"友"来概括，只能使用容易引起歧义的"派"来指代。

　　在"江西派"中，有着具有代表性的艺术家，如罗牧和八大山人。尽管他们的艺术风格不同，但长期的密切交往和艺术上的切磋，使他们早已彼此了解并接受了对方。如果说，罗牧是清初在全国特别是江淮地区第一位具有重要影响的江西画家，那么八大山人则是来自江西的另一位"名满天下"的艺术家。两者的不同在于，八大山人以其冷逸的艺术风格和奇特的艺术语汇征服了画坛，罗牧则是以其深广的人脉、稳健的艺术创作和高妙的美学趣味获得热烈的反响。八大是伟大的艺术巨匠，罗牧则是江西艺术史上最具清醒画派意识、也是最具画坛领袖气质的艺术家。

　　这正是罗牧的意义，他不仅以自己杰出的书画成就，为清初绘画史贡献一抹辉煌，更以自己的艺术活动，为江西老表挣得一份历史的荣光。因为他的努力，使画史上永远留下了"江西派"的概念。对于这个画派，还有很多问题值得研究，江西画派中的许多画家，功力深厚，风格独特，在画史上应有其地位。时至今日，包括罗牧在内的"江西派"画家们的美学价值、艺术史价值乃至市场价值都被严重低估,有些画家连作品都很难看到,更不用说得到应有的研究和评价。这一切,都需要当代学者和艺术品收藏家们共同的努力。我们应该通过自身的努力,让"江西派"重新焕发生机,为博大精深的赣鄱文化增添新的荣耀。

(原载《江西科技师范学院学报》2010 年第 5 期,发表时题目有改动)

近代中国美术发展坐标上的"珠山八友"

——读《珠山八友》札记

作为一个至今仍在生长、延续的陶瓷绘画流派,"珠山八友"不为更多的人所了解,不能不说是一件憾事;从另一角度来说,"珠山八友"始终没有在中国近代美术史上获得应有的定位,也是美术史研究领域的一个不小的缺失。因此,江西美术出版社的《珠山八友》一经问世,就引起了各界的关注。

一

中国美术史上曾出现了不少声名显赫的艺术流派。这些流派,有的自觉地提出了自己的艺术主张,打出了旗帜,亮出了品牌,拥有自己的代表人物和大体相类的画风,成为画史研究者公认的"画派";也有许多流派,其实只是一个大致的归属,其中往往拥有一批成就卓然的艺术家,由于成员之间缺少师承关系并未形成严格意义上的"画派",却因为艺术观念和审美追求上的相近,而作为一个群体得到世人的认同,画史研究者一般审慎地称他们为"家"、"友",如著名的"金陵八家"、"吴门四家"、"画中九友"等,20世纪20年代形成于瓷都景德镇的"珠山八友"正是这样一个以陶瓷绘画为主要创作领域的艺术家群体。

明清以后,市场因素的影响往往成为绘画流派形成的重要动因之一。因此有"扬州八怪"的出现,又有"海上画派"(又称"海派")的繁荣。这些流派中画家的共同的审美价值取向的形成,固然有艺术家个体的主观追求,而更多的是来自艺术市场的影响。社会公众的艺术欣赏趣味和偏好在市场上最为明白而直接地反映出来,画家们为了出售自己的作品,不得不适当地迁就、迎合这种趣味和偏好,久而久之,在同一地卖画的画家往往因此而在艺术特色上趋向一致,最终形成不同于传统的文人画派的新型的艺术流派。

在"扬州八怪"和"海派"的形成以及清代全国绘画市场中心的迁移中,我们不难发现经济繁荣对艺术市场的决定性影响。如果说,"扬州八怪"最早公开揭去了笼罩在文人画上的"雅事"的面纱,在艺术个性上更多一些激烈和怪异;形成于 19 世纪中叶的"海派"画家,则在艺术上有着更为明晰的对"雅俗共赏"的追求。上海开埠后,工商业的发展带动新的绘画市场的繁荣,大批专业画家云集于此地,他们师承不同,各有专擅,其中居于主流地位的"海派"画家,善于把诗书画一体的文人画传统与民间美术传统结合起来,又从刚健雄强的古典金石艺术中吸取营养,将明清以来大写意水墨画技法和强烈的色彩相结合,较多描写民间喜闻乐见的题材,形成了令人耳目一新的风貌。

"珠山八友"的诞生,同样受到民国初期景德镇陶瓷产业复苏、民窑兴起的经济背景的深刻影响。

据说,"珠山八友"形成的直接契机,正是由于共同完成商业订单的需要。1928 年,著名瓷画家王琦接受了一套八块不同题材的瓷板画的订货,为了更好地满足客户的需要,王琦邀请活跃在景德镇陶瓷美术界的几位各有专攻的画家朋友共同合作。[①] 这种合作的成功,启发和促进了"珠山八友"的形成。此后的岁月中,"八友"不仅时常合作,而且根据市场的需求对各自的主攻画科重新进行了调整、定位。从这个意义上来说,"珠山八友"不仅适应了市场的需要,而且明确地欲以众人之力,形成具有品牌效应的瓷画家群体,是主动地应对市场需要的产物。

从"珠山八友"的组成特征来看,显然是一个松散型的陶瓷艺术家组织,是由一批志同道合的陶瓷画家结社而成。就其性质而言,既有文人雅集的特点,也带有明显的商业合作的目的。而且,"珠山八友"比"扬州八怪"等更具有面对市场需求而自动合作的自觉性,是陶瓷产业和陶瓷美术市场直接影响下的产物。但是,商业策略并无损"珠山八友"在艺术上的精益求精。相反,由于艺术家的市场策略总是伴随着某种艺术上的自我风格设计和定位,聪明

---

① 参见耿宝昌、秦锡麟:《珠山八友》,江西美术出版社,2004 年版,第 156 页。

的艺术家以创新作为自己应对市场需求的制胜法宝。因此,"珠山八友"始终注意艺术上的不断创新、不断突破。可以说,明确的市场意识和以此为动力的艺术努力正是"珠山八友"超越先贤、成为"中国第一个陶瓷艺术流派"①(邓白语)的重要原因。

二

从陶瓷工艺与陶瓷美术之间的关系来看,工艺上的不断进步,无疑是陶瓷美术发展的前提条件。而陶瓷艺术家们对于新的绘画风格的吸收,也是推进陶瓷彩料工艺发展的重要动力——新的绘画风格在陶瓷上的表现,总是要求陶瓷工艺上的创新以适应绘画的需要。因此,从某种意义上说,正是陶瓷画家们对新的绘画风格的尝试,推动了陶瓷彩料工艺的不断创新和发展。

唐代釉下彩的成熟,开启了陶瓷绘画的发展空间。从那时起,瓷画就受到中国画的深刻影响,从粗放的墨戏到工细的画风在陶瓷绘画上都经过了长期的试验和完善。元代景德镇青花和釉里红的烧制成功,使具有强烈中国风格的釉下彩瓷发展到一个新的阶段。明清以降,对设色陶瓷绘画的要求在釉上彩瓷中得到了实现。此后,从洪武釉上红彩、成化"斗彩"、嘉靖、万历"青花五彩",到"康熙五彩",再到"雍正粉彩",中国陶瓷美术终于达到了一个前所未有的历史高度。陶瓷画在彩料工艺的支持下获得了空前的艺术创作自由。"珠山八友"正是在粉彩工艺高度成熟的基础上实现了对传统陶瓷绘画的继承和创新。

有人说,"珠山八友"的成功是将文人画的风格引入陶瓷绘画领域的结果,并以"珠山八友"诗书画印四位一体的书卷气作为"珠山八友"瓷画艺术的最具有创新意义的审美特征。其实,"珠山八友"的成功之处并不限于此,而在于其对主流的和民间的、中国的和异域的各种艺术风格和技法的全面、务实的吸收和融会贯通。欲真正把握"珠山八友"陶瓷绘画的艺术成就,不能不将其与晚清时期风靡一时的浅绛彩瓷画流派略作比较。

在浅绛彩瓷画流派出现之前,晚清景德镇粉彩瓷的风格趋于精工、富丽,

① 耿宝昌、秦锡麟:《珠山八友》,江西美术出版社,2004年版,第8页。

仿古之风盛行,装饰性的工艺炫耀成为瓷画工匠的普遍追求,这就无可避免地造成此期瓷艺上的陈陈相因和艺人们创造力的衰退。咸丰至光绪年间,以程门等为代表的皖南新安派画家介入景德镇瓷艺界,把文人画的艺术风格、审美趣味和艺术技法应用于陶瓷绘画,他们结合自身的优势创造的瓷上浅绛彩,给景德镇瓷艺界带来了全新的艺术冲击,他们的成功也吸引了更多的文人画家涉身瓷画创作。

与"珠山八友"相比,浅绛彩画法具有更为纯粹的文人画性质,但浅绛彩画家最终没能走得更远,究其原因正是由于程门等人以传统文人画家的角色意识进入瓷画创作,对陶瓷工艺的本能的轻视以及由此产生的对陶瓷工艺的隔膜,使他们在瓷画风格上的创新缺乏彩料工艺的有力支持;而其浓郁的书卷气,也使他们的作品难以真正雅俗共赏,终于在一度兴盛之后,黯然淡出瓷艺市场。

"珠山八友"却与程门等人不同。"珠山八友"大都具有民间画工的经历,使他们的艺术之根,深植在传统瓷艺的土壤中。这种经历,是"珠山八友"吸收其他艺术养料的基础。"珠山八友"画家谙熟传统粉彩技艺,这种对于粉彩技艺的充分了解,保证了这一流派在绘画风格上的探索总是伴随着陶瓷绘画工艺的革新,如王大凡的"落地粉彩"、刘雨岑的"水点桃花"等工艺技法的创新都是适应其绘画风格上探索的结果。与此同时,"珠山八友"非常注重对传统中国画丰富的流派风格和技法的全面借鉴和吸收,这种借鉴和吸收不仅包括主流文人画的传统,也包括一些传统文人画所不愿接受的院体技法;同时,处于20世纪初异域画风受到美术界欢迎的大背景下,"珠山八友"也吸收了西洋画乃至东洋画的绘画手段。这种对于各种艺术传统的开放式的继承,不同于程门等浅绛彩画家对文人画风格的固守。

总之,从程门诸人到"珠山八友",体现了纯粹的文人陶瓷画到现代陶瓷画的转变。这种转变是文人画传统与民间美术相互影响、相互融合的结果,反映了艺术家在继承和借鉴中表现出来的面对各种艺术种类和艺术手法的开放的心态。其中也折射出中国近代美术发展的某些特点。

三

20世纪初,对整个中国文化的重估,成为当时思想界的一大特色。

在这场空前规模的以批评传统道德和传统文化为主要内容的新文化运动中,中国绘画传统也受到了重新的批判。一批学者和艺术家对于中国画的历史进行了否定大于肯定的新的审视。这种批判性审视的意义,今天尽可以讨论,但有一个事实是:随着元明以来在画坛居于主流地位的文人画传统所赖以存在的时代背景和生存、发展环境发生了巨大的变化,进入 20 世纪,以文人画传统为主要标志的中国画,必须寻找出路,中国画面临新的转型。

文人画是一个历史的概念。从宋人提出"士夫画"以来,文人画传统在深厚的民族艺术土壤中产生并成长起来,逐渐形成统一的艺术风格。明代中叶以后,随着吴派的崛起,华丽富贵的院体花鸟及水墨苍劲的院体山水结束了雄霸画坛的状况,从此一蹶不振。明末花亭派董其昌的巨大声望,更将"文人画"的影响发挥到极致,以至于从那以后,文人画就几乎成为了中国画的代名词。作为主流的文人画在画面意境、绘画题材、笔墨技法等方面形成了自己独特的体系,但与此同时,也逐渐形成了自我的局限和约束,如题材上日趋狭窄,笔墨色彩上也出现了种种禁忌,文人画在长期自我封闭的发展中逐渐成熟并走向衰落。

在另一方面,民间绘画却仍然受到社会各阶层的广泛欢迎。无论南方、北方,无论应市、应节,都少不了各类民间绘画。从绘画史的角度来看,由于文人士大夫阶层在社会上的主流地位,其审美偏好深刻地影响了社会各个阶层的审美价值趋向。长期以来,无论是来自画家个体层面的交流还是来自社会公众层面的要求,都使民间画工无法回避来自文人画的影响。因此,对文人画的学习始终是民间绘画发展的一个主要方面。但,民间绘画也始终是深刻影响文人画走向的一个重要方面。出于自身发展的考虑,历代有成就的画家多从民间绘画的土壤中汲取养分。特别是清末,文人画家对民间画工的风格技法和经验的借鉴更成为一种突出的现象。分别被潘天寿先生视为"前海派"和"后海派"画家代表人物的赵之谦和吴昌硕就都从民间绘画中汲取了色彩浓丽的赋彩特点,特别是吴昌硕,在传统的基础上汲取民间绘画用色特点而成为历代写意画家中最善于用色者,进而达到"雅俗共赏"的艺术效果。

此一时期,民间绘画对文人画的借鉴和学习也出现了新的特点:在北京、上海、苏州、杭州、长沙、成都等地的民间画工所开的画店("作铺")里,民间绘画与文人画风已经得到融合。这种融合不仅表现在绘画技法和风格的层面,还表现在一些长期以来为民间绘画所特有的美术种类中也融入了文人画的特点。如杨柳青年画名家高桐轩,就在自己的年画创作中汲取了文人画的一些特点,其作品浑厚中不失典雅,风格高古庄肃,这种影响在其晚年的《踏雪寻梅》《文姬归汉》等作品中表现得尤其突出。

在上述的时代背景下,"珠山八友"进行着自己独特的艺术探索。

从身份上看,"珠山八友"的构成既有民间画工、手艺人(王大凡、徐仲南、何许人为红店学徒出身,王琦为捏面人的手艺人),也有文人、知识分子,这种构成正体现了清末画坛的复杂局面:传统的士大夫阶层在明清以后发生了变化,光绪三十一年(1905)科举制的废止更使存在数千年的士大夫阶层彻底地趋向分化解体;而在这之前,职业画家就以不同于传统的文人画家也不同于民间画工的身份成为中国画坛的主流力量。"珠山八友"正是一个职业画家群体,面对陶瓷艺术市场的竞争和压力,他们的艺术探索有着更为务实的态度,他们的一切创新和借鉴,都不能脱离"雅俗共赏"这个原则,而艺术上的精益求精又使他们的陶瓷画创作没有文人雅士游戏笔墨的随意和粗率。

在继承学习文人画传统的基础上,从陶瓷彩绘艺术的传统出发,"珠山八友"广泛继承和吸收各种能够丰富自己画笔的艺术流派的经验,包括普遍地在人物瓷像中吸收西方绘画的光影技法,将西洋画人物体面结构和光影技法与中国传统人物画的线描和衣纹相融合,形成被称为"西法头子"的独特的人物画风格(如王琦);在山水画题材中借鉴西方风景画的固定视角和焦点透视(如邓碧珊)等。"珠山八友"在艺术上对西洋画法的自觉吸收,无疑从另一侧面反映了在文人画传统衰落的年代,艺术探索和借鉴的广泛性和多样性。民间美术的博大的包容力,使这种借鉴并非什么困难的抉择。

即便是对中国画传统的学习,"珠山八友"的借鉴也不限于文人画,而是有着更为宽广的视野。在他们的一些作品中,可以明显发现"院体画"的特点,如程意亭的鸟兽花卉,结构严谨,毛羽逼真,细腻、工巧,深得宋代院体画的神韵。文人画的风格特征、民间美术的传统技法、西方绘画的光影手段乃至东洋绘画的一些特点,都在"珠山八友"的瓷画中得到运用,这种运用不是生硬的,而是能够最大限度地加以融会贯通。

文人画传统当然是"珠山八友"画家艺术继承的主要方面,他们对文人画的意境、气质和精神内涵有着深入体会和把握,对文人画传统有着非常认真的学习和继承,包括对文人画注重文学修养和书法功底等方面的持之以恒的努力。在他们的作品中,处处可以发现文人画风格的深刻影响(事实上,"珠山八友"在绘画艺术上大都有着多种笔墨,从《珠山八友》一书中刊载的一些珍贵的纸本作品来看,"珠山八友"对文人画的笔墨技法和内在意境都有着深刻的体会和掌握)。但"珠山八友"决不自我局限,并不以文人画为唯一学习目标。因此,在瓷画中采用现在这种务实的技法,实是一种根据陶瓷绘画特点而进行的认真的艺术探索,瓷器的质地和粉料的特性,决定了"珠山八友"在绘画时所宜采取的手法。

总之,"珠山八友"在充分把握了传统的粉彩技艺的基础上,将文人画的艺术传统与陶瓷美术的绘画风格、造型、题材等方面相结合,融合西洋画、东洋画技法,广泛吸收诸种绘画的优长和特点,注重造型,注重写生,广收博采、加以消化、融会,大胆拓展,形成了自己特有的艺术面貌。充分体现了民间美术与文人画精神再度融合后产生的强大的生命活力和创造力。

"珠山八友"的瓷画艺术是一个巨大的宝藏。正是他们的陶瓷美术创作,使陶瓷美术最终告别了传统的陶瓷美术装饰性大于绘画性的追求,成为具有独立审美价值的陶瓷画。"珠山八友"的成就是清末文人画与传统陶瓷美术相互融合的又一典型,而这种融合正和当时中国画转型时期的探索有着异曲同工之妙。

对"珠山八友"的艺术成就的研究还刚刚开始,给"珠山八友"以绘画史的定位,更为时尚早。我们如今需要的是扎扎实实地将这些名家的创作进行梳理、鉴定、去伪存真,保存下来并使之与更多的关心者见面,笔者以为这正是江西美术出版社历时五载完成的《珠山八友》出版工程的文化价值之所在。

(原载《中国图书评论》2005年第5期,发表时有删节)

神性的回归

——论许从龙《五百罗汉图》的艺术成就

清康熙年间画家许从龙的《五百罗汉图》，是现存国内罕见的大型卷轴式罗汉组图，原作共 200 幅，现存 113 幅。每幅纵 274 厘米，横 125 厘米，纸本设色。据清人万承苍《栖贤寺罗汉图记》载，这套《五百罗汉图》由时任江苏布政使的金世扬出资绘制。许从龙为创作这套《罗汉图》前后费时近七年，可谓心血耗尽。作品完成后一直供奉于庐山栖贤寺。1918 年康有为第二次游庐山时，曾见此图，对其变幻雄奇的艺术风格极为赞赏，并作题跋。1953 年，栖贤寺僧众将幸存的《罗汉图》移交庐山管理局接管。现存《罗汉图》除一幅外，皆藏于庐山博物馆。

一、五百罗汉图题材的源流

罗汉，是梵文 Arhat 音译"阿罗汉"的略称，是小乘佛教修行达到的最高果位。佛教认为，获得罗汉这一果位，就可以破除烦恼，圆满功德，解脱生死轮回。罗汉图是中国传统美术中一种独特的题材。其源头在印度佛教文化中，但其表现形式却颇具中国文化特点。

在佛教雕塑或壁画中，罗汉最初是作为佛的胁侍出现的。在莫高窟现存塑像中往往有一佛二罗汉二菩萨的组合，为突出佛像的主体地位，不得不把居于佛左右两侧的菩萨或罗汉像缩小，这种情形一直延续到隋唐之际。《历代名画记》卷四"戴逵"条记载，东晋画家戴逵曾作《五天（大）罗汉像》，这应是最早有记载的以罗汉为主题的绘画了，但未见画迹流传，其所画内容也无可考。

晚唐以后，随着佛教的本土化和禅宗的兴起，人们对罗汉的尊崇，逐渐从原本附属于佛的信仰中独立出来，成为各阶层人士的普遍信仰，以罗汉为主角的雕塑和绘画也随之出现并逐渐普及。这是一种具有中国文化特点的宗教美术现象，是罗汉信仰世俗化的体现。在后世中国民间，人们往往把罗汉直接等同为神通广大、古道热肠的高僧，富于人情味和亲切感，因而成为社会各阶层的日常信仰，以罗汉为题材的美术作品的流行正是在这种背景下形成的。画中那些性格鲜明、各具神通的罗汉已不仅仅是人们顶礼膜拜的偶像，更是人们心中智慧、执著和正义的化身。

唐以后，以罗汉群体为主题进行艺术创作成为罗汉图的一大特点，在艺术史上出现了数量可观的"十六罗汉图"、"十八罗汉图"和"五百罗汉图"等。

佛教中有十六罗汉住世护法的传说，这是"十六罗汉"图的题材来源；"十八罗汉"题材的兴起，并没有什么经典依据，应是艺术家根据自己偏好在十六罗汉之外的增补，宋代以后，十八罗汉传说逐渐流行，反而比十六罗汉之说更为深入人心。画史上关于"五百罗汉"图的记载也由来久远。据说唐末佛像画家朱繇即作有"五百罗汉"图，①宋代苏轼曾作《荐诚禅院五百罗汉记》，南宋邓椿《画继》卷五中也有僧人法能作《五百罗汉图》的记载。南宋画家周季常、林庭珪的立轴绢本设色《五百罗汉图》现藏于海外博物馆。宋元以后有大量五百罗汉像被雕塑于各地庙宇，北宋时期的广东曲江南华寺木雕五百罗汉，至今尚存360躯，是保存较为完整的早期五百罗汉雕塑。

关于五百罗汉题材有多种说法：一说认为五百罗汉就是常随释迦牟尼左右听法传道的五百弟子，一说则认为五百罗汉是佛祖涅槃后参加第一次结集或第四次结集的五百比丘，也有认为五百罗汉的前身是五百只大雁或五百只蝙蝠；还有一说认为这一题材来自敦煌壁画中"五百强盗成佛"的故事。这些说法中应以前两者更具可能。一个间接的例证是：作为现有史料中有关五百罗汉图最早记载之一，唐末朱繇的五百罗汉图便被称为《佛会五百罗汉》，可见五百罗汉题材应与佛教集会有关。在南宋高道素所录《江阴军乾明院五百罗汉名号碑》中，五百罗汉各有其名，虽然这只是宋人的一种附会，但却被此后各地罗汉堂所采用。

---

① 见《南宋馆阁续录》卷三。

　　元明以后,五百罗汉题材绘画作品留存世间较多,晚明画家丁云鹏、盛茂烨合作挂轴式五百罗汉图,由丁云鹏负责"开脸"的部分,盛茂烨描绘其他部分;晚明另一画家吴彬也曾绘制多幅《五百阿罗汉图》,包括若干幅立轴构成的组图和长卷形式的画作,但这些作品大都流失海外。

　　上述的各种罗汉图和罗汉雕塑,均可能成为许从龙《五百罗汉图》题材和艺术灵感的来源。

二、许从龙《五百罗汉图》的艺术风格

　　《五百罗汉图》构思宏大,神气充沛,人物造型生动、传神,笔力雄健、赋彩淡雅,有浙派风格。这里仅就其艺术特色中最为突出的两个方面略作分析如下:

　　(一)体大思精,气韵贯通,精神充沛。

　　从绘画史上看,无论是"十六罗汉"、"十八罗汉"还是"五百罗汉"主题,其表现形式又可分为两种类型:一种是以一幅画描绘一位或几位罗汉,各自独立成图,组成整套的"十六罗汉"、"十八罗汉"或"五百罗汉"(如贯休著名的《十六罗汉图》就是以16幅画每幅描绘一位罗汉构成),这是罗汉图的主流样式;另一种是将罗汉群体集中在一幅画上进行表现,形成长卷。如吴彬的《五百罗汉图》长卷。

　　作为一种描绘人物数目众多的绘画题材,长卷式的五百罗汉群像往往受到画幅的限制而无法展示宏大的场景和多变的布局,显得人物布局单调、缺少吸引人的情节构思。晚明吴彬的《五百阿罗汉图》长卷即有此局限。因此,将众多罗汉分成若干组,分别形成相对独立的画幅,显然是一种更为有效、可行的方案,因而多为画家所采纳。许从龙的《五百罗汉图》采取的就是这样的图式。许从龙将五百罗汉及少数附属人物分别巧思安排于200幅立轴中,每幅画罗汉少至一、二位,多至四、五位,被安排在不同的环境之中,以各不相同的活动和情节进行局部组合,每轴表达一个相对独立的构思。如对200幅立轴加以解读,就是200个具有独立情节的罗汉故事,尽管对于这些故事我们很难一一加以索解,但仅从画面来看,其人物的神态、动作,人物之间的关系、人物与"山海木石,鱼龙鸟兽"之间的种种关联,已经构成富有寓意的情节,进而表现出众罗汉们迥异的性格、各自的修炼和神通,其中的内容异常丰富,体

现了一种宏大、复杂而严谨的艺术构思。画家在创作上可谓胸有成竹,通过艺术风格上的整体性,使罗汉故事彼此呼应。每一幅都神完气足,而彼此之间又能气脉贯通,表现出画家严谨缜密的布局思考和长期不懈、全神贯注的创作状态。

(二)不资粉本,匠心独运,机杼自出。

许从龙的《五百罗汉图》对历史上同类题材雕塑和绘画多有参照,从罗汉形象、内容故事等方面对前人创作都有认真的研究,但在创作上体现出强烈的创新精神。虽然各个画面的主题多有传承,罗汉的形象塑造也有所依据,但其情节构思、环境设置基本出自画家自主的创造,这种创造应是基于画家自身的佛学修养、对罗汉故事钻研心得以及丰富的创作经验和生活阅历。

清代鱼翼《海虞画苑略》中说:"许从龙,……尤工仙释佛神,奇异怪形,匠心而出,不资粉本,自成一家。"古代职业画家作画多依靠粉本(稿本),能在前人粉本的基础上有所创新、发展已属高手,惟有大画家往往能在继承中创制出自己独特的"粉本",并影响后来的画家,如"吴家样"、"曹家样"、"周家样"等。许从龙《五百罗汉图》中涉及如此众多的人物,如此丰富的内容,而能不依赖粉本,依靠自己对佛教典籍和故事的理解,凭借自身高度的艺术修养以及丰富的阅历和创作经验,对题材的独立构思,匠心独运,机杼自出,进行认真的创作,这充分体现了许从龙《五百罗汉图》的艺术成就,奠定了这一杰作在佛教艺术史上的重要地位。

三、五百罗汉图对神性的复归

宋代以后,罗汉图逐渐脱去奇伟、神秘的样式,走向本土化、世俗化。这一发展路径到明清之际走到了一个极致,晚明画家吴彬的《五百罗汉图》长卷在观者看来,已经毫无神圣、神秘,而是"使人感觉愉快有趣,……一点也没有令人震惊之感"[1]。这样的罗汉图虽然可能赢得普通观众的欢迎,但已完全失去了宗教画应有的艺术效果。

许从龙在《五百罗汉图》的定位上与晚明以来的罗汉图有着明显不同的追求,试图重新回归罗汉图本来应有的风格和追求。

---

[1] 高居翰:《山外山——晚明绘画(1570—1644)》,上海书画出版社,2003年版,第194页。

许从龙的《五百罗汉图》是受委托人资助的创作。万承苍《栖贤寺罗汉图记》中说："方伯金公铁山,少游匡庐而乐之曰:'吾他日必以名迹酬山灵。'后三十年,自河南观察迁苏州布政使。闻虎头者善画山水人物,乃具千金装延于官,六七年作五百阿罗汉图二百幅。"从这段记述中足见委托者对于罗汉图神圣艺术效果的期许,这也为画家的创作定下了基调。从这一套罗汉图产生的艺术效果看,也达到了画家和委托人所希望达到的效果。据前引文记载,此图"张于会城之佑清寺,远近瞻礼者凡数万人。皆叹曰'兹真足以重山灵也已!'",观者的崇敬和心灵震撼溢于言表。

许从龙《五百罗汉图》之所以能够产生这样的艺术效果,其原因主要有以下两点:

（一）超大画面尺幅产生强烈的视觉效果。

许从龙的《五百罗汉图》尺幅很大,200幅立轴每幅纵274公分,横125公分,在存世同类作品中是尺幅最大的。历代尺幅较大的罗汉像,如南宋画家周季常、林庭珪的立轴绢本设色《五百罗汉图》,纵111.5公分,横53.1公分;明代丁云鹏的《画应真像》立轴,纵142.8公分,横68公分,在尺幅上均只及许从龙《五百罗汉图》的一半左右。如此大画创作难度很大,耗费精力,创作如此大画的原因,自然是希望通过巨大的画面,产生具有冲击力的视觉效果。再加上画面上颇为奇特的罗汉造型,五百个罗汉,大者似真人一般;以及山海险阻、百怪出没的环境描绘,使画面产生迥异于一般作品的强烈视觉效果,令观者顿生崇拜乃至敬畏之感。这正是画家和委托人所希望的艺术效果。

（二）造型奇异而不古怪的罗汉形象。

佛的十大弟子之一舍利弗是较早独立作为绘画主角的罗汉之一。在敦煌描绘"降魔"故事的壁画中,就有"祇园记"中舍利弗与外道六师斗法的故事。但在这个场景中,舍利弗的形象并未突出,只是作为佛教宣传壁画中的一个符号而存在,形象描绘不是重点。

当罗汉作为一个独立的题材并以罗汉形象描绘作为艺术表现的重心时,罗汉的形象造型就成为艺术界首先要考虑的问题。不知后世的罗汉图是否参考过早期立侍于佛两旁的罗汉形象,但想象的成分很大这一点是可以肯定的。研究者认为,"可以肯定的是,在画史之初,罗汉图乃是画家根据想象所创造出来的人物图像"①。

从佛教艺术角度来看,佛经对佛的形象有着严格规定,使人们不可能对佛像进行太多的创造性表现。相反,对于既有法力、神通又诙谐、亲切的罗汉,佛教美术中很难找到规定,艺术家完全可以进行自己独特的艺术创造。应该说,罗汉题材给了画家以很大的想象空间与自由创作的意趣。

历代罗汉题材美术作品大致有三种风格,一种是宋代以前的所谓"胡貌梵相",以贯休《十六罗汉图》为代表,此期的罗汉像具有更多的神性的功能。因此,画家对他们的形象进行了更多怪异处理。"胡貌梵相"者,有些出自异域画家之手,如《画继》中载:"西天中印度那兰陀寺僧,多画佛及菩萨、罗汉像,以西天布为之。其佛相好与中国人异,眼目稍大,口耳俱怪,以带挂右肩,裸袒坐立而已。……"第二种是宋代以后,随着罗汉带给人们的文化意义的改变,罗汉的形象向中土高僧形象靠拢。因此多世俗之态,罗汉多为五官平和的汉家面目,已不带有胡貌梵僧的气象。罗汉像从早期的神性中解放出来,人性化成分增强,越来越多地体现出一种世俗的审美趣味和现实性的美感要求。宋代李公麟在罗汉形象本土化、平易化方面起着关键性的作用,这种世俗形象的罗汉画,被称为"龙眠式的罗汉画"。从记载中看,在雕塑上,以宋代山东长清灵岩寺、江苏苏州紫金庵的罗汉塑像为代表,晚明丁云鹏的《罗汉图》也多可归入此类。形象并不奇怪,更加世俗化,更加富于人情味,但其神态精彩夺人。许从龙《五百罗汉图》中的罗汉造型属于第三种类型,它采取了介于前述两者之间的取向和选择。既不刻意表现平易、世俗之态,又不是强调"胡貌梵相"。从现存部分的大小 280 余个罗汉来看,其中虎目虬髯、胡貌梵相的外国罗汉达 50 余个。其他的罗汉形象,虽不具有典型的"胡貌梵相",其形象也与常人不同,画家显然意在强调罗汉超凡的禀赋和神通,画面罗汉形象奇而不怪。

许从龙《五百罗汉图》体现了高超的人物造型能力,对不同罗汉的形象和性格刻画,表现出极其丰富的想象力,特别是对于罗汉鲜明的性格表现,喜、怒、哀、愁等神态的传达,表现出高超的造型技巧和传神能力,罗汉形神兼备。

---

① 高居翰:《气势撼人——十七世纪中国绘画中的自然与风格》,上海书画出版社,2003 年版,第 82 页。

形象往往是和现实中的高僧形象结合在一起，介于梵、汉之间而完全汉化。

（三）注重以环境描绘烘托气氛。

许从龙《五百罗汉图》注重环境描绘。以往的罗汉图，并不都重视环境描绘对罗汉性格的烘托。邓椿《画继》中说："蜀之罗汉虽多，最称卢楞伽，……楞伽所作多定本，止坐、立两样。至于侍卫、供献、花石、松竹、羽毛之属，悉皆无之，不足观。"意思是缺少环境描绘，仅绘罗汉的坐姿或立像，视觉效果不好。后世《山居罗汉》、《渡海罗汉》画题的出现可知，罗汉图是有环境描绘的。南宋的罗汉图大多赋色妍丽，勾勒精谨，层次分明。画中的罗汉常常被置于一个生活化的空间场景中，突出其内在的精神状态。许从龙《五百罗汉图》的突出特点是奇异的环境描绘，并往往有奇禽怪兽相伴，罗汉们往往乘蛟骑鲸，一派法力无穷、超尘拔俗的气象。

总之，许从龙《五百罗汉图》作为国内现存最完整的大型卷轴式罗汉组图，有着特殊的艺术追求，并达到了较高的艺术水准。对许从龙的《五百罗汉图》艺术成就的研究尚刚刚开始，其在佛教艺术史上的价值还有待进一步挖掘、重视。

（原载《五百罗汉图》，庐山博物馆编，江西美术出版社，2009 年版）

对"传王羲之书"《佛遗教经》的再讨论

——兼论新见小楷《佛遗教经》墨本的价值

《佛遗教经》也称《佛垂般涅槃略说教诫经》，佛教经名，为释迦牟尼临终时对弟子的教诫。北宋以后文献中有关于小楷《佛遗教经》的记载，此帖因有"永和十二年六月旦日山阴王羲之书"款而著名，一般称为"传王羲之书"。如许多"传王书"的碑帖一样，对于小楷《佛遗教经》的书写者存在争议。

"传王羲之书"《佛遗教经》历来只见拓本，笔者近时却得见墨迹本《佛遗教经》一卷（关于墨迹本的情况，详见本文第四部分）。尽管笔者尚无法对此墨迹本的价值得出最终结论，但借此机缘，我对围绕着"传王书"《佛遗教经》的有关问题做了一些新的梳理和思考，并对新见墨迹本《佛遗教经》问题做了初步探讨，现草成此文，就教于方家。

一、王羲之有没有可能书写《佛遗教经》

在讨论墨迹本《佛遗教经》问题之前，笔者想先探讨一个问题：小楷《佛遗教经》的书写者有没有可能是王羲之？

北宋以来，主张"传王书"《佛遗教经》书写者并非王羲之的观点占主导地位，欧阳修、苏轼、黄庭坚等大都持此观点。归纳诸家意见，认为此作非王羲之所书的核心理由是：《佛遗教经》是东晋后秦时才由鸠摩罗什译为汉文的，王羲之在世时尚无汉译，如黄庭坚《书徐浩题经后》："《遗教经》译于姚秦弘始四年，在王右军没后数年"。

按，鸠摩罗什（344—413）原籍天竺，生于西域龟兹国（今新疆库车）。据梁慧皎撰《高僧传》卷二《晋长安鸠摩罗什》和《晋书》卷九十五《艺术传·鸠摩罗什》相关记载,鸠摩罗什幼年出家,初学小乘,后遍习大乘,尤善般若,并精通汉语,曾游学天竺诸国,遍访名师大德,深究妙义。在后秦弘始三年(401),秦王姚兴派人迎至长安从事译经,成为我国佛教史上一大译经家。南朝梁僧祐撰《出三藏记集》中,记录了鸠摩罗什翻译佛教经典的事迹。

王羲之生于西晋太安二年(303),卒于东晋升平五年(361),一说王羲之生于321年,卒于379年。也就是说,鸠摩罗什是在王羲之去世后多年才开始翻译包括《佛遗教经》在内的佛教经典,因此,北宋以来诸大家均认为王羲之不可能书写《佛遗教经》,殆成定论。

但问题是《佛遗教经》的最初翻译者可能并非鸠摩罗什。

事实上,在鸠摩罗什致力于佛经翻译之前,从东汉开始中国已经开始佛经翻译,并已有许多佛经的旧译本流行。鸠摩罗什的翻译工作,往往是在旧译基础上加以重新校译、修订或重译而成。僧祐因此专门写有《前后经异记》,对照了许多经典旧译与罗什法师新译的异同,在《大品经序》中僧祐还记载了秦王姚兴亲自对新译与旧译之异同进行比较:"秦王躬览旧经,验其(指罗什新译——引者注)得失"。而从当代几部权威工具书来看,《宗教词典》、《辞海》、《佛学大辞典》的相关条目中均未有《佛遗教经》为鸠摩罗什初译的记载。

如其他佛教经典一样,《佛遗教经》存在着许多不同的译本,今日可见的各种版本《佛遗教经》存在大量的文字上的差异,即以距王羲之年代较近的唐五代残碑《佛遗教经》为例,这块残碑目前仅存一千三百余字(约占全本的一半略多),与"传王"本《佛遗教经》的文字差异就有二十三处。① 尽管我们已经无法确知《佛遗教经》在鸠摩罗什之前的具体的翻译情况,但至少可以对宋代以来诸大家否认《佛遗教经》为王书的关键性论据提出质疑。

我们的观点是,如果鸠摩罗什不是此经的最初翻译者,只是重译者或校订者,那么《佛遗教经》在王羲之在世时就应已有译本流传,因而王羲之书写《佛遗教经》也就成为可能。

二、唐代以前没有"传王本"墨迹或拓本记载的原因

目前资料中,关于"传王羲之书"《佛遗教经》的最早记载来自宋人,而在

---

① 参见路远:《新见唐刻〈佛遗教经〉残石考》,《考古与文物》2009年第1期。

唐代以前没有任何记载。这也是人们质疑"传王本"《佛遗教经》并非王羲之所书的另一重要原因。

众所周知，王羲之身后，从梁武帝开始大规模征集王书，"得真迹数量众多，恢宏壮观"。南朝梁陶弘景《论书启》："逸少有名之迹，不过数首，《黄庭》、《劝进》、《像赞》、《洛神》此等不审犹得存否？"未提及《遗教经》（也未提《乐毅论》），可见《遗教经》在南朝时并未现身或并未引起重视。

唐代又经过了两次大规模的"王书"征集。一次是唐太宗诏令"收辍天下王书"，一次是唐玄宗开元五年的"收集王书"，两次大规模搜求中收集的王书分别载于褚遂良撰《晋右军王羲之书目》和《开元书录》等著录中。但两者均不见对"王书"《佛遗教经》的记录。

按照一般的判断，既然经过多次全国性征集，王羲之书《佛遗教经》都没有浮出水面，应该说明"传王书"《佛遗教经》在唐代以前并不存在，也就是说此作的书写年代应不在唐代以前，更不可能是王羲之的。

但是，这一结论同样值得质疑。

因为皇家发出的收集令尽管具有至上权威，但由于种种原因，仍可能有漏网之鱼。比如，在唐末张彦远《法书要录》卷四载佚名《唐朝叙书录》中有如下记载："神功元年五月，上谓凤阁侍郎王方庆曰：'卿家多书，合有右军遗迹。'方庆奏曰：'臣十代再从伯祖羲之书，先有四十余纸，贞观十二年，太宗购求，先臣并以进讫。惟有一卷见在，今进。'"此记载可知，由于种种原因，臣下交给皇家的书帖，往往并非所有，而是仍可能有所保留。而未进入宫廷收藏的书帖，自然不会在官方文献中留下记载。

我们还可以进而推测：正是因为一直以来认为王羲之生活于《佛遗教经》译本流传之前，不可能书写此经，才使得这一书帖在历次大规模的搜求中得以留存在宫廷之外。

三、从艺术风格看"传王书"《佛遗教经》

尽管人们否认"传王书"《佛遗教经》是王羲之书写，但历代鉴藏家均对《佛遗教经》的书法成就有着较高评价，而且鉴赏家大都认为此书风格很接近王书。

欧阳修《集古录》"遗教经"条："右《遗教经》，相传云羲之书，伪也，盖唐世写经手所书。……然其字亦可爱,故录之,盖今士大夫笔画能仿佛乎此者鲜矣"。尽管欧阳修认为《遗教经》并非王羲之所书,但他也认为此本在书法上很突出,一般士大夫能够达到这种水准的人很少。

相比欧阳修,苏东坡对《佛遗教经》的肯定程度更高。《苏东坡文集》卷三十二《题跋(书法)》之《题教经》:"仆尝见欧阳文忠公云《遗教经》非逸少笔,以其言观之,信若不妄。然自逸少在时,小儿乱真,自不解辨,况数百年后传刻之余,而欲必其真伪,难矣。顾笔画精稳,自可为师。"对欧阳修认为此经并非王羲之书有保留意见;又说:"王羲之《兰亭》、《乐毅》、《东方先生》三帖皆绝妙,虽摹写屡传犹有昔人用笔意思,比之《遗教经》,则有间矣。"

董逌《广川书跋·遗教经》也充分肯定此帖书法成就:"此书疏肥令密,密瘦令疏,自得古人书意,其为名辈所推,良有以也"。

黄庭坚虽然认为《佛遗教经》不是王羲之所书,但对此帖书法也是很肯定的,《书遗教经后》中评价为"清劲方重",《书姚诚老所书遗教经后》中称此经书法"最端谨丽,世因谓之王右军书……",指出正是此书的书法成就使人们相信其为王羲之所书。

今人对《佛遗教经》书法具有代表性的评价可见朱以撒《论写经书法艺术》一文:"晋王羲之的楷书《佛遗教经》已经脱离了隶意的约束,纯然楷书法则,并且举重若轻、灵巧自如了。"又说:"这一时期作品之多、反差之大是显而易见的,由于作者众多,功力高下有别,便会出现一些与名家楷书所不同的现象。我们在读王羲之的《佛遗教经》、《乐毅论》时,在众多的字数里,首尾都是和谐统一、完整一贯的,他们有着较准确的表现技巧,并且有驾驭这种技巧的平稳的心态,因此形成艺术的整体性。写经作者在这方面比较逊色。"①

可见历来鉴赏家对于《佛遗教经》接近甚至代表了王羲之的书风是有着一致的看法的。

以上从三个方面肯定王羲之与《佛遗教经》之间的关系。虽然我们尚无法得出必然的结论,但足以对前代的否定性结论构成新的质疑。接下来笔者就讨论新见墨迹本《佛遗教经》的情况。

---

① 朱以撒:《论写经书法艺术》,《文艺研究》1998 年第 5 期。

四、新见墨迹本《佛遗教经》有关情况

北宋开始出现关于"传王书"小楷《佛遗教经》拓本的记载和评价。宋人以后此帖历代翻刻不断，著名的有所谓"泾县本"。今日可见最佳拓本当属《墨池堂选帖》（在明代章藻原石拓本中未见《佛遗教经》）的明代翻拓本，即所谓"郭尚先藏本"①。

目前已印行的各种拓本主要有：（一）陕西人民出版社《王羲之法帖两种》本（使用廖相信提供《初拓王右军佛遗教经》，以下简称"初拓本"）；（二）天津杨柳青画社出版的韩慎先藏本；（三）中国书店出版《王羲之书法全集》本（杨璐主编）；（四）中国书籍出版社出版《王羲之书法集粹》本（蔡茂友主编）。在这些印行本中，"初拓本"最为完整，字口清晰，字形、笔画以及行列版式与"郭尚先藏本"完全一致，其他版本则显然是改变了原碑款式的翻刻本（限于篇幅，此处不作比较）。

有拓本就应有墨迹本的存在，但在历来的文献之中，从未见到关于墨迹本的记载。

近时，南方一位资深美术家退休后在整理祖传物品时发现了一卷墨书《佛遗教经》（以下简称"墨迹本"）。此卷为纸质、墨书，发现时破旧不堪，后照原状重新装裱为长卷，全卷长 575 公分，高 27 公分，从内容上可分为五部

图 1　卷首

分：（一）卷首，长 47 公分，为乾隆十一子永瑆篆书"色身一如人书俱老"八字，署款"皇十一子题"（图 1）；（二）小楷《佛遗教经》（以下称"墨迹本甲段"），署款"永和十二年六月旦日山阴王羲之书"，共 131 行，满行 18 字，其书法风格、款式等均与传世《佛遗教经》"初拓本"及"郭尚先藏本"一致（图 2、图 3）；（三）仍为

① 故宫博物院有藏，参见尹一梅：《〈墨池堂选帖〉杂识——谈故宫藏三种版本》，《故宫博物院院刊》2001 年第 5 期。

图 2　墨迹本甲段开头部分

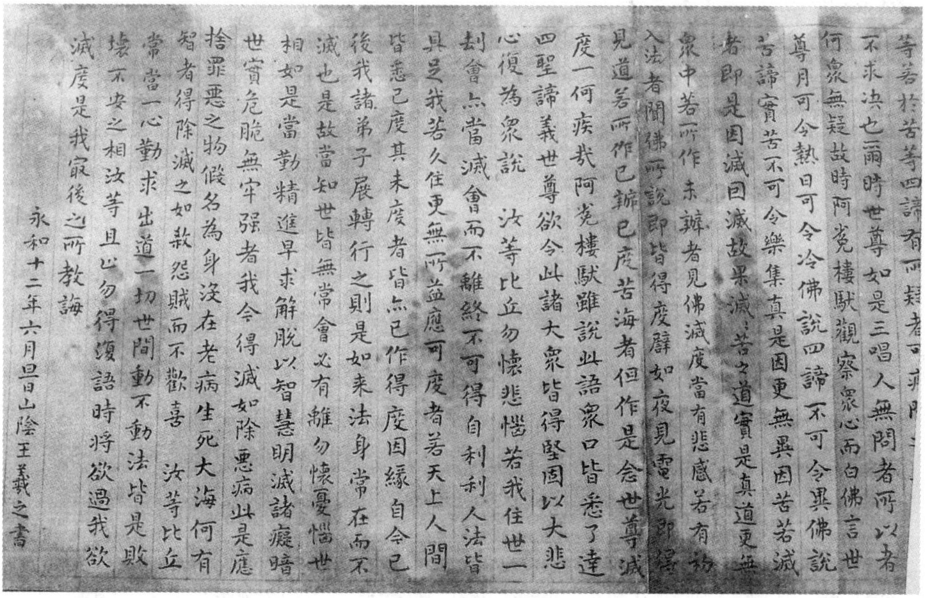

图 3　墨迹本甲段结尾部分

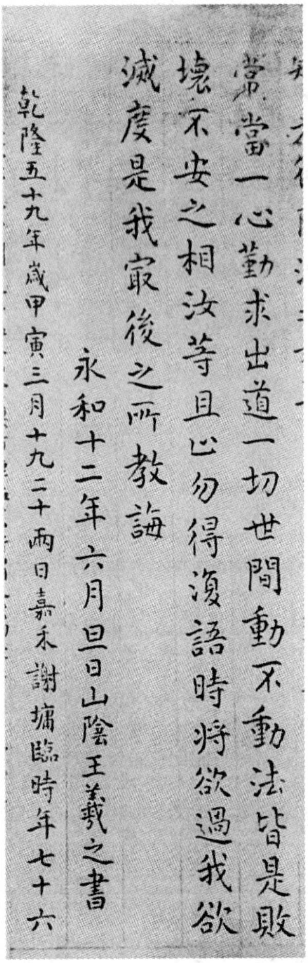

灭度是我最后之所教诲

坏不安之相汝等且已勿得复语时将欲过我欲

当当一心勤求出道一切世间动不动法皆是败

永和十二年六月旦日山阴王羲之书

乾隆五十九年岁甲寅三月十九二十两日嘉禾谢墉临时年七十六

图 4　墨迹本乙段署款部分

小楷《佛遗教经》（以下称"墨迹本乙段"），书风、款式一如前段；此段在"永和十二年六月旦日山阴王羲之书"之后，还署有"乾隆五十九年岁，甲寅三月十九、二十两日，嘉禾谢墉临，时年七十六"款［按，谢墉，字金圃，号东墅，嘉禾人，清乾隆时曾任吏部左侍郎，曾任皇太子永琰（即嘉庆皇帝）的老师］（图4）。（四）为十一位清代文人名士的题跋，题跋者分别为：达椿、童凤三、钱樾、茅元铭、裴谦、王坦修、程昌期、秦承业、万承风、邵玉清、陈万全。这些题跋本文将在后面的讨论中选择引述，为使行文紧凑，这里不一一介绍。概括而言，这些题跋主要有两方面内容：1.讨论《佛遗教经》与王羲之的关系以及此帖是否为唐人所书；2.对谢墉书法水平特别是对其以近八旬高龄临写小楷长卷的赞赏和推崇，还包括对谢墉临摹《佛遗教经》情况的记载。（五）卷末有几行收藏家题跋，惜已破损难以辨认，残文曰："记收藏之难……"无落款。

五、"墨迹本"甲乙两段之间关系的讨论

接下来需要讨论的是"墨迹本甲段"与"乙段"之间的关系问题。

根据对手卷纸张、墨色与用笔的初步对比鉴别，收藏者认为，墨迹本甲乙两段之间是原本与临本的关系。

根据笔者对书卷原大照片的目测比对，"甲段"与"乙段"之间用纸似确有不同，"甲段"纸张略显单薄且污损严重，经文开始部分磨损明显；"乙段"纸张则相对坚厚、完整，无污损。

从书法角度来看，墨迹本甲乙两段书法形神皆似，但在结体与运笔上仍存在不同，"甲段"结体较谨严，而"乙段"结体较松散；在用笔上，"甲段"用笔质朴，体现出魏晋楷书之特征，"乙段"则更多提按、顿挫用笔，体现出楷书用笔时代风格上的差异。

　　如上所言,通过纸张、书法笔迹等外部特征的对比分析,我们认为,两段墨迹应是由不同的书家在不同时期书写的,当然也无法排除两段墨迹是同一书家在不同时期书写的可能。

　　至于藏家提出甲乙两段书法之间是原本与临本关系,我们将墨迹本与传世拓本进行比较后,得出的结论对藏家是有利的:

　　我们发现,墨迹本(包括甲乙两段)与各种拓本之间均存在一些不同:如墨迹本第十行第6字"厤"字,拓本均为"曆"(按,此处当作"曆","厤"即"歷",其字义与"曆"不同,应是墨迹本书写有误)(图5-1);墨迹本第17行第5字"若"字为楷书,而在各种拓本中均有行草笔势(图5-2);墨迹本第66行第13字写作"根",各种拓本均作"棍"(图5-3)。而这些字的书写,两件墨迹本之间却是一致的。

　　以上差异,如果是临写者的笔误或偶然改动,则在

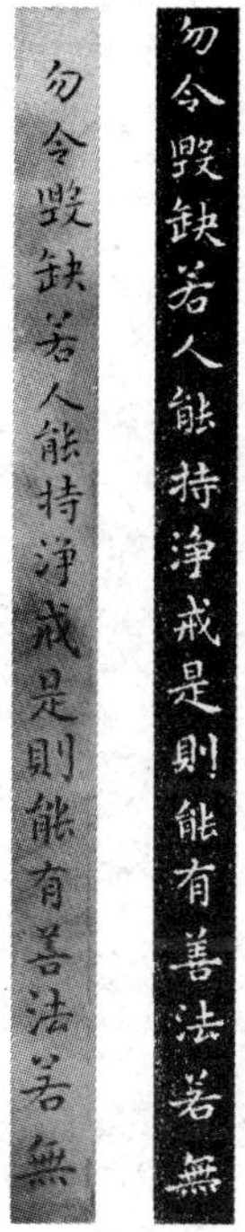

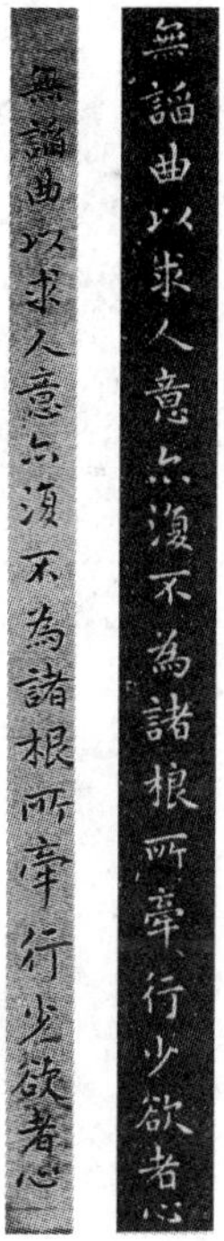

图5-1　　　　　　图5-2　　　　　　图5-3

墨迹本甲乙两段之间应有不同,因为按照临写的常理,在多次临写某一书帖时,均会直接对临"原本",而不会去按照自己的"临本"临写,如果墨迹本甲乙两段之间相同而与诸拓本不同,则甲乙两本之间,就应存在着"原本"与"临本"之间的关系,这是顺理成章的。当然,也存在着另一种可能,那就是在目前所见各种拓本之外,当时还存在着其他的拓本或写本,甲乙两本均是对这一我们无从见到的"原本"的临写。但甲乙两段墨迹本的落款却再次对两者之间存在"原本"与"临本"关系给予了支持:

　　墨迹本"甲段"落款为"永和十二年六月旦日山阴王羲之书","乙段"则

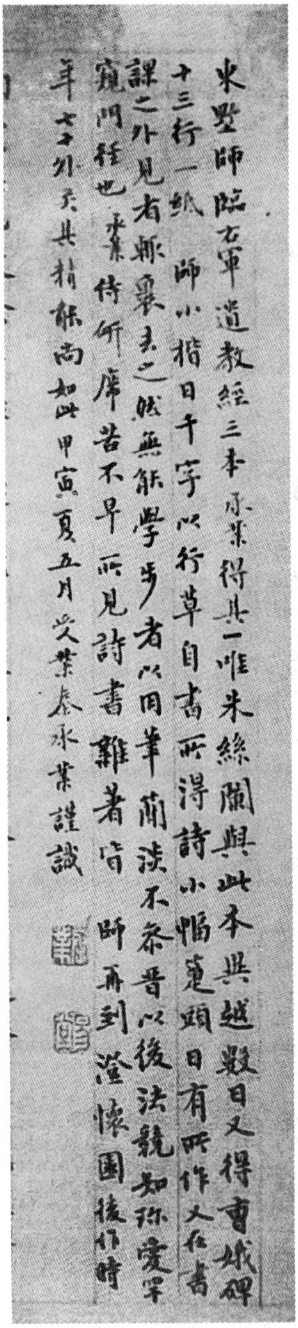

图6　秦承业题跋

在上述款识之后，还有"乾隆五十九年岁，甲寅三月十九、二十两日，嘉禾谢墉临，时年七十六"一行小字款。这一差别告诉我们在墨迹本中前段为"原本"而后段为"临本"。因为如果两者均为"临本"，则按常理在"甲段"之末也应有写明临写日期的属款。

那么，是不是可以理解为谢墉以"甲寅三月十九、二十两日"完成了两本《佛遗教经》的临写呢？这个质疑是难以成立的。因为退休后年事已高的谢墉，既没有必要、也绝少可能在两天里连续两次临写这样的长篇小楷经文。关于这一点，在书卷第四段有关题跋中也能找到佐证。谢墉学生秦承业题跋中说："师小楷日千字"（图6）。按《佛遗教经》全文两千三百余字，一天写千字，则可以两天完成一遍临写，可与"乙段"后落款相印证（图4）。再者，前文已说明两段墨迹的用纸存在差异，本并非一卷。

小　结

毫无疑问，"墨迹本"小楷《佛遗教经》的出现是一件需要认真对待的事情。

据此帖收藏家介绍，清代谢墉是东晋名士谢安的后裔。众所周知，在历史上王、谢两氏有着特殊的关系，永和十一年（355）前后，谢安伴随王羲之隐居生活，并向王氏学习书法，《佛遗教经》署款的"永和十二年"（356）正是王、谢共同隐居的时段，地点就在"山阴"（今浙江绍兴），这件墨迹为谢安所得并在家族流传下来也在情理之中。因此，为了弄清这件祖传书卷的有关问题，我们很有必要对"传王书"《佛遗教经》做进一步的研究与探讨。

本文的探讨只是初步的,距离得出确切结论尚有距离,但很希望以此为引玉之砖,引起学术界对这一问题的关注,使围绕"传王书"《佛遗教经》有关问题的研究有新的进展,并准确评价新见"传王羲之书"《佛遗教经》的价值。

（原载《中国社会科学报》2012 年 10 月 8 日，
发表时有删节,题目有所改变）

文艺评论与随笔

走向多元:当代中国水彩画的振兴之路

当代中国水彩画发展正处于一个关键时期。

长期以来,水彩画处于不受关注的一隅:专业从事水彩画创作的画家不多;系统研究和评论均十分薄弱;水彩画在市场上的受追捧程度,远不能和油画以及中国画相比;更为尴尬的是,在公众心目中,水彩画仍是绘画"小品"的代名词。

但是,多年来艺术家们的不懈努力已经为我们提供了多样的探索思路,并为水彩画赢得了声誉和尊重;近期各种层次和主题的展览、研讨正将这一"偏冷"的画种推向社会前台。因此,对水彩画现状进行反思,认真研讨水彩画的艺术特点和拓展空间,对于推动当代水彩画艺术的繁荣是很有必要的。

一、对中国水彩画探索之路的反思

中国水彩画在其引进初期,就经过了国人的取舍和改造。对水彩画明快、流畅的追求长期以来居于创作的主导地位,规定和影响着中国水彩画创作。在人们固有观念中,水彩画属于一挥而就的创作,特别适于诗意和韵致的表达。20世纪80年代之前,水彩画多以小幅面写生为主,基本上是以淋漓的水分、轻快的笔调挥洒而成,主题选择则多是江南水乡或雨中景物以及花卉静物之类,这类"雅俗共赏"的"小品"画的形态,多年来成为国人心目中标准的水彩画。

水彩画的"典型风格"延续多年,终于在20世纪90年代前后发生了变化。水彩画家们力图有所创新,有所突破。这种创新给水彩画带来的最具标志性的变化就是对于写实效果的强调,有所谓"写实水彩"的出现。与油画相比,水彩画在对象描绘的逼真度、画面的尺幅以及由此带来的视觉冲击力上要稍逊一筹。但有志于创新探索的水彩画家不懈地进行写实效果试验。他们从发掘水彩画色彩的质感入手,在视觉冲击、色彩饱和、丰富以及光影层次上,向油画挑战,创作了许多令人耳目一新的优秀作品。

这种探索的意义绝不只是技法上的,它使长期以来自我局限的水彩画家们对水彩的表现力有了新的认识和发现,打破了水彩画长期形成的自我封闭。画家以自己的作品,破除、扭转了水彩不适于做大幅面、反复修改及深入刻画的大场面制作的观念,不仅充分激发了水彩画写实技巧上的表现潜力,而且从客观上对画家拓宽水彩画题材提供了支持。传统的以小景、静物一统天下的水彩题材范围被突破,同时被打破的还有水彩画家的"小品"心态。更为重要的是,与写实追求相伴而来的画家对于社会现实的关注和表现,对未来水彩画发展有着深远影响。

但是,在最初的惊喜之余,人们也很快地向水彩画的跨界探索提出质疑。因为在展览会上,水彩画的视觉冲击力仍然无法与油画争夺观众的眼球和赞叹。而在创作手法上过度的精抠细磨,也使这些作品的创作过程过于繁琐。同时,由于画家们竞相仿效客观写实手法,令人大有"似曾相见"之叹,在艺术手法上出现了新的趋同倾向。特别是一些画家走向技巧上的极致追求而忽视了题材的现实意义和作品内涵挖掘,重新陷入为艺术效果而选择题材的创作陷阱。

人们进而在理论上思考:各个画种都有着相对的优势和局限性。油画长于写实,在表现明快、湿润、融和的效果时不如水彩和水墨画来得敏感;水墨长于对杂多的自然光影加以抽象表达,但在表现自然界丰富的色彩、光影变幻上,较之水彩、油画则有所不逮;即便是木刻、版画,也各有其独特的语言和优势。水彩画的局限性是客观存在的,但这也正带来了其独到的表现效果,因此不应舍本逐末地在大场面、视觉冲击力上与油画竞争,而应发挥自身的特色和优势。

二、坚持水彩画的多元探索与发展方向

在上述背景下,水彩画艺术探索的未来走向引起了争论。

笔者以为,当代水彩画创新的关键,不应是对任何一种已有套路的肯定

或否定，而是应首先强调打破已有模式（既包括旧模式也包括新模式）、破除保守心态，鼓励通过深入挖掘画种的潜能，在当代艺术的广阔视野下进行多方向、多角度、多层面的探索。

艺术领域理论落后于实践的情形普遍存在，在水彩画领域似乎尤其突出。尽管我们的美术理论家们迄今很少作水彩画系统研究，但对于水彩画实践的质疑却不断出现。这些质疑也许是基于对水彩画创作繁荣的关切，却给画家们带来了困惑。其实，当代水彩画最需要的是探索的热情和对探索的鼓励，是破除束缚的大胆创新、广采博收，而不是怀疑与批评。

当代艺术探索中一个最引人注目的特征就是综合。各艺术种类之间的交融、借鉴、吸收，表现在一些画家涉足多个画种，甚至横跨多个领域并取得成就，这种多领域交叉后获得的自由和空间是巨大的。从内在潜质来看，水彩画有自己独特的艺术空间，其潜力尚未充分发挥。水彩画的"易学而难成"，水彩画媒介的局限，在对艺术家构成挑战性的同时也具有巨大诱惑和吸引。如果说当代众多艺术家的实践已经显示了跨界探索的重大意义，那么，在水彩画领域，我们的探索就更应该有开放的格局，不应急于自我定位，更不能画地为牢。

对于西方当代水彩画丰富表现形态的考察，也使我们对这样一种以水为重要介质的画种丰富的艺术表现力有了更为全面的认识。更使我们明白，在表现风格上，对形体结构极致的呈现、对丰富的光影变化及色彩层次的表达，对装饰趣味和水的韵致的追求，都是水彩画能够做到和可以胜任的。只要敢于探索和实践，破除现有观念和模式，就能发挥出水彩与众不同的艺术魅力。我们应该放弃一些固有的狭隘认识，探索更为丰富的艺术语言。

在这种探索中，对于绘画新材料和工具的探索应该是一个重要方面。中国水彩画长期固守旧有的材料和效果，对于新材料、新技法的试验只是偶一为之。但水彩画是一个对材料特性十分敏感的画种，因此，当代水彩画领域的探索，不仅应包括艺术风格上的多种试验，艺术技法上的大胆尝试，还应该包括各种非传统材料、工具之外的更为丰富的媒介的试验，如各种材质、色调纸张和各种喷涂工具的使用等。这些探索应该受到欢迎，并倾注以应有的热情和关注。

在进行材料创新试验的同时，水彩画的民族化也应该是我们艺术家最值得努力的方面。水彩画从绘画体系上看,显然属于西洋画。但是,水彩画媒介中对水的倚重和运用,又使之和中国墨彩画有着某种血脉上的亲近感,正是这种亲近感使中国画家很早就不困难地接受了水彩画,而水彩画与中国水墨画之间在技法上的相互渗透与借鉴,更使水彩与水墨之间以水的运用而牵连上的纽带更加密切。

从艺术史的角度来看,东方的水墨画和西方的水彩画,都是以水为重要媒介的画种,两者在源头上是几乎相同的。经过长期基本独立的演变,两个绘画系统分别积累了丰富的技法经验和审美经验。千年以后的相遇,同源而不同流的两个画种相互之间的借鉴是可行的选择,对双方的表现力都是一种开拓。包括在纸张、颜料等材质方面的彼此借鉴、交互使用,都是一种可能带来极大空间的尝试,并已有若干先例。

在水彩民族化探索中,需要避免的是以表层形态上的嫁接为目标,简单地把水彩画民族化等同于水墨技巧的移植,而忽视了深层审美取向、文化内涵的融入,在现代中国绘画史上,林风眠对中西的融合,就是一种精神层面的,尽管从表面上看,没有彩墨画来得亲切,但其骨子里的文化精神却产生了无穷的魅力,其经验值得深思。

三、在探索中应重视的几个问题

(一)我们的水彩画家应该在充分认识水彩丰富表现力的基础上,努力拓展表现空间,破除题材上的自我局限。长期以来水彩画题材比较单一的重要原因之一,是对水彩画艺术特色的简单化理解。如小桥流水、雨中景物一度成为颇为流行的水彩画题材,并逐渐成为一种定势,似乎水彩只适合于这类题材,约束了后来画家的题材选择。90年代以后的写实水彩,经过最初的创新之后,也流于技法的偏执,以精确描绘为目的,为追求描绘的逼真,放弃了主题的深入挖掘,这一点,正是深为评论家质疑的。

因此,要根据题材要求进行技法探索,改变因技巧、风格而选择题材的创作取向。在艺术的选择中,更多一些主动,更多一些创造。艺术史上,题材的选择和主题的要求,是带来技法革命的最主要的推动力。

(二)在充分借鉴其他画种、艺术门类的探索中,一定要以我为主,发挥材料的特点和优势。既要认识局限,承认局限,又要突出个性,不为其他艺术种类的效果所吸引，忘记了自身的特点。

我们应为水彩画对水分的敏感和充分利用，为它透明而丰富的画面效果而骄傲，不要妄自菲薄。我们不必为油画在写实上的卓越表现力而气馁，一味以水彩模仿油画的效果，我们为能在油画一统的天地中施展自己的才能而自豪。媒介的局限一定要承认，同时找到自己的艺术空间、市场空间，从而获得自己的发展空间。

（三）需要指出的是，不论哪个方向的探索，都应首先具有沉潜的态度、超越的精神，应该有扎实的技法的支撑，有创新的艺术精神的引导，有认真投入的态度，有不屈不挠的毅力。

目前，在水彩画领域存在着一些不健康的现象——这类现象在国画等其他艺术领域也存在——就是在基本功未到之时，就妄称创新，缺少扎实的造型功底，也缺乏对水彩的把握能力，只是学到一些皮毛，就以逸笔草草、不求形似为借口，招摇过市，借助炒作，欺世盗名，严重败坏了水彩画的品位和声誉，也影响了水彩画的市场表现。在这方面，倒是写实水彩画具有不易蒙混过关的硬指标，写实画风的提倡对于扭转当代艺术领域的不良风气有一定作用。

总之，随着中国综合国力的增强和国际地位的进一步提升，中国文化将受到来自世界各国的空前的关注，中国文化应该在当代做出新的贡献。在此背景下，中国水彩画的振兴应有更博大的视野，更开放的心态。中国的艺术家应该思考的不仅是如何借鉴世界当代艺术成就，更应该思考中国水彩画能够给世界带来什么新的贡献。从这一角度思考，中国优秀传统文化对世界丰富文化形态的融入，是最有可能的切入点，也应是当代中国水彩画得以振兴的希望所在。

［原载《中文传媒·艺术（综合卷）》第五辑，
江西美术出版社，2012年版］

真实的艺术冲动　全新的美学构建

——感知舞剧《瓷魂》的文化个性

创新虽然不是艺术活动的全部意义,但在当下,创新基本上代表了艺术创作的文化逻辑和主要动因。可以说,创新是今日艺术家普遍的自觉努力,这种自觉已经成为了一种潜意识中的创作前提。

概括而言,当代中国艺术创新需要解决的重大问题大致体现在这样几个方面:

如何把握优秀文化传统,表现深厚的民族文化内涵? 如何营造具有时代特征的艺术时空,创造具有独特个性和穿透力的艺术语言?

近期出现在江西艺术舞台的大型舞剧《瓷魂》,在上述方面,进行了富于成果的探索。该剧以其对民族文化的深切理解,融会中西艺术精华的艺术探索,形成了独特的美学风格,并为当代中国舞剧艺术的创新提供了有价值的借鉴。

观看《瓷魂》是一次震撼视觉、听觉和心灵的艺术经历。舞剧的基调,凝重、悲壮而又奇幻、绚丽,那是一方水土、一方人文和历史的酿造。瓷都窑火千载不熄,陶瓷文化光耀古今。世事沧桑,历代陶瓷巨匠那上下求索的艺术实践,已成历史。但传诵至今的种种民间传说,仍如璀璨群星,与古老的窑火交相辉映。《瓷魂》以全新的视角向人们讲述了一段经典的瓷都传奇,展示出一个奇幻的艺术世界,并对灿烂而博大的陶瓷文化内涵有着富于质感的、深刻的阐释。

一

作为一种自觉的审美行为,艺术家总是力图在整体上把握世界、历史和人生,并在艺术作品中加以体现。《瓷魂》对民族文化传统内涵的准确把握,是该剧在美学风格和艺术语言探索上取得成绩的先决条件和前提。

对于陶瓷文化传统的真切体会和深刻理解,是《瓷魂》编创人员艺术灵感的来源。他们"深入探询陶瓷文化的特有的中国文化含义,研究大量的历史掌故,用心血凝聚成《瓷魂》的创作初衷"(《舞剧〈瓷魂〉导演阐述》),正是这种用心的体味和思考,使《瓷魂》的编创人员捕捉到了陶瓷文化的精髓,发现了《瓷魂》的"魂"之所在。

陶瓷文化中物化了中国传统文化中的许多精义,体现了东方古老的宇宙观、自然观,是民族智慧和伟大创造精神的结晶。就这个意义而言,对陶瓷文化的"探询",正是对传统文化的一种深度追问。

《瓷魂》表现的是一个关于人类如何实现自我、战胜自我、完善自我、超越自我的故事,包含着东方博大的人文思想和独特的世界观。故事的主人公,在新瓷烧成、双喜临门的时候,为追求瓷艺的最高境界,不惜"瓷碎人散喜事化成烟",勇敢地否定自我,从零开始,重塑新瓷;经过"问瓷"、"寻瓷"、"塑瓷"的苦苦探寻,上下求索,甚至不惜牺牲生命,以身"祭瓷",终于制作出真正具有瓷魂的瓷艺精品,完成了对艺术和自我的双重超越。

舞剧的编创者无疑从瓷都的种种传奇和浪漫传说中获得了启示,但呈现在舞台上的是一个全新的故事。这故事有更丰富的内涵、更奇幻的想象、更美丽的意境、更高洁的品格。可以说,这部舞剧以极其精练的语言和篇幅,浓缩了瓷都的千年历史,展示了陶瓷文化的博大精深,对于如何以舞剧形式表现传统文化的丰富内涵,进行了成功的探索。

欲正确理解和把握传统,首先需要尊重传统,尊重前人的价值取向。任何对于传统的解读和表述都不可避免地带有时代的偏见和主观臆测,这是艺术家们面对传统时的普遍性尴尬。传统文化中的相当一部分,已经不再为今日的人们所注意;但我们的文化,却正是从这里出发的。也许,时至今日我们仍然无法评判这传统的全部价值,但尊重传统永远是我们把握传统的前提。

前人的思想与信仰世界中有许多被今日的人们普遍视为落后或迷信的观念或行为,如神灵崇拜等;但在当时的历史条件下,这些信仰却对人生具有实实在在的重大意义。这是历史与传统的本来面目,包含了先民独特的思维方式和对于世界万物的一般认知。

我们要继承、弘扬优秀传统文化,就必须暂时放下简单的精华、糟粕两分法,深入体察这传统的丰富的精神内涵,以一种心接千载的艺术体验,还原历史的真实情境,这是把握传统精髓、体察前辈艺术家伟大心灵的唯一途径。

《瓷魂》的编创人员正是以一种尊重和理解的心态潜入那样一种历史情境中,观《瓷魂》,随处可感编创人员为悠久、博大的中华陶瓷文化而激发的真切艺术冲动,他们把这份艺术冲动融入对传统文化的深刻理解中,因而能够领悟和消化这传统,敏锐地发现和把握瓷都文化传统的精髓。面对丰富的传统内涵,《瓷魂》的编创人员既没有在传统文化的高峰前止步,放弃自我的思考和创新的责任,简单地演绎故事;也没有轻率地按照现代人的标准对前人观念作居高临下的价值评价,以达到所谓"完善";而是用心潜入传统的深处,体味古人的情感世界、观念世界,表达他们所理解的完整而真实的心灵史。

在创作上,他们采取了谨慎的态度,避免简单地以现代思维和逻辑解读历史传统中的文化内涵,让历史传奇生活在完整的特定时代观念背景中。因为只有在那样一个天地人三界相通的世界中,才可能合理地理解先民的行为;也只有通过对前人观念世界的整体呈现,才能使今天的观众真正感受到那种寄托于超自然力崇拜中的旺盛的生命创造力和积极进取精神。

还原历史是为了更高层次上把握传统,正是这种最大限度的对历史唯物主义的真实的追求,使《瓷魂》的编创人员获得了极其丰富的素材和辽阔的想象空间,获得了巨大的创作自由。剧中封窑点火仪式上那孔武有力的"情绪舞"、发生险情时祈求风火仙师护佑的"佑陶舞"以及女主人公以生命祭瓷等场景,在《瓷魂》所营造的新浪漫主义艺术时空中,毫无荒谬感,体现出积极而向上的力量,表达了古老的陶瓷文化对天与地、男人和女人以及对金木水火土五行的特殊理解,表达了包含中国古代宇宙观和哲学思想并具有陶瓷文化特色的天人感应思想。

这样一种对传统文化的整体把握和艺术表现,产生了巨大的艺术感染力,强调了凝聚在陶瓷文化中的伟大的民族之魂,表达了艺术家们对于传统文化的全新的理解和诠释。使观众在反思传统的同时,能够感悟到包含在传奇故事中的伟大的民族精神,那就是:在超越自我的创新过程中表现出来的坚韧、执著、不怕牺牲的献身精神。

二

《瓷魂》一剧的主题来自艺术家对陶瓷文化的深层透视。正如该剧编导所概括的:"陶瓷作为表现中华民族的智慧,中国人的宇宙观和哲学思想,有着独特的意蕴。一件陶瓷艺术品凝聚着人类的智慧、人的悲欢、人的命运和人性的升华。"(《舞剧〈瓷魂〉导演阐述》)概括而言,《瓷魂》一剧通过对博大精深的陶瓷文化内涵的准确把握,力图表达一种对于传统文化的巨大感悟,展示人类的蓬勃生命力和上下求索的创新精神。

为表达对传统文化丰富内涵的深刻理解,《瓷魂》的编创人员大胆舍弃了传统的镜框式戏剧结构模式和通常的主题处理,采用了锁链式的结构,以超然于具体的历史时代和历史事件之上的视角和气魄,结构整部舞剧;特别是说唱艺人来自岁月最深处的评点式的叙述,对流动的剧情进行了成功的穿插和切割,使线性发展的角色故事,在巨大的历史时空中定格、局部放大,使舞剧成为一部具有宏大、深邃叙事风格的史诗性作品。

《瓷魂》中所吸收的民间传说素材,本可以做成十分精彩的经典传奇故事,但引人入胜显然并不是《瓷魂》编创人员追求的最终目标。艺术家放弃以历史真实加适度合理虚构的流畅的故事叙述,放弃对具体生活场景和情节细部的表达,将故事放在跨越天地人的交互、多极的艺术时空中,展开想象,表达出亦真亦幻、奇异绚丽的东方意蕴。以现代舞剧的艺术手法表现古老传奇中独特的思维逻辑和观念,现代艺术语汇与古老人文传统之间的巨大反差,无疑造成了当代观众的陌生和疏远感。这表明了艺术家自觉的艺术追求:拒绝廉价同情和情节沉溺,而希望在更为厚重的戏剧情绪色彩中获得舞台上下的情感共鸣和理性感悟。

舞台上具有象征性的巨大窑体,叠映出古老瓷都万家窑火的恢宏的风俗画卷。在主人公高岭、青花和青泰等人身上,浓缩了瓷都无数能工巧匠的生命传奇。全剧以一代陶瓷巨匠创新瓷艺、创制精品的过程为线索而展开,但留给观众的思考空间是无限的,这不是一段个体生命的悲欢离合,而是对瓷都上下千年历史时空的高度概括,是一部关于火与土的宏大史诗。那里有对人类创造力的惊叹,有对伟大艺术心灵不懈追求精神的推崇,有对最伟大的人类情感的歌颂。

　　毫无疑问,创新是整部戏剧发展的内在动力。失败的痛苦,求索的迷茫,创造的艰辛,成功的欢欣,无数艺术家或成就事业的人们所经历的一切,通过"碎瓷"、"问瓷"、"寻瓷"、"塑瓷"、"祭瓷"、"献瓷"的线索展开,完整地呈现了创新所需要经历的不同境界。在这带有某种超验色彩的宏大的叙事中,瓷是核心,大喜大悲,生生死死,付出与收获,追求与牺牲,都凝聚成不朽的瓷魂。爱,作为舞剧的另一重要内容,是艺术创新的灵感源泉,是链接天上人间的纽带。"瓷古佬高岭做新瓷,新瓷要把姻缘牵",艺术创造与爱的追求,从一开始就密不可分;而青花的以身祭瓷,是为爱的付出,更是一种艺术的献身,伟大的爱情与艺术之道是相通的。

　　剧中两条线索并行、交织、应和,但层次清晰,主次得当,共同推动戏剧冲突的展开,在大起大落中,产生出强烈的艺术震撼力。凸现了造物的伟大、生命的力量、人类情感的神圣。

　　在锁链式戏剧结构中,每幕之间说唱艺人和瓷面舞者的出现成为很有意味的处理,那苍凉激越、婉转不绝的叙述,展示了一种历史的厚重和岁月的沧桑,在分割剧情的自然发展、以获得独特的戏剧效果的同时,升华着戏剧冲突中涌动的诗情,成为整部剧作的有力的基调支撑。

　　在宏大的叙事模式和史诗性的戏剧结构之下,这部舞剧对戏剧冲突有着更高层次的追求和呈现。与粗线条的戏剧线索发展相应,《瓷魂》摆脱了直白的善恶冲突和浮泛的爱情悲喜,脱离扬善惩恶的传统戏剧模式。剧作不是以一种常见的戏剧逻辑推进戏剧冲突的发展,而是将一段关于瓷艺的传奇,从纷纭、复杂的社会关系中抽离出来,在隐去具体的历史朝代背景的同时,斩断了与历史和真实的牵绊,将全部的艺术笔墨,集中于对艺术主题的阐释,着重展示人类心灵深处的自我矛盾,展示人在战胜自我、战胜宿命中的奉献、牺牲和收获。

　　决定"碎瓷"的压力,不是来自外界的恶势力,而是杰出工匠尽善尽美的艺术追求;阻止艺术家创造力的,也不是外来的干扰,而是艺术家面对自我突破时的内心阵痛和矛盾。甚至在爱的悲欢离合中,也没有外力的干扰。这样一种对戏剧冲突的取舍,体现了一种自觉的艺术追求,使舞剧的主题更突出,叙事更精练,思想的表达也更深刻有力。

三

艺术家的艺术个性来自对文化历史的独特的认识和深入思考,而《瓷魂》对于当代东西方优秀舞剧艺术探索的广泛借鉴和认真总结,就使得舞剧的艺术创新具有更高的起点。传统的、民族的舞剧元素,在现代舞剧艺术的时空中,表现出生机勃勃的生命力,两者相得益彰。

艺术家没有在具体细致的故事中对戏剧主题进行写实的表达,而是以东方新浪漫主义的艺术手法,表现自己对悠久、博大、灿烂的陶瓷文化的理解。"瓷魂"一词,带有某种抽象的意味,而"碎瓷"、"问瓷"、"寻瓷"、"塑瓷"、"祭瓷"、"献瓷"等标题,也带有明显的概念性选择,预示着作品的美学追求。

与宏大的叙事风格的美学选择相适应,艺术家运用十分丰富的现代艺术语汇,从音乐、舞蹈、舞台美术等方面广泛借鉴,大胆创新。该剧以融会中西的音乐舞蹈语言,凸现大色块的情绪呈现,配合大起大落的情节设计,形成了凝重、奇幻、绚烂的风格基调。戏剧手法上具有舍形取神的写意特征。

首先,在音乐、舞蹈造型方面,编创人员将浓郁的民族风格与当代艺术探索相融合,在大胆挖掘江西地域及各民族民间音乐舞蹈、古典戏曲以及其他古典艺术样式中所蕴涵的丰富的音乐舞蹈资源的基础上,将传统的、民族的艺术语言在当代艺术审美视角下与西方艺术元素进行全新的融合,创造出一种令人耳目一新的舞剧风格。在《瓷魂》中,我们欣赏到的不是对传统戏曲和民间舞蹈的简单移用或对古乐舞的模仿,而是一种融会中西艺术精华的当代舞剧艺术探索。

比如,"祭瓷"一幕中气势宏大的情绪舞和佑陶舞,艺术家采用了傩舞等原始民间音乐舞蹈的元素加以具有鲜明时代特征的重塑,成功地将对原始的生命力和创造力的呼唤融入现代艺术审美风格中。窑工们在窑火前起舞时,在震人心魄的强烈节奏与打击乐效果下,是壮阔的男声无词合唱,那是一种朴实的齐唱,和声也极简单,但它的节奏性语言自有一种连绵而奇异的具有震撼力的效果,表达出对成功充满希望的真诚的呼喊。给人一种凝重、深沉之感。观众在那富有冲击力、节奏强烈的音乐舞蹈语汇中,感受到的不是原始宗教的迷狂,而是一种奔腾激越的民族心声和生命创造力的张扬。

同时,作为一部现代舞剧,《瓷魂》整体舞台艺术时空的创造同样体现了独到的追求。与充满个性的音乐舞蹈造型一样,《瓷魂》超越天、地、人、现实与梦幻等多极时空的舞台艺术世界,也是一种具有创新意义的艺术探索。

《瓷魂》的舞台艺术时空,是一个存在于前人潜在观念形态中的奇幻世界,艺术家将其具象地呈现在舞台上,在天地人相互交织彼此互通的艺术天地中,复原瓷文化中固有的精神内涵,营造了具有独特东方意蕴的舞台空间,只有在这个背景下,才能清晰地表现传奇故事中巨大的情感张力和戏剧性,形成具有说服力的戏剧逻辑,使千载以下的观众产生认同感和共鸣。

但在这充满奇幻的浪漫主义色彩的艺术世界中,却传达着鲜活生动的生活气息和人间情感的无限温暖。那里有我们至今仍能感受到的现实人生的痛苦与欢乐、坚韧与壮丽。神秘、古老的文化情境,交织在鲜活生动的生活场景中,这种陌生而又亲切的审美感受,提升了观众的艺术期待,使观众在感性与理性上,获得双重的触动。舞剧因而产生了缘情入理的深刻的感染力,具有极高的艺术品位。

作为一部现代舞剧,艺术家并不拘泥于对固有民间习俗的还原和移用。在对地域文化特征的把握方面,出于对传统文化的深切体会和准确把握,剧作没有拘泥于一地一域的民俗色彩,而是注重把握这种地域色彩的精神,加以高度的艺术概括。剧中具有浓郁东方神秘色彩的奇幻的天地人的世界,本是潜伏在传统习俗和信仰之下的先验的观念世界。那种凝重深厚而又奇幻绚丽的整体风格,也许不是赣鄱大地上任何一处具体的地域文化传统中所具有的,但却在某种意义上表达出了与瓷都文化相融洽的地域文化神韵。充分体现了"创造现代新民俗"的自觉的艺术风格取向。

《瓷魂》一剧在舞台艺术空间的营造上采取了现实与写意化相重叠的手法,突破了现实生活时空的局限。在不同的场景中,编创人员根据不同的情绪色彩,富有创造性地使用了来自不同风俗习尚和自然人文景观的造型素材。

概括而言,具有瓷都特征的历史风情画卷,是舞剧的基本民俗文化背景,这种地域文化具有朴拙、醇厚而又风趣、诙谐的基调;来自江南水乡的润泽、灵动、清新、幽远,给全剧增添了生机和亮色,"寻瓷"一幕中象征性的水车、竹林,营造了一派江南景色,是全剧最为优美的场景之一;具有傩文化特征的民俗仪式,为舞剧营造了一种神秘、奇诡的氛围。这些色调在整部舞剧中,有主从,有层次,共同营造出一个真实而又虚幻的色彩斑斓的世界。

这些经过重新创造的"新民俗"景观,不仅取材于赣地固有的珍贵人文遗存,还是广泛吸收其他地域民俗元素并加以变形、提炼而成。艺术家无意对民间实有习俗事象的照搬,目的在于在舞台上营造出特征鲜明的艺术真实。比较而言,这些舞台美术和服装造型的象征意味超过了对现实的模拟,凸现了强烈的情绪色彩意识。

值得一提的是,《瓷魂》一剧中宏观的写意风格是与具体细节特征上的严谨紧密地结合在一起的。如其对具有瓷都特色的制瓷工艺的艺术再现,在写意的舞蹈设计之下,却有着对制瓷流程中工艺环节的忠实反映。

总之,基于对传统的深切把握和对中西舞剧艺术探索的精心总结和创造性借鉴,《瓷魂》的编创人员以新颖的创作思维,表现了东方新浪漫主义美学风格的自觉追求和大胆的艺术创新意识,体现了当代中国艺术家以舞剧艺术形式阐释中国传统文化内涵的富有创意的探索,是一部弘扬了瓷都精神、赣域风情乃至民族气派的艺术精品。

（原载《影剧新作》2003 年第 3 期,发表时有删节）

视角的选择与主题的升华

——试论几部革命历史题材戏剧中的女性人物形象

革命历史题材是近代题材中的重要内容,在中国共产党领导下波澜壮阔的革命斗争,为我国当代戏曲创作提供了丰富的素材。案头有这样一些剧作:《山歌情》(赣南采茶戏)、《红土地的精灵》(歌剧)、《女人河》(山歌剧现代戏)、《走向清波》(话剧),它们是 20 世纪 90 年代以来江西革命历史题材剧作中的佼佼者,在江西乃至全国剧坛产生了不小的影响。

这些剧作,重视把握剧种特点和发挥戏剧艺术的独特魅力,同时在剧作的历史感和题材的审美转化方面,进行了积极的探索,使题材内容与历史诗情在较高的审美层面上达到有机的交融,产生了较强的艺术感染力。

一、视角的选择:探索英雄行为背后真实、平凡的女性内心世界

聚焦于对战争年代普通女性的命运的关注,是这些剧作的一个共有的特点。随着改革开放以来我国戏剧事业的发展,革命历史题材戏剧创作进入了一个新的阶段。从全国的范围来看,革命历史题材戏剧创作,不再刻意创造高大完美的英雄,而是转向对英雄事迹和行为背后的真实可感的生命的叙述,更注重将人情、人性放到血与火中来表现,更注重凸现革命者真实的内心世界和平凡中的伟大。但是,一批以表现普通女性在革命战争年代的思想情感和人生际遇为主题的剧作,在不长的时段里如此集中地出现在江西剧坛,并取得艺术上的成功,这无疑是当代江西戏剧创作中的一个闪光点,体现了剧作家们的自觉艺术追求。

从艺术表现上看,《山歌情》等剧作,突破了革命历史题材文艺作品对英

雄人物的神圣化倾向,以平视的角度,近距离观照剧中人物,真实地再现、重塑血肉丰满的英雄人物形象,完成了从"伪崇高"向"重构崇高"的跨越。这些戏剧的主题带有英雄主义色彩,但我们的剧作家在英雄行为的背后,着力揭示的却是英雄的平凡普通的一面,关注的是真实可感的人生命运,在战火中表现人性的美,凸现主人公做出历史选择的情感动力。

这些剧作的剧情内容,多以赣南苏区红土地为背景,同时也突破了仅仅表现江西革命历史题材的局限,如《走向清波》即以东北抗日联军可歌可泣的经典故事为主干,这种选材本身,也正体现了剧作家创作上的新信息:超越了对题材、故事的依赖,已从主题至上,转向人物至上;而人物塑造的变化,也带来了剧作主题的深化。剧作家旨在写人,写战争中的人,以战争年代普通的人的命运为关注的焦点,在血与火的背景下,写出革命军民无畏的英雄气概、崇高的献身精神,也写出他们质朴的阶级情感、真实的思想世界。这些剧作,也许并不都是以女性为主角,但毫无疑问,她们是其中最闪光的角色。

革命历史题材内涵丰富,如万里长江,百川汇聚,浩浩荡荡,"女儿河"只是这滔滔江水的一个不大的支流,虽不以巨浪奔涌为其特色,但在这看似平缓的江流下,同样涌动着悲欢离合、生生死死的生命的波澜,闪烁着革命的英雄主义光彩。对女性命运的关注,是对革命历史题材的深入开掘、是对"战争与人"这个经典文学主题的重新解读,体现了独特的艺术视角。

我们的剧作家写出了这样一些女性的群像:她们有着中国女性的善良、淳朴,她们吃苦耐劳,肩负着家族的延续、生儿育女的责任。在战争年代,她们要背负战争时期生活的沉重,为前方的丈夫、儿子、兄弟,营造起家庭的氛围,等候他们的归来。她们要准备迎受失去亲人的痛苦(《女儿河》里的珍嫂、根子妈);或者,她们本身就是战士,随时准备投入战斗,直面鲜血和死亡(《红土地的精灵》里的秀妹子、姜荷花,《走向清波》中的抗联女战士)。生活的艰辛、命运的波折,造成她们坚毅不屈的性格;而革命的洗礼,更带给她们以生命活力的唤醒,使她们的生命里,有了更为丰富的内涵。

但她们仍然"似乎只是些普普通通的女人"(《走向清波》)。她们非常普通,血与火的年代,给了她们一个不平常的生存背景,但在她们身上,有着广大中国妇女的传统品格,有着平凡女性所共有的人生梦想和平常的人生经历,在她们身上,甚至时常可以发现这样那样的缺点。这些剧作正是通过对这样一群平常的中国女性在革命战争年代的命运透视,表达了一个更为深刻的英雄的主题,让观众感受到一种更为深沉的情感的撞击。

《红土地的精灵》里的俏妹子对爱情的大胆表白,体现了火热的少女情怀;但同样是对爱情的追求,《山歌情》里的贞秀、《女人河》中的凤子,则更多了些沉重。中国传统习惯和思想观念留下的烙印,生活的重重压迫,使她们即使在革命的感召下,萌生出重新追求自由和幸福的理想,也往往无法摆脱生活的沉重,传统观念和天性中的善良,束缚着她们对自由、理想、爱情的追求,她们为自己的承诺所羁绊,"进步的精神竟无法战胜传统的认命意识"(《〈山歌情〉导演构思回眸》)。剧作家没有回避表现这种局限,而正是在这种看似矛盾的人物性格中,体现了具有历史感的人性的真实和时代的真实。

与几部写红土地革命历史的剧作不同,《走向清波》的剧作家,将故事的背景放在抗联时期的完达山。作者选取了八女投江这个真实的故事,进行重新演绎。这是个悲壮的英雄故事,但剧作家在歌颂英雄的时候,敏锐地体察到了英雄事业和壮烈行动后面隐藏的人生的真实,捕捉到了一向被忽略的女性为历史为革命所付出的难以诉说的牺牲。剧作家将笔墨更多地倾注在对八名女战士人生经历的描写、对她们内心世界的展示上,让人物以各自不同的生活经历、文化素养、爱与恨、烦恼和欢乐、沉思及梦想交织成一张共同命运的网,把她们紧紧地连结在一起,在火与血的严酷年代里,共同走上一条英雄的道路,献出了自己平凡而又光华夺目的壮丽青春。剧作从女性的角度,揭示了战争的严峻和残酷,透过一个个真实的人生故事,表现了平凡的女兵,伟大的生命,写出了"她们不只是战士,还是女人"(《走向清波》)这个平常而又深刻的主题。

这些面对死亡,视死如归的女性,在平凡的生活状态下,却更多地表现出女性的情感世界的丰富。剧作家们没有回避对平凡的生活本态的表现,相反,正是在这种生活原生态的历史还原中,表现出浓郁的诗情。有了平行的视角,剧作家即获得了对主人公人物内涵进行深度挖掘的可能,带来了人物性格塑造的成功。对人情、人性的关注,特别是对女性内心世界的关注,是剧作家创作的重点,也是这几部剧作之所以取得较大成功的一个共同特点。

二、主题的升华:美在烈火中永生

《山歌情》等几部革命历史题材戏剧,以现实主义和浪漫主义相结合的艺术手法,质朴地再现了女主人公的美,并以这种美的毁灭,唤起人们对侵略者、反动势力的憎恨和对美好生活的珍视,从而揭示出深刻的戏剧主题。

　　传统的观念里,战争是男人的世界。那里有连天的战火、呼啸的子弹,有鲜血、死亡、恐惧、伤痛,更有壮烈、胜利和光荣。在这个世界,女子往往是以配角的身份出现的。这几部革命历史题材剧作中的女主人公也不例外,剧作家们并没有人为地赋予她们超人的本领,让她们成为穆桂英式的巾帼丈夫。剧作家描写的,就是普通的女子,虽然她们面对与男人一样多的艰辛、危险和斗争,但她们并没有以战争的主角自居。剧作家将她们还原为生活中真实的存在,于是,她们身上没有所谓英雄的光环,却放射着夺目的女性美的光芒,因此,当她们被推到前台时,就吸引了更多关注的目光。

　　女性是纷乱战火中的净土,是美好事物的象征,是战争中不可缺少的一种支持力量。战争年代艰苦和危险条件下,女性旺盛的乐观精神和生命活力,表现出一种压抑不住的女性的美,这种美不仅表现为女性自然的天赋,更表现为内在的气质和品格:是纯真、热情、善良;是乐观、坚韧、勇敢;是敢爱敢恨,爱憎分明;是顾全大局,无私奉献。《红土地的精灵》里的俏妹子、《山歌情》里的贞秀、《女人河》中的凤子,这些生长在红土地上的女儿,有着一份奔放、泼辣的鲜明个性。在她们身上,可以感受到浓郁的地域风情,体现了江西女子特有的情韵,她们正处于人生最绚丽的时段。年轻、充满生命的活力,爱情,更使她们的人生充满诗的色彩。她们憧憬自由的爱情,革命带来实现这种理想的可能。《走向清波》中的女战士,即使在严酷的死亡面前,仍然有着对美好人生的真挚渴望,在生命的最后时刻,她们拂去战争的尘土,要"打扮得整整齐齐的",在她们走向生命终点的足迹上,撒落着一朵朵的野菊花。这是一种战争状态下的女性的美,是残酷战争环境下所激发出的人性善和人情美,这种美中折射出战争生活的诗情画意,是对生活的强有力的依托和支撑,使人们从战争的艰难困苦中,能够发现人性中真善美的闪光。

　　《山歌情》等剧作的价值在于,不仅表现了人性与人情的美,更对经典作家们曾一再表现过的"美的毁灭"的悲剧主题在新的历史背景下做了新的阐释,剧作家以美的表现反衬破坏美好事物的残酷,在美的塑造与毁灭的巨大反差之间,产生了巨大的艺术感染力。这是《山歌情》等几部剧作中共同的艺术风格。

以间接的描写,用隐喻的手法来表现战争的残酷性和对反动势力的谴责。这种写法,令人想起前苏联作家瓦西里耶夫的中篇小说《这里的黎明静悄悄》。这里不妨进行一番比较,从中也许可以得到一些发现。

瓦西里耶夫的作品,以通过局部战斗成功地表现出战争的残酷为其突出成就,瓦西里耶夫笔下的女兵,已经成为一种象征,一种经典,这种美是战争毁灭的对象。他写了美的鲜活,更写了美的毁灭,借以体现战争的残酷,给人以巨大的悲剧的撞击。这种感受我们在阅读《红土地的精灵》、《走向清波》等剧作的时候,也会真切地感受到。我们的剧作家或许从这部作品中获得过灵感,或许这种手法的运用只是一种艺术上的殊途同归,但这并不重要;值得探讨的是,在比较中可以发现,我们的剧作家的创作,在对战争残酷性的表现手法和主观认识上与瓦西里耶夫的作品都有着微妙而重要的不同。

这种区别首先表现在对战争的残酷性的表现方面。我们的剧作家没有刻意回避战争的残酷,在《山歌情》等剧中,女主人公都在对敌斗争中献出了她们美好而年轻的生命。但这种战争的描写并不是重点,几部剧作,都将战争的残酷作了虚化的处理,而重在表现人物的人生经历和内心世界。

与对战争的残酷性的表现手法相一致的,是作家面对英雄事迹的态度。

瓦西里耶夫作品中对于战士的英雄业绩,虽然也表现出自豪感,但这种自豪总要伴随着几分感伤,似乎浸透了辛涩难咽的苦酒。作家在为准尉与女战士的英雄业绩感到自豪的同时,也为他们的个人遭遇流露出难以排遣的悲哀,这悲哀恰似一层灰色的云雾,弥漫于整个作品,不免给读者留下悒郁的感觉。但《山歌情》等作品中体现出的剧作家对于英雄事迹的情感,与之显然有着本质的区别。当满仓从乡亲们的尸体下挣扎着站起来继续完成自己的革命使命时,我们听到的是《十二月共产》不屈的歌声(《山歌情》);胡真与俏妹子双双倒在山花丛中,但他们的"精灵",却感召着所有热爱生活的人们(《红土地的精灵》);当凤子倒入女人河时,"霞光升起,长河捧出一轮硕大的红日"(《女人河》);走向清波的抗联女战士身后,是初升的旭日,是怒放的野菊(《走向清波》)。剧作家不追求英雄人物塑造的完美、高大,但对英雄业绩的态度,却是一种正面的颂扬,剧中英雄的行为,令人感奋,与瓦西里耶夫作品中的灰色基调,形成鲜明的对照。

瓦西里耶夫作品中的灰色,实则并不孤立。西方大量的二战题材文艺作品中,弥漫的正是这种灰色。大量作品中共同的价值趋向的存在,我们只能从这些文艺作品产生的背景中寻找原因:二次大战加速动摇了西方世界战前的乐观精神,人们犹如从希望的高空突然坠落到灾难的深渊;反侵略反法西斯的第二次世界大战,留给西方人的更多的是对人的存在价值与生命价值的严肃思考。这种思潮影响到前苏联,就有了《这里的黎明静悄悄》这样的作品。

但在中国,战争除了巨大的破坏之外,还具有了另外的意义。共产党领导的正义战争,完成了中国人民建立一个崭新的新社会的美好愿望,人民共和国的建立是一个巨大的胜利,这种胜利完成了近代以来中华民族不屈奋斗的里程,意味着中国人民美好理想的最终实现。是革命战争推动了中国的整个社会进程。因此,我们的文艺作品中更多的是"红旗插上一江山"的欢呼,是英雄带着满身硝烟的凯旋。这种胜利的情绪支配着所有参与、支持或同情革命的人们,也从根本上影响着几代中国作家对于战争的认识。黄继光、董存瑞、刘胡兰……一个个英雄被写进了文学作品,成为鼓舞人们不断进取的精神动力。这是我们革命历史题材作品产生的一个大的时代背景。正是在这样的思想观念支配下,我们的剧作家的创作,虽然直面战争的残酷,却仍洋溢着昂扬的英雄主义旋律。

美的毁灭,意味着新的永生,化作红土地上不灭的精灵,促使人们长久地思索:"我们将从中感悟些什么?汲取些什么?"(《走向清波》)这是《山歌情》等革命历史题材剧作对"美的毁灭"的悲剧主题的全新的开掘,也是这些剧作的时代意义之所在。正是在这个意义上,革命历史题材文艺作品,具有其他题材作品难以替代的特殊审美特性和认识功能。

(原载《影剧新作》2001 年第 4 期)

论互联网时代文学观念的变迁

根据美国未来学家保罗·萨弗所谓的"三十年法则"①,我们今天还未完成互联网技术对日常生活的完全渗透,我们仍站在互联网时代的门槛外。但即便如此,新技术的出现、发展,已经使我们感觉到了巨大的冲击。

在文学领域,互联网技术不仅带来文学创作、发表和传播媒介的变化,而且带来文学观念的变迁。被称为"网络文学"的互联网写作,以其高度自由、非功利和民间化特征,在文学的疆域内部,将挑战直接对准了传统文学准则和美学规范。本文试图探讨文学观念在互联网时代正在发生或即将发生的一系列重大变化,考察新技术对文学本体的深刻影响。

一、文学导向功能的消解

互联网技术的最大贡献,就是通过全球化的信息传播和交流平台建立了信息公开和公平原则,因而在一定程度上打破了垄断性的中心话语或主流话语模式。

在互联网普及之前,尽管已经受到质疑,但总体上文学仍是一种中心话语权力。在相当长的时期,文学在自觉不自觉地充当另一种宗教(弗·杰姆逊语),具有引导公众思想和行为方向、规范人们活动路径的作用。传统文学体制下,作家总是习惯居于宣讲教化的地位,文学作品则是他们宣言式话语

---

① 保罗·萨弗认为:过去五个世纪以来,一种新思想完全渗入一种文化所必需的时间一般为三十年。他把这称之为"三十年法则"。即:第一个十年,许多的兴奋和迷惑,但渗透得并不广泛;第二个十年,产品开始向社会渗透;第三个十年,人们会说"哦,又有什么了不起",只不过是一项标准技术,人人都拥有了它。

的载体。

　　但是网络写作的崛起却冲击着传统文学的话语权力。互联网技术的普及,从根本上改变了文学的生态环境:一方面,借助互联网的媒介模式,文学获得了前所未有的传播范围与传播速度;另一方面,互联网打破了传统文学作品发表的审查机制和运作机制。互联网以其发表的快捷给了每个人以同样的发言机会,使文化公共空间最大限度地向私人话语开放,促成了个体话语、小众话语对主流传媒话语权力的消解,传统文学写作的个人宣讲变成了真正的"众语喧哗"。因此有人指出:"网络文学不仅将会引开一大批传统文学读者的注意力,更重要的是,网络文学将会通过网络的特点,侵蚀传统文学话语权形成和分割的流程。"①

　　"众语喧哗"是一种"互动"式的交流,作家与读者界限的模糊正是这种"互动"式写作的体现和结果。

　　在传统意义上的文学创作中,读者的意义是不明显的:传统文本的生成过程,读者基本上是无能的,作品独立于读者而预先存在。虽然当代文艺理论重视在阅读中读者以自我方式对文本的复活,但这种阅读归根结底是个体的内心事件,无法介入作品的原初生成过程。因此,从传统纸质文学角度来看,作者、读者的二分法是真实而有效的,作者的原创和读者对文本的再创作(阅读)不能交合为实在的互生性文本。作家正是借助传统文本而形成了独语空间。

　　互联网写作改变了经典文学理论中作者与读者的关系。在互联网上作家不再成为唯一的文本创作者。典型的网络文本是集体的创作,网络的开放性与共享性,凸现出"创作—续作—讨论"三位一体的全新创作模式。一部"在线"创作的作品从写作之初就有可能被关注者参与,他们的删改、转帖和续作,最终可能使"原创"作品面目全非;而与此同时,围绕创作的各种讨论也随之而生,影响甚至左右作品的写作。在这个过程中,作者和读者的身份经常性互换使界限变得模糊。一个发了原创帖的作者在读到别人的回帖时,已从作者变成了读者,而读者在回帖时便变成了原创帖的合作者,与他共同完成整个帖子的创作。这个在共生与互动中生成的网络文本,边际可以是无限

---

　　①　雪月:《网络文学,情何以堪?》,引自网易文化频道。

伸展的。作品的第一个作者,也许更像一个话题的引出者,其作品被人们阅读、回复、重新编排,最终文本的走向,没有任何一个作者可以左右。

如果说,传统文学体制之下的作家是文化英雄的象征,那么,网络空间的众多写作者已经不再承担文化英雄的责任。——"灌水"正是网络写手对传统写作的反感的宣泄,写作难道一定要有什么意义吗? 从这个意义上,网络写作对文学的意义提出了质疑。

尽管在传统的文学理念当中,也有所谓"宣泄"、"自娱"之说,但"文以载道"始终在文学意义中占据正统的地位。即便暂时离开教化大众的功利意义,也总是被所谓纯文学的"审美意义"所束缚。但网络文学恰恰相反,绝大部分网络写手创作其作品的直接目的就是为了宣泄和自娱。那些大多以匿名出现的写作者们普遍认为文学就是娱乐,他们写作,不是出于成名成家的冲动,不是出于对世界的责任感、义务感,而是出于单纯的爱好。因此,他们反对说教,讲究趣味。与宣言式的话语失势相关,文艺作品的深度受到忽视,平面化、游戏式的言语交流受到欢迎。这些作品不以深入剖析人性深度为己任,讲究时尚化,追求娱乐性。因此,互联网的开放性将彻底颠覆"文以载道"的文学观念,在取消大众传媒的话语霸权的同时,从根本上消解文艺在社会价值规范和道德引导方面的功能。使传统文学理念中的文学的目的和意义等遭到架空。

二、经典审美追求的质疑

随着文学作者主体的丧失、传统文学功能的消解,人们不再坚持那种认为互联网上文学写作的兴盛丝毫无损于传统文学既定规范的观点;但,不少传统文学的作家反复强调:不管媒体发生怎样的变化,文学的本质将不会改变,评价文学的尺度始终如一。这种对于所谓"文学本质"的坚持,应被视为传统文学对互联网写作的含蓄拒绝。

因为一旦从所谓"文学本质"的角度进行评判,大量的网络写作特别是BBS上的随意涂鸦和讨论甚至聊天室的闲扯阔论,就只能被视为毫无价值的垃圾。

虽然人们基本同意下面的认识:互联网写作的自由集中表现在写作、发表和阅读过程中。网上写作者身份的隐匿、作品发表的简捷、交流的直接,使这一文化空间最大限度地向私人话语开放。但私人话语并不能被带有传统文学阅读期待的读者所接受:"网络……给文学带来了勃勃生机的同时,也消解了传统作家用宏大叙事手段来反映人类整体精神的方式,放弃了对日常生活进行修辞化处理的手法,转而谋求一种纯粹的精神宣泄,远离更为深刻复杂的苦难意识、忧患意识和批判意识,最终导致大量泡沫文学的产生。"①关于互联网写作的质量,美国作家杰克·明戈有一个颇受大家认可的说法:"80%的网络上的写作都是令人讨厌的,10%由于其思想的偏执而让人发狂,而只有10%是精彩而有趣的,值得让人拼命想看完它的余下部分"②。

以网络技术为背景的网络文学的生产、消费过程的特点是:平等、直接、便捷、开放、畅通。这里有构思成熟的完整作品,但更多的是即时、即兴的交流,网友们各逞才智,嬉笑怒骂、妙语连珠。从传统文学角度来看,互联网写作一个十分刺眼的现象就是大量无意味的"灌水"式的文字堆积。其实,这些被人们与墙上的胡乱涂抹相类比的文字,其本身正表明着写作者的态度:游戏文字,消遣自己。请看网络写手对自己写作动机的自白(这些自白具有相当代表性):"为了满足自己的表现欲而写、为写而写、为练打字而写、为了骗取美眉的欢心而写,当然,最可心儿的目的,是为了那些个在网上度过的美丽而绵长的夜晚而写"③。这些写作,看似散漫,难以形成精致复杂的文本,却孕育了其他更多的可能。文学即游戏,这一古老的文学理论命题,正被互联网写作者们所彻底地实践着。

现在的问题是:"自由表达自我"、自娱自乐是不是网络文学的全部价值?互联网在提供了一个众声喧哗的俱乐部的同时,意义的追求是否也应该是网络文学在自身发展中所应该思考的问题?互联网写作可以无视文学的历史积累,一切从零开始——因为网络技术已经给出这样的许诺:从零开始的写作照样可以面向全世界发表。然而:彻底摆脱所有的文学规则,这是否会是文学的一次空前的倒退?

在广泛参与的写作热潮中产生的大量的网络文学作品,题材单一、视野狭窄是大家公认的网络文学的流行病。因此有人说,所谓网络文学就是一批

---

① 蔡焱:《文学自由的乌托邦:对网络文学的美学批评》,《曲靖师范学院学报》2001年第5期。
② 转自黄鸣奋:《比特挑战谬斯——网络与艺术》,厦门大学出版社,2000年版,第12页。
③ 转引自杨新敏:《网络文学刍议》,《文学评论》2000年第5期。

智商不低的文学爱好者在互联网上发表的自娱性习作。网络文学的繁荣促使人们重新思索:文学创作的原动力是来自对生命实感的宣泄欲望,还是出于创作经典不朽之作的刻意追求。特殊的生产消费方式形成了互联网写作的鲜明个性:"不平则鸣",追求真实情感的表达。人们摆脱了现实角色的桎梏,犹如初民般自由地宣泄着人生的感喟,而传统意义的文学却正在日益的精致中,不知不觉地失去了一些本质的东西。如果说,互联网技术的普及和互联网写作的成熟将带来文学史上的"一次革命",那么这种革命,首先表现在对文学"原生态"的回归。

文学从本质上来说应该是心灵的流露。排除了文坛名利的诱惑后互联网上的写手们的写作是非功利性的,具有很大的自由度,这正是其独特价值之所在。正如作家陈村说:"文学的全部的意义并不仅仅在于它有高峰。许许多多的人在文学中积极参与并有所获得,难道不是又一层十分伟大的意义吗?"[①]

当然,从文学史角度来看,民间文学并不拒绝经典化过程;今日网络上的联手创作,既然又让我们听到了新民间文学的前奏,那么,正如传统文学从朴素的民间状态最终要走向经典的殿堂,互联网写作也无法拒绝自己的成长。

三、传统文本规范的颠覆

在文学的导向意义和经典美学追求遭到解构的同时,传统意义上的文本模式也受到根本性的颠覆。如果说前述那种跟帖式的写作已经宣告了文本边界的不确定,那么,对纸介质文本范式最彻底的破坏来自基于互联网和多媒体技术的超文本作品。

所谓"超文本"实际上是一种描述或组织信息的方法:文本中的一个词,首先是从属于这个文本的,但这个词并不必然受到该文本统一意义结构的约束。这个词可以在任何时候被"扩展",以提供有关词的其他信息。互联网上的"超文本"探索,不仅涉及信息的组织,还得到了多媒体技术的支持,使以文字为表现手段的传统文本写作,包含了大量的影像和声音,呈现出极为丰富的形态。

---

① 陈村:《网络两则》,《作家》2000 年第 5 期。

事实上超文本写作最初的萌芽在传统文学的小说叙述和论文脚注中已经存在。刻意的对于传统文学文本结构的颠覆在后结构主义的理论中也已开始。在雅克·德里达、罗兰·巴特和米歇尔·福柯等人的著作中,重新设想了关于作者、读者及其所阅读的文本的早已有之的假设,思考突破文本之中隐含的种种权力结构,将认知从文本预设的意义轨迹中解放出来。

罗兰·巴特对超文本理念的形成与发展起过重要作用。早在 20 世纪 60 年代,他就预言了理想化的文本的某些特性。他心目中的"理想之文",是一种链接众多、彼此交互的"网络系统",是一个能指的星系,没有开头,可以颠倒互逆。读者可以从任意的入口进入,却没有一个入口被作者宣称为主要的。但在互联网技术广泛应用之前,除了巴特自己的《S/Z》和《恋人絮语》等极少数文本实验之外,这样的"理想之文"是罕见的。

互联网给超文本链接提供了便利,使后结构主义者梦寐以求的新型文本意外地在网络技术的支持下获得了最大的可能。

在互联网上,一个超文本文件,含有多个指针,这一指针可以指向任何形式的文件。正是这些指针指向的活跃,使得本地的、远程服务器上的各种形式的文件如文本、图像、声音、动画等连接在了一起。每一个超文本在鼠标点击"关键词"时都可以通过超级链接跃入另一个可以是文本、图像、声音或动画等任何形式的文件,进入一个新的信息集合体中,开启一个新的信息空间,而这种"超链"可以是无穷的。

虽然"关键词"是一种预先的设定,但由于阅读者鼠标选择的随意和差别,将形成许多文本的平行发展和不确定交织,作品的展开,在很大程度上取决于阅读者的选择,因此这种阅读,无疑带有重新创作的意义,形成了阅读和创作的真正互动。这种便利引发了超文本写作对传统写作的真正冲击,使传统文学作品的结构、文本、主题、线索、开端、结局等概念彻底失效。

因此,超文本的互联网创作不是单纯地作为传统文学中的一种新的文学样式而出现和存在,作为高技术的产物,它打破了线性的、链条式的阅读规律,向阅读者提供依靠"链接"从唯一走向多元、从有限走向无限的可能。在实际创作实践中,超文本创作还往往与多媒体技术相结合,形成混合着动态文字或影像甚至全部由影像构成的"作品",这类文本不仅突破了线性的文本逻辑,而且还使文本由静态转变为动态,更昭显出其颠覆传统"平面的"文本规则的企图。

在网络和多媒体技术支持下的创作实验打破了传统的单一、封闭、平面的文本概念,将对文学的某些基本规范和惯例构成有力的颠覆。但从全球范围来看,超文本在文学文体突破上进行的探索还刚刚开始。对于网络媒体特性的认识、挖掘和利用,是互联网文学写作区别于传统纸媒介文学样式的必要探索。曾经有论者为了区别和强调以超文本—多媒体技术应用为主要特征的"网络文学"实验,提出应该把网络文学的定义局限于含"非平面印刷"成分的数字化作品上,而将目前网络上传播着的大量传统文本模式的作品,排除出网络文学的范畴;也有意见认为起码不应将超文本置于网络文学的笼统概念之下,应"以网络文学统称网络上的各类文学作品",另行单独提出"超文本"概念来标明那些包含着"非平面印刷成分"的作品。① 总之,这些研究者希望通过这样的区别,突出超文本探索的独立价值。

但技术手段的突破,并不能必然地为文学创作开辟出一片新的天地。

从某种意义上说,创作者对计算机技术特性的掌握和利用水平,仅仅是影响超文本创作现状的原因之一,对超文本创作成绩的制约还来自另一个层面。那就是对超文本文本特征的理解和思考。上述对于超文本创作形成的作品的描述是超文本写作所可以达到的层面,但并不是一个现在已经实现了的普遍状态。究其原因,除了技术的掌握和挖掘尚不深入的影响之外,更大的障碍来自创作者自身。因为文本的不确定性并不等于文本的无边界,那种完全放弃文本预设的互联网上的自由徜徉并不是文学性阅读,而一旦进入文本预设就牵涉到关键词确定所依据的知识和话语体系。这将是超文本创作必须解决的理论难题。

虽然新的文学创作实践在网络上刚刚展开,但网络媒体特性对于文学表现手段的极大丰富、信息技术对于超文本与多媒体写作的巨大支持,已经充分展示了网络文学创作超越纸介质的平面写作的巨大想象空间,因此研究者们断言:网络文学的超文本探索"可能修改所有的文学成规"②。

如何看待这种对文学成规的修改或颠覆?

---

① 见台湾超文本文学网站"歧路花园"之"问答集"。
② 南帆:《游荡网络的文学》,《福建论坛》(文史哲版)2000 年第 4 期。

我们知道,文学艺术在其发展进程中,经常面临着新的文艺样式的出现。这就要求文艺理论应在具备相对的稳定性的同时,具备一定的包容性和发展空间,以适应文艺自身创新的要求。回溯19世纪末,摄影技术刚刚出现时,当时的许多艺术评论倾向以传统绘画的美学为标准,尝试分析摄影是否够得上称为一门艺术。本雅明的《机械复制时代的艺术作品》一文则指出,这些评论都没提到一个最重要的问题:摄影的发明是否改变了整个艺术的内涵? 换句话说,新科技所造就的新艺术表现形式,自有其全新的美学表现方式。如果拘泥于这种探索是否会冲击传统的文艺规定,则无异于自缚手脚。人们普遍同意,在场景描绘、还原生活细节等方面,多媒体具有较纯文本形式更大的优势,那么在其他方面,比如人类思想与情感的表达方面,文字符号是否必然更具有优势? 从目前来看,超文本和多媒体文本的推崇者们仍停留在象牙塔里搞实验的阶段。因此对于超文本与多媒体创作的研究还刚刚开始。但是,互联网在这方面无疑将走得更远。

那些融和着影像、音乐、文字、动画乃至游戏的超文本作品,是否还应称之为传统意义上的"文学",尚需拭目以待,但这显然并不影响其探索的价值。

四、余论

近期,对互联网写作的研究日渐受到研究者认真的对待,其中原因,似乎并不是因为"网络文学"目前的成绩,而是因为在互联网写作的探索之中,隐含着新技术对文化的深远影响,蕴涵着许多有关于未来文化走向的新信息。

随着信息技术的广泛应用,电子媒体以其巨大的伸展力推进着"全球化"的进程。虚假的"世界图像",统一了人们普遍的价值观念,形成强大的意识形态,使人们的精神世界面临意义和价值虚无的危机。图像伪装成具有自然的直接性的呈现,抽空了真实而具体的生活体验,用标准化的、通用的时代生存模式替代了民族的、传统的生存模式,从而形成对人的愿望的批量生产。在这个过程中,互联网技术起着推波助澜的作用。

数字化的虚拟生存,直接影响着人们对于真实世界的经验,"世界图像"的出现,从根本上动摇着作为阅读文化的文学的价值。

一个最基本的事实是:电视的出现,使人们用于阅读的绝对时间大大减少,而互联网媒体的普及,无疑会加大对人们用于阅读的时间的压缩。同时,人们不必通过语言,而通过声像等多媒体手段,可以迅速领会大部分事物,阅读文化的存在意义开始受到怀疑。因此,关于"文学的终结"的争论,在世纪之交又一次被提出来。

雅克·德里达在《明信片》一书中说:在新的电信王国,"整个的所谓文学的时代(即使不是全部)将不复存在"。网络新媒体的出现和普及,对文学的存在构成了新的冲击。这种冲击,是对文学既成规范的否定。

有充足的理由决定着文学的永久生命力。那就是文学语言的独特审美价值,这种价值是无法用其他手段取代的。文学是以语言为媒介的审美形式。人超离于动物的本质特征之一就是能够以运用语言进行思维,并以语言表达自己的情感体验和思想认识。这是文学得以永久性存在的根本原因。但是,在信息时代,这种情感和思考的传达也许将从文本阅读转为图像的展示,至少,阅读将不成为主要方式。在这个过程中,以纸介质为主的传统文学,将首先遭遇网络媒体的冲击,随着网络应用的普及和普遍的硬件环境的改善,网络阅读取代纸介质阅读,将是一个迟早的问题,"无纸化"时代即将到来。

网络文学的出现,可以视为文学这一古老的文艺样式面对互联网时代挑战的主动应答。网络文学借助现代信息技术手段在形式乃至内容上的全新的探索,其价值不可限量。也许,未来的网络文学中的相当部分最终将不能相容于"文学"的范畴,但这并无损于文学自身的审美价值,也无妨于这种探索的价值。正如摄影技术最终以一种独立的艺术面目得到世人的承认,却无损于绘画艺术的伟大一样。

现在断言互联网写作是否能够诞生比传统文学更杰出的文本,尚为时过早。"网络文学"已经存在,展示了广阔的前景,让参与它的人体验到了自由表达和交流的快乐,这个事实已经使我们有足够的理由肯定它的意义。

(原载《江西广播电视大学学报》2003 年第 3 期)

胡先骕文学批评散论

作为我国植物分类学的奠基人,胡先骕先生早年曾写作了数量可观的文学批评论著。这些论著,虽在当时文化保守主义者阵营中得到了拥护,也曾引起新文化运动激进者的反击,但客观地说,它们在当时社会的影响是微弱的。影响微弱并不是由于这些思想完全没有价值,而是由于在 20 世纪初新文化运动蓬勃开展的特定历史背景下,在主流话语的霸权之下,文化保守主义者的言论不合时尚,不好听,不响亮,难以引起人们认真倾听的兴趣。

不过,从另一角度来看,也许正因为这些言论的不合时宜,反而现出了一种敢于发表不同意见的直率和坚持。这种坚持中也许包含着顽固,包含着意气和偏执,但其中许多思考的深度却使这些论著无论在当时还是今天都具有独特的价值。

一、从温和的讨论者到有力的批判者

胡先骕文学批评的主要观点包含在下列文章中:

《中国文学改良论(上)》(原刊于《南高校刊》,转载于《东方杂志》1919年第 16 卷第 3 期);《欧美新文学最近之趋势》(《东方杂志》1920 年第 17 卷第 18 期);《评〈尝试集〉》(《学衡》1922 年第 1—2 期连载),《论批评家之责任》、《白璧德中西人文教育说(译文)》(《学衡》1922 年第 3 期),《评胡适〈五十年来中国之文学〉》(《学衡》1923 年第 18 期),《文学之标准》(《学衡》1924年 31 期),《评钱基博〈现代中国文学史〉》(《青鹤》1933 年第 2 卷第 4 期),

《建立三民主义文学刍议》(《三民主义文艺季刊》1942 年创刊号)等。①

胡先骕文学评论写作集中在 1919—1924 年之间,此后虽仍有文学批评论著发表,但只是偶一为之。以 1919—1924 年之间发表的论著来看,胡先骕的文学批评以 1922 年《评〈尝试集〉》发表为标志,分为前后两期。前期的《中国文学改良论》、《欧美新文学最近之趋势》两篇文章,重在阐明观点,意在匡正激进派观点中的片面之处,用意恳切,笔调温和,此后的文章则论战性明显加强。

《中国文学改良论》是胡先骕现存最早的文学评论,在这篇文章中已经表现出其文学批评的主要观点:中国文学需要改良,但这种改良不是简单地用白话推翻文言。他认为新文学的倡导者全盘否定中国古代文学成就的态度过于偏激,对社会有负面影响,进而提出不同于陈独秀、胡适"文学革命"说的"文学改良"论。

他批评"今之言文学革命者,徒知趋于便易",提出"白话不能全代文言";又指出"模仿"与"脱胎"之区别,"陈陈相因,是谓模仿,去陈出新,是谓脱胎",认为文学之进步,都需要基于前代文学之即出,"居今日而言创造新文学,必以古文学为根基,而发扬光大之,则前途当未可限量"。他主张言文不必合一,文学须有文采,"文字仅取其达意,文学则必于达意之外,有结构,有照应,有点缀,而字句之间,有修饰,有锻炼"。"白话之适用与否为一事,诗之为诗与否又一事也,且诗家必不能尽用白话"。胡先骕阐明了自己的文学改良观:"欲创造新文学,必浸淫于古籍,尽得其精华,而遗其糟粕,乃能应时势之所趋,而创造一时之新文学。"

此文一出现,立即受到胡适的学生罗家伦的辩驳。1919 年 5 月《新潮》第 1 卷第 5 期刊出罗家伦《驳胡先骕君的〈中国文学改良论〉》一文,认为胡先骕的《中国文学改良论》实是毫无改良的主张和办法,只是与白话文学吵架,其意见既不中肯,也不服人,而且意义文词都太笼统,不着边际。

即便受到批驳,胡先骕也并未改变温和的态度。接下来刊发的《欧美新文学最近之趋势》是胡先骕第二篇有关文学的论文。这一文章的写作目的也同样是出于纠偏:"(今日)社会青年,但知新文学之一鳞一爪,而未能有一有

---

① 见《胡先骕文存》,江西高校出版社,1995 年版。本文对胡先骕先生论述的引述,均见此书。

系统之研究。……故愿以近代欧洲文学之历史及新文学最近之趋势,与夫写实主义与新浪漫主义代谢之迹,为一般嗜新文学之青年读者陈之"。从通篇来看,尽管如《中国文学改良论》一样,《欧美新文学最近之趋势》一文包含着一些认识上的偏差,但他对欧美文学的历史、现状和新的发展走势的评说,应该说是持中、公允的。

但到了1922年《评〈尝试集〉》发表时,胡先骕的态度发生了明显的变化。

胡先骕花了20天的时间写出这篇两万多字的长文。他结合中外文学史实和理论,批驳胡适新诗创作和文学革命理论的不当,最后得出《尝试集》不仅没有价值,而且还将扰乱思想的结论。胡先骕在文章的《绪言》中即将《尝试集》中的诗作分门别类:"以172页之小册,自序、他序、目录已占去44页,旧式之诗词复占去50页,所余之78页之《尝试集》中,似诗非诗似词非词之新体诗复须除去44首。至胡君自序中所承认为真正之白话诗者,仅有14篇,而其中《老洛伯》、《关不住了》、《希望》三诗尚为翻译之作。"他认为剩下的11首新诗,"无论以古今中外何种眼光观之,其形式精神,皆无可取"。由此可见,胡先骕是完全否定了《尝试集》,他还用语尖刻地说:"胡君竟以此等著作,以推倒李杜苏黄,以打倒黄鹤楼、踢翻鹦鹉洲乎?"《评〈尝试集〉》的这种"严厉"和"苛刻"与写作《中国文学改良论》时的温和已相去甚远。

这种态度的转变并非由于个人的恩怨。早在1916年,胡适应陈独秀邀请撰写的《文学改良刍议》一文中就曾以胡先骕在《留美学生季报》上发表的词作《齐天乐·听临室弹曼陀铃》为例进行批评,说胡先骕的词里是"一大堆陈词套语":

　　今试举吾友胡先骕先生一词以证之:"萤萤夜灯如豆,映幢幢孤影,零乱无据。翡翠衾寒,鸳鸯瓦冷,禁得秋宵几度?么弦漫语,早丁字帘前,繁霜飞舞。袅袅余音,片时犹绕柱。"此词骤观之,觉字字句句皆词也,其实仅一大堆陈词套语。"翡翠衾"、"鸳鸯瓦"用之白香山《长恨歌》则可,以其所言乃帝王之衾之瓦也。"丁字帘"、"么弦",皆套语也。此词在美国所作,其夜灯决不"萤萤如豆",其居室尤无"柱"可绕也。至于"繁霜飞舞",则更不成话矣。谁曾见"繁霜"之"飞舞"耶?

尽管受到胡适的点名批评,胡先骕却并未还击,即使在三年以后,着手写作《中国文学改良论(上)》时,其态度也是温和的:"在陈(独秀)胡(适)所言,固不无精到可采之处,然过于偏激,遂不免因噎废食之讥。……(某)素怀改良文学之志,且与胡适之君之意见多所符合,独不敢为鲁莽灭裂之举,而以白话推倒文言耳。今试平心静气,以论文学之改良"。

为什么写作《评〈尝试集〉》时的胡先骕不能保持原先的那种"平心静气"呢?

此中原因,据崔新梅在其硕士论文中的分析,至少有如下三个方面:其一,此一时期,胡先骕周围有很多创作旧体诗的诗人,他们时常一起切磋学习,胡深受影响;其二,学风的影响。"五四"前后,与北方"新而较空"的学风相对,南方的学风则"旧而较实"。《学衡》能公然在南京树旗,与北方的新文学分庭抗礼,正是流风所及,反过来它又推动了这种学风的形成和流传。《学衡》创刊,同盟形成,胡先骕的文学观念有个趋同的过程。其三,胡适在南京高等师范学校时当与胡先骕、梅光迪等就新诗问题有过当面争论,这对胡先骕写作《评〈尝试集〉》可能产生过影响。①

笔者以为,导致胡先骕态度转变的另一原因,还可能因为新文化运动倡导者对待林琴南等老一辈文人的态度。当时,林琴南对新文化运动不满,出手作文争论,但是由于他不懂西文,未能抓住对方的要害,再加上对手文笔辛辣、态度偏激,结果十分狼狈地败下阵来。林纾是胡先骕在京师大学堂的老师,陈独秀、胡适等对待林纾的态度,显然令胡先骕耿耿于怀。这应是胡先骕与胡适进行笔战中态度逐渐激烈的原因之一。即使在建国后的思想改造运动中,谈到这桩已经过去多年的往事,胡先骕仍然是这样说:"胡适诸人欺侮林琴南等老先生不懂英文,我却引经据典,以西文的矛来陷胡适的西文的盾。在当时我是自鸣得意的。"

这一点在接下来胡先骕所作的《论批评家之责任》一文中多有印证。在这篇文章中,胡先骕提出"批评之道德"、"博学"、"以中正之态度为平情之议论"、"具历史之眼光"、"取上达之宗旨"、"勿谩骂"等六条批评家的责任。在

---

① 崔新梅:《少年意气总非非,几堪损益论为道——胡先骕与近代诗歌评论》,中国优秀硕士学位论文全文数据库,苏州大学硕士论文。

这六条之中，就有"批评之道德"、"以中正之态度为平情之议论"、"勿谩骂"三条涉及批评家的态度，批评当时之"批评家"，"利用青年厌故喜新、畏难趋易、好奇立异、道听途说之弱点，对于老辈旧籍，妄加抨击。对于稍持异议者，诋諆谩骂，无所不至"。认为："即彼所论或有未当，亦无庸非笑之谩骂之不遗余力也。故如林琴南者，海内称其文名已数十年。其翻译之说部，胡君适之亦称为可为中学古文之范本矣。庸有文理不通之人能享文名如是之盛者乎？即偶有一二处有违文法，安知非笔误乎？安知非疏于检点乎？乃谩称之为不通，不已甚乎？"

总之，从这一年开始，胡先骕在自然科学领域之外扮演的是一个信念坚定、立场顽固的文化保守主义者，是《学衡》派的骨干人物，胡适派文化激进主义最有力的批判者。他拒绝写白话文，坚持写旧体诗词。他坚持自己的文化主见，决不随波逐流。

胡先骕表明这一身份是在新文化运动已经取得绝对优势性胜利的1922—1923年间。当时新文化运动的浩大声势仅从胡先骕《评〈尝试集〉》一文的发表过程中即可看出。《学衡》的创刊有一定的历史文化背景，而现实的起因，则正是由于胡先骕《评〈尝试集〉》的发表遇到了困难。吴宓曾回忆说，《学衡》杂志的发起，一半原因是胡先骕《评〈尝试集〉》写好后，投遍南北各大报纸和文学杂志，竟没有一家愿意刊登，或者没有一家敢刊登。这样，才促成了《学衡》的诞生。

耐人寻味的是，胡先骕《评〈尝试集〉》发表后，胡适却没有回应。胡先骕曾说："此文出后《新青年》、《新潮》两刊物中迄无人作一文以批评之，仅罗家伦曾作一讥讽口吻之短评而已"。当时，撰文予以回应的除罗家伦外，还有周作人。周作人曾应沈雁冰等人之邀，撰《〈评尝试集〉匡谬》（载《晨报副刊》，署名式芬，1922年2月4日）一文，以杂文笔法，通过指出胡先骕文中的数处失误，予以回应、批驳。但这种以杂文笔法的反驳，较之《评〈尝试集〉》中富于学术深度的论证毕竟显得缺乏力度和分量。

1922年《评〈尝试集〉》的发表，标志着胡先骕作为新文化运动的反对力量骨干的自觉的身份选择。此后数年，胡先骕以较大的精力投入到文学论战中，即使在1923年秋再次赴美入哈佛大学深造后，仍继续在《学衡》上撰文发表自己的见解。

二、对继承(模仿)与创造关系的讨论

《中国文学改良论》可视为胡先骕文学批评的开端,也确定了胡先骕文学批评的基调,那就是致力于中国文学改良,围绕着中国新文学建设这一话题,从各侧面发表自己的见解。如他对欧美文学发展历史与现状的介绍,对《尝试集》的批评,对"文学之标准"的讨论,均着眼于对当时文学实践中出现的状况而展开,具有很强的现实性。正由于胡先骕关于文学的论著都是针对当时文学现状的有感而发,因此缺乏系统性,但其所涉及的方面是丰富的,讨论是认真而深刻的。

在胡先骕关于文学的论著中,最为重要的是《评〈尝试集〉》和《文学之标准》等文。这些论著中最为集中的讨论话题,包括白话与文言以及是否用典的争论等,而文学创作中继承(模仿)与创造的关系问题,也是胡先骕花费笔墨最多、也最具有理论深度的讨论话题之一。

胡先骕对文学创作中继承与创造关系的论述,最初在《中国文学改良论》中有所涉及,进而在《评〈尝试集〉》一文中,进行了更为充分、全面的讨论。

胡先骕认为,创造离不开模仿,模仿是人类文明积累的前提。文学家"皆须经过若干时之模仿,始能逐渐而有所创造"。他以中国的书法史为例:"名家书法莫不模仿,亦莫不创造。"有了模仿,才有可能在经典的基础上创造。"斯之谓脱胎即创造,创造即脱胎。斯之谓创造必出于模仿也。"在这个基础上,才有可能有胡适所主张的"句句须有个我在"。"绝对不模仿,绝无似古人处。则犹犬之非人,虽为至美之犬,亦终不得谓之为人也。"人的血统虽相同,但各有其面,即使是孪生兄弟的面貌性情也有不同之处,诗文与此同理。那种"毫发无异"的模仿,就成了摄影,胡先骕称之为"句句无我在之模仿",这并不是他所主张的。他主张的是另一种模仿,要"兼揽众长","复加以个人之个性"、"别立异帜"以"另开一新面目",并强调要随社会进步有所创新。他反复强调的结论是"创造即寓于模仿之中也"。

胡先骕反对"五四"新诗创新的根本立场是错误的,这一点已为后世新诗创作的成就所证明,但是,出发点的错误,并不能掩盖其局部思考的深刻。他在对文学模仿、脱胎与创造的思考中,有着比胡适更经得住历史考验的见解。胡先骕提出的个性与创造须要从模仿中脱胎,"脱胎即创造,创造即脱胎",这个命题比之胡适笼统的"不模仿古人"要深邃多了。胡先骕的错误,不是一般

粗浅的错误,而是一种深刻的错误,蕴含着片面的深刻,这种思考正可为起步时期的中国新文学提供有价值的借鉴。

三、对文学"中正"标准的坚持

"中正"文学观,是胡先骕文学思想的核心内容之一。胡先骕《文学之标准》中说:"中外最佳之文学,皆极中正,可谓人生之师法,而不矜奇骇俗者也。"中正即中庸、中和、中节。四书《中庸》有言:"喜怒哀乐之未发,谓之中。发而皆中节,谓之和……致中和,天地位焉,万物育焉。"古人看来,中庸是人们立身行事的原则,做事只要达到中和就是最上乘的境界。胡先骕将这一思想移用到了文学中来,并受到白璧德新人文主义的影响,其结果就是坚持以"中正"为优秀文学的标准。

钱基博在《现代中国文学史》中将胡先骕等归纳为"执古"、"存古"派,以与"骛外"派相对,"适(即胡适——引者注)倡革命,而光迪、先骕主存古,与适相持"。"执古"、"存古"情结一方面表现出对中国传统诗性、诗化理论和"平正、典雅"古典散文传统的肯定与称颂,一方面表现出对古希腊以来的欧洲古典主义传统的肯定与尊崇,其核心思想就是"中正"。

从"中正"这一古典主义标准出发,胡先骕对欧美文学进行了批判。他认为,受卢梭民约论、托尔斯泰人道主义、尼采超人哲学的影响,人的理智、道德观念冲破了礼法的束缚,失去了"节制与中庸之要义",其在文学上表现就是:"情感之胜理智,官骸之美感胜于精神之修养,情欲之胜于道德观念,病态之现象胜于健康之现象,或为幻梦之乌托邦,或为无谓之呻吟,或为纵欲之快乐主义,或为官感之唯美主义,或为疾世之讽刺主义,或为无所归宿之怀疑主义,或为专事描写丑恶之写实主义,或为迷离惝恍之象征主义"等,种种弊端,"溯源寻本,皆卢梭以还之浪漫主义有以使之耶"。同样从"中正"这一文学标准出发,胡先骕也对中国传统文化中的浪漫主义思想及在此思想影响下的文学流派进行了批判,进而提出:"中外最佳之文学,皆极中正,可为人生之师法,而不矜奇骇俗者也。"其结论是:"在今日宜具批评之精神,既不可食古不化,亦不可惟新是从,惟须以超越时代之眼光,为不偏不党之抉择。"

《文学之标准》的宗旨在于倡导"中正"的文学,批评浪漫主义和自然主义,提出一种"文学之真正标准"。欧洲文学的发展历程表明,17世纪法国古典主义在历史上曾起过积极作用,但也带来了种种弊端,在18世纪启蒙主义的冲击下,浪漫主义乘势而起,倡导"返回自然"、个性解放和自由,其后的批判现实主义、自然主义又一度影响文坛,浪漫主义、写实主义、自然主义都是对古典主义的反动和否定。从文学发展史角度来看,胡先骕所坚持的"古典主义"的"中正"的文学标准,显然过于保守、狭隘而偏执,令人难以接受。

其实,胡先骕对西方文学古典主义的推崇,对"中正"文学观的倡导,实则是为了取得批评新文学运动的立足点。正是在"中正"的标准的衡量下,新文学运动的种种弊端才令人信服地得以揭露。事实上,胡先骕对于浪漫主义、自然主义等文学思潮的批判态度,早在《欧美新文学最近之趋势》一文中就已表现出来。但当时其持论并不偏激。时隔四年,胡先骕文章的锋芒更为锐利,是因为其对浪漫主义、自然主义等的批判正可以在新文学运动中找到靶子。但是,功利性的批评总是不免牵强和偏执,由于其对18、19世纪古典主义与浪漫主义、写实主义、自然主义及中国传统文学的整体评价并不足以令人信服,导致其对新文学的批判也只能是缺乏说服力的。

胡先骕在其《文学之标准》的结尾处以大段笔墨引用了薛尔曼关于文学的一段论述:

> 如何以给与快乐而不堕落其心,给与智慧而不使之变为冷酷;如何以表现人类重大之情感,而不放纵其兽欲;如何以信仰达尔文学说,而同时信仰人类之尊严;如何以承认神经在人类行为中之地位,而不至麻痹动作之神经;如何以承认人类之弱点,而不至丧失其毅勇之概;如何以观察其行为而尊重其意志;如何以斥去其迷信而保存其正信;如何以针砭之而不轻蔑之;如何以讥笑其愚顽而不贱视之;如何以信认恶虽避善,而永不能绝迹;如何以回顾千百之失败,而仍坚持奋斗之希望。

胡先骕认为:"此则文学之真正标准,而欲创造新文学者所宜取法也。"这一结论我们可以同意,但这种文学是否即是他所倡导的"中正"之文学,倒是颇可深思的。

(原载《老区建设》2009年第18期)

话说八大山人

作为中国历史上最杰出的书画大师之一，八大山人的身世经历至今还有许多存在争议的模糊环节；他喜欢以结体奇特的草书书写多用僻典、含意晦涩的诗；他的书画落款花押中有很多难懂的字符；他的名号很多，这对于古代文人来说倒也常见，但这些名号大多耐人猜测，就连最为人所熟悉的"八大山人"是什么意思，也没有定论。因此有人说，八大山人本身就是一个谜。但是，背影模糊的八大山人却以他留传于世的近千件风格鲜明的书画作品，清晰地凸现着一位艺术巨匠的伟大。

八大山人是明宁藩弋阳王后裔，谱名"统□"，人们一般知道的"朱耷"，只是他的乳名或庠名。从他的九世祖宁献王朱权开始，这个家族便逐渐远离了皇朝权力的中心。为规避政治风险，朱权半生潜心修道和艺事，成为中国戏曲史上的一位十分重要的人物。家风所披，八大山人的祖辈、父辈都是艺术修养深厚的书画家，八大山人就诞生在这样一个艺术世家。虽出身皇族，但其社会地位、经济地位并不像人们想象的那么显赫，即使在明朝，他也只是一位处境尴尬的贵族子弟。然而血统上的渊源，却总会带来心灵上的归属。因此旧朝的破灭，给他带来的飘零、郁愤和悲凉自是铭心刻骨。

八大山人一生行事多有自相矛盾处，从中正可揣摩他那复杂的心路历程。他年轻时也想靠科举出人头地，曾参加明朝科举考试，但贵族之家世，使八大山人既不能同于平民，也不能轻易融入一般的知识分子圈子。随着旧朝社稷的倾覆，功名之路断绝，甚至性命堪忧，于是，在清兵攻入南昌时，他弃家入空门，剃发为僧。那一时期，南昌的明皇室宗亲遭殃者不少，八大山人却在禅林得以保全性命。此后二十年，八大精研禅学，已成为公认的"禅林拔萃之器";但在49岁那年,八大却要淡出佛门,宣称希望成为诗画僧贯休、齐己一般的人物。这一次的人生转变中他似乎受到了不少刺激,以致无法再保持内心平衡。1679年,五十四岁的八大作为名士再次应邀客居临川,一年多里,他结交诗友,吟诗饮酒,访古探胜,但却忽然发了疯癫,焚裂袈裟步行回到南昌,成了一个"不名不氏,惟曰八大"以卖画为生的画家。这一变故中的隐情猜测颇多,八大同时代人就怀疑可能有佯疯成分,有人认为这是一种顿悟后的心理变态;但更多的人认为,八大发狂一事,正透露了他内心经历的种种委屈与矛盾,难以自抑,刹那间一触即发,不可收拾。

但八大山人终于找回了内心的和谐。

这是八大山人68岁时在一扇面上书写的短文:"静几明窗,焚香掩卷,每当会心处,欣然独笑。客来相与脱去形迹,烹苦茗,赏奇文。久之,霞光零乱,月在高楹,而客至前溪矣。随呼童闭户,收蒲团,静坐片时,更觉悠然神远。"简直就是一幅文人理想中的读书隐逸图,幽静中略显孤寂。

八大山人请人画过一幅《个山小像》,画像中的八大山人略显瘦削,这瘦小的身躯中却蕴含着旺盛的生命力,这种生命力在他的书画创作中得到迸射;也许正是这种对艺术的倾力投入,使八大终于获得了心灵的超越和精神、身体两方面的旺健。康熙二十七年石涛致书八大山人云:"闻先生七十四五登山如飞,真神仙中人也……"这是对高寿的八大山人生命活力的写照。

中国文人画到八大山人,达到了前所未有的高度。八大的画,极简练又极丰富,极刚劲又极柔韧,极奔放又极严谨。看似信手拈来的笔墨和构图,其实十分讲究、极其精审,简直一笔不可易,真正到了刚柔相济、炉火纯青,绚烂之极又返璞归真的境界。作为一位画家,他的眼睛一定是极其明亮的,善于捕捉最细微的趣味和最朦胧的美,站在八大的画前,你会焕然领悟中国画的妙处和大写意的精髓。

从20世纪初开始,在批评元明清文人画"复古主义"、"形式主义"的同时,八大与青藤、石涛、扬州八怪等构成了风靡大半个中国画坛的艺术传统。八大、石涛同为明宗室,后常为世人所并称。对此,当代画家范曾以其特有的文风写道:"今后,我以为有一个用语是可以取消的,即'八大石涛',石涛比较八大山人瞠乎其后远矣,把石涛捧得过高,大体是眼力不济。"这样的评价,也许难称定论,但我们注意到许多艺术大师都对八大表现出特殊的推崇。美学大师王朝闻就曾说:"八大山人的绘画在明末清初,特别是在艺术成就显著的晚年,具有石涛作品所不能代替的卓越成就"。还有齐白石先生,白石老人诗句"青藤雪个远凡胎,老缶衰年别有才。我欲九原为走狗,三家门下转轮来",人们都很熟悉,但齐白石还曾说:"作画能令人心中痛快,百拜不起,惟八大山人一人,独绝千古!"

（原载《江西邮电报》2007 年 5 月 17 日,发表时有删节）

宜人之作　益智怡情

——读贡布里希《艺术的故事》

对于 20 世纪西方著名艺术史家贡布里希来说，《艺术的故事》无疑是他最重要的著作之一。这部书问世半个世纪以来被译成包括中文在内的二十多种文字，仅英文版就再版、重印三十多次。这本书不仅是贡布里希著作中读者最多的一部，同时也可能是有史以来拥有读者最多的艺术史著作。在对这本书大量的赞誉中，我最欣赏纽约大学詹森教授那句简短的评语："纯属宜人之作，益智怡情。"我以为，此言道出了这部书的真正妙处。

《艺术的故事》一书是一部"怡情"之作，作者在写作之初就立志要"奉献给那些需要对一个陌生而迷人的领域略知门径的读者"，因而叙述生动晓畅，文彩斐然；而且符合当今中国出版界的风尚：采取了图文并茂的方式（遗憾的是，我们的出版界近年所热衷的图文并茂，其实很多是出于吸引眼球的目的，图文之间很少联系，满眼五彩缤纷，当你要认真在图文之间找到某种印证时，却多半会失望。而贡布里希不同。）。从一开始，这本书的作者就计划好兼用语言和图画二者来讲述美术发展史。一个从写作之初就确定的原则是："凡是我不能用插图复印出来的作品概不论述"。读者在阅读时总是惊讶于作者使用图片进行论述的能力。作者对各类画作如此熟悉，简直是信手拈来，使全书的叙述始终在精妙至极的图文互文中进行，而每一幅画都选得那么恰到好处，就好像是专为作者的论述而存在的。正是这样，一部《艺术的故事》成功地教会了成千上万的人如何去欣赏前人的绘画，阅读此书绝对是一次精彩纷呈、赏心悦目的艺术之旅。

图文并茂、通俗晓畅的文风丝毫无损这部著作的学术内涵，它是一部真正的"益智"之作。贡布里希立足于以当代观念去重新把握艺术的历史,因此对已被前人无数次阐释过的艺术史有全新的见解。其中一个影响甚广的观点就是:艺术史是艺术观念变化的历史,观念与观念之间,并没有激进与保守、文明与愚昧的差别。作者在以全新的观念重新审视西方艺术发展历程之后认为:"整个艺术发展史不是技术熟练程度的发展史,而是观念和要求的变化史。"《艺术的故事》与作者另一代表作《艺术与错觉》一道,使"图式—修正"这一著名的艺术公式深入人心。

贡布里希在描述每一个时代的艺术现象时,都能深掘其本意,尽最大可能探其真面目,最终给一个个常常被忽视的艺术现象和观念以"正确"的评价。贡布里希对一位优秀学者的赞誉通常是"他真的思考过那个问题"。同样的,我们在读《艺术的故事》时,也定会由衷地感叹:他真的思考过这些问题。经过认真、独立的思考,贡布里希告诉我们:艺术家并不能"画他所见到的",他问道:为什么不同时代不同国家的人们对我们可见的世界的描绘是如此的不同? 正是这样一些绝大多数读者所没有思考过的问题,给我们以探求的兴奋,这种兴奋带领我们进行穿越艺术史和知觉心理学的冒险旅程。

借助一批国内学者的认真的译介,贡布里希大部分著作在20世纪90年代就已经有了中译本,从那时起中国美术史论界进入了一个"贡布里希时代"。近年来,贡布里希在西方艺术史界受到冷遇,受此影响,国内学术界也出现了对贡布里希的批评。但作为给艺术史带来巨大影响的人物,贡布里希仍然是不可逾越的。这一点只要我们重新翻开《艺术的故事》就可以明白。

（原载《江西日报》2008 年 4 月 11 日 C2 版,发表时有改动）

落花皆有人间味

——读《丰子恺精品画集》

在现代画家之中,能将中西绘画技法融会贯通、并能以韵味十足的笔墨写出生活感喟和见闻的,并不多见;而寥寥数笔就意趣全出的更是屈指可数。正因此,丰子恺那些被冠以"漫画"之名的中国画,就无意间成为中国美术界的一个独特而非凡的创造。丰子恺的创作往往被视为小品,但其悠远的意境,绝不逊于任何一幅大画。

《丰子恺精品画集》(上海古籍出版社)是丰子恺40岁前后亲自选定的一部画集。编选此集的缘起是因为缘缘堂原有的藏画均毁于战火,此次是想重新描绘一套永久保藏。因此,尽管此集收入的236幅画在"子恺漫画"中只是极小一部分,却是毕生的精华所聚。据丰一吟回忆,在描绘这一套画作时丰子恺往往同一题要连画多张,从中选取最满意的。更为别致的是,这一集中的画全部敷以淡彩。毫无疑问,彩色画使那些风景人物画传达出更为丰润的内涵和美妙的意境,与单色画相比确实增色不少。但有些画作的意境却也因敷色而受到了损害。如其早期名作《人散后,一钩新月天如水》等,原作没有细密的描画和淡彩渲染,仅以焦墨草草勾出,有种特别的韵味,令人回味不尽、常看不厌。彩色的进入,却将月下剪影般独特的诗意冲淡了、稀释了。同样受损的应该还有《立尽梧桐影》、《无言独上西楼,月如钩》等。当然,这也许只是个人先入为主的片面之见。

对于丰子恺的画法渊源,研究者们已经作了很多言之有据的研究,但我以为丰子恺的画风里实有一种脱胎换骨的创造力。那极简练的造型与笔墨,看去很随意,但仔细揣摩,却一笔不可减、也一笔不须增。"传神写照,正在阿堵之中"被历代画家奉为不易之论,我却注意到,丰子恺画人往往不画眉目,而笔墨省略处,意趣、神气完足。令人称奇!画面的构图与造型自有西画的功夫,但统摄的却是传统的笔墨;更难在能够极从容地将两者融会贯通,毫无消化不良的尴尬。

那些以诗句为题的作品如《人散后,一钩新月天如水》、《几人相忆在江楼》等,聊聊数笔,便使古诗句焕发出新的意趣,这意趣不仅往往超越了原诗,而且直入当下的人生况味,令人久久难忘,朱自清说"好像吃橄榄似的,老觉着那味儿"。那些"写儿童相"的小品,更是率真而生动、情趣盎然令人爱不释手。在谈到竹久梦二(对丰子恺影响很大的日本画家)的漫画时,丰子恺说"使人看了如同读一首绝诗一样,余味无穷",这其实也正是他自己的追求。丰子恺的随笔中也常可读到漫画中相同的题材,但漫画似乎更有趣味。随笔中的情感要复杂得多,如以欣喜、赞美之笔写孩子的真挚和纯真时,不免包含着对于成人世界的愤世与悲哀,使人心情郁郁。因此,人们往往更爱他的漫画。如《棕祸》、《花生米不满足》、《爸爸不在的时候》,还有被朱自清评为"为儿童另行创造一个世界"的《瞻瞻的脚踏车》、《阿宝两只脚,凳子四只脚》、《瞻瞻的梦》等,传达了一种最最单纯、真挚而又明快的东西,给人一种爱不释手、漫生暇思的欢喜。知堂曾感叹中国"缺乏儿童的诗",其实整个中国传统文艺中都缺乏对儿童之爱和儿童之美的表现,丰子恺独以一支健笔弥补这个缺陷。我以为,无论何种人瞥见子恺漫画中的童真,都会收拾起利欲之念,得到片刻纯粹的平和。

丰子恺画中的另一大类,似乎一向没有得到应有的重视。就是他自己所谓的"写自然相"的风景人物画。其实所谓"写自然相"和早期的"写古诗句"画都以古诗句为画题。但也许是受到抗战期间往西南避寇时沿途山水的启发,后期的这类画与早期画作在画风上已经有了悄然的变化。画家的目光从人间百态转向自然风物,自然山水成为画面的主体,画面上的人则越来越小。为了适应表现景物的需要,这时画家开始大量用色。画题几乎都是古诗词句,体现了作者对古人山水意境的深入骨髓的喜爱;却又能跳出古人意趣,在古人诗句与现实景物的碰撞中激发灵感。他称这些创作为"古诗新画",我以为丰子恺这一类画作的价值正在于将传统的典雅融入极现实、平常的生活中,并见出独到的新意来。

当年俞平伯先生初读丰子恺漫画时说了一句很有诗意的话："一片落花都有人间味。"这也正是我想说出的感受。

（原载《江西日报》2008 年 6 月 6 日 C2 版）

鲁迅笔下的历史

——重读《故事新编》

鲁迅的小说集中，《故事新编》大概是最令评论家为难的一部，在20世纪50年代就发生了关于它是属于什么性质作品（是历史小说，还是讽刺作品）的争论。其实对于《故事新编》的争议远不止于它的归属，令许多读者困惑的问题是：这些小说，到底在写什么？

少年时对《故事新编》最初的阅读经历并不愉快，一个重要原因就是：看不懂。找一些评论文章来帮助理解，也无非说这些小说是"英雄的颂歌"，表现了"作者的战斗意志"，仍然不得要领。不过，却因此对《故事新编》留下了深刻的印象。总觉得里面隐含着很深的东西。

前时读到林斤澜谈《故事新编》的随笔，他曾就其中《奔月》一篇的主题当面请教端木蕻良，这位前辈作家说了四个字："斩尽杀绝"。沿着这条思路再读《奔月》，一种如入"无物之阵"（《野草·这样的战士》）的孤独感出来了，善射的羿射死过"封豕长蛇"，射遍了大小飞禽和远近走兽，最后"射得遍地精光"，不再有生机。这是千古英雄的寂寞？还是天下"独夫"的茫然？而射死母鸡的尴尬、路遇逢蒙的失望和嫦娥无言的离弃，这一切又为这种孤独增添了更多的无奈和嘲讽意味。同样，摆脱"英雄颂歌"定位重读《铸剑》，也读出一种文学史上罕见的绝望的、悲壮的美。《铸剑》（发表时原名《眉间尺》）取干将铸剑、其子为父报仇的故事。复仇自然是其主题，但在初出茅庐的刺客"眉间尺"之外，鲁迅着意刻画的是神秘的黑衣人，黑衣人仿佛生来就是为了代人复仇，有一种热到极致反显冰冷的性格。眉间尺把复仇的使命连同自己头颅和宝剑一并托付，黑衣人不负所托，劈下国王的头，并砍下自己的头颅，投入到沸水中追咬仇敌，直至三颗头颅都在烹煮中变成了白骨，无法分辨。

这种复仇完成得何等怪诞又是何等惨烈！

于是我知道，对于这些小说内涵的理解需要摆脱思维定式，也需要阅历的支持。但重读《故事新编》获得的还不仅是这些，我以为自己还获得了一种重新理解和把握历史的角度与方法。

回想自己当年不喜欢《故事新编》的原因，除了对其主旨难以把握之外，还有一层重要的原因，那就是觉得《故事新编》"不像历史小说"：这些小说缺少"历史感"。

重读《故事新编》时发现，这些小说不仅不同于那些借古讽今的小品，其"随意点染"之中的深意也超越了对现实的批判，更为深刻，更为深思熟虑。

从阅读层面上看，《故事新编》确是属于那种游戏之作，但游戏不仅需要特别的才气和手段，更需要一种穿透历史的眼光。在鲁迅的笔下，历史呈现出一种完全不一样的图景。即使公认的伟大历史人物，在《故事新编》中一概是首先还原到以吃饱肚子为第一要务的凡人，放回到日常生活中，于是真相毕露、妙趣横生；对于所谓英雄、圣贤的事迹，也没有采用歌颂方式编织盛世神话，而是写出这些高尚行为下的迫不得已和无可奈何。鲁迅超越时代的历史观，更通过他对一系列"正史"狡黠的颠覆而曲折地表达出来：《尚书》、《左传》、《史记》这些历史著作并不比《山海经》、《淮南子》之类可信，种种传说、记载莫衷一是，历史的真相总在叙事的彼岸，难以捉摸。

《故事新编》的背后隐藏着后现代主义历史观念的影子，当然，这里没有德里达、罗兰·巴特或者海登·怀特。鲁迅用极其机智的叙述、富于穿透力的眼光将这种后现代的困惑织入文本内部。鲁迅对历史故事和历史人物的质疑渗透在《故事新编》各个角落。如果说《呐喊》、《彷徨》以沉重与严肃体现了对于现实人生的深刻洞察与冷峻剖析；那么《故事新编》正是以它略带"油滑"的戏说，表现出另外一种深刻。这种对待历史的态度也许可资当今古装影视剧编创人员借鉴——既没有对历史人物顶礼膜拜、编织光环，也不是无厘头的扯淡，而是一种来自深刻把握后的舍形取神——用他的智慧和"通脱"，从古老的传说中变化出来，探求历史深处内在的真实。也许正因为此，鲁迅在编定这部小说集后会不无自得地说：《故事新编》没有"将古人写得更死"。

（原载《江西日报》2008 年 4 月 25 日 C2 版）

废名:少数人的星光

——读《冯文炳选集》

大约二十年前,我无意中得到一部《冯文炳选集》(人民文学出版社出版),很惭愧,当时的我对于这位作家完全茫然无知,只是因为文集中的文字,让我惊艳,让我沉醉。于是到处去寻找关于这个作者的资料,我知道了冯文炳有着一个更有特色、也更为人们惯于提到的名字:废名。

结识虽属偶然,但此后便喜欢上,长久不断地想到他、阅读他。虽然到目前为止,我读到的废名作品还只是部分,即使是我已收集到的,也并没有连续、完整地通读;但确实是不断地想到废名。他对于我就好像遥远的星,投我以柔和、温馨的光。我甚至认为,对于废名根本不需要一篇接一篇地读,完全可以随意翻到一页,然后就这样读下去。很长一段时间,废名的文集是我唯一的枕边书,因为它属于那种你随时可以读进去、为之深深吸引,但又不会拖着你不顾疲惫挣扎着读完才能罢手的一类,特别适合睡眠前需要的闲适、寂寞的心境。

废名是现代文学史上一位孤独的探索者,有人把他归于"乡土文学作家",这个对 20 世纪 20 年代一批致力于描写故乡农村和小城镇生活风貌的作家的统称,是鲁迅先生的命名。这里包括描绘浙东的许钦文、关注安徽的台静农、歌唱湘西的沈从文……废名注目着自己的湖北黄梅,自然也应该归入这一流派。但这一派的共性,更多是被每一位作家自身的个性所取代,废名的文学史意义显然不能局限于一位描写黄梅的乡土文学作家,相信每一位废名的读者所关注的,是他迥异于他人的糅合了冲淡清新与哀怨忧郁的文字,是那种田园诗般的风格。废名用心地思索每一个词、每一个句子,使之臻于完美,一个完美的句子便自成为一个世界;而废名文字中更值得关注的是停顿中的留空。有人说废名的文字中有着句与句之间最长的"空白",他自己说是以唐人绝句写法来作小说,我则以为他似乎最得中国画的妙处——无画处皆是画,"无画处"满纸云烟,耐人寻味,无限意蕴和灵性就在这"无画处"生长出来。

我以为,当代研究者对于废名的理解并没有超越他的同时代人的眼光。

沈从文先生对于废名是深有体会的,他说:"(废名)只是用平静的心感受一切大千世界的动静","用略见矜持的情感去接近这一切"。(《论冯文炳》)

才华横溢、风格独特的文评家李健吾以为:"在现存的中国文艺作家里面,没有一位更象废名先生引我好奇,更深刻地把我引来观察他的转变的。有的是比他通俗的,伟大的,生动的,新颖而且时髦的,然而很少一位象他更是他自己的。凡他写出来的,多是他自己的。……他逃离光怪陆离的人世,如今收获的只是绮丽的片断。这正是他所得到的报酬,一种光荣的寂寥。"(《画梦录》)

周作人也对废名表现了特别的偏爱。知堂为人作序不算太多,但却几乎为废名所有的作品作了序跋,从《竹林的故事》、《桃园》,到《枣》和《桥》再到《莫须有先生传》,以至于知堂自我调侃是在为废名"包写序文"。知堂说:"我觉得废名君的著作在现代中国小说界有他独特的价值者,其第一的原因是其文章之美"(《〈枣〉和〈桥〉的序》)。知堂所谓的文章之美,正是废名简练的文字中所构成的独有的意境,十分可喜。有人说废名晦涩,知堂却说:晦涩,生于简洁、奇僻、生辣,他认为废名的文字"不像透明的水晶球,要看懂必须费些功夫才行"(《中国新文学的源流》)。

知堂关于"水晶球"的比喻,说出了废名无法为一般读者所接受的理由,但关于这一点我以为还是李健吾先生下面这段话最值得玩味,道出了废名身后寂寥却又享受着无上荣光的原因:"废名先生表现的方式,那样新颖,那样独特,于是拦住一般平易读者的接识。……一般人视为隐晦的,有时正相反却是少数人的星光"(《画梦录》)。李健吾认为,何其芳就是这少数人的一位,我则以为,在这少数人之中,至少还应该算上沈从文和汪曾祺。

（原载《江西日报》2008 年 5 月 9 日 C2 版,发表时有删节）

让生活恢复应有的诗性

他是一位写作在 19 世纪的诗人,但他的影响和声名却在整个 20 世纪经久不衰;他短暂的为诗歌的一生,如流星划过夜空,却给后世留下永久追寻的思想与激情。英国浪漫主义诗人约翰·济慈和他的诗篇是人类的骄傲,但是长期以来,国人对这位大诗人的了解状况却令人尴尬:不仅一般读者对济慈十分陌生,即使是对英国文学有些知识的人,也多半大大低估了济慈的文学地位和时代价值。因此,就在济慈传记片《明亮的星》即将开拍(由《钢琴课》的女导演简·坎皮恩执导)的消息在媒体上爆出之际,由国内学者完成的第一部济慈传记——傅修延教授新作《济慈评传》(人民文学出版社 2008 年 1 月第 1 版,以下简称《评传》)的出版在读者之中引起不小的震动和欢欣,就在情理之中了。

《评传》用 40 万字的篇幅,以开阔的文化视野、全面的资料梳理、精微的心路考察和行云流水般的文风,为我们极富感染力地讲述了济慈短短二十六年的人生。

岁月沧桑,人生复杂,写人物评传难在对传主生活际遇、特别是其中委曲之情的体贴入微和准确把握,即使是济慈这样一位已被人们反复研究的人物。傅修延教授对济慈相关资料的长期关注、收集,对于济慈诗歌、书信的长期研究(其翻译的《济慈书信集》已先于 2002 年出版),使这一工作显得游刃有余。从人物传记角度来看,《评传》无疑是一部内容翔实、文采斐然的作品,有着强大的文化穿透力和历史纵深感。而作者沿着济慈生命行踪所作的诗意之旅与文化追踪,更使《评传》增添了鲜活的文化气息和真实感受。读来同样饶有兴味的是,沿着济慈生平主线,《评传》还给我们描绘了 18 世纪末、19

世纪初英国的社会环境与人生图景,特别是书中涉及几十位当时欧洲的文化名流,往往寥寥数笔,气质风神跃然纸上,生动还原了 19 世纪欧洲特有的文化氛围。

相对于对济慈生命历程的记述和外部环境的呈现,《评传》显然将更多的精力投入到济慈精神世界的分析和艺术生命成长过程的追踪,给我们展现和剖析了济慈复杂的内心世界。济慈是一个短暂却十分丰富的生命体,这种特点在他的诗歌创作中得以体现。他的诗歌创作生涯不过数年,但其中的思想与艺术内涵却极为丰富,很难"一言以蔽之"。"他的欢欣深处埋藏着凄苦,他在凄苦之余又给人以回甘,他笔下的世界美得炫目,旁边却又隐约有'丑'在虎视眈眈。他对美的事物抱有无限爱怜之情,因为总是担心它们会突然消逝,他的体验表现得比别人更为刻骨铭心。但当人们批评他过于强调感觉乃至感官享受时,又会发现他有一种将感觉与思想结合在一起的本领……"(《评传》第 466 页)读《评传》时时感到作者对这位天才诗人丰富的内心世界与审美感觉的把握是如此深刻、剖析是如此精微。其所达到的极深细美的境界,是该书非常精彩的呈现。

《评传》没有将济慈仅仅作为一个文学史上的存在,而是作为与现实生活不断发生共鸣的超越时代的思想者和诗人。傅修延教授以其作为一位文艺学家的理论修养和学术敏感发现了济慈在当代审美文化中的重要价值,这一点即使在西方学术界也很少有人关注到;而正是这种发现使《评传》的学术分量和理论内涵极为丰厚而耐人寻味。

作者以为,济慈思想的现代价值首先体现在其不向商业化潮流妥协的人文精神。济慈生活在商品拜物教泛滥之初的英国,他人生最初的独立选择就是抛弃衣食无忧的医生职业毅然走向诗的国度,他的全部作品都可以视为对英国刚刚开始涌动的商业化潮流的拒绝和抵制;而济慈对于文艺的超越时代的见解同样与现代人的观念息息相通。如济慈在书信中提出的"诗人无个性"之说成为 T·S·艾略特"诗无个性"说的先导,而这一思路在后结构主义阶段的罗兰·巴特那里得到更为强烈的共鸣,"诗人之死"论堪称惊世骇俗;还有,济慈对于时间的敏感——强烈的时间意识是现代人区别于前人的一个重要标志,而济慈对于时间的流逝有着特别的感受,这种感受影响了菲茨杰拉尔德和博尔赫斯等现代作家。济慈的现代性始终是傅修延教授关心的课题,这种对于济慈的穿透性的认识使《评传》始终具有鲜活的时代感,成为富有21世纪思想光彩的文化叙事。

作为一部集人物生平传记与深层学术思辨于一身的文本,《评传》的写作对于作者来说无疑具有学术研究与文化想象双重功用,极大满足了作者的学术性格与心灵世界。作为一种"于我心有戚戚焉"的特殊学术经历,作者的神思往复于过去的文化体验与当代的文化期待中:时而与一百年前的济慈同呼吸,神游冥想,体会一种心神交融的奇妙感受;时而蓦然回首,感慨于时代文化精神的苍白与诗神的远离,呼唤走近济慈,"倾听他那夜莺般动人的歌声,接受他身上人文艺术精神的感染"。作者似有意在与读者分享自己对济慈内心世界的认识和体悟,这种体会如此深刻,使我们也似乎具有了对于诗人的洞察力。于是,读《评传》的感受,就如同在经历一次通过作者与济慈的三方对话与交流。济慈的焦虑与困惑至今仍在困扰着我们,原来济慈就生活在我们身边,他以自己敏感的诗心,倾诉着我们的思虑与焦灼,如此真切、深刻……

如今济慈在西方文学史上的地位如此崇高。美国人伯特的《世界100位文学大师排行榜》上,济慈排名第二十五位(而国人较熟悉的华兹华斯、拜伦、雪莱远在其后)。他获得了一位已故诗人可能获得的一切:诗歌被译成数十种语言,生平被编成戏剧写成小说;他在故乡伦敦和长眠之地罗马的居处,被辟为永久性的纪念场所,在英国的诗人中,没有谁比济慈更受传记作者的关注……然而,相较于国外每几年就有一部新的济慈传记问世,在国内直到《评传》的推出才填补了这一空白。因此,欣慰之余内心不由生出期待:希望随着傅修延教授《济慈书信集》和《济慈评传》的相继出版,能使国人从这样一位离我们并不遥远的诗人身上重新获得对生活的感悟,"重燃我们这个时代的艺术激情,使生活恢复应有的诗性"。我以为,这才是《评传》的时代意义之所在。

(原载《光明日报》2009年3月3日第11版,发表时有删节和改动)

文化散论

推动中华文化走向世界

　　胡锦涛总书记在中共中央政治局第二十二次集体学习时强调,要精心打造中华民族文化品牌,提高我国文化产业国际竞争力,推动中华文化走向世界。当代中国怎样全面走向世界,怎样让世界正确看待中国,这是摆在我们面前需要认真思考的问题。国家的文化魅力以及对自身优秀文化的有效展示与传播,是国家软实力的重要体现。因此,提高国际社会对我国文化的认可度,提高文化竞争力,是当代中国文化建设的重要任务。

一、文化软实力:国家形象的基石

　　2009 年,美国芝加哥全球事务学会公布了一项关于几国软实力的调查结果。这一调查在美国、日本、中国、韩国、印度尼西亚和越南六国间开展,根据文化、人力资源、政治、外交等指标,对这些国家的软实力作出了评估。综合评估的结果是,中国的软实力名列美国和日本之后,位居第三。应该说,这一调查充分显示了近年来中国在对外文化交流中取得的成绩,也比较客观地体现了中国软实力的实际状况。

　　然而,这一调查同时也显示,在我国软实力的构成中,文化的因素仍比较薄弱。因为只有印度尼西亚和越南两国的受访者对中国的文化软实力给予了高度评价,认为中国在文化领域的软实力名列各国第一,而在其他国家受访者的心目中,中国的文化软实力尚显不足。正如国外一些观察家所指出的,在对外文化交流中,我国的一些做法实效性仍不够,我们的大多数文化产品还无法进入他国市场,我们的发展理念和价值取向也未能得到他国的充分认同。

美国学者约瑟夫·奈在20世纪90年代初提出的软实力学说,指的是一个国家在文化、意识形态等方面的影响力。软实力是国家形象得以树立的重要基石。软实力的提升需要多方面的综合建设。文化对于国民素质的提升,对于社会凝聚力的形成,都起着十分重要的作用。而这一切,正是决定一个国家能否实现长期持续发展的关键因素。因此,文化是国家软实力的重要组成部分;一个国家文化魅力的增强和对自身优秀文化的有效展示与传播,才是更具深远影响力的国家软实力。在对外交往中,通过主流文化的传播和影响,国家的核心价值观更易深入人心;也只有在自己的核心价值观被他国充分了解和接受的前提下,这个国家的对外形象才能在真正意义上得以确立。

毋庸讳言,相对于经济的迅速发展,我们的文化发展速度相对滞后,特别是在多元文化格局中主流文化不够凸显,几乎表现在我们经济社会生活的许多层次、许多方面,这里仅略举其三:一是我们对自身传统文化缺乏清醒的认识,特别在对传统文化与时代发展的关系上,至今莫衷一是。这就使民族优秀传统文化的继承、弘扬和传播陷入困境,制约了优秀传统文化资源向软实力的转化。二是人们一提到对中国文化的宣传,特别是在对外文化交流场合,往往习惯定位于对传统文化的展示,给人以"中国文化=中国古代文化"的印象。而由于我们的当代文化正处于形成阶段,对外传播尤其欠缺。三是我国这个文化资源大国还称不上文化强国,客观而言,我们对自己的传统文化资源尚无法有效转化为软实力,更谈不上将别国文化资源转化为自己的软实力。而一些中国传统文化元素却被美国人转化为赏心悦目的现代文化产品,反过来"输入"我们国内市场,让别人赚得盆满钵满。

由此可见,我们的文化软实力目前仍难称强大,与中国经济的发展不相适应。从今后较长一个时期来看,国家文化软实力的提升至关重要,而文化软实力的提升,其关键在于中国主流文化自身的全面建构和产品转化,其目的在于进一步树立中国文化大国、文化强国的国家形象。

二、拂去"迷雾":让世界看清中国

当前,中国正处于新的发展阶段。中国的发展,有利于世界各国共同应对挑战、共同推进人类和平与发展的崇高事业,事关各国人民的根本利益,也是各国人民的共同心愿。毫无疑问,中国的和平发展将给世界带来新的发展

机遇。但是,一个拥有 13 亿多人口大国的快速发展必将牵动一些人敏感的神经,也难免引起少数国家的疑虑。问题是,我们怎样才能令人信服地向世人说明,我们走的是一条和平发展的道路? 我们怎样正确树立中国的国际形象? 要解决这一难题,除了向外界准确、全面地传达我们的发展宗旨外,对外文化交流与传播是一个非常重要的渠道。

文化是一个民族的灵魂与面孔。随着中国综合国力的增强和国际地位的提高,中国在国际舞台上越来越令人瞩目,外界了解中国的愿望也日益强烈和迫切。在这个阶段,如果我们不注重自身形象的正面表达,不及时加强自身文化的正面传播,那么,被别有用心地歪曲、缺乏常识地"妖魔化"就难以避免。

西方国家在国家形象塑造和核心价值观的传播上是很有经验的。这方面,有着强大文化产业和传播体系的美国更是遥遥领先。美国对其核心价值观的传播不遗余力,渗透到其文化交流的方方面面。比如,美国好莱坞的经典电影除了具有精彩的故事情节和精良的制作外,都十分注重美国文化价值观的体现和表达,淋漓尽致地表现了美国式的英雄主义和伦理道德。受西方国家影响和启发,作为我们的东方邻国,韩国对于国家形象的塑造和传播也是高度重视。这个在 20 世纪末即提出"文化立国"战略的国家,高度重视文化软实力的打造,"韩流"滚滚,席卷亚洲,在国际上成功塑造了乐观平和、坚韧不拔、讲求伦理道德的国家形象,并在文化产品的大举输出中,获得经济的振兴,取得"名利双收"的成绩,其成功经验很值得我们研究。

成功的文化传播,能够在国际上塑造一个具有无穷魅力的中国,不仅赢得别人的尊重,更能赢得别人的喜爱和由衷的欢迎。在 21 世纪的今天,中国与世界的交流出现了前所未有的高潮,事实上,世人对中国文化的兴趣从来没有像今天这样浓烈。据不完全统计,目前世界上其他国家正在学中文的人数已经突破了 4000 万,有 100 多个国家的 2500 余所院校开设了汉语课程,为中华文化进一步在世界上传播提供了很好的条件。春节文化是中国文化中最具特色的内容之一,它的一头连接着中华五千年的悠久文明,一头延伸到当下中国的文化空间。2010 年初,中国农历春节到来之际,在丹麦、巴西、泰国等国同时举行了"欢乐春节"活动,是海外"中国文化热"的具体体现。我们要乘势而上,以更为精心的策划、更具有实效的形式,全面推进中国文化的对外交流,立体呈现中国文化的魅力。

三、"逆差"和"失衡":文化交流中的问题

面对竞争日益激烈的国际格局,我们不仅要强调加大文化传播的力度,更要认真思考文化输出的策略,应把文化领域国家形象的塑造作为谋求中国长远发展的战略,以主动出击的姿态扩展中国文化形象的世界性影响。

当前,中国文化输出的总量不足,力度不够,中国文化产业取得了初步的成绩,但在国际市场的竞争力还较弱。有识之士敏锐地发现,与中国对外经济贸易的顺差相比,中国的文化贸易存在着较大的逆差。这种逆差在图书、文艺演出、影视剧等文化产品的进出口上表现得较为突出。比如,我国图书进出口版权贸易大约存在5:1的逆差,而且出口对象主要是一些亚洲国家和地区,与欧美等发达国家版权贸易的逆差更是要大得多。这说明我们文化输出和传播的力度尚很不足,要真正彻底扭转这种逆差,仍然任重而道远。

另一个值得重视的问题是,在对外文化输出中,我们对传统文化资源利用较多,对当代中国主流文化与核心价值观的传播,仍嫌力度不足,结构失衡的问题比较突出。电影《霸王别姬》、《英雄》等在世界各地获得了可观的票房和不俗的口碑;《茉莉花》、《云南映象》、《风中少林》走出国门,启动了声势浩大的全球演出;青春版昆剧《牡丹亭》在美国演出,使昆曲这个古老的中国文化符号以崭新的形式展现在世人面前……这些都是我国文化输出取得瞩目成就的例证。但是,仔细审视,这些输出项目几乎无一例外的都是传统艺术和民族民间艺术,当代艺术的声音相对微弱。近年来在法国、俄罗斯、意大利、希腊等地均举办过各种样式的"中国文化年"或"中国文化节",在这些交流活动中,"主角"仍然是传统杂技、京剧、昆曲、川剧、庙会风俗、武术表演等。即便是在一些当代文艺样式的展示中,这些艺术作品的内容仍然是以历史文化的反映为主。优秀的传统文化确实有助于树立我们文化大国的形象,然而,仅靠传统文化符号化地勾勒传播中国文化形象,在一定程度上也影响了他国对我国古今文化的完整客观的认识。在一些西方人眼中,中国文化无非是舞狮子、闹花灯、民间剪纸加京剧,久而久之可能因为单调而引起审美疲劳,而且"当代中国"在这种文化输出中可能被无意地弱化。

新中国六十年特别是改革开放三十多年的伟大事业,是近现代一百多年

来一代代中国人前赴后继,为追求中华民族伟大复兴而奋斗的接力。正如西方的一位知名人士所赞叹的:"中国在短短的三十年间,就取得了其他国家需要二百年才能取得的发展成就。"我们要学会把自己的奋斗历程、辉煌业绩和昂扬精神加以成功提升和艺术再现,通过文化传播渠道,更有效地传达给世界,从而去感召和影响世界。因为文化交流总体上的"逆差"和交流中传统内容与当代内容的"失衡",使外国人不能从文化传播中了解当代的中国,使我们文化的影响力大打折扣,其负面影响绝不仅仅限于文化领域,还将辐射经济、社会等多个层面。要改变这种状况,我们就应该具备大文化视野、大文化战略,在广义的文化层面上与世界对话,尤其要加强文化输出的战略研究。

（原载《江西日报》2010 年 8 月 30 日）

抵制"三俗"之风　提高主流文化影响力

——关于当代文化的对话

话题引入：文化是民族凝聚力和创造力的重要源泉，是综合国力竞争的重要因素，是经济社会发展的重要支撑。胡锦涛总书记在中共中央政治局第二十二次集体学习时强调，"要引导广大文化工作者和文化单位自觉践行社会主义核心价值体系，坚持社会主义先进文化前进方向，坚决抵制庸俗、低俗、媚俗之风"。那么，我们应当如何看待当前文化领域存在的问题和隐忧？如何加强对文化产品创作生产的引导，抵制"三俗"之风，用优秀的作品塑造人、鼓舞人？本版特邀请省社科院叶青研究员共同探讨这一话题。

记者：我们应当如何看待当前文化领域存在的"三俗"现象？

叶青：我国改革开放三十多年来的辉煌成就，不仅体现为一系列高速增长的经济指标，更体现为当代中国人精神文化层面的巨大变化。我国的文化建设取得了长足发展，文化产品极大丰富，文化生活多姿多彩。

但是，当下的文化建设也确实存在一些问题。如果说，经济问题往往在物价波动、供需矛盾失衡以及失业率上升等方面得以凸显，如同人们身体上的器质性病变，容易引起重视，容易为我们察觉、警惕并及时采取措施；那么，文化方面存在的问题，往往在短期内没有明显的病理反映，就如同人体的"亚健康"，就如同中医所谓的"气血两虚"、"阴阳失和"，但问题仍然存在，并潜藏着很大的"病变"危险，不能不引起高度重视。

毋庸讳言，庸俗、低俗、媚俗的"三俗"之风确实在某些文化领域大行其道，引起了社会的广泛关注。一些影视片，过度追求商业化、娱乐化，强调感官刺激，忽视高尚的审美追求；一些出版物，忽视正确的导向作用，宣扬拜金主义、享乐主义、极端个人主义,传播错误的人生观、价值观;一些电视媒体,人为制造"热点"、哗众取宠、格调低下,为追求收视率甚至不惜挑战观众的道德底线;一些网站,炒作绯闻、披露隐私,靠无聊、低级的"恶搞"甚至靠渲染色情暴力提高点击率。这类庸俗、低俗、媚俗的文化现象,散播快,流毒广,其严重危害不容轻视。前不久,文化部部长蔡武在接受记者采访时对文化领域的"三俗"问题连发六问,诸如"现在一年创作的小说等文学作品汗牛充栋,但真正为广大读者所一致公认的力作有多少部","全国几百个电视频道,数以千万计的文化节目,真正的有丰富文化内涵、高尚文化品位和品格的节目又占多大比例","每年生产四百多部影片,上万集电视剧,其中能与我们耳熟能详的经典作品并驾齐驱的传世力作占多大比例",等等,这些质问确实值得我们的文化工作者和文化单位警醒和反思。

记者:您认为文化领域"三俗"现象滋生和蔓延的主要原因是什么?

叶青:当今世界消费主义之风盛行,波及文化领域,产生了文化消费主义,使文化生产的商业利益追求压倒甚至取代了艺术和精神的追求,文化沦落为纯粹获取经济利益的工具。伴随着流水线式的生产与复制,拒绝深刻、追求感官满足,以消遣性、娱乐性为追求的文化成为消费时尚,文化泡沫、文化垃圾以及庸俗、低俗、媚俗的文化产品由此大量产生。

比如,近年来大行于电视的各类选秀节目,不同程度地存在以刻意逢迎观众获得收视率的现象;一些选手、评委把选秀节目当做追逐名利、自我炒作的平台;一些媒体凭借其手中的话语权,百般维护,推波助澜;一些电视明星、媒体红人所代表和渲染的极端个人主义的人生观、价值观也甚嚣尘上。这类节目在带来很高人气的同时,也引起了广大观众的反感。而一段时期以来,"三俗"之风在一些电视"相亲"节目中可以说达到了某种极致。在"消费至上"、"娱乐至死"理念的驱使下,这些节目把少数年轻人拜金、自私、享乐的爱情观、价值观一次次加以放大,在以低俗的方式赢得所谓"高收视率"的背后,却是电视媒体社会责任感的沦丧、价值观的迷失、导向的严重偏离。

文化消费主义的侵蚀,是"三俗"之风产生的一个不可忽视的原因。但更为重要的是,"三俗"之风侵蚀文化领域,暴露了我们的主流文化不够突出,没有发挥应有的影响力和引导力的问题。在坚决抵制"三俗"之风的同时,我们更应该认真思考如何弘扬主流文化。

记者：什么是主流文化？其重要性体现在哪里？

叶青：在任何一个文化繁荣的时代，文化都是多元并存的，呈现出丰富、复杂、动态的状态。但其中总有一种文化获得广泛的接受和认同，这就是主流文化。它是指在社会中占主导地位、具有重要影响的文化。它是主流意识形态的反映、国家意志的表达。

当代中国的主流文化，是中国特色社会主义文化，是用社会主义核心价值体系整合社会观念和社会思潮的文化。这种文化至少应该包括三个方面的内涵：一是中国优秀传统文化的精华，那些历经几千年，至今仍然闪烁着真理和智慧光芒的东西；二是1921年以来中国共产党人在马克思主义中国化的时代进程中作出的伟大创新，包括体现时代精神的当代文化；三是世界其他国家的优秀文化元素。在整合上述三种文化渊源之上形成的中国当代主流文化，以积极、健康、向上的主旋律，激励、鼓舞着亿万人民。

当今世界各国都十分重视通过大众传媒传播本国主流文化。美国作为世界流行文化制造、输出大国，其好莱坞大片在传播核心价值观方面并不含糊。无论是战争大片、科幻巨制还是浪漫爱情故事，大都体现出强烈的民族意识、爱国主义和美国式的伦理爱情观念。好莱坞电影体现的核心价值，成为维护、宣传美国主流文化的重要媒介。这些影片在获得巨大商业成功的同时，其导向性同样十分鲜明。

应该看到，作为应该在社会进程中起重要引导作用的当代中国的主流文化，不够突出，不够"主流"，未能充分发挥"主流"的引导和影响作用，甚至在各种文化思潮的变幻、交织、杂响中，声音不够响亮，缺乏应有的感召力，无法充分发挥文化化人的作用，这无疑需要引起我们高度的重视。当前，各种文化在这个时代交响："精神快餐"、"草根文化"盛行，蓝领文化与白领文化、小资文化与打工文化并存，"少儿不宜"的成人文化对传统道德带来挑战，网络虚拟世界与现实社会之间的文化冲突引人注目。而主流文化却呈现出一定的非"主流"状态：第一，主导意识形态不够突出，内涵不够稳定，在当代社会往往显得声音较弱，其社会影响与其在当代文化中应有的地位不相称。第二，受到来自大众文化的挑战，其社会影响力受到削弱。由于主流文化的表现形式往往相对保守，面对大众文化显得单调、拘谨，庄重有余，活泼不足，未能做到寓教于乐。又由于受到政府主导的文化体制的保护，其面对市场的竞争力先天较弱,在大众文化的市场化运作面前疲于应付。第三,受到新媒体的冲击,在其所依凭的主流媒体受到互联网等新媒体的挑战时,主流文化的传播也受到影响。与此同时,各种形式的大众文化在新媒体的挑战面前显得更为活跃和主动,与主流文化的守势形成鲜明的对照。

文化发展有其自身规律,不仅需要"破",更需要"立"。当前从上到下的反"三俗"浪潮虽能对"三俗"之风造成重大冲击,但如果没有优秀的主流文化"立"起来,那么"三俗"之风很可能卷土重来。

记者:在大众传媒时代,主流媒体、文化主管部门,应如何承担起弘扬主流文化的责任?主流文化怎样才能在当代中国发出响亮的声音?

叶青:当前的问题是,主流文化面对各种非主流文化特别是"市场"的不合理要求,往往反对乏力,除了"运动式"反击外,似乎找不到更为有效的方法,有时甚至表现出一种暧昧的态度。各地卫视频道毫无疑问属于主流媒体,应在当代文化建设中应发挥主力军作用。但遗憾的是,在受到人们普遍批评的"三俗"之风面前,少数卫视频道不仅未能站稳脚跟,甚至跟风鼓噪、浑水摸鱼。因此,明确主流媒体的责任和义务,发挥其在当代文化中的应有作用,就显得十分重要。主流媒体以及广大文艺工作者应努力把握时代脉搏、感知百姓冷暖,以不泯的良知真正肩负起崇高的社会责任。同时,更重要的是在文化管理者层面,要建立健全对主流文化产品创作生产的引导机制,强化监管手段,引导文化产品生产者坚持社会效益至上。在这一进程中,引导机制的健全尤其重要,只有充分发挥长效机制的作用,才能激发文化生产者积极创造的热情,激活创新潜能,在消费文化的大潮中凸显主流文化的地位,以主流文化引领时代文化的健康发展,形成多元并存、丰富多彩、主旋律鲜明的中国当代文化。

主流文化要在当代中国发出响亮的声音,还有一个关键问题是增强主流文化的魅力,提升其吸引力和感染力,以真正赢得观众的喜爱。在此方面,应强调精品意识、市场意识和创新意识。

所谓精品意识,就是在主流文化经典的打造上要体现与时俱进、精益求精的追求。2008 年,中国气派的"奥运文化",以传统文化融合现代理念,强势出击,赢得世界瞩目,尤其是北京奥运会大气磅礴的开幕式,将中国特色的奥运文化推向世界的舞台,令世人震撼;2009 年,在庆祝新中国成立六十周年的文化盛宴中,《复兴之路》等一批文艺精品将宏大的主题与全新的艺术探索相结合,在赢得各阶层观众青睐的同时,突出了主旋律,体现了主流文化的无限魅力。

所谓市场意识,就是在主流文化产品的生产中,要加强对当代文化市场运作规律的把握和运用,这是主流文化获得旺盛生命力的重要前提。近年来,以江西"红歌会"等为代表的重温红色文化经典现象引起各界关注。"红歌会"将红色文化内涵与当代市场运作相结合,给那些耳熟能详的红歌提供了万众瞩目的时代舞台,在讴歌革命传统、重温崇高理想、传播优秀文艺的同时,收获了令人欣慰的收视率,取得了双重的成功。这一探索有着值得期待的前景。值得关注的是,近年来,具有巨大导向作用的中宣部"五个一工程"评奖中,也提出了对于社会效益和经济效益的双重要求。围绕着这一标准,突出了市场的评价作用,这一调整是富有深意的。

所谓创新意识,就是在主流文化打造中要突出创新的意识、开放的心态。这一点在流行文化风靡全球,新媒体、新技术层出不穷的当代显得尤其重要。事实上,近年来主流文化在许多领域进行了令人欣喜的探索,其经验值得认真总结。比如,2009年央视春晚上一展风采的"英伦组合"令所有的观众惊讶不已。这是一个横跨流行音乐与民歌、通俗与高雅的大胆而成功的"混搭"。当盛装的宋祖英出现在流行歌手周杰伦身旁,当优美的民歌旋律与鲜明的流行节奏交织一处,让人耳目一新。事实上,以宋祖英与周杰伦搭档演出,这原本是个源于网络的创意,但春晚编导团队却从中发现了其雅俗共赏的巨大吸引力和实施的可能性。于是,两位重量级歌手"顺应民意",真的以如此组合现身春晚舞台,结果是出奇制胜。这是一种迎合,但这种迎合是基于对主流文化内涵的深刻把握的主动的探索。当代中国主流文化在流行文化的挑战面前放弃守势,以更为活跃和主动的姿态进入到一个无限宽阔的新天地,在这里,主流文化将展示出巨大生命力和影响力。

（原载《江西日报》2010年8月23日,对话记者:余霞）

邵式平与建国初期江西文化建设

——纪念邵式平同志诞辰 110 周年

　　建国之初,江西与全国一样,经济恢复、社会稳定是最重要的工作。作为新中国成立后江西的第一任省长,邵式平为江西经济发展、城乡恢复,付出了巨大的心血和精力;与此同时,他还致力于在旧江西落后的文化废墟上进行卓有成效的文化建设。他关心着百姓的文化生活,关心着演艺市场的繁荣,关心着地方戏的振兴,关心着历史文化和红色文化资源的发掘、保护和弘扬。

　　人们在评价邵式平同志的工作时都有一个共识,那就是:目光远大、作风务实。在文化建设上,邵式平同志同样表现出深邃的眼光、大气的作风和务实的态度。他思考问题站得高、看得远,有超前意识;而在贯彻实施上,更是雷厉风行。他是江西当代文化事业强有力的领导人和推动者。

　　一、关注百姓文化生活,重视文化市场建设,倡导文化与生产实践、与人民大众相结合。

　　解放之初,邵式平就关心南昌演艺市场的恢复,这既是为了社会的稳定,也是为了文化市场的繁荣,为了丰富广大市民的文化生活。

　　1949 年 5 月南昌解放。6 月初,受命接管江西地方政权的邵式平等人来到南昌。邵式平很快就发现,南昌的戏剧演出市场一派冷落萧条。当时南昌的演出场所主要有私营剧场、茶楼、会馆等,这些场所的老板由于对中国共产党的政策缺乏了解,内心惶惶,在开业演出上持消极的观望态度,有的还准备关门歇业。这种状况持续到 7、8 月间,仍无好转迹象。当时在南昌以演艺业为生的一千多名演职人员,坐吃山空,生活无着。邵式平感觉到问题的严重性,他提醒南昌市长邓飞关心此事。

于是,邓飞以南昌市人民政府的名义送请帖请各个演艺剧场的老板们开会。座谈会由邓飞主持,邵式平亲自出席会议并讲了话。邵式平在讲话中介绍了我党允许私人剧院继续发展的文化政策,宣传了劳资政策,要求老板们善待演职员。他提出要让南昌的演艺舞台有声有色、红火起来。邵式平态度诚恳,话语坦率、富于感染力,有效地打消了这些老板的顾虑。

座谈会收到很好的效果。会后不久,当时南昌九大演艺剧场之首的民乐剧场就带头邀请著名京剧老生李万春带团来昌演出;江西剧院不甘落后,请来了当红名旦赵燕侠及其燕鸣剧团。此后几年里,当时京剧界名头最响的艺术家几乎都来到南昌,梅兰芳、尚小云、荀慧生、谭富英、马连良、裘盛戎、张君秋等名家先后登台,各大流派在此荟萃,南北名角各领风骚,留下了南昌戏曲演艺市场上一段难忘的记忆,大大带动和活跃了建国初期的江西文艺市场。

邵式平不仅重视文化市场的恢复和繁荣,也关注百姓日常的文化休闲,把广大市民文化休闲游览场所的规划建设放在市政建设的重要位置。

20世纪50年代,南昌市政建设的主要项目,邵式平都会亲自过问,并亲自主持规划和实施。公园,是城市中重要的公共文化设施和市民休闲场所,是城市文化建设的重要载体和传播阵地,体现出一座城市的文化建设水平。在南昌城市规划中,公园建设一开始就成为十分重要的内容。为了满足广大人民群众的日常休闲文化生活需求,邵式平力主改建和扩建了八一公园,并新建了人民公园和民德路公园。

在上述三个公园中,人民公园是规模最大的一个。按照邵式平最初的设想,新建的人民公园应包括青山湖在内,广大市民不仅可以在花木山石间徜徉游览,还可以在水上休闲泛舟,充分享受南昌水城的优美和舒适。在当时政府财力十分紧张的情况下,他力主决定连续三年每年安排2万元经费用于公园建设的前期工作。为了克服经费上的困难,邵式平号召、组织全市人民义务劳动,堆山理水,植树造林。尽管由于种种客观原因,人民公园的建设未能完全按照最初规划的范围实施,但建成后整个公园面积仍达19.4公顷,至今仍是南昌市民公共文化休闲的重要场所,为丰富南昌人民的文化生活,发挥着巨大的作用。

邵式平重视文化的普及,提倡文化工作要与生产实践相结合,要与广大群众相结合，并在这种结合中得到发展。1957 年 12 月，他在致时任贵州民族学院教授徐焕东先生的一封信中说："文化发展的基础是经济，根据我省当前经济发展的情况，最重要的是要在广大群众中普及文化，……是要在生产中去发展文化"①。此后不久，邵式平在 1958 年 2 月底召开的省、市文艺工作者座谈会上发表讲话，向全省文化工作者提出"地要绣花，人要文化"的号召，鼓励广大文艺工作者发挥主观能动性，在文化普及上作出自己的贡献。邵式平说："随着经济的发展，文化自然要发展，……文化这个东西不要看轻它，成为群众的东西就有力量。"②

为了推动文化与生产实践相结合，1961 年 4 月上旬，邵式平发出关于在农历谷雨期间开展支援春耕生产文娱活动的建议，这一建议迅速得到各界的热烈拥护。从此，一年一度在谷雨期间举行的诗会就成为江西独具特色的诗歌节。"谷雨诗会"于"文革"期间被迫停止，1980 年恢复，并且从该届以后由支耕支农活动逐渐转变为有着较强专业性、艺术性的诗歌盛会。谷雨诗会是江西文坛的"晴雨表"，反映着文艺事业的兴衰；谷雨诗会也是江西诗坛的"黄埔军校"，一批又一批诗坛新人从这里起步，走向全国文坛。

时至今日，江西文坛早已繁花似锦。但人们始终没有忘记正是邵式平当年的倡议，使江西拥有了一个在全国有着广泛影响的诗歌的盛会、诗人的节日。四十年后，著名诗人郭韦求饱含激情写下了《春雨中的怀念》一诗，献给"谷雨诗会"的倡导者邵式平同志，表达了江西文艺工作者对这位关心文艺、目光远大的老省长的由衷爱戴和缅怀之情。

二、重视优秀文艺人才的引进，为江西文化的振兴求贤若渴，在工作中大力支持，爱护有加。

作为一位有着很高文化素养的知识型领导人，邵式平十分重视文艺人才的培养、引进，他深知，文化发展人才是关键。为江西文化的繁荣、文艺的振兴，他求才若渴，不辞辛苦，费尽心力。这其中最为感人、也最能体现邵式平

---

①　李国强选编《邵式平书信集》，江西教育出版社，2000 年版，第 49 页。

②　邵式平：《在全省文教书记会议上的讲话》（1961 年 4 月 1 日），载李国强选编《邵式平教育文选》，江西教育出版社，1989 年版。

工作风格的,是对著名戏剧家、电影艺术家石凌鹤的引进和爱护。

邵式平深知文化事业的发展离不开领军人物,就在他为江西文化繁荣寻找这样一位帅才的时候,在北京巧遇了著名戏剧家、电影编导、评论家、诗人和作家石凌鹤。

石凌鹤(1906—1995),江西乐平人。"中国左翼作家联盟"最早的成员之一。他是电影《十字街头》的编剧之一,夏衍戏剧成名作《赛金花》的导演。第一次大革命时期与邵式平在南昌相识。1949年7月,石凌鹤以上海戏剧、电影界代表身份和夏衍一起赴北平参加中华全国文学艺术界首届代表大会,文代会结束,石凌鹤已经分配到文化部电影局任局长,夫人和孩子也都有了合适的安排。

就在这时,这位即将上任的文化部首任电影局局长,在北京饭店巧遇邵式平。二十多年未见面的革命战友重逢,其激动之情不必细表,但邵式平随即想到的是请石凌鹤回家乡主持文化工作。石凌鹤出于对家乡的热爱,也欣然同意。

但要从北京"挖回"这样一位不可多得的人物,并不容易。时年43岁的石凌鹤,政治可靠、业务专精、才华横溢、年富力强,对于刚刚起步的新中国电影事业来说,是一位难以替代的领导人选。因此,如何说服文化部收回成命,同意放石凌鹤回江西工作,是一件困难的事情。但邵式平并不犹豫,立即去找当时的文化部副部长周扬,要求将石凌鹤调到江西工作。周扬一开始当然不同意,强调文化部电影局也急需石凌鹤这样一位内行来领导,但邵式平为了给江西文化事业引进领军人物据理力争、毫不退让。他打出老革命根据地这块牌子,强调江西文化的发展必须有石凌鹤这样的本土文艺大家来领导。正是在邵式平强力的要求下,周扬只好勉强同意石凌鹤回江西。

经江西省委和中央组织部同意,石凌鹤终于回到江西。不久,即当选为江西省文学艺术界联合会和江西省戏剧家协会的首任主席,后任江西省文化局局长兼党组书记,并兼任江西省文艺学院首任院长等职。石凌鹤不负众望,在此后的十七年中为江西文化艺术事业作出了重要贡献。他成功地领导了江西省各级文化机构的组建和江西地方剧种的抢救改革工作,组建江西省采茶剧团和江西省赣剧团,挽救了堪称国宝的弋阳腔,被誉为赣剧之父。石凌鹤不仅是江西文艺事业的组织者、领导者,而且身体力行,工作之余亲自创作改编了《方志敏》、《珍珠记》、《还魂记》、《西厢记》、《西域行》、《南瓜记》、《三代》等一批饮誉国内外剧坛的话剧、赣剧、采茶戏剧本，其中《珍珠记》被文化部列为全国戏曲改革的范本之一，并由上海天马电影制片厂拍成舞台艺术片。可以说，江西文化事业的发展，在 20 世纪 50 年代居于全国前列，石凌鹤发挥了关键性的作用。

邵式平不仅为江西引进了这样一位杰出人才，而且惜才、用才、爱才，关键时刻，坚决地加以保护和大力支持。反右派斗争开始后，江西省委派了一个"整风反右工作组"进驻文化系统，一段时间后，工作组组长根据掌握的所谓材料，向当时受省委委托主持全省反右派工作的邵式平汇报，准备划石凌鹤为右派。邵式平听完汇报，客观地评价了石凌鹤的功过是非，在文艺界的影响、地位，指出：石凌鹤是 20 年代的老党员，长期在国统区复杂的政治环境中从事党的文艺工作，身上沾染些旧东西，是客观存在。但对他不应苛求，他已在改嘛！我们要用历史唯物主义的观点看待他。邵式平坚决地说：我了解他，他不可能是右派！省委工作组接受了邵式平的意见，把石凌鹤保了下来。正是因为有了邵式平的力保和支持，在此后短短的几年里，石凌鹤改译并推出了以弋阳腔演唱的"临川四梦"之《还魂记》，大获成功，江西赣剧从此唱响全国。

邵式平不仅对石凌鹤这样的帅才大力引进和支持，对其他杰出文艺家也十分关注，总是力图为江西多引进一些优秀的文艺人才。他常对省委宣传部、省文化局的同志说：你们要注意发现、培养和引进文艺人才，繁荣江西的文艺事业。他自己更是身体力行，表现出一位日理万机的政府省长对文化建设的重视和热情。

著名京剧表演艺术家赵燕侠 15 岁时就在北京挂头牌演出，她创建的燕鸣京剧团声名远扬。邵式平虽和她接触不多，但深知这样一位艺术家的价值。1954 年 2、3 月间，赵燕侠率团又一次到南昌演出，邵式平和石凌鹤亲自出面，动员她到江西来工作，把江西的京剧事业发展起来。赵燕侠深为他们的热情和真诚所感动。尽管由于种种原因赵燕侠最终没能来江西工作，但她记住了邵式平省长对京剧艺术的重视，终身引为知音，十分敬重。邵式平虽然没能留下赵燕侠，却成功地为南昌京剧团挽留了俞振飞的弟子李松年（赵燕侠演《红娘》和《玉堂春》的主要合作者）和梅兰芳的弟子王苓秋夫妇，他们为江西京剧的繁荣做出了积极的贡献。

著名表演艺术家吕玉堃留在江西也是邵式平关心和努力的结果。吕玉堃早在20世纪30年代就是很著名的电影和话剧演员,因主演电影《秋海棠》享誉影坛。1950年吕玉堃率团来南昌演出老舍新创作的话剧《龙须沟》,吕玉堃饰演程疯子,邵式平看了演出,对吕玉堃的艺术才华留下深刻印象。他对石凌鹤说,我们江西没有话剧团,你与吕玉堃是老相识,要千方百计做工作,把他留下来。

1952年10月,江西省话剧团在原江西省文工团和江西省文艺干部学校部分学员的基础上成立,在石凌鹤的努力下,一年以后,吕玉堃终于率民营"大众剧团"集体加盟,使江西话剧团的整体实力得到充实和加强。江西省话剧团在20世纪50年代中后期演出的《方志敏》、《八一风暴》等剧目在全国产生了广泛的影响。

邵式平对优秀文艺家高度重视、不遗余力地为江西引进人才、委以重任,留下许多动人的佳话,他"不愧是江西文艺事业的卓越领导者,广大文艺工作者的知音"①。

三、关心地方剧种保护,推动江西地方戏改造、传承和发展,奠定了江西当代戏曲发展的基本格局。

邵式平不仅重视演艺市场的恢复和繁荣,更重视江西地方戏剧的保护和改造、关注本地戏曲的传承发展。如果说解放之初演艺市场的恢复,具有稳定社会的综合考虑,那么,对江西具有显明地方特色和深厚群众基础的地方剧种的保护、改革和振兴,则体现了这位首任省长对优秀地域文化和当代文化建设的高度重视,并未因经济上的困难而放松作为一位省长对地方文化繁荣的责任,更未因建国之初百废待兴而忽视文化事业的振兴。

我国各地的地方戏在本土往往有着特定的观众群,颇受欢迎。解放前夕,由于抗战胜利后内战又起,民不聊生,全国戏曲市场均呈现日益萎缩之势,除了京戏的演出情况稍好,其他地方戏曲种类,艺人星散、改行,剧种也濒临灭绝。江西也不例外。比如,有着一百五十年历史的南昌采茶戏在解放前

---

① 李国强、李希文:《邵式平传》,江西人民出版社,1992年版,第350页。

已十分衰落,刚解放时,能够勉强演出的多是一些格调低俗的旧戏,表演上有许多不健康的东西,不登大雅之堂。邵式平自己虽不喜欢看采茶戏,但他并未因此否定采茶戏存在的价值,而是富于远见地看到这个剧种存在的群众基础,他提出要让采茶戏"保留下来,逐步改进",还强调:"不要对什么都采取绞杀态度,对剧团、戏院等尤应如此,在整顿、改造的基础上,稳步前进。"①

邵式平成功引进石凌鹤后,江西地方戏的改造、振兴进入了一条健康发展的轨道。在邵式平的支持下,石凌鹤对江西地方戏曲进行了保护性发掘和认真的改造。

戏曲改革运动是新中国社会改造的一部分。戏曲改革,首先是人的改造。就是要针对戏曲界艺人群体封闭保守、远离社会的特殊性,通过学习、破除旧日封闭的小圈子,对旧艺人进行改造;其次,是对演出剧目加以整顿、改编,努力创作和演出新剧目;同时,旧班社的制度改革也是十分重要的步骤,成立新的演出团体是戏曲改革运动的重要成果。

在邵式平的推动下,江西的戏曲改革围绕以上三个方面平稳地展开。当时担任省文联筹委会主任的石凌鹤派干部到南昌地方戏剧团蹲点,着手改戏、改制,并于1950年5月筹组了地方国营江西地方剧院(江西省采茶剧团的前身),把南昌地方戏"三角班"接管过来,作为改革地方戏的实验场所;此后,全省其他国营或民营公助的地方剧团(部)也相继成立,其中包括成立于1950年11月的宁都专区群众剧艺工作团宁都地方剧部(宁都采茶剧团的前身)和组建于1951年11月的民营公助南昌地方实验剧团(南昌市采茶剧团的前身)等。

1951年5月5日,政务院发布《关于戏曲改革工作的指示》,总结了各地戏曲改革的经验,进一步明确了戏曲改革"改人、改制、改戏"的具体内容,同时强调要贯彻"百花齐放,推陈出新"的方针。采茶戏改革得以深入展开,改编后的剧目,内容积极,以崭新的面貌和较高水平的演出,登上大雅之堂,在全国产生一定影响,引起了社会各界的热烈欢迎。

江西省赣剧团的成立也得到邵式平的关怀和指导。赣剧起源于明代的弋阳腔,主要流行于江西东北部,兼唱高腔、乱弹、昆腔及其他曲调。赣剧的

① 李国强:《开国省长邵式平》,载危仁晸主编《人物》,当代中国出版社,2008年版。

前身饶河班和广信班,都以演唱乱弹腔为主。饶河班以景德镇、波阳、乐平为中心,保存了部分高腔剧目,艺术风格古朴、粗犷;广信班以贵溪、玉山为中心,无高腔,其乱弹唱腔则较婉转流利。1951年初,石凌鹤将饶河班从景德镇市调来南昌,又吸收了广信班杨桂仙、潘凤霞等部分演员,经过整顿、革新,定名为赣剧,成立江西省赣剧实验剧团。

邵式平多次指示宣传文化部门要把赣剧抓好,对赣剧精品大力推荐。1959年7月,中共八届八中全会在庐山召开,省赣剧团为大会演出《还魂记》中“游园惊梦”一折,毛泽东、刘少奇、周恩来、朱德、陈云、邓小平、陈毅等中央领导观看了演出,毛泽东主席看完后带头鼓掌,给予赣剧“美、秀、娇、甜”四字赞誉。同年,江西省组成古典戏曲演出团,带了十多个剧目赴北京汇报演出,获得成功。《人民日报》载文报道:“令人兴奋的不仅是江西省挖掘出这么多的剧目,使古代弋阳腔得以保存,更重要的是使人看到枯木逢春,剧目的推陈出新和演出新生力量的成长”①。这些美誉是对江西对传统剧种大胆改革、推陈出新的充分肯定。就是在这一年,周总理应邵式平之邀,亲笔为“江西省赣剧团”题写团名。在总理的亲自推荐下,辽宁、吉林、黑龙江三省领导登门找江西省领导商量将赣剧移植东北,丰富了东三省人民的文化生活。

在邵式平的关心和支持下,通过几年的改革,特别是改制和改戏,江西基本形成了新的戏曲演出团体框架结构和演出的剧目,奠定了江西戏曲未来发展的基本格局。

四、站在文化传承的高度,致力于对重要历史人文景观的保护、修复,上下奔走,知难而进。

邵式平十分重视文化的力量,深知优秀传统文化资源对于文化传承和文化建设的重要意义和价值。他说:“文化是一个时代一个社会的意识形态的表现,表现得好,就能够把这个东西传下来,就有很大的力量,影响经济的巩固和发展,影响到社会的稳定和发展。”②正是站在这一高度上,他对江西许多

① 参见刘云:《江西现代戏剧事业的开拓者——纪念石凌鹤同志诞辰100周年》,《老友》2006年第6期。

② 李国强选编《邵式平教育文选》,江西教育出版社,1989年版,第174—175页。

著名历史古迹的保护、修复,倾注了大量心血。其中,为重修滕王阁而付出的不懈努力,令人感动。

素有"西江第一楼"之誉的滕王阁,依城临江,因"初唐四杰"之一王勃的名篇——《秋日登洪府滕王阁饯别序》(简称《滕王阁序》)而得以名贯古今,历千载沧桑而盛誉不衰。这座始建于唐永徽四年(653)的名阁,历经宋、元、明、清几个封建王朝,迭经兴废,其间有确凿文字可考者达二十八次之多。自滕王阁1926年被北洋军阀邓如琢部纵火烧毁后,重建滕王阁,恢复这一南昌最富盛名的文化遗迹,就成了各界群众的期盼。新中国的成立,使滕王阁的重建有了可能。每次省市人大、政协会议召开之际,总有代表提出重建滕王阁的议案。

重修滕王阁也是邵式平同志多年的宿愿。他深知滕王阁在中国文化中的重要地位,深知重修滕王阁对于当代文化振兴的重要象征意义。作为江西省省长,他主持省政府会议认真讨论人大、政协会议关于重修滕王阁的提案。但在当时的条件下,以江西自身财力确实难以解决重建的经费。1956年,邵式平在参加全国人民代表大会期间,为滕王阁的重建问题而四处奔走呼吁。但是因为建国之初百废待兴、百业待举,中央也因财力困难而未能拨款。

邵式平回到江西后,并不气馁,将重建计划提交省委常委会讨论,会议做出了由地方财政筹款重建的决定,将重建滕王阁工程列入1958年省计划工程项目。并采纳时任省文化局局长的石凌鹤的建议,先筹建材,逐步实施重建工程。

早在1942年,古建筑大师梁思成先生偕同其弟子莫宗江根据"天籁阁"旧藏宋画绘制了八幅《重建滕王阁计划草图》,此次重建征得梁思成先生同意,准备采用他早年绘制的这八幅图纸,并诚恳接受梁先生提出的建一个10米高台,以代替原来城墙的建议。

正当重建工作逐步推进的时候,三年自然灾害袭来,筹集起来的财物不得不另作他用,滕王阁重建的计划只能被暂时搁置一边。重修滕王阁的心愿也成了邵式平同志生平未遂的遗愿。[①]

20世纪80年代中期,滕王阁的重建工作终于得以实施。建筑师们仍然

---

① 参见张丽:《共产党人与滕王阁的不解情缘》,《党史文汇》2005年第1期。

把 1942 年梁思成、莫宗江二先生绘制的《重建滕王阁计划草图》作为主要依据,并参照宋代李明仲的《营造法式》,设计了这座仿宋式的雄伟楼阁。庆祝中华人民共和国成立四十周年之际,第 29 次重建的滕王阁终于宣告落成,邵式平省长的遗愿终于得以实现。今日的滕王阁,以其特有的魅力,吸引着纷至沓来的中外游人,成为南昌的骄傲,豫章文化的象征,中华民族文化遗产的灿烂瑰宝。

五、高度重视弘扬江西红色文化,保护革命遗址,收集整理革命史料,开展红色文化研究。

邵式平不仅重视著名历史文化遗址的保护、修复,更重视对江西革命遗址的保护,重视红色文化资料的挖掘、收集和研究,大力弘扬和传承红色文化。

以今日的文化发展战略观点来看,邵式平同志在当时就有着明确的红色文化品牌意识。为江西省文化发展,确立了一个响亮而恒久的主题——红色。他亲自关心、主持南昌八一起义纪念馆、江西革命烈士纪念堂等红色文化标志性建筑的建造,高度重视南昌作为人民军队诞生地的文化意义,在主持南昌城区规划时,建设了一批以"八一"为名的重大市政工程,如著名"八一大道"、"八一公园"、"八一大桥"等,围绕"八一"做文章,为当代南昌城市文化奠定了重要的基色。"八一英雄城"这一响亮的命名,成为南昌城市文化中最值得骄傲的资源之一,在全国产生了深远的影响。早在 1950 年,邵式平就提出要建八一起义纪念塔,并派时任南昌市委书记的黄霖同志前往北京,征集到朱德、刘伯承、谭平山、彭泽民、朱蕴山、章伯钧、郭沫若等的题词,这批题词至今还珍藏在八一起义纪念馆的档案室里。

南昌八一起义纪念馆是邵式平力主保护和重点建设的革命旧址纪念馆。其前身——江西大旅社是 20 世纪 20 年代由南昌本地商人筹资兴建的当时南昌第一高楼。这座中西合璧的建筑,地处旧南昌的中心,交通便利,建筑讲究、装饰奢华,建成以后,出入这里的都是中外客商和社会名流。

1927 年 7 月下旬,准备参加南昌起义的国民革命军包租下江西大旅社,成立了以周恩来为书记的中共中央前敌委员会。8 月 1 日凌晨 2 时,在周恩来、贺龙、叶挺、朱德、刘伯承等老一辈无产阶级革命家的领导下,南昌起义打响了中国共产党人武装反抗国民党反动派的第一枪,揭开了中国共产党独立领导武装斗争和创建革命军队的序幕。八一起义这一重大事件改变了中国当代历史,起义总指挥部就设在江西大旅社。

南昌解放后,江西大旅社被人民政府接管,成为江西省交际处,在解放初期是江西省接待国内外重要客人的主要场所。尽管江西大旅社作为八一起义指挥部旧址到 1961 年 3 月才由国务院公布为全国重点文物保护单位,但邵式平十分明白这一革命文化遗址的重要价值,因此力主尽早停止这里的接待工作,将交际处迁出。

当时,新中国成立不久,国家和地方的财力都十分困难,要把交际处迁出去谈何容易。但邵式平的态度十分坚决,他对省政府交际处负责人说:这里是革命圣地,只准许你们在这里住四、五年,一定要搬出来。并特别强调:你们要维护好这儿的房子,不准损坏家具陈设,不准随意改动门窗等建筑结构。

1954 年,位于八一大道的江西饭店建好,省政府交际处迁出江西大旅社,1956 年冬,江西大旅社以起义旧址的历史原貌开始接待各界观众参观,并改名为"八一起义纪念馆",江西大旅社成为全国最早恢复的革命旧址之一。

邵式平不仅重视革命旧址的保护和纪念性建筑的建设,还特别注重对江西红色文化史料资源的收集、整理,亲自关心这一方面工作的具体展开。

为了给八一起义纪念馆的筹建作前期资料和文物的准备,南昌市政府办公厅资料科抽出专人组成了南昌市历史调查组,开展南昌市近代革命史,特别是八一起义历史的调查工作。历史调查组成立不久,邵式平提出要亲自接见调查组成员,这令调查组成员深感意外,也更感受到自身工作的意义重大。在那次会见中,邵式平深情回忆了南昌起义前后的斗争经历,他对调查组成员说:"八一起义是党历史上的一件大事,我们的人民军队就是从这里站起来,打出去的。打了二十多年,终于推翻了三座大山,打出了一个新中国,对这段历史,我们不能忘呀!我们江西人,南昌人,有责任把这场伟大斗争中可歌可泣的史实,不怕牺牲、顽强奋战的革命精神,真实地写出来,向全国人民汇报,同时教育我们的后人。"

为了使调查组的革命史料收集工作能够顺利开展,邵式平专门向省内各民主党派和宣传部打招呼,要求各方面全力支持工作。他还向调查组的同志说:"将来如果要出省调查,我给你们开介绍信,当向导"①。

调查组进行了历经四年艰苦细致的调查工作,到 1956 年,基本弄清了南昌起义的经过始末,写出了近万字的史实材料。在调查工作开展的同时,调查组还收集到了一大批与起义有关的珍贵革命文物。

在进行八一红色文化资源发掘整理的同时,邵式平还十分重视对井冈山斗争史和苏区史的研究,并亲自组织、实施。邵式平说:"江西是革命的策源地,要说革命文艺的起源,那还是从江西开始的。""《翠岗红旗》、《党的女儿》、《歌唱井冈山》、《红霞》等等,都是写我们江西的故事,江西文艺是很丰富的,我们应该研究这个问题,发扬这个传统。"1958 年,邵式平提出省委省政府同志带头从事革命回忆录写作,他亲自写了《两条半枪闹革命——红十军初创时期的片段》和《枪的故事》等文,其中《两条半枪闹革命》一文还被选入北京初中语文教科书。20 世纪 60 年代初期,省社联曾发动各学会开展江西历史名人的研究。邵式平很赞赏,同时提出希望加强江西革命烈士的研究。他说:"那么多烈士,那么多有名的人,像方志敏就应该有更多的人来研究。"②在邵式平的鼓励和支持下,石凌鹤亲自执笔创作了话剧《方志敏》,由江西省话剧团进京演出。这是新中国成立后最早出现在舞台上的革命领袖人物形象。

邵式平还组织画家为方志敏烈士画像。1962 年国庆,省里一位青年美术工作者依据方志敏牺牲前身缚镣铐的照片创作了一幅表现方志敏威武不屈精神的油画。但邵式平认为这幅画仅仅表现了方志敏革命精神的一个侧面,并未能全面表现出方志敏同志志向远大、才智过人、英姿勃发的革命风采。为此,邵式平郑重地向省委提出为方志敏重新画像的请求,并当仁不让地担当起监制人的角色。为能够尽量真切再现方志敏的音容笑貌,邵式平与方志敏的堂弟方志纯、方志敏的夫人缪敏等一起回忆、构思,并亲自选定景德镇艺术瓷厂一位资深画师作画。当一幅展示方志敏浩然正气的瓷版画终于制成,邵式平非常欣慰,感慨万千,赋诗一首以资纪念:"肖像逼真似当年,依稀旧梦感万千。同心掀起工农戟,共志焚烧剥削鞭。转战疆场洒碧血,敢教日月换

---

① 邹文彪等:《八一起义纪念馆险些被毁》,《江南都市报》2007 年 7 月 22 日。

② 李国强:《开国省长邵式平》,载危仁晸主编《人物》,当代中国出版社,2008 年版。

新天。红旗招展东方晓,胜利花开色色鲜。"①

　　1961 年 4 月 1 日,邵式平《在全省文教书记会议上的讲话》中说:"随着经济的发展,文化自然要发展,但发展是要经过努力的,等是等不来的。我们下决心,不要被这样的困难、那样的困难吓倒。……我们是开国的时代,要有勇气起来战斗。我相信,江西的文化一定会发展起来。"②

　　邵式平正是以其对文化力量的深刻认识,在百废待兴的时代,把文化建设列入自己重要的工作日程,倾注了大量的心血。尽管当时的条件十分艰苦,但邵式平以其独有的魄力和激情,没有等待,没有被困难吓倒,在非常窘迫的财政条件下,努力推动文化的繁荣,体现出深远的目光、坚韧的意志和果敢的气魄,为当代江西文化建设作出了具有开拓性和奠基意义的重大贡献,使建国后十多年中江西的文化工作走在了全国的前列。

　　在江西努力打造文化强省的今天,重温邵式平为江西当代文化建设付出的巨大努力,缅怀这位首任省长的文化贡献,无疑具有很强的现实意义。这既是一种纪念,也是一种鞭策,更可获得许多宝贵的启示。

　　【注】本文写作除已注明引用的文献外,还多处参考、引用了李国强、李希文二先生所著《邵式平传》一书中的资料和观点,在此一并说明,并致感谢!

(原载《赣鄱史学论丛》第一辑,
江西教育出版社,2010 年版,与毛智勇合作)

---

①　左家法:《邵式平的最后岁月》,《纵横》2007 年第 4 期。
②　李国强选编《邵式平教育文选》,第 174—175 页,江西教育出版社,1989 年版。

从叙事特征看民间牌坊的功能指向

——以江西奉新县"济美牌坊"为例

　　人们常常将牌坊视为一种中国特有的纪念性建筑。但竖立于帝王陵墓、宗教场所以及湖山名胜前的牌坊只是作为一个更大的景观的附属物而建造和存在,尽管这些牌坊往往规模宏大、华美富丽,但本身并不具备独立的纪念意义;只有那些散布于民间的功德坊、贞节坊才是真正具有独立纪念意义的建筑,并指向一个个曾经被人们所广泛言说的人物和故事。

　　奥地利艺术史家里格尔在其《纪念碑的现代崇拜:它的性质和起源》中把具有"纪念碑性"的事物区分为"有意而为"的纪念建筑或雕塑(如金字塔)、"无意而为"的遗址和具有"年代价值"的物件(如一本发黄的古代文献)三类。① 民间牌坊首先是第一种意义上的纪念性建筑,本文讨论的正是民间牌坊作为"有意而为"的纪念建筑的功能指向。

一、民间牌坊:官准民建的纪念性建筑

　　牌坊的起源可以上溯到远古建筑群落的大门。从形制上看,不论结构简单还是复杂,牌坊都是由柱与梁这两大基本要素构成的。两根直立的柱子加上横梁这种原始的门在古代称为"衡门"②。这种"衡门"已具备了牌坊的雏形。隋唐以后,人们在大门立柱出头的顶端套上黑色瓦罐,既可防止雨水侵

---

　　① 巫鸿:《礼仪中的美术——巫鸿中国古代美术史文编》,三联书店,2005 年版,第 47 页。
　　② 我国古代典籍中最早关于"衡门"的记载出自《诗经》:"衡门之下,可以栖迟"(《诗·陈风·衡门》)。《汉书·玄成传》有"使得自安于衡门之下",唐颜师古注云:"衡门,横一木于门上,贫者之居也。"

蚀也可作为装饰,这种门被称为"乌头门",已具有一定的标志和装饰性作用。但从功能角度来看,后世的民间牌坊与早期的衡门之间尚有较大差别。

牌坊之所以能够成为一种独立的纪念性建筑,乃与古代里坊之门——"闾"有着直接的联系。里坊是中国古代城市居住区的基本单位,一般认为形成于汉代以后,[1]完备于隋唐之际。这一时期,随着城市经济的高度繁荣,城内被纵横交错的棋盘式道路划分成若干块排列整齐的居民区,这些居民区,隋代称为"里",唐代称为"坊"。里坊都有围墙,根据需要开有两门、四门或更多的门,唐代长安城设有109个坊,每个坊,都有专门的名称,而且"每个坊的坊门上都写有某某坊之名。如唐长安城有'永兴坊'、'平康坊'、'道政坊'等。坊与坊居住的人各不相同,有一定的贵贱之别和行业之分。如永兴坊住的是宰相魏征等人,道政坊住的是酿酒工人,平康坊居住的则多为风尘妓女"[2]。唐人常以里坊名指称人物,如"新昌杨相国"、"修行杨家"、"靖恭诸杨",甚至直接以"亲仁"、"升道"来代表住在这些里坊中的郭子仪、郑畋。[3]此时的里坊名已成为人们自我身份的标志。同时,里坊之门还附加了除标志以外的新功能,这就是"旌表"——一种对好的德行的表彰方法。建筑学家刘敦桢先生在《牌楼算例》的《绪言》中指出:"考古代民居所聚曰里,里门曰闾,士有嘉德懿行,特旨旌表,榜于门上者,谓之'表闾'。"

唐代中后期,随着城市内流动人口的大量增加和商业活动的日趋活跃,里坊制度逐渐瓦解,但当里坊的围墙被摧毁后,坊门却作为独立的建筑个体而保留了下来,人们称之为牌坊。牌坊对于它原本归属的建筑来说只是残存的遗迹,但这个建筑残留部分却在后来的社会生活中具备了独立的意义。使这一建筑局部得以独立保存下来的原因正是由于它所具有的标志、旌表功能。

从现存的牌坊来看,被人们视为标志性的牌坊一般建立在书院、庙宇、园林、陵墓等重要建筑群的显著位置,起到标志、装饰和分隔空间的作用。其

---

① 郑岩、汪悦进:《庵上坊——口述、文字和图像》(三联书店,2008 年版,第 49 页)中认为,最早出现里坊的城市可能是曹魏早期都城邺(今河北临漳)。

② 金其桢:《论牌坊的源流及社会功能》,《中华文化论坛》2003 年第 1 期。

③ 参见朱玉麒:《隋唐文学人物与长安坊里空间》,载荣新江主编《唐研究》第 9 卷,北京大学出版社,2003 年版,第 97 页。

实,这种标志性本身也具有了某种旌表的性质。如作为比较典型的标志牌坊——山东曲阜孔庙"太和元气"坊,虽然不是为了纪念表彰某一具体事迹,但一旦与其身后的孔庙相联系,其尊崇之义自显;更为重要的是,此坊采用四柱冲天柱式,这种形式本身即具有挺拔庄严的效果,因此,此坊建造之初,就绝非单纯的标志性建筑物,只是作为一个更为庄重、宏大的公共纪念性建筑群的组成部分,成为一种附属而非独立的建筑。

　　具有独立纪念意义的牌坊建筑存在于民间,出于旌表人物、宣传家族荣誉的需求。其实,"表闾"制度本身就是朝廷对于民间"嘉德懿行"的一种表彰,从这个意义上说,民间负载着旌表功能的牌坊是对"表闾"制度的直接承继和延续。明清以后,牌坊在民间的表彰功能受到普遍接受,牌坊的修建制度也逐步定型。明洪武二十一年(1388),明太祖降旨为状元任亨泰修建状元坊以示旌表之意,开了由朝廷批准建牌坊的先例(事见《古今图书集成·考工典》及明朱国祯《涌幢小品》卷七"题石建坊")。此后,牌坊的修建由朝廷统一支配和管理。"至此,这种特殊的建筑形式便和帝王的恩宠联系在一起,拥有一座牌坊,也就拥有了至高无上的荣光。"[①]对于朝廷来说,建牌坊意味着一种公开的肯定和表彰,具有借此形成一种社会导向的意图;对于建坊的家族来说,蒙敕许建造牌坊无疑是整个家族的巨大荣耀,中国封建社会人们所普遍追求的"学优则仕"、"光宗耀祖"、"流芳百世"的人生理想在牌坊上得到了充分的满足。大量存在于民间的功德坊、贞节坊等,就是典型的为表彰当时的民间道德模范而建立的旌表物,是一座座矗立在民间的纪念碑。

　　纪念碑"以独特的外观促使公众去思考被念想的事件或个人的意义;此外,它们由耐久的材料制成,可以使共同记忆得以长久延续;最重要的是,它们位处公共空间,因而与社会生活相连,甚至参与其中,从而使某个社会的共时性集体记忆成为可能"[②]。牌坊作为一种特殊的建筑,其存在意义就是持久地提示公众:这里曾经发生过值得旌表的人或事。

　　明清时期,不仅建牌坊必须得到朝廷的批准,而且朝廷对于牌坊的形制

　　① 郑岩、汪悦进:《庵上坊——口述、文字和图像》,三联书店,2008年版,第54页。
　　② 赖德霖:《探寻一座现代中国式的纪念物:南京中山陵的设计》,见范景中、曹意强主编《美术史与观念史》(4),南京师范大学出版社,2006年版,第165页。

也有着一定的规定,同时,朝廷还要为此而象征性地拨付一笔数目不大的建坊银。① 因此,从本质上来说,民间牌坊仍属于一种官方建筑,但却由各个家族自行组织修建,所以,牌坊又具有一定的私人性,家族的实力和能力在相当程度上决定了牌坊的形制、质量和规格。官方批准而由民间自行修建的半官方性质决定了牌坊作为一种纪念建筑的特殊性。

首先,牌坊修建须符合官方宣传的需要,其道德的导向意义应十分明确。牌坊的官方性决定了其内容、主题必须符合当时的主流道德规范,官方显然希望每一座牌坊都能够准确地传递出旌表的主题,因此,牌坊所旌表的内容必须符合规定的口径,其表达方式也大致应遵循某种模式,这正是牌坊上文字多为套话的原因所在。②

其次,牌坊要满足家族自我炫耀的需求,对于家族来说,无疑希望借助牌坊把家族的光荣传达给公众。这种光荣的核心内容是:这个家族有势力,能够得到来自皇恩的眷顾。当然,没有值得旌表的德行是无法得到建牌坊的荣誉的,因此对于德行本身的讲述也是牌坊不可或缺的内容,但相对于家族荣耀而言,德行本身并不重要,家族成员所期待的就是在公众的羡慕中,收获"面子"。

于是,对于每一个立坊家族来说,如何在道德导向、自我炫耀和史实的记述之间达成一种平衡是一种技巧,这种技巧体现在牌坊的叙事系统之中。这一系统包括:牌坊的形制结构、文字和纹饰图像。

以下结合"济美牌坊"的叙事系统,具体分析牌坊作为一种民间纪念性建筑的特征和功能指向。

二、"济美牌坊"的叙事系统

济美牌坊在今江西省奉新县城西 28 公里的会埠乡招边村,南临流入鄱

---

① 明清时期照例拨付的建坊银为 30 两。清·赵翼《陔余丛考》卷二十七"旌门法式"条:"今制:应旌表者,官给银三十两,听其家自建其坊。"本文考察的"济美牌坊"之"竖枋(坊)始末"中也刻记:"枋(坊)建己亥四月,奉旨官给银三十两。"可见这是一种从明代开始就有的惯例。

② 正如《庵上坊》在研究民间贞节牌坊时指出:"高悬在正楼上的'圣旨'只代表一种批发的皇恩,而没有更多的具体内容。假如下面'节动天褒'、'贞顺留芳'有可能是圣旨'正文'的话,充其量也只是一种套话,可以用在任何一名节妇身上。"(三联书店,2008 年版,第 61—62 页。)这种套话同样存在于其他功德牌坊上。

阳湖的潦河,这里在历史上曾是奉新北大道的必经之地,据说此牌坊附近的"招边"村原为"招宾"村之讹,乃是当地名门华林胡氏家族迎接客人的第一站。

据《奉新县志》,华林胡氏自晚唐至宋,近百年七代(一说五代)聚族而居,有八百余口。雍熙二年(985),宋太宗下诏旌表胡家。淳化年间(990—994),洪州旱灾,胡仲尧开仓降价卖粮,救济饥民。又用家产建造南津桥。淳化五年(994)其弟胡仲容进宫贺寿宁节,太宗特授仲容试校书郎之职,赐袍笏犀带,御书慰勉。当时公卿名流赋诗称颂者72人,这些诗载于《甘竹胡氏十修族谱》中。明代,华林胡氏的后人胡士琇继续捐资兴学的善举,曾捐置奉化乡蛟湖田租四百石助学。为了旌表华林胡氏几代人的义举,朝廷批准修建牌坊。牌坊上刻"济美"两大字,人称"济美牌坊"。"济美"之名乃取"世济其美,不陨其名"(《左传·文公十八年》)之义。①

图1　牌坊外观

济美牌坊以青石建成,现略有毁损。建筑平面呈正方结构,坊高12.2米,4根方形石柱构成4间,每间宽4米,高4米,石柱均为方形,每方宽0.4米。"牌坊东、南、西、北向形制划一,文字相同。每面由一个门楼式牌坊榫式联结组合而成,……牌坊四角作挑檐状,四柱浮雕莲花瓣状图案"②,额枋及二、三层间柱内外均刻有各类人物、花卉、鸟兽等纹样。四面额枋间镶嵌着字牌,内外两面均镌刻着有关牌坊的文字记载。(图1)

(一)形制特殊的四面牌坊

在牌坊成为独立建筑之后,两根门柱之间门扇已省略,留空的通道称为"间",为了保护牌坊免受风雨侵蚀,也为了视觉上的豪华气派,人们吸收阙的形制,在牌坊上建立了飞檐,称为"楼"(因此,又有"牌楼"之称)。由于牌坊

①　《奉新县志》,南海出版公司,1991年版,第696页。

②　卢拙斋等:《奉新县文化艺术志》,奉新县文化局,1992年编印,第167—168页。

是以圆木、石条等为建造材料的,限于材料的长度,牌坊的"间"的宽度也受到很大的限制,而牌坊一般又都是当街而立,原先的坊门式的最简单的双柱单间牌坊,既不够气派壮观,又影响交通往来,于是,就演化繁衍出了多柱多间多楼的大牌坊。门柱、"间"、"楼"的多少是衡量牌坊的大小、规格的重要指标。一般来说,牌坊的柱数均为双数,间数均为单间。我国现存最大的牌坊是六柱五间十一楼。

由于牌坊具有特殊的族表功能,在封建社会中,特别是明清时期,朝廷对牌坊的建造、形制有着严格的等级限制。如只有帝王神庙、陵寝才可用"六柱五间"的大牌坊,一般臣民最多只能用"四柱三间"。曲阜孔林的"万古长春"坊使用六柱五间,是一个特例,是只有像孔子那样的"圣人"才能获得的殊荣。

从这一背景,可以见出济美牌坊在形制上设计为少见的四方形的特殊意义。形成这一造型结构的原因,可能是出于对建筑坚固性的考虑,或者蕴含着四方为正的寓意,或者是历史上临河当道迎来送往的地理位置使然①。但更为可能的原因是:济美牌坊的建造者需要一种与众不同、与自身家族的光荣和财富、地位相称的纪念建筑,借此传达、宣传家族值得夸耀的历史。牌坊的主人明白,一座属于家族的纪念碑,对于广大社会公众而言,需要迅速地将最需要传播的内容以最具有冲击力的形式传播出去,信息传播的有效性总是与其表达的清晰度相关联的。因此,牌坊的建筑形制就成为立坊家族最需要斟酌的首要大事。牌坊的形制规模要受制于通行的规矩,也受限于家族的经济实力,但在种种限制之中,人们总是有着很多的选择余地。明清以来,牌坊的建造者对牌坊的柱数和间数比较介意,从牌坊建筑的惯例来看,为了彰显自己家族的荣耀,建造者一般最习惯选择的是增大牌坊规模,也即增加牌坊的开间数、柱子数包括增多屋顶的数量(楼数)。但济美牌坊的建造者却选择了一种独特的做法:他们没有超越自己的身份去盲目地扩大规模,而是换一种思路,以改变牌坊结构的方式婉转地表现对于家族荣誉的夸耀。

这种创意也许来自他人的影响。在胡氏家族获准建造牌坊前15年,一

---

① 笔者前往实地调查时获知,此牌坊上面原本有顶棚(一说是隔板),现已不存,因此,这座四柱牌坊实际上也可视为一座亭。

座形制特殊的牌坊已于明万历十二年(1584)在徽州歙县竣工,这就是著名的许国大学士坊(俗称"八脚牌坊");在此前后,歙县的另一座四面牌坊在丰口建成。民间传说中,老臣许国为能如愿地建造一座超越规定的牌坊,采取了非常的手段,并终于破例得到皇帝的认可,获得了一位三朝元老的殊荣。济美牌坊尽管没有这样的故事流传,但其超越常规的做法显然是不多见的。立坊人出于彰显家族荣耀的目的,采取了一种含蓄中寓张扬的举措——独特的造型结构使牌坊的每一面都呈现两柱一间的小格局,这是一种与身份相称的内敛与谦逊,但四面相加所产生的效果却远大于一般的四柱牌坊。表面上不动声色、实际上却足以给看惯了单排牌坊的观者以视觉震撼。这是一种智慧,一种狡黠,是在不超越礼制规定下的变通之举。

值得注意的是民间传说中对于四面牌坊的解释:牌坊有四面乃是为了旌表北宋以来奉新华林胡氏四位先贤乐善好施、造福桑梓的善行义举。[1] 以四面坊旌表四位先贤可能只是一种附会,牌坊有四方未必只是为了纪念表彰四个人,但这种民间的议论却启发了我们对立坊者所期待效果的了解,这种变通无疑表达出立坊人某种强烈的表达愿望,以自己独特的形制提醒路人的注意:这座牌坊是为纪念家族众多的事迹和人物而建,华林胡氏家族拥有太多值得旌表的事迹,不是一座普通的四柱三间牌坊所能包容的。

(二)俭省、呆板的文字记载

作为一种公众性纪念建筑,牌坊上铭刻的文字是十分关键的内容,它必须与牌坊的建筑结构相互配合,并将最重要的信息最有效地传递出去。由于济美牌坊的结构特点,四面额枋共嵌有横向字牌8块和"圣旨"龙凤牌4块,预留了比一般牌坊更多的刻绘位置,也因此有着更大的叙事空间。但是,同样由于结构的原因,济美牌坊上字牌须分为正反两面,从牌坊的四个方向都只能看到外侧面向公众的字牌:

根据旌表类牌坊的通例,"圣旨"龙凤牌(图2-1)置于牌坊的最高处,是一座牌坊上最关键的构成,犹如画龙点睛,正是它的存在,使一座私家兴建的纪念物具有权威性,得到人们的公认。至今在民间还流传着关于这座牌坊的威仪:当年行人路过牌坊,文官要下轿、武官要下马。接下来上额枋字牌刻着牌坊的

---

① 万基耀:《济美牌坊记善举》,《江西日报》2004年5月23日。

名称——"济美"(图 2-2)。与那种千篇一律、空洞陈腐的坊名牌不同,"济美"二字寓意贴切,突出了牌坊与众不同的主题。匆匆的过客只要看到这块字牌便可大致明白这座牌坊建立的理由——旌表一种代代相继、不断光大的义举。下额枋字牌镌刻着这座牌坊主人的姓名和身份——"从仕郎布政使司理问所理问胡士琇"(图 2-3)。正如许多对于牌坊的研究所揭示的:牌坊字牌上的主人往往只是修建牌坊的一个幌子,《庵上坊》一书中说:对于许多贞节牌坊来说,"那个可怜的节妇不过是一个幌子而已。修建牌坊的真实动机是为整个家族涂脂抹粉,而不是给那位苦命的女子树碑立传"①。但对于济美牌坊而言,胡士琇正是修建这座牌坊的实际上的组织者,因此,他当然不是无力左右牌坊叙事内容的"可怜的节妇"。但是,我们所能在牌坊上读到的关于他的介绍同样少得可怜(详见下文)。也许,这正是牌坊作为一种公众性纪念建筑的性质决定的。事实上,我们的文化中有许多办法来记述一个人的生平与事迹,如史传、墓志铭、家谱等等。但牌坊显然不是一个详细记述的最佳载体。

图 2-1　圣旨龙凤牌

图 2-2　济美牌

图 2-3　下额枋字牌

---

① 郑岩、汪悦进:《庵上坊——口述、文字和图像》,三联书店,2008 年版,第 60 页。

图3　内侧史实记载

济美牌坊更多的文字铭刻在牌坊内侧四面的额枋上（图3），这些文字包括"华林胡氏济美事实"、"竖枋（坊）始末"、"院道府县旌匾"，对建坊提供了支持的各级官吏的职务、姓名以及家族成员为建坊出资、出力情况记载等等。

其中最重要的无疑是北面内侧镌刻的"华林胡氏济美事实"，它记载了华林胡氏家族的主要事绩，告诉我们这里曾经发生过助学、助赈、救灾行为，全文如下：

> 华林胡氏济美事实。宋国子监簿仲尧华林始祖史□五世末弟朝□大夫□官□□□，淳化中捐廪赈饥，活民[数]万。景德四年创南津□，建华林书院，捐稻田[租八]百石，□四方来学[之士]。先是，雍熙二年，诏[旌其门]。宋光禄[寺]丞仲[容]仲尧之弟，[四年]，拓地建圣庙□□三十间，像七十座，[讲舍百]余间，置养士田。始[复]□□以来沦废之迹。明应麟[仲容十七世孙]，正统[六年]，[输]粟千石助赈。天子特敕奖□劳以羊□。明从侍郎理问士琇□□□□□□陵令□□父国学□□□遗志，于万历二[四]年捐金千两[创]□□田租三百二十余石□银二十两赡学。复输粟二百石备赈。例得□二十七年为竖枋以示表扬。始祖唐华林御史□□七世孙太学生士奇[琇]从弟。万历二十九年辛丑孟秋□。（存疑碑文以[]标出，无法识别碑文以□标出——引者注）

这篇程式化的文字，是对华林胡氏家族自北宋以至明代万历年间一系列赈灾、兴学、助学、修桥建庙等重要史实以及所获得荣誉的记述，这个记述显然过于简略，不仅缺乏丰富的细节，甚至省略了大量值得列举的事实，仅仅是一篇关于华林胡氏家族几位代表性人物事迹的纲要性记载。这篇文字出自胡氏后人之手，但文字间却不仅毫无亲切之感，甚至缺少文人之间应有的避讳和礼貌客套，文字风格近似于县志类的官方史料，文字的执笔者似乎完全是站在官方角

度进行记录。但是,如果我们注意到碑文的属款,则会生出异样的感觉。因为
这篇碑文的作者在落款中不仅声明自己是华林胡氏后裔,而且特意以小字加注
的方式强调自己与牌坊主人的关系。这种忽而以旁观者身份进行不带感情色
彩的记述,忽而又热切地再三表明自己的家族成员身份,叙述角度与态度的分
歧形成了一种有趣的反差,正表明这类半官方的民间牌坊在自身定位上的两难
境地。最终显然是官方叙述模式控制了字牌上的文字。

　　值得指出的是,牌坊的主人之所以没有在牌坊上留下更多的关于家族或
个人事迹的记述,并非受到字牌面积的限制,因为我们注意到在牌坊的内侧
仍有三块字牌是空的;显然是另外的原因限制了文人擅长的舞文弄墨,使他
们最终放弃了以文字充分叙述牌坊主人及其家族先贤事迹的机会。

　　还有一个事实是,济美牌坊内侧的那些重要的文字,均镌刻于距离地面7
米左右的地方,即使当年这些碑刻字口清晰被描以朱丹,不借助梯子之类的
工具,也无法从地面视角完整地阅读全文以观全豹(字牌下部的文字会被突
出的额枋遮挡,图4)。换句话说,这些记载了胡家家族光荣业绩和建坊信息

图4　从地面仰观西内侧"竖枋始末"

的文字,并不是给经过这里的路人看的,由于这些能够为后世留下准确记忆
和史实的文字并非传播环节上的关键,故而只能居于次要地位。而当几经岁
月的磨洗,这些文字上的颜色早已退尽,字迹也已漫漶不清,对于后世的游人
来说,这些文字的意义已经逐渐淡化,人们只能从揣摩"济美"二字含义中获
得对牌坊意义的把握。

　　(三)信息丰富的纹饰图像

　　济美牌坊不仅造型独特,而且雕刻精美,纹样图案十分丰富生动。显然
是高水平工匠全神贯注的从容精心之作。从牌坊西面内侧铭刻的"竖枋(坊)

始末"中可知,建坊"始于己亥(1599)仲冬,竖于庚子(1600)孟秋,竣事于辛丑(1601)正月。"此坊从开工到竣工前后用了14个月,胡家以充足的财力保证了工匠们能够耐心地完成牌坊雕刻的每一个细节。

如同众多的民间牌坊一样,相对于额枋上缺乏情感色彩的文字记载,济美牌坊的纹饰图像不仅在视觉效果上十分生动,而且在内涵上也包含着丰富的信息,这些丰富的纹饰图像其实"是一种书写形式——它们是图像化的文字,具有明确的表意功能"①。

图5-1　松鹤延年

关于人们解读装饰图像的过程,《庵上坊》中有一段生动的描述:"这类图像是一种画谜,它的谜面十分具象,甚至可以采取相当写实的风格,乍一看,就是一幅花鸟画、山水画或博古图,但借助谐音转换出来的谜底则可能是一个抽象的概念。这个概念无不与人们喜庆祥和、趋利避害的祈愿有关,人们掀开谜底,吉祥图案就被'翻译'为一句吉言。一位粗通文墨,甚至不识字的人,通过简单的训练,便可以掌握这种'翻译'技术。"②

经过"翻译"人们不难发现,济美牌坊纹饰图像中包含有大量的吉祥纹样,如:"狮子戏绣球"、"松鹤延年"、"鲤鱼跃龙门"、"凤戏牡丹"、"二龙戏珠"、"百鸟朝凤"、"祥云仙鹤"以及"麒麟图"等等。这些纹样图像中,无不包涵着祥瑞的寓意,表达着人们共同的祝福、祈愿和期盼(图5-1、5-2)。

图5-2　祥云仙鹤

---

① 李军:《〈庵上坊〉与"另一种形式的艺术史"》,《文艺研究》2008年第9期,第132页。
② 郑岩、汪悦进:《庵上坊——口述、文字和图像》,三联书店,2008年版,第111页。

　　值得一提的是,济美牌坊对吉祥图像的使用不仅十分密集,而且在每一组吉祥图像的内涵表达上也可以说是竭尽所能,将丰富的寓意一层一层浓缩在同一幅画面中,供人们去阅读、领会。以济美牌坊纹饰图像中最为引人注目的"狮子绣球"为例(图6)。"狮子绣球"纹饰位于牌坊南、西两面外侧额枋最显著的位置,以高浮雕和透雕技法雕刻而成。造型生动鲜活、雕刻技法高

图6　狮子绣球

超。"双狮戏绣球是一种常见的图案,它与二龙夺珠具有相同的意义。"①狮子、绣球为祥瑞之物,这一组合本是传统雕刻纹样中常见的吉祥主题,但济美牌坊的雕刻者显然融进了更为丰富的寓意,如:以狮子与绣带戏耍寓意富贵代代相传,世[狮]代[带]永昌;又以多只大小狮子组合为"太师少师",寓意子孙兴旺富贵(唐代汾阳王郭子仪与其子郭暧分别受封为太师少师,后来民间以一大一小两只狮子谐音"太师少师",意为父子同获高官殊荣)。

　　尽管济美牌坊上大量的吉祥纹饰图像能够表达十分丰富的寓意,但在我们看来这些图像与胡氏家族的事迹之间并不能产生直接的关联,我们只能从这些寓意丰富而精美的纹样中领略工匠的高超技艺,领会一个家族的实力与荣耀,也许,这正是牌坊的主人所要传递的信息。而在牌坊南面与西面上额枋外侧的两块人物故事雕刻,就显然具有了讲述故事的追求。与一般牌坊上的人物故事不同,这组图像并非常见的戏曲故事或仙道传说,而是旨在表现一组具有特定情节的史实。

　　由于人为的损坏,这两组图像上几乎所有的人物头部都被令人痛心地

---

① [英]C.A.S.威廉斯:《中国艺术象征词典》,李宏等译,湖南科学技术出版社,2006年版,第146页。

铲去，因此，对于图像的内容我们也许已经永远无法获得清晰、准确的破解。依常理判断，浮雕故事应与牌坊上"华林胡氏济美事实"中的记载有关，但我们无法在这组图像与牌坊上缺乏细节的文字之间找到确凿的对应，只能根据现存雕刻的图像特征，借助文字记载与民间传说，大致了解图像的一些内容。

关于南面额枋上的人物故事，民间对此图的解释是：宋雍熙年间（984—987）奉新华林书院有三位学子同榜中进士，图像表现的是八匹快马千里送喜报的场景①。根据这一线索对照现存图像，此浮雕表现的应是多名华林子弟在科举考试中高中之后一同回乡报捷的场景。雕刻者采取对称性构图，获得荣耀的子弟们跨骑着骏马，在伞盖的簇拥下相向行进，右侧三匹马中最前面的骑者，正飞身下马，似欲向场景居中者（应为家族中有声望的长者，或者就是胡仲尧）报喜；周围围观的各色人等则为场面增添了许多热闹和欢庆的氛围。虽然图像在人物造形上略呈夸张，但这种热闹的效果一定令主人满意，也给观者以深刻的印象。（图7）

图 7　南外侧故事图

西面的人物故事，我们可以猜测它同样表现的是家族的荣誉。从中间的轿子和前呼后拥一眼望不到边的队伍来看，这里旨在表现一个声势更为浩大的场面。行进队伍的沿途，有许多跪迎的人们。联系有关史料中的记载，可以认为这里迎接的是奉诏前来旌表的朝廷官员，也可能是在京城获得无比尊

---

① 据《济美牌坊记善举》一文中记载，"八匹快马千里送喜报"石刻讲述华林书院三位学子同年中进士，喜报到华林的情景。与此相关的还有一首据说是宋太宗（976—997）写的诗："黄河曾见几番清，罕见人间有此荣。千里朱幡迎五马，一门黄榜占三名……最喜状元并榜眼，探花皆是弟和兄。"（《江西日报》2004年5月23日）新版《奉新县志》中的相关记载是：华林胡氏一家中进士者有55人，宋真宗（997—1022）有诗称赞："一门三刺史，四代五尚书。他族未闻有，朕今止见胡。"（南海出版公司，1991年版，第501页。）

荣的本家族的成员。这两种猜测我们都可以在现有的文献记载中找到痕迹，①而以后者尤为可能。因为，将本家族成员刻在牌坊上显然更符合牌坊主人的愿望。（图8）

图8　西外侧故事画全图

我们对这些图像的读解必须借助民间刻绘的惯例与"语法"，但离开文字的依据，仅靠惯例与程式我们只能进行类型化的读解，并不能获得更为准确、恰如其分的把握。不仅面对吉祥纹饰我们只能阐释其中包含的大致寓意，而无法将这些图像与牌坊主人的故事相互联系；即使面对两块人物故事图像刻绘，我们也只能借助简略的文字记载和民间传说进行粗略的互文解读，大致对胡氏家族历史上的高潮时刻有较为形象的了解。事实上，即便牌坊上的人物故事保存完好，没有受到损伤，我们也未必能得到准确的解读。离开文献的支持，纹饰图像给我们的只能是类型化的会意和大意上的了解，这些图像中也许提供了生动的细节，但对于历史事件的整体叙述，帮助不大。

三、程式化叙事与民间牌坊的功能指向

其实，在离开时代语境四百年以后，我们能够对济美牌坊进行这样的解读和了解已经是十分幸运了。并不是所有对牌坊叙事系统的解读都能获得如此的收获，济美牌坊似乎是个比较特殊的例子，它不仅有着比较完整的史实记述，有着十分丰富的吉祥图案，而且有着以人物故事雕刻讲述自身故事

---

①　《宋史》记载，华林书院创办人胡仲尧，由于办学成绩卓著，曾先后两次获得宋太宗的表彰。雍熙二年（985），太宗就曾下诏旌表胡家，此图像可能表现的是胡氏家族沿途迎接圣旨的情景；但此图更可能再现的是迎接在京城获得荣耀的本家族成员的故事：淳化五年（994）胡仲尧之弟胡仲容进宫贺寿宁节，太宗特授仲容试校书郎之职，赐袍笏犀带，御书慰勉。（《宋史》卷四百五十六《孝义·胡仲尧传》）

的努力。但是在对牌坊纹饰图像进行解读的过程中我们发现,事实上无论今天的研究者如何努力,也难以在牌坊的主题、牌坊主人的人生经历、事迹与那些纹样图案之间找到准确的对应,因为这些图案很可能本来就并不独属于这个牌坊,而是工匠们出于装饰需要、材质特点以及实际需求借用固有艺术程式进行的艺术发挥。其实,牌坊在结构形制、文字表达等方面也无不受着程式与惯例的约束,但纹饰图像的程式化表现无异更为典型和明显。

　　建坊者通过牌坊叙事系统传达信息的意图,必须通过工匠的技艺和劳动、通过工匠所已经掌握的图式与惯例加以表现。在纹样图像的雕刻过程中,要受到多方面的影响:如出资建造者的目的、动机、意图(这种意图具有不确定性和一定模糊性);出资建造者的经济实力(这直接决定了牌坊的工艺水平和精美程度);建筑材料的限制(不同的建筑材料对于牌坊结构、纹饰的影响很大);工匠对建造意图的曲解(有意的与无意的);传统雕刻图像符号系统的影响(工匠必须结合自己已掌握的工艺程式和惯例最终完成作品)。在这些影响要素中,工艺程式和艺术惯例是最深层的影响,正如英国艺术史家贡布里希一再强调的:"图像常常是借助于必须习得的程式创造出来的"①。在为牌坊雕刻各类吉祥图案和人物故事时,工匠必须从已经习得的纹样题材库中找到符合雇主需要的表达程式,他们的成功不在于是否准确地表达了立坊者的意图,而是是否将自己的技艺发挥到一种新的境界,在继承程式的基础上有新的创造和发展。

　　在济美牌坊上我们可以感受到工匠旺盛的创造力。

　　据初步统计,济美牌坊上大大小小的各类鸟禽远超过100只(当地人又称此坊为"百鸟图"),各类各样的鸟禽是否均有着特别的祥瑞寓意,我们不能确知,但如此丰富的鸟禽纹样已经构成了济美牌坊独特的魅力。笔者初夏时节赴实地考察时看到,由于生态环境良好,当地道路两旁的田间坡地总是聚集着众多的白鹭等禽鸟,也许,当年正是这种群鸟翔集的景象,给了工匠们以创作的灵感,使工匠们超越传统吉祥纹样的限制,不辞辛苦地把大量鸟禽的倩影永远留在了这座青石牌坊上。而牌坊内部北侧额枋上,一只鱼鹰昂首扬

---

① ［英］贡布里希:《图像与代码:程式主义在图画再现中的范围和界限》,载《图像与眼睛》,范景中等译,浙江摄影出版社,1989年版,第353页。

喙,将图案的边框突破,这一神来之笔,显然已经超脱了程式化表现的局限。(图9)

图9　鱼鹰局部

但是,这样的工艺创新在实际雕刻工程中并不多见(其实,即便是最为生动的纹样图像也无法彻底摆脱程式化的表达)。更多的情形是,在程式化的支持下工匠完成了雇主所要求的纹饰图像雕刻,这些纹饰图像大多可以在前人的建筑纹饰中找到来源和母本,因此,纹饰的寓意在熟悉这些程式和惯例的观众眼中是可以被轻易解读的;不仅如此,围绕着这些寓意明确的程式化纹样,当时的人们也往往可以讲述出牌坊主人的故事。每一座树立在民间的功德坊,都是当地的著名建筑,记载着一段历史。在其建立的时代,人们对其建造原因、家族故事、建筑特点乃至文字和纹饰图像都有着恰当的了解和解释,一座牌坊的意义,"在同时代人那里,是'司马昭之心,路人皆知'"①。因此从一开始,牌坊的建造者就将故事的讲述与传播任务,留给了老百姓的口耳相传。牌坊上的文字与纹饰只是起着提示的作用,程式化的表现不妨碍牌坊旌表含义的表达。牌坊叙事的程式化特征,正体现着民间牌坊以旌表家族荣耀为核心的功能指向。

需要指出的是,每一座牌坊在建成以后(或者就在开始建造之初),它的含义就不再受制于它的建造者,作为一种旌表宣传性的公共建筑,它存在的意义依靠着人们的解读。事实上,牌坊并没有讲述具体故事的需要,无论是批准建坊的朝廷还是出资建坊的家族,都没有对牌坊提出详细记述家族事迹的要求,牌坊的意义不在于准确、生动地讲述自己的故事,而在于长久地提示人们,引发人们对于牌坊旌表主题的了解和家族荣誉的记忆。从一开始,牌坊就将一多半的叙事功能,留给了解读者,留给了民间,这些故事留存于人们的传说中,留存于县志、史传、族谱以及墓志中。随着岁月的流逝,围绕这些建筑在周边区域内流传的丰富的故事也许会在变异中沉寂,不再广为人知。是的,没有文字记载的有力支撑,在时间的川流中,我们已无法对牌坊所旌表

① 李军:《〈庵上坊〉与"另一种形式的艺术史"》,《文艺研究》2008年第9期,第132页。

的家族事迹有深入准确的了解和把握,牌坊上的文字套话与各类程式化的纹饰显得孤立无援。然而,也正因为如此,牌坊这种纪念性的建筑旌表物才挣脱了某种限制,向悠远、广阔的时空张开了叙事的翅膀。

四、结论

牌坊是一个用文字、图像乃至整座建筑物旌表人物的表意行为。但牌坊旌表行为的着眼点却是其在当时人们中的效果(这一点与同样作为纪念物的碑碣之类不一样,碑碣更多地体现了将纪念对象的事迹传之久远的愿望)。牌坊作为一种纪念性建筑,似乎并不很在意后世人们对其内涵的准确解读,更在乎的是牌坊在当代的宣传效果。正如前面提到,牌坊所旌表纪念的人或事往往只是一个借口或由头,其目的是通过奉旨建坊这样一种行为,向外界传达、展示一种属于家族的荣光,因此,牌坊的建立者重视的是如何向当代的人展示家族的光荣与势力,而不是将如何更好地向后人讲述自己的故事。

因此,牌坊多建于通衢处,具有展示、宣传之意;牌坊上文字一般不多(也许因为当时的社会公众中能够阅读文字的本就不多);即如济美牌坊上偶然存在的较大篇幅的记叙性文字,在如何进行文字叙述上也要受到官方表达模式的限制,符合旌表的要求。纹饰图像则要在约定俗成的语境中传达吉祥的含义。这些含义与牌坊的纪念指向之间密切相关,在当时的语境下即有着丰富的民间解读。宋元以后、明清之际,民间牌坊大量存在。特别是明清以后以砖石替代木材建造,使牌坊得以更长久地保存,其意图显然是要给人们留下更为永久的纪念。然而,尽管"纪念碑是一种预防遗忘的手段,但过多的纪念碑却有些荒谬。把它当作家园的人并非它的设计者和建造者,而且当它成为废墟后寄居其中的人对于它的建造者甚至不会有丝毫了解"①。这段文字也许正可用来说明牌坊的历史际遇。

一座座牌坊,曾经记载着许许多多家族的光荣与梦想。但世事沧桑,时过境迁,昔日的纪念碑已经衰落,它简省含混的文字与图像系统,使牌坊的功能指向变得隐晦而不易解读,大量的民间牌坊在公众眼中逐渐失去了本来的

---

① [法]阿兰·施纳普:《遗迹、纪念碑和废墟:当东方面对西方》,范景中、曹意强等主编《美术史与观念史》(5),李晓愚译,南京师范大学出版社,2007年版,第61页。

纪念功能而不再受到关注。但不管怎么说，与民间牌坊有关的那些"故事"并没有随着砖石或木头的朽坏而消逝。事实上，它仍然活在那些尽管简省但意蕴丰富的文字或图像里，活在当地人常讲常新的日常叙述中……

（原载《江西社会科学》2008 年第 12 期）

非物质文化遗产——楚调唐音歌吟初探①

　　中华是古老的诗文之邦,各民族因语言语音及地域的差异,而有着各不相同的源远流长的各类"读"诗文的方法。这种"读"的方法,随着民族文化的传承而延续,其自身也成为民族非物质文化遗产中富于特色的一个部分。汉语古代诗词文赋创作、传承的语音方式,主要有诵、吟、歌三大类。诵,即诵读,强调清晰准确和语气情感,虽有起伏,但没有音阶;吟,即吟哦,是一种抑扬顿挫、带有音乐性的"咏诵";歌,即歌唱,是有旋律有节奏地"唱"出文词。"吟"与"歌"的区别是:"吟"以语音为主,乐律为辅;"歌"则以乐律为主,语音为辅。吟也罢,歌也罢,均要求"音声韵,三合一",其目的就在于能够更加准确、更加充分、更有感染力地表达出诗文中的情感与意境。

　　先秦两汉以前,有歌有诵,言之凿凿。孔子教弟子们"诵诗三百"(《墨子·公孟》),其弟子子游、子路皆能弦歌《诗经》,而弟子曾子歌《诗经》之时,更是"声满天地,若出金石"。孔子本人,则是"弦歌诵书,终身不辍"(《列子·仲尼》)。关于"吟"的记载,《楚辞·渔父》中有屈子"行吟泽畔",此或可称之为"吟"的滥觞,但还有待作进一步的研究。东汉以后,既有歌有诵,亦有吟,记载很多,汉乐府诗题中含"吟"的作品亦复不少。但是,历代的诗歌(诗、骚、乐府、词、曲等),在人们没有掌握如何用"阳春白雪"般的音乐之声去"歌"的时候,其内在的声韵美与音乐性,也就主要靠那"下里巴人"般的声腔去"吟",去表达和传递其美感了。须知,大凡文人皆会"吟",大凡诗文皆可"吟"。"吟",是一种歌唱式的"咏诵",有着比较自然、随意的声律和节奏。

---

① 2010 年 6 月,"楚调唐音歌吟"列入《江西省第三批省级非物质文化遗产名录》,编号 Ⅱ－13。

它既是对诗词内涵的欣赏和推敲,也是对诗词蕴含的音韵之美的展示和品味。通过抑扬顿挫、低徊往复的"吟",诗词文赋的音韵之美和内在情趣、意境得以淋漓尽致地表达。特别是唐宋以降,不仅文人们"口不绝吟于六艺之文",而且社会各种阶层、各种人群都吟诵成风,唐人有所谓"童子解吟《长恨曲》,胡儿能唱《琵琶篇》"(李忱《吊白居易》)之说。"吟"是古人接触诗词的惯常形式,清人曾国藩总结学习经验说:"如《四书》、《诗》、《书》、《易经》、《左传》、《昭明文选》,李、杜、韩、苏之诗,韩、欧、曾、王之文,非高声诵读则不得其雄伟之概,非密咏恬吟则不能探其深远之趣。"(《家训·字谕纪泽》)道出了吟咏对于领会古人诗文内涵旨趣的重要作用。昔人云"熟读唐诗三百首,不会作诗也会吟",强调的也是中国诗歌学习与吟诵的密切关系。因此,"歌"与"吟",可以说是最具我们民族特色的"咏诵"诗文的方式,它是一种从诗与音乐奇妙"姻缘"中派生出来的古老艺术和国粹。

一、传统吟诵的现代命运

岁月悠悠,中国的歌吟咏诵的传统,在 20 世纪初以来的社会变迁中,薪火几近熄灭,令人太息。在新文化运动中,歌吟咏诵(以下简称"吟诵"),与其所附着的传统文化一道,又遭到主流文化的否定;在此后相当长的时期,由于各种政治和社会的原因,吟诵之学没有得到应有的重视,甚至受到贬斥。随着曾经接受过传统私塾教育的老一辈诗人、学者的老去,中国诗词吟诵已渐成"绝学"。现今,我国高校的中国古代文学教师自身已很少会"吟诵",更不用说向学生们传授了。这不仅成为诗词创作、欣赏乃至研究中的一大先天缺憾,而且也时常成为汉文化圈国际文化交流中的尴尬之事。因此,国内有识之士纷纷呼吁:恢复中国古代诗歌与音乐的关系,重新关注"吟诵"传统,通过有效手段,刻不容缓地挽救这一中华文化的珍贵遗产。

20 世纪以来,在吟诵传统式微的大趋势中,也不断有知识界人士致力于对吟诵传统的保护与复兴,其中包括著名教育家、文学家唐文治、夏丏尊、叶圣陶、朱自清等人,他们在学校教育和文学欣赏中,进行过恢复吟诵传统的尝试。如 1920 年唐文治先生在其创办的无锡国专中,大力提倡吟诵,1934 年、1948 年两次录制吟诵唱片,并向海内外发行。此外,还有一些学者致力于对吟诵传统的整理和研究,在这方面影响较大的是著名语言学家、音乐家赵元任先生。他从个案角度,对"常州吟诵"进行了开拓性的研究。赵元任先生本人曾多次用其家乡——常州的方言吟诗录音、灌制唱片,并依据常州吟诵记录下乐谱,进行有关吟诵的探究。上述诸位先生对中国当代吟诵的传承和研究,其贡献是绝对不可低估的。但是,由于历史条件的局限,这些努力,在当时尚"未能在全国范围内收到复兴绝学之效"①。

从20世纪80年代以来,在内地文化界,沉睡已久的吟诵传统再一次地悄然复苏。在这一场复兴吟诵传统的努力中,主要有来自两个方面的力量参与其中。

其一,吟诵传统的继承者们。这一支队伍的主体,是一批年长的文史学者,他们早年曾直接或间接地接受过吟诵的传授与训练,至今仍在自觉或不自觉地以吟诵为手段,进行诗文的欣赏与创作,并从中得到慰藉和获益;因而,作为这一传统的传承者,他们以自身的示范、彼此间的切磋,在各种场合不遗余力地倡导和呼吁,进行着吟诵的传承、保护与传播。笔者收集到20世纪90年代初一次吟诵活动的珍贵录音,这次活动中的吟诵者,包括胡国瑞、金启华、舒芜、程千帆、曹慕樊等一批老先生。他们以不同的师承和方言进行吟诵表演,其目的除了相互切磋之外,还明显具有宣传、倡导和传播的意图;许多著名学者,如赵朴初、启功等,也曾留下珍贵的吟诵录音以为示范;叶嘉莹、范曾等先生,更是利用讲堂及新闻媒体,进行吟诵的示范和讲解,表现出更为明确的弘扬、传播目的(据悉,由叶嘉莹教授领衔投标的"中华吟诵的抢救、整理与研究"已获2010年度国家社科基金重大招标项目立项,这无疑是一个令人振奋的消息)。还有一些学者,在吟诵实践之余,致力于吟诵规律的总结和研究,如南京师范大学陈少松教授、四川省社科院文学研究所谢桃坊研究员等,均对吟诵进行过很有见地的研究。特别是陈少松教授编著了《古诗词文吟诵研究》(1997年),对古诗词文的吟诵方法、要求、技巧及腔调等,进行了全面的介绍。

其二,民族音乐工作者。作为民族传统音乐的学习者、教师或研究者,他们敏锐地发现了"吟诵"这一与民族音乐密切相关的艺术形式的魅力,进而从专业的角度,对吟诵的形式、规律进行总结、研究。早在1961年,著名中国传

---

① 陈少松:《吟诵是中华传统文化中的一门绝学》,《古典文学知识》2005年第1期。

统音乐学家杨荫浏先生在其《语言音乐学讲稿》中,就提出了对吟诵音乐的抢救和研究的构想。近年来,以音乐教师秦德祥先生为代表的研究者们,对常州吟诵进行了卓有成绩的采集、整理和初步研究工作。这一工作,承继了赵元任先生对常州吟诵音乐记写和研究的成果,对传统吟诵研究具有重要价值并具有代表性。由于从个案角度对"常州吟诵"的整理和研究,已有了良好的基础,2008 年 6 月 14 日,"常州吟诵"列入"国家级非物质文化遗产名录"(编号:Ⅱ-137)。较之文史学者们的实践和传播,音乐工作者们的研究工作,有着自身的侧重和特点。秦德祥先生将其发表在国内各学报上的吟诵音乐研究文章,汇集成《吟诵音乐》一书,并附吟诵录音 CD,由中国文联出版社 2002 年出版发行,这是截至目前,当代学者从音乐角度研究吟诵的最重要的著作之一。2010 年,秦德祥等又记录整理了《赵元任程曦吟诵遗音录》一书,并由商务印书馆出版。

内地吟诵传统重新得到各界的关注,是与近年来广泛的学术交流密切相关的。事实上,吟诵在港台地区一直受到较多的关注和重视,也有着更多的参与者。而在东亚日韩等国,受中华传统文化的影响和辐射,汉诗吟咏也比较发达,至今还有所谓世传职业"诗吟家"。在汉文化圈的文化交流中,外来学者对吟诵的重视,也引起我们自身的关注,比如,2006 年 10 月,中央音乐学院音乐学系邀请香港大学亚洲研究中心名誉研究员李明先生,举办了"中国的吟诵音乐"讲座,受其影响,此后不久,中央音乐学院就成立了"龙之吟——中央音乐学院诗词吟唱社",并开展了一系列交流与研讨互动。

近年来,一批关注吟诵的学者,在全国 20 多个省市抢救性搜集吟诵调并加以整理,不断进行吟诵表演、交流、学术研讨等宣传和推广活动。在各界的积极努力下,2009 年 10 月,国家语言文字工作委员会办公室与中央精神文明建设委员会办公室调研组联合主办"吟诵经典、爱我中华——中华吟诵周",来自中国内地、香港、台湾和韩国、日本的学者、吟诵家们聚集一堂。此次活动,官员出席,媒体关注,在国内外引起了较大的反响。在此基础上,2010 年 1 月,全国性的吟诵团体组织——中国语文现代化学会吟诵分会,又在首都师范大学召开了成立大会暨第一届理事会。

"吟诵属于'小众文化'(或云"精英文化")。……优秀的小众文化与大众文化共同铸就了民族文化的辉煌"①。正是在中华民族传统文化(包括文人"小众文化")近年来逐渐引起各界关注的大的背景和趋势下,本文研究对象——"楚调唐音歌吟"浮出水面,进入学术界、新闻媒体的视野,并引起社会的关注。

二、"楚调唐音歌吟"流派

本文研究对象——"楚调唐音歌吟",是对曾流传于湖北蕲春并传入江西南昌的前代文人雅士吟咏诗词方法的概括性命名。这里需要特别指出的是,为了适应现代汉语对双音节词的偏好,"吟"在近现代以来又被称作"吟诵"、"歌吟"、"吟咏"、"吟唱"等,目前学术界一般使用"吟诵"这个概念。笔者以为,由于"吟"法在历史的传承中形成了各种流派,与音乐结合的紧密程度各有不同,有的"吟"偏于"诵",有的"吟"偏于"歌",因此,究竟以何种称谓来统一,尚有待商榷;各个"吟诗"流派,似应根据自身的特点加以命名,暂且难以统一。因此,为了兼顾目前学术界的惯例,本文中凡泛指诗词"吟"法时,一般沿用"吟诵"一词,但在特指"楚调唐音"流派时,则根据其自身特色,使用"歌吟"称谓,这也是"楚调唐音"在申请列入各级非物质文化遗产名录时所使用的概念。

"由于古今语言的变化,南北方音的差异,于是中国传统的读文(即"吟诵"——引者注)方法呈现复杂的情况和缤纷的色彩。现在我们可将传统读文按地域分为北方、江浙、岭南、湖湘和巴蜀五系。"②谢桃坊先生对全国各地吟诵流派的划分,乃是着眼于吟诵流派与地域方言的联系密切,应该说,这是抓住了吟诵的特点。

按照上述这种大体的划分,作为传统吟诵众多流派中的一个分支,"楚调唐音歌吟"应归之于"湖湘"派系。其使用方言,是以湖北蕲春方言为主,因传承人的迁徙,这一歌吟在 20 世纪 40 年代被带到与湖北相邻的江西九江(庐山),后又落户南昌。事实上,由于此时传统吟诵早已不受重视,在缺少广泛交流的情况下,传承人只是将其作为吟诗作赋时自娱独乐的方式,凭借着自

---

① 秦德祥:《常州吟诵的采录与思考》,载《常州工学院学报》(社科版)2009 年第 5 期。
② 谢桃坊:《关于古典诗词的吟诵》,《文史杂志》2000 年第 5 期。

己的偏好,孤立而执著地保存着这一吟诵样式。

缺少了文化环境的支撑,也离开了方言的土壤,但是,"楚调唐音"仍然伴随着传承人的奔波迁徙,顽强而无恙地生存着。其实,在很长的一个时期,全国各地的吟诵爱好者,都是在缺少交流的状态下独立地传承着各自的吟诵方法,但这也正体现了吟诵作为一种"小众文化"的特点,那就是:吟诵与方言、民间音乐等的关系并不那么紧密。设想一下,旧时文人离开故里,或宦游在外,或迁客他乡,其身边的子弟也往往难以接受地道的家乡文化的熏陶,而子弟们的塾师,也未必是故乡人。那么,这些子弟的吟诵,自然使用的则是另一种方言。方言只是吟诵的表现形式,从根本上来说,吟诵是一种植根于诗文典籍自身、且受传统诗词音韵格律影响很深的艺术。只是由于一些方言保留着更多古音,才使我们在今日研究吟诵时更为关注方言的因素。"我们考察当代宿儒名师的各具地域色彩与个人风格的关于古典诗词的吟诵,它们虽然有诸多差异,但都体现了汉语读文的传统,而且是有规律可循的。"①我们应研究各种吟诵的各自规律,最终总结出中华吟诵的总体规律。这正是从学术层面上进行"楚调唐音歌吟"研究的意义和价值所在。

(一)"楚调唐音歌吟"的传承特点与当代传人

吟诵艺术,历来口耳相授、代代相传。由于古今语言的变化、南北方言语音的差异以及独特的传授方式,吟诵在长期传承过程中,一般会发生种种变异,并包含着历代传承者根据自身条件和理解进行的发展和创新。因此,在历史流传中,吟诵往往呈现出复杂的风格流派。

"楚调唐音歌吟"可追溯的历史源流比较模糊。作为一种显然有着悠久历史的吟诵方式,今人对"楚调唐音歌吟"传承关系的考察,只能上溯到十九世纪后半叶。其实,不仅"楚调唐音歌吟"难以准确描述其历史渊源和流传脉络,当代浮出水面的其他吟诵流派也都是"传承关系零星分散,体系不够清晰"的。"常州吟诵"的研究者秦德祥先生就说:"吟诵具有千年以上的传承史。但若求逐代向上追溯,以明确当前常州吟诵的传承体系,是相当困难的。因为吟诵本是旧学中一种极为普通和普遍的读书方式,并非一门课程,不少吟者只是由于当时普遍的风气、家庭的熏陶、个人的喜爱等而吟之,并不重视

---

① 谢桃坊:《关于古典诗词的吟诵》,《文史杂志》2000 年第 5 期。

学自何处、何人。"①

根据"楚调唐音歌吟"当代传人的追忆,"楚调唐音歌吟"目前可知的最早的传承者为前清举人、湖北名士张幻尘先生(生卒不详),目前我们只知道他是清朝洋务派代表人物之一张之洞的学生。张幻尘先生将自己的吟诵之法,传授给胡薏园先生。胡薏园(约1889—1971),湖北蕲春人(蕲春自古是文化名城,是李时珍的故乡,有着深厚的地域文化底蕴),是国学大师黄侃(1886—1935)的同乡与同窗,相交甚笃,黄侃英年早逝,胡薏园为黄侃撰写祭文。胡薏园先生早年与陈三立之子陈隆恪先生(陈寅恪先生胞兄)同时留学日本,均学习经济学。在日本期间,他们曾就吟诵之法与日本汉学家有过交流,日本汉学家认为胡薏园先生的吟诵之法很规范、有法度,激赏之,誉之为"唐音"。胡先生回国后,曾任教于武昌中华大学。20世纪20年代中期开始,胡薏园先生受当时客居湖北蕲春经商、行医并传授气功的宗渭贤先生的聘请,辞去了大学教授之职,任宗家家庭教师达八年之久,故此,"楚调唐音歌吟"当代传人宗远崖先生得以师从胡薏园先生。

宗远崖(1918—2010),笔名羽岩,江西南昌人,早年师从胡薏园先生专攻古文辞八年,同时得到"楚调唐音歌吟"方法的传授。"后与陈散原一门交往,与陈隆恪、任传藻、熊艾畦、欧阳祖经、王易、吴天声等前辈为忘年之交,并同结'宛社'。抗战前,入江苏无锡国专就读。"②无锡国专是由国学大师唐文治1920年在无锡创建并亲任校长的官办现代书院("国专"初名"国学专修馆",后改称"国学专修学校",抗战时期曾迁于上海等地,抗战胜利后改称"国学专科学校",毕业生享受本科待遇)。唐先生系江苏太仓人,师从安徽桐城吴汝纶(1840—1903),特擅吟文,以"唐调"之称誉满东南,并撰有相关论著。唐文治先生在无锡国专大力提倡传统诗文吟诵,宗远崖先生重视歌吟传授,其中也许不无母校的影响?但毫无疑问,宗先生对于诗词的热爱,是他自觉传承吟诵艺术的根本原因所在。20世纪40至60年代,宗远崖先生先后任教庐山中学、浔阳中学、江西教育学院。"1966年5月,'文革'全面展开,下放九江,后又辗转修水南岭数载。1975年夏,解脱回九江。1978年7月,于庐山区中

---

① 秦德祥:《常州吟诵的采录与思考》,载《常州工学院学报》(社科版)2009年第5期。
② 江西诗词学会主编《编磬集·作者简介》,1997年内部刊印。

学退休。此后,卜居庐山之麓,吟诗作赋,著书立说。……主要著述有诗集《编磬集》、《屈原赋疏证》、《高适诗详注》、《唐诗漫抄》、《庄子·韩非子寓言故事选注》、《列子补注》及《庐山东西林寺志》(主编)等。"①宗远崖先生与胡薏园先生一直保持着密切的关系(在宗远崖先生诗集《编磬集》中,收有多首与胡薏园先生交往、唱和的诗作,这类诗的写作年代一直延续到20世纪60年代)。

　　宗远崖先生酷爱诗词。已故江西省社会科学院院长、著名学者姚公□先生在《宗羽岩先生编磬集序》中说:"羽岩癯面长身,神情轩举。每相晤,羽岩必言诗,非诗则无与言,而一言及诗,又必声大首摇,娓娓不倦。"宗远崖先生在《编磬集自序》中则说:"意有所得,兴有所极,辄徜徉吟啸,不能自已。"读书、吟诗,是其生活中不可缺少的组成部分,故有"诗魔"之名。宗远崖先生对于诗词创作和吟诵的热爱,深深地影响了他的儿子宗九奇。

　　宗九奇(1943—),江西南昌人,宗远崖先生次子,文史名家,别号豫章散人、匡山人、匡庐山人。1943年5月出生于江西庐山。4岁半发蒙,开始了颇为严格而系统的国学教育,启蒙老师也是胡薏园先生。及长,在高校研读建筑专业。后历任南昌八一公园主任,滕王阁工程筹建处副主任,滕王阁重建总指挥,滕王阁管理处副处长、滕王阁文史办主任等职。现为中国中华文化促进会理事、中国楹联学会会员、中国书法家协会江西分会理事,江西省文史馆馆员、江西省社会科学院特约研究员,古建园林高级工程师,述作颇丰。2011年6月,宗九奇被列名为第二批省级非物质文化遗产项目"楚调唐音歌吟"的代表性传承人。

　　宗九奇先生少时随父亲身边学习,耳濡目染,受惠至深,其对于古典诗文的领悟力和关注度远超过一般孩童,青年时代即掌握了国学主要典籍。他特别留心诗词歌赋,歌吟作为少年时期一种每日必修的功课。尽管胡薏园先生也曾为宗九奇先生发蒙,但宗九奇先生的歌吟,主要还是跟父亲宗远崖先生学习的。宗远崖先生每日"把卷吟唱诗文,旋律节奏动人,如歌如诉","吟诗是其生活中不可缺少的组成部分,如同每日煎汤品茗一般"。《编磬集》"作者简介"中记载:宗远崖先生吟诗之时全身心投入,忘情之时,声震瓦舍,这种

---

①　江西诗词学会主编《编磬集·作者简介》,1997年内部刊印。

状态给家人留下深刻印象。在宗九奇先生的回忆中,歌吟最初并非父亲有意传授,而是他自己无意之间"听会的"。因此,当父亲听到儿子的小声吟诵时,颇为奇怪,因为自己从来没有传授过儿子,于是要求九奇大声歌吟来听。一听之下,颇为欣喜。此后,宗远崖先生便时常有意关注儿子的歌吟,并着意悉心地加以指导。

应该说,宗九奇先生之所以能够很好地掌握、传承前人的歌吟,与其特殊的家庭环境、教育环境是分不开的。这颇合前人吟诗的传授方式。事实上,吟诗学习一般都是在诗文学习中自然领会的,师长们的不断示范,加上个人的留心和浓厚的兴趣,是前人学习吟诵最普遍的途径。"常州吟诵"传人之一屠岸先生曾回忆道:"母亲说,她学吟诵,不全是由伯父耳提面命,至少一半是耳熟能详,听得多了,自己也就会了。这一点,我深有体会,我自己能吟古诗也是一半听母亲吟诵而听会的。"①这与宗九奇先生学习歌吟的体会和经历是很相似的。

九奇先生自幼记忆力超群,对于少年时期学习的歌吟之法尤其印象深刻,数十年之后,仍记忆犹新。他对"楚调唐音歌吟"方法有着全面扎实的继承和掌握,在省内外文化交流中受到各地诗词名家、吟诵传习者的高度评价和重视。与其他吟诵传人不同,九奇先生不仅热爱吟诵,而且善于对吟诵实践进行总结概括。他将"楚调唐音歌吟"的基本调式总结为十八种,并提出歌吟同一首诗(词)可以有如歌、如诉、如泣三种腔调之别。这种概括对于推动吟诵的当代传播具有很重要的价值。正是在他的热心传授、积极倡导下,"楚调唐音歌吟"正在受到各界的广泛关注和推动。

"楚调唐音歌吟"在传承之中与其他吟诵流派之间较为明显的不同是:由于传承人的迁徙,"楚调唐音歌吟"较早移植到了另一地域,并在另一地域得到传承。这是一种偶然的文化移植,并非自然的文化传播。

"楚调唐音歌吟"源自湖北。宗远崖先生早年在湖北蕲春接受私塾式教育并得到歌吟传授,"楚调唐音歌吟"使用的是湖北蕲春方言,"楚调唐音歌吟"应属于湖北吟诵的一支。但宗远崖先生的祖籍却是江西南昌,并于抗战前夕就离开了湖北蕲春,长期生活在庐山、南昌、九江等地。也就是说,宗远

---

① 屠岸:《常州吟诵,千秋文脉》,《常州工学院学报》(社科版)2009年第5期。

崖先生20岁就离开了"楚调唐音"的方言环境。宗九奇先生则出生于江西庐山,由于长期在父亲身边,其从小生活的家庭语言环境仍属湖北蕲春方言,但在家庭之外大的语言环境却已是不同。因此,"楚调唐音歌吟"乃是在文化移植中得以保存下来的。

值得注意的是,从宗远崖老先生到宗九奇先生,"楚调唐音歌吟"的当代传承线索是单一的,并没有一块由众多同一源流、风格类似的吟诵者聚居、交流而形成的文化土壤。这种状况,也许并非传统吟诵传承的通例,而是在吟诵传统式微背景下,一种带有较大偶然性的文化遗存现象,是一种特例,因而也就更具有"文化遗产"的特点。由于岁月流逝和世事的变迁,如今在湖北蕲春,已难以寻找到吟诵的传承者,即便是有能吟诵者,与"楚调唐音"也未必一致。这正是传统吟诵的特点——每一位吟诵的传承者,都会因自身的不同的素养、经历,乃至个人的嗓音条件、音乐天赋而影响到吟诵的表现形态。

这种单线传承的状况,也给"楚调唐音"的当代研究带来一种便利,那就是:宗九奇先生的歌吟,完全得自父亲的传授,由于缺少与同一源流的歌吟者的交流和相互影响,其歌吟方法最大限度地保存了宗远崖老先生的歌吟特色。也就是说,"楚调唐音"由于离开了生存的地域文化环境,使这一吟诵方法(或称流派)有着十分完整、本真的传承和保存。宗九奇先生对于这一点有着充分的自觉,他一再强调:"我的歌吟不是我自己的创造,我没有创造,我只是原汁原味地继承。"

(二)"楚调唐音歌吟"名称的由来

宗九奇曾就"楚调唐音"四字,以书面形式对笔者做过如下解释:"楚调,是流行于楚国一带的歌诗吟诗的调式,其源至远,所谓'歌永言'也。楚调传至今日,乃世世代代口口相授,它有着相对固定的古雅优美的旋律,其节奏的轻重缓急则由歌吟者自由控制……""唐音者,唐人之音也。古体诗中五言律诗、七言律诗、古风长短句到唐代已完全成熟,形式完美,平仄声调极其和谐。据传,歌吟到唐代更为规范,如歌、如诉、如泣的调式基本有了定式。唐音之歌吟,与古曲古谱有异曲同工之妙"(《楚调唐音歌吟篇目选·编者片语》,未刊)。

由于其原来的流传地及其所运用的基本方言特点,这一吟诵流派称之为

"楚调"不难理解,至于"唐音"之谓,则是对于这一吟诵流派的充分肯定,因为唐代是律诗的成熟期,以"唐音"命名,自然包含着一种极大的赞誉之意。据九奇先生说,对这一歌吟流派冠以"唐音"两字,是日本汉学家提出的。当年胡薏园先生在日本留学,与日本的汉学家进行过诗词吟诵交流,在交流中,日本汉学家对胡先生的歌吟十分欣赏、倾慕,认为传达了唐人吟诗的风范,故推之为"唐音"。由于"楚调唐音"给日本汉学家留下极其深刻的印象,多年以后,还有日本汉学家专程赴庐山向宗远崖先生登门请教、交流。《编磬集·后记》记载:"(宗远崖先生)博闻强记,过目成诵,每以'楚调'把卷吟唱诗文,旋律节奏动人,如歌如诉。曾有日本诗家慕名造访,聆听后誉之为唐音,此乃传统的古调雅腔。"

可以肯定的是,"楚调唐音"这一名称并非自古有之,但也并非今人的创造,乃是前代学人根据这一吟诵派别的特点进行的命名。"楚调唐音"得名的过程,颇符合吟诵的传承特点。因为古人从未将吟诵当做一种专门的功夫进行传授,也就自然不会有命名的兴趣。但进入到20世纪,学人们对吟诵的自觉意识增强,故根据其特点加以命名。即便如已列为国家级非物质文化遗产的"常州吟诵",最初也是由赵元任等现代学者命名的。

宗九奇先生对"楚调唐音歌吟"这一命名是满意的,认为能够体现这一吟诵流派的特点。概括而言,"楚调"指这一吟诵流派产生及最初流传地域是在古"楚"地(今两湖一带),"楚调"即楚地的调(需要指出的是,这个"调",既包括音乐调式,也包括吟诵所使用的方言);而"唐音",则是说这一吟诵流派所使用的调式规范,符合唐人创制定型的格律,平仄声调十分和谐。

至于以"歌吟"二字来称呼这一吟诵方式,也是有道理的,突出了"楚调唐音"的特点。

关于目前学术界普遍使用的"吟诵"这一称谓,"常州吟诵"研究者秦德祥先生在其《吟诵音乐五题》中有如下说明:"我们以它的基本特征——介于读和唱之间——作为考虑的出发点:诵读,是吟诵音乐的基础,吟诵不仅在节奏方面以诵读为基础(平长仄短),而且在旋律的音高和走向方面,也基于诵读中的平仄声调(平低仄高或平高仄低),因而,一个'诵'字断然不可少。吟唱,是吟诵音乐的重要特色,没有吟唱,可能成为朗诵、快板、评书等等的其他艺术门类,而不能成为吟诵。这样,一个'吟'字又至关重要。将上述两者合起来,'吟诵'便是最为恰当的专用名词。"①

应该说,秦德祥先生对吟诵特征的把握和描述是准确的,但是,在用词上还可斟酌。如仔细分析"吟"、"诵"二字,尽管在"吟"的本义中,有歌唱之意,如《战国策·秦策二》:"臣不知其思与不思。诚思,则将吴吟,今轸将为王吴吟。"东汉高诱注曰:"吟,歌吟也。"但在当代汉语的语义演变中,"吟"的"歌唱"的义项已经越来越淡化,往往指拉长了调子像歌唱似的"读";至于"诵",则指有节奏的读文方式,而当"吟诵"二字合用时,一般指有节奏地诵读诗文,缺少"歌"的意味。因此,以"吟诵"这一称谓,至少还难以表达"楚调唐音歌吟"所要表达的含义。

这里就牵涉到不同吟诵流派在音乐性、旋律性上的不同特点。著名吟诵家陈炳铮先生也对此进行过思考:"传统吟诵大致分为两类,一类是吟读,读'四书'的方式就是吟读,或者叫朗吟。就是语音的夸张,念中带吟、吟中有念,都是古体诗长篇歌行、非韵文的古文。另一类的吟唱,或者叫吟咏……"陈炳铮先生所说的"吟读"是一种缺少音乐性的读,而"吟唱"、"吟咏"则有着较强的音乐性。"楚调唐音"之所以名之为"歌吟",正是突出了其较强的音乐性。"歌,所以长言之也"(颜师古注《汉书》),"歌"即指引声而唱,"吟",则指在旋律上以平仄为依据,声调抑扬。"歌吟"二字,较好地体现了"楚调唐音"较之其他吟诵流派更富于歌唱性和旋律美的特征。

2000年5月底,在江南名楼滕王阁,宗九奇先生曾与"常州吟诵"传人之一、著名诗人、翻译家屠岸先生就吟诵进行过切磋、交流,相处三日,互赠礼物,并合影留念。对于宗九奇先生所掌握的歌吟,屠岸先生真诚地表示,其优美超过了自己所学的"吴调"(也即"常州吟诵"),并评价道:你的吟诗很规范,"是有腔有调的"。屠岸先生以其行家眼光,敏锐地看到了"楚调唐音"的突出特点:旋律优美,调式规范。

三、楚调唐音歌吟的基本规律

"楚调唐音歌吟"的传承人宗九奇先生,对传承吟诵有着充分的自觉意识,并有着极其丰富的吟诵实践。他用"楚调唐音"可以吟诵各种诗词体裁。

---

① 秦德祥:《吟诵音乐五题》,《南京艺术学院学报》(音乐与表演版)2005年第1期。

"楚调唐音歌吟",作为一种吟诵方法,有着自身完整的体系。以下拟从调式、音调和节奏三个方面初步探讨"楚调唐音歌吟"的若干规律。

(一)"楚调唐音歌吟"的调式

宗九奇先生指出:"楚调唐音歌吟","有着相对固定的古雅优美的旋律,其节奏的轻重缓急则由歌吟者自由控制"。"楚调唐音歌吟"的调式,可首先分为两大类,一类是律诗的歌吟,一类是古风和长短句歌吟(赋与古文的歌吟之法暂不作讨论)。

第一类:律诗。

由于律诗对每首诗的字数、韵脚、对仗等方面都有严格的规定,一般每首限定八句(也有只有四句的绝句和超过八句的律诗,即所谓长律或排律,但其韵脚、对仗仍遵循规定),因此在歌吟上也就更为规范。其调式可粗分为五律、七律两类(五绝、七绝以及长律或排律的歌吟之法同五律、七律基本一样,是对五律、七律的压缩或延伸,故从歌吟角度可归入律诗)。两类之中又有"平起"、"仄起"之区别,这样就有4种不同的调式;如果再细分为首句用韵不用韵,则4种基本调式可扩展为8种。

每种调式在实际歌吟时,根据内容和情绪的需要又可分为高、中、低三种"腔调"。这种不同的"腔调",不仅体现为音高的不同,也往往产生旋律、节奏上的较大的差异,必须分别注意学习和掌握;而遇上两句间平仄"失黏"不合律的诗篇,则还要有所变化。复杂而又严格的调式,对应着律诗复杂而又严格的格律,充分体现出古典诗词在吟诵上严谨、丰富而复杂的音乐性。这种种变化,都是前人长期实践经验的归纳、总结和升华,这也正是这一口头文化遗产的价值和魅力之所在。

第二类:古风与长短句。

古风与长短句的歌吟,由于每句字数不等,与规整的律诗不同,所以更为复杂而多变,故难以归纳出具有广泛适用性的固定调式。宗九奇先生曾对笔者总结道:"古风长短句的歌吟,与律诗有别,更富变化而复杂。古风长短句的歌吟之法(调),可用于律诗;但律诗的歌吟之法(调),无法用于古风长短句。古风长短句的歌吟更具可塑性和弹性,自由度相对要大些。"

宗先生与笔者反复讨论、验证,得出的一致看法是:歌吟在对待古风和长短句这类相对自由的体裁时,往往采用"模块组合"的方式。所谓"模块",是指构成诗词篇章的由不同字数构成的长短不一的句子(这些句子少则三字,多则七字、八字、九字乃至更多字),每一类句子往往有一种或多种相对固定的歌吟旋律。这种针对不同字数句子,形成的相对固定的旋律,就成为笔者所谓的"模块"(有些短句之间有一些固定的搭配组合模式,也可形成相对固定的吟法,也可视为"模块")。

一个歌吟者,如果熟练地掌握了各种"模块"的歌吟之法,当他面对一首未曾吟过的诗词时,只需根据内容及情绪表达的需要,针对每一诗句选择合适的歌吟旋律,并加以组合、连接,便可基本吟出一首完整的诗词,这就是所谓的"模块组合"。

九奇先生对此,向笔者打了一个非常生动而形象的比喻:每一种字数不同的句型,都可成为一个或几个乐汇乐句的音乐模块,如古建筑中的斗、栱、梁、柱、枋等部件一样。歌吟不同的诗词,就有如将这些不同的建筑部件加以组合拼装,而构建成不同规格的亭、台、廊、榭、楼、阁。

"模块组合"之法,由于可以根据需要组合,因此适应面比较广,不仅可用于古风、长短句的歌吟,也可吟诵诗经、楚辞、乐府民歌、散曲等,甚至还可用于律诗的歌吟。但是,律诗的歌吟之法,就只能用于歌吟律诗,而无法用于古风和长短句等。

(二)"楚调唐音歌吟"的音调

一般认为,吟诵不具有调高的意识,调门的高低主要是根据吟诵者不同的声音条件、吟诵之时的情绪状态以及不同的场合随机而定。秦德祥《常州吟诵音乐的采录与初步研究》中说:"吟者通常不具调高概念,又无乐器为之伴奏或定调,吟调的高低,便因人、因诗、因兴而异。具体说来,决定吟调高低的因素,首先是吟者的嗓音条件,其次是所吟作品的内容、吟者当时的兴致、精神状态以及各人的习惯等。"

在"楚调唐音歌吟"中,一般如何起调,也是无严格规定的。但是,"楚调唐音歌吟"有一个十分特别之处,就是无论古风、律诗还是长短句,均可以有高低不同"腔调"的吟法,根据宗九奇先生的归纳,这种不同的吟法依据"腔调"高低可以细分为三类,即所谓"如歌"、"如诉"、"如泣",宗九奇先生指出:"歌吟之腔调,同一首诗(词),有如歌、如诉、如泣之别,'高腔'用于如歌,'低调'用于如诉、如泣中。高腔用颅腔鼻腔共鸣之方,低调采口腔胸腔共鸣之法。"宗先生以"如歌"、"如诉"、"如泣"三种"腔调"来概括"楚调唐音歌吟"在音调高低上的表现和规律,是极富于创意的,因为,这一归纳不仅区别了不同的歌吟音调,而且敏锐地发现了不同音高的歌吟,具有不同的情感表现力,适用于不同的情绪表达、不同的心境状态以及所处的环境。一般情况下,在书斋中独自吟哦或三两好友相对切磋,以"浅吟低唱"为主,音调偏低沉,音量也不必大,歌吟者进入一种沉浸状态,此时的"腔调",自然以"如诉"为主;而当歌吟者心情抑郁、借吟诗以排遣,此时也自然会选择更为低沉的音调,通过"如泣"的歌吟,将内心的压抑与歌吟旋律达成共鸣。至于"如歌"的歌吟,往往在歌吟者心情激越之时,借诗词歌吟以抒发昂奋的情怀,此时,音量也自然会加大,说明音调高低与音量也有关系。正因为如此,近时出于推广歌吟的需要,歌吟者在大庭广众之中表演时,往往也会选择"如歌"的调门,以便让听众能够听清歌吟的内容。

　　对于吟诵中不同"腔调",冯其庸先生在谈及其老师朱东润先生的吟诵时,有如下的叙述:"……朱先生能朗诵诗(即吟诵)和文,朗诵的音节、情韵都是随着不同的作品内容而有所不同的。……有时如叙述,有时如哀叹,有时如呼号,有时也有点像啜泣。特别是他朗诵七律《秋兴》八首和《诸将》五首等,则是感慨苍凉,一唱三叹,令人为之低徊不已……使大家感受更深的是一种诗人的情韵,是一种俯仰古今的感慨,是一种人生的咏叹!……"①冯其庸先生的这段记述,与宗九奇先生对于"腔调"的论述是一致的,冯先生虽然没有说明朱东润先生在表达不同情感时具体音调的变化,但所谓"有时如叙述,有时如哀叹,有时如呼号,有时也有点像啜泣"的声音和情绪变化必定要引起音调的变化,秦德祥在引述以上文字后指出,"我们不难据此想象得出,吟者的音调必是丰富多变的,决非运用某种比较固定的音调",这一推断是确切的,由此可见,以不同音调表达不同的内容和情绪,是传统吟诵固有的特点。

　　这里需要特别指出三点:

　　其一,音调高低,音量大小,是可以自行控制把握的。"高腔"与"低调"的差别,与气息的控制是紧密相关的,外行能听出音高音量的差异,内行则知

---

①　转引自秦德祥:《传统吟诵的用谱与传承方式》,《交响——西安音乐学院学报》2003 年第 2 期。

道关键是在共鸣腔体部位(颅、鼻、口、胸四腔)的运用上有别,腔体共鸣部位不同,其声音效果与所表达的感情色彩是完全不一样的。

其二,以往人们认为,歌吟者选择不同的音调来吟同一首诗,并不会影响歌吟的旋律,其实不然,在"楚调唐音歌吟"中,不同的"腔调"固然也可以用同一种旋律来表现(如词的歌吟,往往在选取不同"腔调"时,旋律大体一致,而略有微调);但更多的情况是,不同的"腔调"对应于不同旋律,尤其是格律上要求严格的律诗,有着"定式"(九奇先生语)。其间的区别,在外行听来,似乎十分明显,好像是两个完全不同的旋律,但是,对于熟习歌吟的人来说,又可发现两者之间的一致性和内在联系。

其三,诗篇内容固然会影响到音调高低,如朱东润先生吟诵《秋兴》八首等诗时,音调苍凉;但吟诵者心境、环境和根据不同表现的需要,也可以对同一首诗词采取不同的歌吟音调,即宗先生所说的"同一首诗(词),有如歌、如诉、如泣之别",也就是说,以诗词的主题、内容为基础,吟诵者可以不同的调高歌吟。九奇先生对此也有一番归纳:"歌吟者,往往会因为个人心情之不同,或喜、或悲、或愤、或哀、或思……而去寻觅相应的诗篇,或选择'高腔'歌之,或采用'低调'吟之,以抒其志,以遣其怀,以泄其愤,以解其悲,以忘其忧。不过,歌吟者对于诗(或词)的文字,既很在意又不经意,因为文字乃是其借以宣泄抒发的媒介。歌吟者,歌时真情激扬,吟乃深意低徊,如醉如痴,浑不知'(庄)周之梦为胡蝶与,胡蝶之梦为(庄)周与',全然融入于那种物我两忘的化境之中。"九奇先生经常以李白的五古《子夜歌》为例,示范三种"腔调"之应用。他在歌吟此诗时,经常对聆听者启发道:以"如歌"调式(颅腔鼻腔共鸣为主)歌吟此诗,就如同将军仰天望月,高歌以表达其豪迈之情;以"如诉"调式(鼻腔口腔共鸣为主)歌吟此诗,就如同诗人凭栏望月,诉说着自己的忧国忧民之感;以"如泣"调式(口腔胸腔共鸣为主)吟此诗,就如同捣衣女俯首望月,望着水中之月,泣血般地哭诉着思亲之苦;不同身份、不同心境,对应着不同的调式;歌吟之时,既有"我",又无"我"。

(三)"楚调唐音歌吟"的节奏处理

除了在平仄、旋律上的特征之外,吟诵与当代诗文朗诵的另一不同,就是节奏上的处理。正如研究者所发现的:当代诗歌朗诵,句子中间的停顿处往往是固定的,如遇到七个字的句子,一律在第四个字上停顿,这是所谓"上四下三"的读法。

那么吟诵,对于节奏的处理是怎样的? 根据当代学者的研究,吟诵的节奏处理大致有两种规律,秦德祥先生概括为"两字一顿、一句一停"。近时有研究者对秦先生的概括进行了补充和修正:"吟诵音乐的基本节奏样式除了秦德祥先生所讲的'两字一顿、一句一停'外,还有一种十分常见的现象。即以仄声字结尾的诗的对句的前两字紧跟出句吟出。……这种吟法,笔者认为主要是由格律诗的平仄规律造成的"①。华锋先生在《论古典诗词的吟咏》中也讲到:"吟咏时,凡遇韵字必吟,各句中间至少有一处要长吟。平起的格律诗,不论五言或七言,各句中的吟咏顿挫处。必须在第一句的第二字,第二句的第四字,第三句的第四字,第四句的第二字,概括为'二四四二'及押韵处。若是律诗,重复一遍即可。仄起的格律诗,不论是五言或七言,各句中间的吟咏顿挫处,必须在第一句的第四字,第二句的第二字,第三句的第二字,第四句的第四字,概括为'四二二四'及押韵处。"②

上述概括,基本描述了吟诵的节奏规律,这些规律的形成,乃是基于我们语言"平长仄短"的特征。特别是入声字,更不可能保持长时间的发音状态。

"楚调唐音"在歌吟时,基本遵循上述一般规律。除此之外,还有一个比较突出的特点,就是在停顿外很强调拖腔(衬字),特别是非韵脚的句尾字和韵脚字。拖腔(衬字)往往是对"字"对"诗眼"的内在涵义的放大、夸张和渲染,同时,还会对歌吟带来节奏上的变化,因此需要研究。由于长短句、古风的节奏更为复杂,此处仅以律诗为例,说明"楚调唐音歌吟"的节奏规律。"楚调唐音"律诗歌吟的基本节奏类型,可概括之为"二三"或"二二三",就是五言句前二字停顿或拖腔,七言句前面四字中每两字一顿或拖腔,遇到仄声字,则一般将拖腔改为停顿,或在其后加一衬字以形成拖腔。另外,在吟诵仄声字结尾的诗句时,往往将对句的头二字顺连在出句之后吟出。如:

朝辞/白帝[加衬字]彩云间/千里[加衬字]江陵/一日还/

两岸[加衬字]猿声/啼不住——轻舟/已过/万重山

拖腔与停顿结合,是"楚调唐音歌吟"在节奏处理上的重要特点。

---

① 尹小珂:《秦德祥先生与〈吟诵音乐〉》,《云南艺术学院学报》2006 年第 3 期。

② 华锋:《论古典诗词的吟咏》,《河南大学学报》(社会科学版)1999 年第 5 期。

律诗的节奏特点基本如上,对于古风和长短句歌吟的节奏处理较难概括,大致以平仄为依据,以句子间自然停顿为基本节奏,但节奏变化丰富,中断和连贯的情况十分常见。正由于古风是以平仄为依据来吟诵的,因此,同样讲究平仄的律诗也可以古风来吟诵;但由于古风、长短句在句子上的自由和平仄押韵上的自由,律诗严格的平仄规律无法适用于古风和长短句的需要。故此,我们无法以律诗的节奏来吟诵古风和长短句。宗先生一再强调,以古风可以吟律诗,但律诗不可以吟古风,在这里也许可以得到解释。

由于歌吟本身的复杂性,对于其规律的探索需要多学科特别是民族音乐研究工作者的介入,以上只是对"楚调唐音歌吟"的规律的十分粗略的梳理,这一工作需要在大量分析吟诵实例的基础上得以不断丰富和验证。

四、余论:对歌吟整理与研究的几点思考

歌吟研究是在缺少借鉴的情况下进行的,所有的研究工作均属于草创阶段。因此,与一般的研究不同,歌吟研究的主要工作,应首先侧重于对各歌吟流派传人吟诵资料的记录、整理,并在此基础上进行初步的研究。

以楚调唐音为例,目前能够开展的工作主要包括:

(一)记录。记录工作主要包括三个层次:1. 利用现代录音、录像技术对歌吟传承人的歌吟进行音像记录;2. 选择对不同类型的诗词作品的吟诵调式与方法进行简谱记录;3. 对歌吟者的心得体会进行记录等。

记录工作是研究的基础性工作,也是最具价值的方面之一,如同任何一项文化遗产的保护一样,尽可能全面地记录出完备的原始资料。

(二)整理。当务之急,乃是将传承人全靠听觉记忆的丰富的歌吟之声,记录转化为今人可利用视觉来阅读、练习、试唱的标准化的曲谱,并精心选取历代诗词曲赋中具有代表性的篇章,结合吟诵传人个人偏爱及对不同类型吟诵文本的代表性,汇集整理出一部分量适中、能够较好反映楚调唐音歌吟面貌与风格的作品集,并配上音像光碟,以供学术界及歌吟爱好者研习和推广。

(三)研究。当前初步研究阶段,应侧重对吟诵者经验的总结、归纳,努力形成具有规律性的概括、提炼,供吟诵学习者参考。下一步深入的研究,将包括楚调唐音与其他方言吟诵之间的比较研究,以及楚调唐音的渊源上溯研究等。

　　从某种意义上说,歌吟研究具有一定的拓荒性。对于传统文化研究对象来说,研究者往往是个入侵者,极易对研究对象造成干扰甚至损害。因此,歌吟的记录、整理与初步研究工作应首先立足于忠实原貌。在这一阶段,尽可能克制影响对象的冲动,保持文化原生态的意义,比改变它要重要百倍。这也是传统文化遗产研究过程中容易发生偏差的一个方面,在歌吟研究中,应自始至终清醒意识到这种影响的负面效果,将影响减少到最低。

　　（原载《艺术百家》2013 年第 3 期,发表时题目有改动）

从"历史文化名楼"谈起

——在全国第六届名楼论坛上的演讲

今天是重阳节,是"滕王阁重建开放二十周年纪念日","中国文物学会历史文化名楼保护专业委员会"在此举行"全国第六届名楼论坛",十大名楼的管理单位代表和有关专家汇聚南昌,这是一件盛事。

今天论坛上大家反复提到一个概念——"历史文化名楼"。我的发言就从"历史文化名楼"这个称谓谈起。

一、关于"楼"(楼阁)

楼阁作为一座建筑物,是所谓"历史文化名楼"的物质形态。《玉篇》中说"阁,楼也"。严格地讲楼和阁两者在结构上有差异,但都是一种"高耸"的建筑,往往是层层叠加的(所谓"层累")。

根据学者们的意见,楼(阁)的出现和发展应与中国古代的"敬天"思想有关。考古工作者在良渚文化遗址发现的大型祭坛遗迹,高度十几、数十米不等。表现了人们渴望与天地沟通的愿望。

楼阁在这一理想下出现。

秦汉之际应该已有楼阁建筑,从明器中可见至少在东汉时期已经有了结构复杂的楼阁,主要为居住性建筑;东汉王粲有名篇《登楼赋》。唐代以后楼阁可分为五大类:1.宗教楼阁,供奉佛像,雄伟神圣;2.文化楼阁,收藏图书(如著名的藏书楼天一阁、文渊阁);3.军事性楼阁,如城楼、箭楼、敌楼、钟鼓楼;4.游观性楼阁,登临远眺,观赏风景,同时以其自身建筑特色而自成一景;5.居住建筑中的楼阁。

　　古人云"智者乐水,仁者乐山"。中国文化重视人与自然的融洽相亲,楼阁能够体现这种特色。古人追求登临,追求登高,"孔子登东山而小鲁,登泰山而小天下"。

　　历代楼阁享盛名者,多为游观性楼阁。其选址往往在城市边缘,临江或临湖,便于眺望并与城市密切联系,宜于"得景";尺度和造型大都经过精心设计,建筑和自然有着和谐的呼应。楼阁本身也成为被观赏的对象,即所谓"成景"。

　　登楼这一行为从一开始就具有了文化内涵,是古人自然观、人生观、宇宙观的体现。

　　面对大自然,人们并不安心于自身的有限,而是要求与天地交流,从中获得一种精神的升华和体验。仙人飞升是这种追求的神话体现,而楼阁建设则是追求在现实情境中的体验。

　　所以中国的楼与西方不同。欧洲的楼房用砖石砌,造型垂直向上,窗子很小,人与外界是隔绝的。中国楼阁开敞、楼内外空间通透,各层有走廊,供人眺望,而楼阁的造型也绝不僵硬冷峻,楼阁优美地镶嵌在大自然中,仿佛自己也成了天地的一部分。

　　楼阁体现了天人合一的理想,寄寓了人对自然的无限留恋。

　　宋人郭熙山水画论《林泉高致》中说,"山水有可行者,有可望者,有可游者,有可居者。画凡至此,皆入妙品",但特别强调"可行可望,不如可居可游",楼阁正是体现了对自然的亲近态度——

　　从空间角度而言,楼阁是自然、人生、社会的交汇点;从时间角度而言,楼阁是历史、现实和未来的交汇点。《滕王阁序》中说:"天高地迥,觉宇宙之无穷;兴尽悲来,识盈虚之有数。"钱锺书先生说:"登陟之际,'无愁亦愁',忧来无向,悲出无名。则何以哉?虽怀抱犹虚,魂梦无萦,然远志遥情已似乳壳中函,孚苞待解,应机怅触,微动机先,极目而望不可即,放眼而望未之见,仗境起心,于是惘惘不甘,忽忽若失。"

　　从人生际遇角度而言,楼阁也是一个悲欢离合的交汇点。楼阁往往是往来迎送之地,宴饮钱别之所,在这里,可以很热闹,也可能很孤独,来到这里,可能意味着热闹的相聚,也可能意味着朋友的分离。曲终人散,独自登临,特别容易使人产生离别的伤感和高远的孤独之感。

　　由于楼阁是自然、人生、社会的交汇点,历史、现实和未来的交汇点,悲欢离合的交汇点,人们的许多感慨往往在登临楼阁时才会触景生情,特别强烈,从而才有着那么多精彩的表达。

我想,这是"楼阁"在中国文化中的独特意义。

二、关于"文化"

作为"历史文化名楼"的文化特质是怎样的,就是所谓有哪些"共性"和"个性"。

1. 文化名楼是地域文化的标志,同时应具有超地域性。

作为十大名楼来说,它们不仅属于一地,而且属于整个中国文化,甚至属于整个汉文化圈。不具有超越地域局限的文化影响力,难称名楼。由于这种文化代表性和号召力,十大文化名楼,往往是一地或一城市的标志。是一个地域文化的符号,具有广泛的传播性。

2. 文化名楼是文人士大夫文化的产物。

楼阁文化是中华文化的重要组成部分。作为公共、半公共建筑的楼阁的建设者,一般是官方或权贵或民间集资修建,但楼阁文化的形成,却打上了文人士大夫的印迹,甚至可以说,没有文人士大夫的介入,就没有历史文化名楼在中华文化中的地位。对于何为"士大夫",前人有很多研究,但并不那么容易界定。尽管我们难以界定,却并不影响我们使用这个概念,而且,当我们使用这个概念时,大家是能够彼此理解的。

历史上,士大夫阶层文化具有示范性,是文化的主要创造者、继承者、传播者。文人士大夫在名楼文化形成中的地位和作用包括:文化内核的形成、文化个性的定位、文化品位的提升、文化品牌的塑造与传播。

由于有了文人的诗文,历史文化名楼寄托着人们的某种文化理想和梦想。是一种心灵的归属,精神的寄托。

3. 文化名楼的文化个性。

文化名楼的文化个性,源自四个方面:其一,所处的位置和周边的自然环境;其二,各自不同的历史机遇;其三,独特的地域文化;其四,文人的赋予。而其中文人代表的文字、文学文化是历史文化名楼文化性格形成的最重要的因素。

这种文化个性源于其最著名的诗文,如果将围绕一座文化名楼的文化积淀视为一个子系统,一个整体,那么这个文化子系统中总会有那么一个核心,一个内核,这个内核的形成,具有一定偶然性,特定历史机遇的产物,但这个内核一旦形成,就奠定了这座文化名楼的文化性格。此前、此后的文化积淀,都只能丰富它,而难以取代它。

三、关于"历史"

一件器物、一座建筑,我们称之为"文物",就意味着它是有历史的、年代久远,能够保存至今已经稀少,物以稀为贵,因此值得保护。漫长的岁月赋予其保护价值、文物价值。

但是我们的"历史文化名楼"情况有些特殊。我们的这些历史文化名楼,许多是当代重修的,比如滕王阁、黄鹤楼都是这样,现存岳阳楼的历史也是有限的。从这一角度上看,我们的这些名楼似乎难以称得上是"文物"(对于"文物"概念的最普通的解释就是:"历代遗留下来的在文化发展史上有价值的东西,如建筑、碑刻、工具、武器、生活器皿和各种艺术作品等。")。

但是,当我作为一名游客走进滕王阁、黄鹤楼时,我毫不怀疑自己走进了一座"历史文化名楼"。原因何在?

这就是我们的楼阁建筑(当然也包括其他的一些建筑,比如一些宗教庙宇)作为"名胜"、"文物"的特殊的地方。因为"历史文化名楼"的"历史"价值与一般文物是不同的。

中国古人以木材建楼阁。其结果是中国人必须经常面临建筑物的朽烂和各种原因容易招致的毁坏。我们的建筑容易损毁,因此重建、重修是一种常见的行为。虽然是重修的楼阁,人们仍然认可其作为名楼的历史延续性。滕王阁、黄鹤楼这样供人们游览、登临的公共建筑,楼阁中附载着某种宝贵的文化信息(如"穷且益坚,不坠青云之志"等积极思想),这种文化信息仍具有当代价值,因此,人们仍会去重建。

这是我们在重建、修复楼阁时必须要有的认识,我们不是在重造一个假古董,而是在重新恢复一种文化,恢复一种文化传承。要有这样的认识来重建、保护和进一步开发。这一点十分重要。

对于我们来说,滕王阁是重建的。但是其在中国人心目中的文化地位、文化寄托、文化品格还在,没有变化。而且仍具有当代意义。

　　这些名楼的"历史"是以一种特定的方式延续着，而"文化"则是赋予其魅力、个性和地位的根本的要素。

　　与一般的文物不同。一般文物固有其一定的文化承载，但其物质上的存在是第一位的。但"历史文化名楼"，是一种的特殊的"文物"。它们不一定是传统建筑的物质的遗存，而往往是有特定生命内涵和文化内涵的新建筑，但因为本身的文化内涵，使其具有了知名度和感召力。这种文化有时是一种民间的信仰、宗教的信仰（如万寿宫、少林寺）；而对于楼阁来说，更多的是因为文字文化——文学作品。

　　建筑物不是文物，今日滕王阁既不是最初的建筑，也不是王勃作诗文时重修的滕王阁，最后一座木结构的滕王阁也早在民国时期焚毁。因此，今日的滕王阁只是在某一特定"地点"上的同一名称的建筑，但是，人们仍然认为滕王阁有着悠久的历史，是"历史文化名楼"。

　　建筑不是文物，王勃的《滕王阁序》也不是文物，但一旦附着于这座新建的"滕王阁"，也就是说，从人们把滕王阁那块巨匾装上这座仿宋建筑的时刻起，两者相结合，就如同灵魂附体，这座钢筋水泥的仿古建筑立时就拥有了价值，成为"历史文化名楼"。

　　作为"文物"的滕王阁早就不存在了，但是，滕王阁的文化仍在，因此，活的滕王阁仍在，是有生命力的。滕王阁至今仍承担着宴饮、歌舞、集会、演出的功能，仍是一处有生命的而不是死去的古董。它承继着古人赋予的辉煌，仍在给予人们欢乐，仍在更新、积淀着今日的文化。

四、关于"名楼"之"名"

　　人们常说"楼以文名"。"楼以文名"体现了文学与文化之间的关系。

　　楼阁在古代，天然地适应于人们登高、望远、送别、怀人、宴饮聚会等功能。但文人将这种功能强化了，中国古代大量卓越的诗文，是在这种场景中诞生的。

　　中国古楼阁往往是"屡废而复兴"。但是其文化存在却永远属于历史的某一个时段，属于一个辉煌的时刻。一位文人，肩负着文化的使命，一次偶然的登临，触发了他心灵与历史和自然的共鸣，于是，一首千古绝唱诞生了，这绝唱赋予这座楼阁永恒的魅力。

那是一个光荣的时刻。那个时刻就成为这座楼阁的真正的诞生日。

尽管此前此后，无数的文人墨客写下了汗牛充栋的华章，但那也许只是一种量的积累，增加了名楼文化内涵的厚度；但总有那么一个或几个人、有那么一篇或几篇诗文，成为其中的代表，这数篇诗文的价值，超过了其他所有诗文的总合，成为具有历史穿透力的文化之光。

在那篇诗文诞生之时，楼阁当时的形制、环境甚至偶然的天气、光线变化等种种信息，都成为诗文灵感的来源；诗文是那个时刻种种偶然和必然的产物，但是，诗文诞生之后，这座楼阁就无法躲避诗文的影响，后人的重建，都或多或少地受到诗文的暗示和指引，诗文诞生时偶然的环境变化、文人的浪漫的想象，却成为楼阁重建者努力追求的固化的物质存在，楼阁诞生了诗文，诗文反过来影响着楼阁的未来。诗文中的想象被物质化了。

这种影响还不限于此，每一位具有同样文化背景的后来的登临者，都在不知不觉中调动着对于这座楼阁的文学记忆，在登临时，印证着自己的文学记忆和由此生发的想象，收获着或会心或失望的感慨。

因为中国建筑的木结构特点，使其无法长久留存，所谓"楼以文名"，这句话不是简单地理解为楼阁因为有了卓越的诗文而扬名，而应该进而理解为：楼阁之所以能够长久地不断重修矗立于原地，就是因为有了卓越诗文的存在和诗文的长久传颂，没有这种文学的生命力和传播的便捷，就没有楼阁的物质存在，因此，不是"楼以文名"，更应理解为"楼以文存"——没有了诗文，就不会有历代的不断的修复与重建。这也许是中国文化特有的现象吧。

五、关于"历史文化名楼"的保护

以上从"历史文化名楼"这个称谓入手，漫谈式地谈了我对名楼文化的一些浅见。最后，再简要谈关于历史文化名楼文化遗产的保护。

这个题目人们有多角度探讨，有许多专业的论述，我这里想换一个角度。

名楼与文化、文学的紧密关系，体现出物质与精神、砖瓦木石与文化之间的关系。

文化赋予建筑这种物质的存在以精神的内涵，于是，就成为了名楼、名阁；但反过来，没有楼阁的存在，诗文也无从产生，无从传播。往往也就没有了文人的千古美名。这其中隐含着文化与物质的关系，值得人们思考。

以滕王阁为例。滕王阁之所以历经千年而盛名不衰,原因主要有三:首先是因为它居于山水城邑浑然交融的胜景之中,登楼远眺岩岫翁郁,千状万态;俯瞰江面,波涛浩渺,襟江带湖;雄州雾列,美不胜收。其次是因为建筑的"瑰伟绝特"。唐宋八家之首的韩愈在《新修滕王阁记》中高度概括了滕王阁的建筑之美:"江南多临观之美,而滕王阁独为第一,有瑰伟绝特之称"。第三,滕王阁至今盛名不衰,最重要的原因是它具有丰富的人文内涵。

滕王阁的人文内涵是十分丰厚的。历代文人墨客以滕王阁为登临聚会之所,并因此留下了大量的诗词题咏。除王勃名篇《滕王阁序》外,还有大量诗文华章,可增加文化的厚度(今人编的《滕王阁诗文广存》收文 75 篇、诗词联 1800 首、戏曲 1 部);除诗文外,历代滕王阁题材的书画艺术也可成为一个独特的门类。同时,滕王阁是历代宴乐演艺之所,迎授庆典之地,历史上留下许多故事,应予挖掘,并逐步恢复这方面的功能(如据说辛弃疾曾在滕王阁上宴饮作词;朱元璋剿平陈友谅后,在滕王阁大宴功臣;汤显祖名作《牡丹亭》曾在滕王阁上演出等等)。

但这不是我们要谈的重点。我们想着重谈的是楼阁作为物质存在的改善。

我们的十大名楼,已经是一种文化与物质的结合体,其知名度、号召力,给城市带来财富。

人们是冲着文化来的,因此,我们应该不遗余力地对名楼文化进行不断提升,不断挖掘丰富的文化资源,准确定位,以期雅俗共赏。但,假如没有楼阁的物质存在(只是一个遗址),则客流一定减少,那么,我们的观点是楼阁的物质存在状况同样是一个重要的问题。

文化的号召力,必须有物质的托举,文化能够带来客源,但离开了楼阁的存在,或者名实不符,就不能带来游客的满足,久而久之,就会挫伤游客的兴致,就会遗祸于将来。

因此,为了千古名楼的生命力,在开发中必须重视物质载体的构建。这个载体至少包括:一、主体建筑及配套设施的建设;二、景观环境建设。

这里着重谈后面一个要求,那就是,请关注名楼周边的环境建设问题。

前面说过,历史上楼阁多建于城市与自然的交汇处。是自然与人文景观的结合点。但当代的历史文化名楼多被高楼大厦包围,已无法从城市中得景,此为最煞风景之处,登临而无景或景致不佳、环境局促,名楼的登临价值遂大打折扣。因此,应该尽可能为名楼创造好的环境。

文化是需要得到印证的,"襟三江而带五湖"、"衔远山、吞长江"、"晴川历历汉阳树",得不到这样的景观,名楼的价值已大打折扣。

文化也是需要物质的附着的,这个物,不仅是楼,还有楼的周边,楼的性质,就是登临、观景,没有景色的陪衬,楼是没有价值的,只是一座仿古建筑而已。

我们无法复原景观,但可以尽量提供一种能够与文化相衬的比较般配的当代景观,如果没有这一营造,名楼的文化魅力会丧失。名楼的价值,有一半在周边的景观,如果没有这一认识,所有的投入都等于零,只能带来浪费。

我们历来的规划中,都难以考虑这些,似乎是财力不足,但事实上当代的钢筋水泥的侵蚀无时不在威胁、破坏着名楼的价值。

现在大家都在关注、重视自然资源的保护,其实还应该重视文化资源的保护,在中国改革发展取得举世瞩目成就的今天,我们应该关注文化资源的存在状况。我们很难设想一个有着发达经济发展和大片绿地的城市,却是一个缺少文化积淀的建筑群。

几座孤零零的建筑并不能带来文化的传承,孤零零的古建筑只是家中不般配的陈设,不能给主人带来任何品味。这方面欧洲对传统文化特别是城市传统的保护是值得借鉴的,它们保留不仅仅是建筑,还有这些建筑赖以存在的文化环境。

我们提出:保护景观的文化环境——如同保护人类的自然环境,文化环境的保护与自然环境保护对人类同样重要。遗憾的是,我们的滕王阁长期忍受着钢筋水泥和杂乱喧嚣的围困。一位外地油画家笔下的滕王阁,被淹没于钢筋水泥的丛林里。

当然,我们并不是要复原古代的街市城区,而是要维护一种文化氛围,就是登临后的豁达、开阔,而不是壅塞的视觉,局促的胸襟。这需要一些投入,我们要像维护绿色一样保护文化。

今年是滕王阁重建开放二十周年。我们祝愿滕王阁的未来,文化内涵更丰富、个性更鲜明,永葆其应有的文化魅力和感召力。

盛世之中的文化盛事

——在《黄庭坚书法全集》出版座谈会上的发言

毫无疑问,《黄庭坚书法全集》的出版,是一件文化盛事。初观《黄庭坚书法全集》(以下简称《全集》),谈三点粗浅的认识:

第一,《全集》把握了一个重大的选题,把握了一个重大的文化现象。

党的十八大提出"文化是民族的血脉,是人民的精神家园"。有学者指出,黄庭坚就是我们民族精神家园村口标志性的大树之一,这个生动的意象在我的心中激起了极大的反响。的确,黄庭坚是一个具有世界意义的文化人物,他是我们民族文化家园中伟岸的大树之一。作为诗人,黄庭坚是江西诗派"一祖三宗"之一,是这个诗派的精神领袖;作为书法大家,他是"宋四家"之一,四家之中我认为米芾继承传统更多一些,苏轼的意义在于其整体的文化价值;而黄庭坚呢,他确是以书法方面的开拓创新成绩在"宋四家"中具有独特价值的。所以他在书法史上的崇高地位和意义是毋庸置疑的。还有一点需要指出的就是他在美学思想上的贡献,他提出"观韵"之"韵",是一个十分重要的美学范畴。钱锺书先生在他的《管锥篇》里面以很大的篇幅摘引了宋代范温关于"韵"的论述,而范温就是黄庭坚的学生,范温对"韵"的重视和理解实际上是受了黄庭坚的启发,所以黄庭坚美学思想的影响也是非常大的。这样一个在书法、诗歌乃至美学思想上都有重要贡献的人,就不仅仅是一个书法大家,也不仅仅是一个重要的诗人,堪称文化巨匠,而书法又是黄庭坚作为一个文化巨匠贡献最大的方面。因此,把黄庭坚的书法以全集的规模集中编辑起来,这无疑是抓住了一个重大的文化选题,把握了一个重大的文化现象。

第二点,《全集》汇集了存世的黄庭坚书迹,反映了我们这个时代可能看到的黄庭坚书法的面貌,同时又汇集了黄庭坚研究的主要成果。

一个"全"字,体现了这套书的价值。目前我们似乎进入到了一个"全集的时代",很多文化产品、很多书籍的编撰都以"全集"、"大全"为名。只有在盛世人们才能萌发出这种文化宏愿。本书主编黄君先生在多年以前就萌发了这个想法,但如果没有物质的支撑,没有各界的支持,光靠学者一己之力这个宏愿很难实现。清代《四库全书》就是在康乾盛世编撰完成的浩大文化工程,所以许多"全集"、"大全"的编撰也从一个侧面反映出我们国家的繁荣和强盛。在这之前,很多重要文化人物作品的编辑往往是零散的,从某种意义上说,那时我们整个民族的文化记忆也是零散、不成体系的。只有在当前盛世,借助于雄厚的物质基础,借助资讯发达、宽松的学术环境,才有可能实现学者的学术宏愿,编出这样一部《全集》。刚才水赉佑先生评价说这部《全集》在资料收集方面已经超过了原来所有对黄庭坚书法收集整理的工作。从这个角度来说《全集》的编撰功德无量。我很感兴趣的是,这部《全集》不仅收集了确凿无误的真迹,还收集了临摹之作、托名之作。我觉得这种态度是客观的、学术的、严谨的。因为真迹固然可以给我们提供临摹的范本和鉴赏的标本,而那些临摹之作、托名之作也能够给我们提供丰富的文化信息和研究参考。这部《全集》出版以后,我可以预料,黄庭坚的书法研究将会进入到一个新的阶段。刚才很多学者都谈到了,以前学术界对黄庭坚的研究事实上与他的文化地位不很相称。有了这样一部全面反映其艺术全貌的书法集,相信下一步会不断有新的研究成果出来。

第三,这也是一部高水平的文化产品。

文化是需要传播的,传播需要有产品,特别是需要高质量的产品。那么,学者严谨的学术态度和辛勤的收集、编辑怎样才能体现出来呢? 这就需要高水平的出版社的合作。我欣喜地看到,这部书是江西出版集团旗下的江西美术出版社和江西教育出版社携手打造的一部文化精品。黄君先生二十年前发表了第一篇关于黄庭坚的论文,十年前发愿编这部《全集》,然后是整整五年时间的全力倾注。此间还有一些像水赉佑先生这样可敬的学者,毫无保留地把自己收集的资料交到黄君先生的手上,薪火相传的学术精神令人感动。也正是在各方面无私的奉献和倾力的合作之下,才有可能使这本书达到目前这个水准。应该说,这部书汇集的是一位一流艺术家的作品,其印制水平也体现了当今一流的水准。

再次对这部巨著的出版表示祝贺,对所有参与工作的领导们、编辑们、学者们、朋友们表示由衷的敬意。

后　记

选入文集中的文章写作时间跨度有二十多年,在这些陆续完成的文章中,有比较严谨的学术论文,也有文艺评论、随笔以及少量的访谈对话、发言等。讨论的内容涉及中国美术史、当代文艺创作、历史文化遗产与文化建设等方面。美术史论是我投入精力较多的领域,因此这方面文章多一些,主题上较为集中于中国画写实问题研究,其他方面的研究也有一些。文集中的文章在内容和形式上都比较驳杂,体现出个人学术兴趣的丰富与变化,也从一个侧面反映出精力上的分散,其中许多教训需要总结。

文集中的文章由于写作时间跨度较大,部分文章之间在内容上略有重复;特别是一些较早发表的论文在引述、注释上未能尽合当代学术论文规范,这次编辑时为尽量保持原貌,未作太多调整,留下了一些时代的印迹。

笔者从事学术工作二十余年,从未动过编印文集的念头,因为学术之路漫长而艰辛,自己的探索还很不成熟。感谢文化名家暨"四个一批"人才工程领导小组办公室的支持和鼓励,使我有机会对自己以往的学术工作进行一次回顾;同时要感谢中华书局编辑同志为文集付出的心血。文章中的不足之处,请学界同仁批评指正!

叶青

2013 年 9 月 30 日